Michael Peinkofer

Indagator – Die Bestien von Rom

Michael Peinkofer

INDAGATOR

DIE BESTIEN VON ROM

PIPER

Von Michael Peinkofer liegen im Piper Verlag vor:
Die Legenden von Astray (Serie)
Phönix (Serie)
Splitterwelten (Serie)
Invisibilis (Serie)
Die Könige (Serie)
Die Orks (Serie)
Die Zauberer (Serie)
Das Zauberer-Handbuch
Ork City
Myrk
Indagator – Die Bestien von Rom

Unser Versprechen für mehr Nachhaltigkeit
• Klimaneutrales Produkt
• FSC®-zertifiziertes Papier
• Hergestellt in Europa

FSC www.fsc.org
MIX
Papier | Fördert gute Waldnutzung
FSC® C083411

Originalausgabe
ISBN 978-3-492-70553-0

Redaktion: Uwe Raum-Deinzer
Satz: Eberl & Koesel Studio, Kempten
Gesetzt aus der Janson Text
Druck und Bindung: CPI Books GmbH, Leck
Printed in the EU

DRAMATIS PERSONAE

Lucius Murmillo Pertinax Zenturio der Prätorianergarde
Sibylla Claudia Varro eine junge Patrizierin
Marcus Claudius Varro ihr Vater, ein Gelehrter
Marcus Furius Prätorianer, Freund Murmillos
Cassius Chaerea Tribun der Prätorianergarde
Marcus Aquila Iulianus erster Konsul von Rom
Lucius Nonius Asprenas Sprecher des Augurenkollegs
Lucius Vitellius Statthalter von Syrien
Caius Mascius Ädil von Subura
Gaius Veridius Dekurio der Reiterei
Trebata Priester des Mysterienkults
Apulia, genannt Tyche eine Straßendirne
Kersas Hausdiener Varros
Acca eine Hausmagd
Tanacos Diener im kaiserlichen Palast
Xenodamos Gelehrter aus Alexandria
Pakoris Syrer, ortskundiger Führer
Urud ein parthischer *magus*
Cnaeus Valerius Trierarchus der römischen Flotte
Urbiscus Soldat, Prätorianer
Livius Vacerra Lagerkommandant, Zenturio
Bagayas parthischer Garnisonskommandant
Iulia Livilla Schwester des Kaisers, 20 Jahre
Iulia Drusilla Schwester des Kaisers, 22 Jahre
Iulia Agrippina Schwester des Kaisers, 23 Jahre
sowie
Caius Caesar Augustus Germanicus Imperator von Rom

PROLOGUS

Ihr Name war Kallidrome.

Und wie jede *meretrix*, die von Tyros und den Inseln kam, verstand auch sie sich meisterlich darauf, ihren Kunden eine unvergessliche Nacht zu bereiten.

Zugegeben, es war kein billiges Vergnügen. Den Sold von drei Tagen verlangte Kallidrome für eine einzige Stunde ihrer wertvollen Zeit – so viel, wie man auf den Märkten des Velabrum für zwanzig Laib Brot bezahlte.

Aber, bei Mars, das war es wert.

Caius Veridius wankte. Er hatte weiche Knie, wobei er nicht wusste, ob es am Wein lag, den er getrunken hatte, oder an Kallidromes Liebeskünsten, für die sie in ganz Subura bekannt war. Vermutlich an beidem, dachte er und erleichterte sich gegen die Wand der Gasse, die mit Kritzeleien aller Art übersät war. *Illa me reddit felicem*, stand dort im fahlen Mondlicht zu lesen, geschrieben wohl von jemandem, der ebenfalls Kallidromes Gast gewesen war und das Bedürfnis verspürt hatte, seine tiefe Befriedigung aller Welt kundzutun.

Mit wissendem Kichern wandte Veridius sich ab und wankte weiter – nur, um zu sehen, dass es vor ihm, am Ende der Gasse, Ärger gab. Ein Mann in Begleitung zweier Fackelträger, vermutlich seine Sklaven, wurde von einer Gruppe junger Kerle behelligt, die ihn lautstark anpöbelten und beschimpften.

Schon am hellen Tag war Subura kein sicheres Pflaster, noch viel weniger bei Nacht.

Zwar bezweifelte Veridius, dass es sich um Raubgesindel handelte, doch in die Fänge eines *caetus* junger Schläger zu geraten, mochte im Zweifel nicht weniger schmerzhaft enden, oder gar mit einem Dolch zwischen den Rippen. Schon wurde einem der Diener seine Fackel entrungen, und sie schlugen ihn damit nieder. Veridius bog rasch in eine Seitengasse ab, in der Hoffnung, dass sie ihn nicht gesehen hatten.

Doch er hatte Pech ...

»Heda!«, rief einer der Burschen ihm mit lallender Zunge nach. »Bleib stehen, Freund!«

Veridius dachte nicht daran. Im Gegenteil beschleunigte er seine Schritte, soweit seine weichen Knie und benebelten Sinne es zuließen.

»Halt!«, tönte es, dass es von den schmutzigen, mit wüsten Zeichnungen beschmierten Wänden widerhallte. »Wirst du wohl auf uns warten? Wir wollen dich was fragen ...«

Veridius, der nicht erpicht darauf war, die Fragen der Raufbolde zu beantworten, beschleunigte seine Schritte abermals. Dabei geriet er ins Taumeln, prallte gegen einen aus Lehmziegeln gemauerten Vorsprung und schlug sich das Kinn blutig. Der Schmerz immerhin ließ ihn halbwegs nüchtern werden. Fluchend wankte er weiter, dem Ende der Gasse entgegen, das im Nebel, der um diese späte Stunde vom Tiber heraufzog, leicht verschwommen wirkte.

»Verdammt, bleib endlich stehen! Wir tun dir doch nichts!«

Ein paar der jungen Kerle waren ihm jetzt auf den Fersen – und anders als er konnten sie noch ordentlich laufen. Leichtfüßig rannten sie ihm hinterher, während Veridius nur weitertaumeln konnte. Ihr spöttisches Gelächter verriet, dass es ihnen Freude machte, ihn zu jagen.

Zu seiner Linken öffnete sich eine weitere Gasse, in die er hastig abbog, doch er gab sich keinen Illusionen hin. Die Läden in den unteren Stockwerken waren allesamt geschlossen, da war kein Ort, wo er sich verstecken konnte – und selbst wenn er irgendwo einen Passanten traf, würde dieser kein

Interesse daran haben, ihm zu helfen und dabei womöglich selbst Ärger zu bekommen. Sich nur um seinen eigenen Kram zu kümmern, war die vielleicht wichtigste Regel, wenn man in Rom überleben wollte.

Gewiss, er konnte stehen bleiben und sich ihnen zum Kampf stellen. Er war schließlich Soldat, kein hochdekorierter, aber immerhin, und der kurze *pugio*, den er stets am Gürtel trug, würde einem seiner Verfolger vielleicht einen schmerzhaften Stich versetzen – aber was war mit den anderen? Besoffen, wie Veridius war, würden seine Bewegungen schwerfällig und vorhersehbar sein. Inständig wünschte er sich, weniger von Kallidromes viel zu süßem und völlig überteuertem Wein getrunken zu haben …

»Jetzt haben wir ihn gleich!«, tönte es von hinten.

Veridius konnte ihre Hiebe schon beinahe spüren.

In seiner Not bog er in die schmale Kluft zwischen zwei Häusern, quetschte sich zwischen schmutzigen Ziegeln hindurch in der Hoffnung, seinen Verfolgern so vielleicht doch noch zu entkommen – doch schon nach wenigen Schritten endete seine Flucht auf dem nur wenige Schritte durchmessenden Hinterhof einer Mietskaserne. Auf dem schlammigen Boden lag all der Unrat, den die Bewohner tagsüber aus den Fenstern kippten. Der Gestank war faulig und stechend, und ein entsetztes Pfeifen zeugte von den Ratten, die sich aus dem Staub machten, als sie Veridius gewahrten.

Der Dekurio drehte sich im Kreis, sah ringsum nichts als glatte Wände und vier Stockwerke über sich einen rechteckigen Ausschnitt Himmel, von dem fahl leuchtende Sterne gleichmütig herabblickten. Rasch wollte er wieder zurück auf die Gasse – aber es war zu spät.

Seine drei Verfolger, wüste, vierschrötige Raufbolde, zwängten sich durch den Spalt und schnitten ihm den Weg ab. Mit einer Verwünschung auf den Lippen wich er zurück, seine *caligae* traten in Pfützen von Pisse.

»Da bist du ja endlich«, rief der Wortführer der Gruppe – Sorge, dass einer der Hausbewohner sie hören könnte, brauchte er nicht zu haben, es würde sich ohnehin niemand einmischen.

»Verschwindet!«, befahl Veridius und gab sich Mühe, möglichst viel Autorität in seine vom Alkohol heisere Stimme zu legen. Um seinen Worten Nachdruck zu verleihen, zückte er den Dolch. »Haut ab, oder es wird euch leidtun!«

Für einen Moment verharrten die drei Schläger tatsächlich – dann brachen sie in schallendes Gelächter aus und ließen sehen, was sie ihrerseits dabeihatten.

Einen hölzernen Prügel, durch dessen dickes Ende ein eiserner Nagel getrieben worden war.

Einen Totschläger in Form eines Widderkopfs.

Und eine gekrümmte Klinge.

»Das hättest du nicht tun sollen, Männlein«, sagte der Wortführer, der höchstens zwanzig Sommer gesehen und eine hässliche Narbe im Gesicht hatte. »Nun hast du uns wütend gemacht, und das wird böse für dich enden.«

Schon waren sie dabei, ihn zu umkreisen.

Veridius überlegte noch, ob er ihnen einfach zuvorkommen und angreifen sollte, als der Kerl zu seiner Linken – es war der mit dem Prügel – bereits die Waffe nach ihm schwang. Doch inmitten seiner Bewegung verharrte der Jüngling plötzlich.

Die anderen lachten, weil sie glaubten, er mache Faxen, doch der junge Schläger stand wie von Iupiters Blitzen getroffen. Im nächsten Moment begann sich das schmutzige Grau seiner Tunika dunkel zu verfärben.

Auf den Schlachtfeldern, auf denen Veridius zur Ehre Roms gekämpft hatte, hatte er viel Blut fließen sehen, deshalb wusste er sofort, dass es roter Lebenssaft war, der die Tunika des Schlägers tränkte. Nur einen Lidschlag später brach der junge Kerl zusammen. Zwischen seinen Schulterblättern steckte etwas, das offenbar mit solcher Wucht eingedrungen war, dass es seinen Brustkorb durchschlagen hatte.

»Elender Bastard!«, schimpfte der Wortführer, der offenbar Veridius die Schuld gab. Mit einem Satz sprang er auf ihn zu, um ihm die rostige Klinge in den Unterleib zu treiben – im selben Moment überstürzten sich die Ereignisse.

Ein Rauschen war zu vernehmen, und etwas Dunkles stürzte von oben herab, ein Schatten, ein Schemen, der den Kerl mit der Narbe packte und ihn in die Höhe riss. Nur einen Herzschlag später kam er wieder herab, von furchtbarer Gewalt entzweigerissen. Dampfende Gedärme hingen aus den beiden Hälften, die auf dem von Unrat übersäten Boden aufschlugen.

Der verbliebene Jüngling war an die Hausmauer zurückgewichen, an die er sich zitternd presste. Von Kopf bis Fuß war er mit Blut besudelt, mit weit aufgerissenen Augen starrte er auf den abgetrennten Oberkörper seines Anführers, auf das Gesicht mit der Narbe, das grotesk verzerrt war, leblos und in namenlosem Schrecken.

Der Mund des verbliebenen Schlägers öffnete sich zu einem Schrei, der seine Lippen jedoch nie verließ, denn abermals verdunkelte der Schatten die Gasse – als sie sich wieder lichtete, lehnte anstelle des Jünglings nur noch ein kopfloser Torso an der blutbesudelten Mauer.

Wieder war ein Rauschen zu vernehmen, wie vom Schlag mächtiger Flügel. Veridius sah instinktiv nach oben – nur, um das blanke Grauen zu erblicken, das aus dem Rechteck des Sternenhimmels auf ihn herabfiel.

Er kam noch dazu, einen gellenden Schrei auszustoßen.

Doch als grässliche Klauen ihn packten und mit Urgewalt emporrissen, verstummte er für immer.

VOLUMEN PRIMUM: IN TENEBRIS ABDITUM

I

Wenn man den Helm eines Arenakämpfers trug, bestand die Welt aus kleinen Löchern.

Worauf man auch blickte, stets hatte man den Eindruck, dabei durch eine Vielzahl von Schlüssellöchern zu sehen, als wäre man nur Zuschauer und gar nicht wirklich beteiligt – bis zu dem Moment, da sich die Klinge des Gegners heiß und schmachvoll in die Eingeweide fraß …

Lucius Murmillo Pertinax hatte nicht vor, es so weit kommen zu lassen – obwohl seine Tage bei den Spielen eigentlich gezählt und er ein wenig aus der Übung war. Ganz abgesehen davon, dass er es noch nie mit einem Gegner wie diesem zu tun bekommen hatte. Niemand hatte das bislang.

Retiarius wurde der Kerl genannt, und anders als der *murmillo* war er nicht mit Klinge und Schild bewaffnet, sondern mit einem Dreizack, als wäre er geradewegs Neptuns feuchtem Reich entstiegen. Und mit einem mit Wurfgewichten versehenen Fischernetz, das er gegen die Beine seines Gegners schwang, stets im Bemühen, diesen in den Maschen zu fangen und zu Fall zu bringen. Zu Beginn des ungleichen Kampfes hatten Lucius und seine Kameraden noch über den seltsamen, halb nackten Aufzug des Fischkämpfers gelacht – doch je länger das Duell dauerte, je mehr von Lucius' bewährten Finten scheiterten, und je raffinierter die Attacken des Gegners wurden, desto weniger heiter war die Stimmung.

Im Gegenteil, was als Spaß begonnen hatte, war zu einem erbitterten Duell geworden – und was die aufgeladene Stimmung und das heisere Geschrei ringsum anging, so hätte man glauben mögen, in einem Amphitheater zu sein und nicht in einem der Säle des kaiserlichen Palasts auf dem ehrwürdigen Palatin. Gerade erst hatte der neue Hausherr, der seit einem Jahr hier residierte, nachdem sein Vorgänger es mehr als zwei Dekaden ausgehalten hatte, damit begonnen, den Palast nach seinen Vorstellungen zu erweitern und umzubauen – vom Tempel Castors und Pollux', der sich zwischen dem kaiserlichen Palast und dem Forum erhob, würde vermutlich schon bald nichts mehr zu sehen sein. Es sei denn, zwei erbittert kämpfende Gladiatoren zerstörten in ihrer Raserei all das, was Baumeister und Handwerker in den vergangenen Monaten mühsam errichtet hatten.

Erneut trug der *retiarius* einen Ausfall vor, diesmal nicht mit dem Netz, sondern mit dem mörderischen Dreizack, den er mit der bis zur Schulter gepanzerten Linken führte. Mit einer routinierten Bewegung, die den Zuschauern ein lautes »Oooh« entlockte, wich Lucius der Waffe aus. Der Stoß verfehlte ihn und traf stattdessen einen hüfthohen Dreifuß, auf dem eine kunstvoll gearbeitete Vase stand. Mit profanem Klirren ging sie zu Bruch, zur allgemeinen Heiterkeit der Gäste, die die Kontrahenten in weitem Rund umgaben und so inmitten des Bankettsaals des kaiserlichen *domus* einen provisorischen Kampfplatz gebildet hatten.

»Los doch, Pertinax! Mach ihn fertig!«, keifte eine der hohen Damen – allerdings hätte Lucius eines solchen Zurufs nicht bedurft, er war auch so bis in die Haarspitzen motiviert. Denn mochte es bei diesem Kampf auch nicht um Tod und Leben gehen, so ging es doch um sein Ansehen und seinen Ruf – und beides war am kaiserlichen Hof unabdingbar.

Die Schaulustigen sahen zu, wie sich die Kämpfenden im flackernden Schein der Feuerschalen umkreisten und sich dabei lauernd beobachteten. Lucius merkte, wie seine Handflächen schwitzten. Er fasste sein *gladius* fester, die kurze Klinge, mit der er blitzschnell zustechen und dabei tödlich verwunden konnte. Wie viele Siege hatte Lucius ihr zu verdanken – doch wie bekämpfte man einen Widersacher, der mit einer Stabwaffe hantierte und seinen Gegner erst gar nicht an sich herankommen ließ? Es blieb ihm nur, auf einen Fehler des *retiarius* zu lauern, während Lucius ihn in leicht gebückter Haltung umkreiste, dabei die Füße kreuzend, wie sein *lanista* es ihn einst gelehrt hatte.

Erinnerungen kehrten zurück.

Das Geschrei des alten Schleifers lag ihm plötzlich wieder in den Ohren, und er konnte den Schweiß und das Öl riechen, hatte den salzigen Geschmack von Blut auf der Zunge. Obwohl all dies Jahre zurück lag, war es ihm noch immer vertraut, nicht nur die Bewegungen, auch das Knirschen der wattierten *manica* an seinem Waffenarm, und der elende Gestank, wenn man unter dem Bronzehelm schwitzte.

Doch nicht nur die Erinnerungen an seine Zeit an der Gladiatorenschule von Massilia kehrten zu Lucius zurück, sondern auch die Instinkte, die er dort entwickelt hatte. Durch die Löcher im Helmvisier taxierte er seinen Gegner, der größer war als er selbst, ein Hüne geradezu, seiner bleichen Haut und dem rotblonden Haar nach Britannier. Der nackte Oberkörper des *retiarius* schien zu bersten vor Muskeln, und in seinen Augen lag ein mordlüsternes Blitzen, das Lucius in der Arena oft gesehen hatte … Sollte der Hüne vergessen haben, dass sie dies nur zur Zerstreuung der Anwesenden taten? Dass sie nur ein wenig Kurzweil bieten sollten, um den Kaiser und seine erlesenen Gäste zu erfreuen?

Erneut stieß der Britannier mit dem Dreizack zu, diesmal tief, um Lucius' Beine zu treffen. Blitzschnell warf er sich zur Seite, rollte sich ab und stand zur Freude der Zuschauer sofort wieder auf den Beinen – doch zeigte sich jetzt, dass die Attacke mit dem Dreizack nur eine Finte gewesen war. Denn nun erfolgte der eigentliche Angriff mit dem Netz, das der Barbar nach ihm schwang, um ihn darin zu fangen wie einen Fisch auf dem Trockenen.

Die Attacke erwischte Lucius auf dem falschen Bein, er hatte nicht damit gerechnet. Dennoch machte er sich wie in alten Zeiten die Leichtigkeit seiner Ausrüstung zunutze und sprang in die Höhe. Das Netz wischte unter ihm hindurch, als wäre dem *retiarius* daran gelegen, den marmornen Boden des Palasts zu säubern – und noch ehe er es wieder zurückziehen konnte, landete Lucius darauf.

Es war ein gefährlicher Moment – hätte der Britannier über die nötige Geistesgegenwart verfügt, hätte er am Netz reißen und seinem Gegner den Boden unter den Füßen wegziehen können. So jedoch war das Gegenteil der Fall: Lucius' Waffenhand zuckte vor, und noch ehe sein Gegner reagieren konnte, hatte er das Zugseil des Netzes bereits durchschnitten, und das Ding lag nutzlos auf dem Boden.

»*Habet! Habet!*«, riefen die Gäste anerkennend, was einmal mehr Erinnerungen an die Arena weckte. Und auch der Ehrgeiz, den Lucius einst empfunden hatte, kehrte zurück, der unbedingte Wille, seinen Gegner in den Staub zu werfen.

Der Britannier stieß eine Verwünschung aus, dann packte er den Dreizack mit beiden Händen und griff damit an. Der Stoß, der kräftig genug war, um einem Eber den Schädel zu zerschmettern, zielte schräg nach unten, geradewegs auf Lucius' Eingeweide. Indem er geschickt seinen Schild einsetzte und die gegnerische Waffe an dessen Wölbung abgleiten ließ, wehrte Lucius den Angriff ab. Der *retiarius* jedoch, der sein ganzes Körpergewicht in den Stoß gelegt hatte, geriet dadurch ins Taumeln. Lucius rammte ihn mit dem Schild, so hart, dass der andere vollends das Gleichgewicht verlor und stürzte.

Die Gäste wichen mit einem Aufschrei zurück, als der Hüne

vor ihnen niederging und mit dem Hinterkopf hart auf dem steinernen Boden aufschlug. Dabei biss er sich ein Stück seiner Zunge ab, das er keuchend ausspuckte, zum Gelächter der hohen Herren und zum Ekel der anwesenden Damen. Lucius entwaffnete ihn, indem er ihm den Dreizack aus der erschlafften Linken trat – und im nächsten Moment hatte der Britannier die Spitze des *gladius* an der Kehle.

Für einen Moment, während er keuchend nach Atem rang und heißes Kampfesblut in seinen Adern wallte, verspürte Lucius tatsächlich den Drang, mit der Klinge zuzustoßen und sie in der Kehle seines Gegners zu versenken ... doch es war nur ein Schatten, der flüchtig vorüberzog. Schon einen Herzschlag später hatte er sich wieder unter Kontrolle und wartete auf das Urteil der gaffenden Menge, genau wie einst ...

»Sehr gut, sehr gut!«, lobte eine dünne Stimme, die beim Sprechen seltsam die Höhe wechselte, als würde ihr Besitzer singen. »Nun lass von ihm ab, Freund Pertinax, und schenke dem Barbaren sein elendes Leben. Der Prokurator der Spiele wird es dir danken.«

Lucius besann sich noch einen Moment. Dann richtete er sich auf, und indem er die Klinge, die kein Blut zu kosten bekommen hatte, achtlos fallen ließ, bot er dem besiegten Gegner seine Rechte an. Aus den blaugrauen Augen des Britanniers schienen weiter Funken zu schlagen. Hilfloser Zorn spiegelte sich darin ebenso wie Scham über den verlorenen Kampf, aber auch Verblüffung über die versöhnliche Geste. Schließlich ergriff er Lucius' Rechte, und dieser half dem Riesen dabei, wieder auf die Beine zu kommen. Unter Beschimpfungen und Hieben trieb der zuständige Hofbeamte ihn hinaus, was bei den Versammelten erneut für Heiterkeit sorgte.

Lucius öffnete das Visier und nahm den Helm ab, froh darüber, wieder frei atmen zu können und statt des eigenen Schweißes den süßlichen Duft von Myrrhe, Rosenöl und all den anderen Aromen zu riechen, in die wohlhabende Patrizier sich zu hüllen pflegten. Und bei Weitem nicht nur die Damen …

»Nun?«, erkundigte sich der Mann mit der singenden Stimme, während er sich von seiner Liege erhob und die Stufen des Podests herabstieg. Er bot einen eigentümlichen Anblick, denn sein runder, von einer weiten Toga umwallter Körper schien zu dem kleinen Kopf und den dürren Beinen nicht recht passen zu wollen. Sein dunkles Haar war trotz seiner jungen Jahre bereits spärlich, die kohleschwarzen, in tiefen Höhlen liegenden Augen standen weit auseinander und schienen in ständigem Argwohn umherzuspähen.

Doch wer aufgrund dieser Attribute diesen jungen Mann unterschätzte oder es an Respekt oder Ehrerbietung mangeln ließ, der beging einen schwerwiegenden Fehler. Denn dies war Caius Caesar Augustus Germanicus, Urenkel des großen Caesar Augustus und Großneffe des Tiberius, Herrscher des römischen Reiches, oberster Priester und Imperator und Vater des Vaterlands.

Oder, wie manche ihn nannten, wenn auch nur klammheimlich: *Caligula* …

»Was hältst du von dieser Idee, guter Murmillo?«, wollte der Kaiser von Lucius wissen. Dass er dabei wissbegierig sein fliehendes Kinn vorstreckte, verlieh seiner Erscheinung etwas Vogelhaftes. »Dieser *retiarius* könnte zum neuen Liebling der Arena werden! Die Menge wird rasen, wenn sie ihn sieht!«

»Das steht zu erwarten, *Caesar*«, räumte Lucius ein.

»Mit Netz und Dreizack mag er wie ein Fischer aussehen, der sich in die Arena verirrt hat«, fuhr Caligula fort und lachte über seinen eigenen Scherz. »Aber wenn er erst ein paar Gegner aufgespießt hat, wird er sich rasch Respekt verschaffen.«

»Das denke ich auch, erhabener *Caesar*«, stimmte Lucius zu. Diener kamen herbei und nahmen ihm Helm und Schild ab. Dann lösten sie die Verschnürung der *manica* und der Panzerung am linken Bein und entfernten auch sie. »Aber darf ich vielleicht einen Vorschlag machen?«

»Einen Vorschlag?« Der vorgereckte Kopf des Kaisers wippte zur Seite wie bei einem Raubtier, das Witterung aufgenommen hatte. Die Hofschranzen, die den improvisierten Kampfplatz noch immer in weitem Rund umgaben, tauschten unruhige Blicke. Caligula war für seine leichte Erregbarkeit bekannt. Dem Kaiser einen falschen Vorschlag zu unterbreiten, konnte allzu leicht mit Bestrafung enden ...

»Du stehst hoch in meiner Gunst, mein guter Pertinax«, sagte er prompt, »aber übertreib es nicht. Denn was für ein Vorschlag sollte das sein, den ein ehemaliger Grubenkämpfer seinem erlauchten Herrscher zu machen hätte?«

»Ein Grubenkämpfer wohlgemerkt, der Euch alles zu verdanken hat, *Caesar*«, verbesserte Lucius und schmeichelte ihm damit zugleich. »Hättet Ihr mich nicht aus der Arena in die Reihen Eurer Prätorianer berufen und mich zum Zenturio ernannt, würde ich hier und jetzt nicht vor Euch stehen.«

»Das ist wahr, du verdankst mir alles«, gab der Kaiser unumwunden zu und schien sich daraufhin etwas zu beruhigen. »Was also ist das für ein Vorschlag?«, verlangte er dann großmütig zu wissen.

»Der *retiarius* ist ein neuartiger, furchterregender Kämpfer«, versicherte Lucius. »Hat er erst Übung im Umgang mit Netz und Dreizack, wird er so stark werden, dass ein Kampf zwischen ihm und einem *murmillo* oder *thraex* allzu rasch enden könnte ... es sei denn, es gefällt *Caesar*, seiner göttlichen Macht gerecht zu werden und das Kampfesglück ein wenig auszugleichen.«

In Caligulas schwarzen Augen blitzte es. »Wie?«

»Gebt dem Gegner des Netzkämpfers einen Helm, der weniger geschmückt ist als der meine, sodass er sich unter dem Netz wegducken kann, ohne sich darin zu verheddern.

Und verkleinert das Visier, damit seine Augen besser geschützt sind. Auf diese Weise werden die Chancen besser verteilt sein. Die beiden Kämpfer werden den Zuschauern in der Arena viel Freude bereiten – und der Dank und die Begeisterung des Volkes werden Euch sicher sein, *Caesar.*«

Caligula nickte, während er auf seinen dürren Beinen auf und ab ging und sich dabei das bartlose, fliehende Kinn rieb. »Ich gebe zu, die Idee ist nicht schlecht ... und wie sollen wir diese neue Art von Kämpfer nennen?« Er blieb stehen und blickte in die Runde der Versammelten. »Los doch, ich erwarte eure Vorschläge«, rief er ihnen zu.

Die geladenen Gäste wichen seinen Blicken aus. Aufseiten der Herren waren es vor allem Senatoren und andere Patrizier, die zu den kaiserlichen Festen geladen wurden, sodass sich Geld und Macht die Waage hielten; was die Frauen anging, so behielt der Kaiser es sich vor, nicht nur die Damen des hohen Adels einzuladen, sondern auch solche, die ihren Lebensunterhalt zwar auf anrüchige Weise verdienten, Caligulas Vorstellung von Schönheit und Eleganz aber mehr entsprachen. Doch woher sie auch stammen mochten, ob von ganz oben oder ganz unten, sie alle schwiegen lieber, als etwas zu sagen, das dem Kaiser womöglich missfiel.

»Fürwahr, ihr seid mir ja schöne Berater!«, rief Caligula ihnen zu. »Würde ich ein Pferd zum Senator machen, würde es mir kaum weniger wertvolle Dienste leisten!«

»Nun denn«, entgegnete Marcus Aquila Iulianus, seines Zeichens erster Konsul und oberster Beamter, der sich wohl in seinem Stolz gekränkt sah, »so nennt ihn doch *mergus*, *Caesar.*«

»Wieso das?«

»Weil er elegant unter dem Netz des Gegners hindurchtaucht«, entgegnete der Konsul und machte eine entsprechende Bewegung mit der rechten Hand.

»Unfug«, lehnte Caligula ab.

»Oder *fugitivus*, weil er vor dem Dreizack auf der Flucht sein wird«, schlug ein Senator vor.

»Noch schlimmer!«, lautete das kaiserliche Urteil. »Niemand, der ins Amphitheater geht, will einen Gladiator davonlaufen sehen! Habt ihr denn nichts verstanden? Es muss ein Name sein, der bei seinem Gegner Respekt und beim Zuschauer große Erwartungen weckt …« Er verstummte und dachte einen Moment nach, wobei seine Augen vollends in den ohnehin schon tiefen Höhlen zu versinken schienen. »Jetzt weiß ich es!«, rief er plötzlich aus, wobei sich seine Miene wieder klärte. »Der neue Kämpfer wird *secutor* genannt, weil es seine Aufgabe sein wird, den *retiarius* in der Arena zu verfolgen!«

»Eine gute Wahl, *Caesar*«, bekundete Marcus Aquila, und allenthalben wurde geklatscht und Beifall bekundet. Der Kaiser erquickte sich daran wie an einem warmen Frühlingsregen und schickte Lucius ein Lächeln, das dieser hinlänglich kannte. Es lag eine gewisse Dankbarkeit darin – und zugleich die Warnung, sich von nun an wieder in Zurückhaltung zu üben.

Denn Caius Caesar Augustus Germanicus war leicht zu erfreuen, insbesondere von einem ehemaligen Gladiator, den er wohlwollend in die Reihen seiner Prätorianer aufgenommen hatte.

Doch ebenso rasch konnte man dieses Wohlwollen auch wieder verlieren – und dann war der Palatin, war ganz Rom ein sehr gefährlicher Ort.

II

Es hatte gefressen.

Hatte sich an seiner Beute gelabt, die es rasch und ohne die Mühen einer langen Jagd erlegt hatte. Der Hunger, den es verspürt hatte, war damit fürs Erste gestillt, die alten Kräfte dabei, wieder in seinen Körper zurückzukehren ... aber es brauchte noch mehr davon. Und an diesem Ort, in diesem unendlichen Wald aus Steinen, gab es reiche Beute ...

Anfangs war es verwirrt gewesen, hatte zum ersten Mal in seiner uralten, archaischen Existenz so etwas wie Furcht verspürt. Instinktiv hatte es zunächst die Flucht ergriffen, doch andere, noch ungleich mächtigere Naturtriebe, die darauf aus waren, zu töten, zu fressen und zu überleben, hatten es schließlich wieder in den steinernen Wald zurückkehren lassen.

Und da hatte die Bestie sie gesehen ...

Unzählige kleine, zerbrechliche Kreaturen, die sich in den engen Schluchten tummelten und von denen keine Gefahr ausging, die keinen Widerstand leisteten und sich willenlos in ihr Schicksal ergaben. Ihr Fleisch, ihre Knochen und ihr Blut würden die Bestie nähren, würden ihr nach dem langen Schlaf die alte Stärke wiederbringen.

Die Bestie genoss das Gefühl, wieder am Leben zu sein, verschlang jeden einzelnen Bissen, den sie aus den leblosen, blutigen Körpern riss, mit unstillbarer Gier.

Sie wusste weder, *was* sie war, noch, *warum* sie war.
Nur *dass* sie noch war, das wusste sie.
Nach all den Jahrtausenden.

III

Der nach Caligulas Vorgänger *domus Tiberiana* benannte Palast, der bis zur Fertigstellung der zusätzlichen Räumlichkeiten auch den neuen Imperator beherbergte, verfügte über eine Unzahl von Innenhöfen.

Prächtige Gärten gab es dort, mit plätschernden Brunnen und kunstvoll gearbeiteten Statuen. Bei Nacht waren sie erfüllt vom Zirpen der Grillen und dem Duft von Lavendel, der Schein von Fackeln und Feuerpfannen spiegelte sich im dunklen Wasser der *impluvia*. Nicht von ungefähr waren die Kammern, die sich zu den Gärten hin öffneten, beliebte Orte, an die sich die Gäste der kaiserlichen Gelage zu fortgeschrittener Stunde zurückzogen, in weiblicher wie in männlicher Begleitung. Der Kaiser selbst war bekannt dafür, beiden Geschlechtern gleichermaßen zugeneigt zu sein, und ließ nicht nur Dirnen, sondern auch griechische Lustknaben in den Palast kommen, um sie seinen Gästen wie einen Nachtisch zu kredenzen.

In einer dieser Kammern, die aus besagten Gründen mit bequemen Liegen ausgestattet waren, verwandelte sich Lucius Pertinax vom Gladiator wieder zurück in den Zenturio. Sklaven hatten ihm eine Karaffe Wein und eine Schüssel Wasser gebracht und sich erboten, ihn auch zu waschen, aber Lucius hatte sie weggeschickt. Er wollte allein sein, und das nicht nur, weil der Kampf gegen *retiarius* anstrengender gewesen war und ihn mehr gefordert hatte, als er gerne zugeben wollte; es war auch eigenartig, das eine Gewand ab- und das andere wieder anzulegen, so als hätte Lucius für kurze Zeit wieder sein altes, geringeres Selbst angenommen.

Erinnerungen wurden einmal mehr geweckt, an den Halbwüchsigen, der mit fünfzehn Jahren an die Gladiatorenschule von Massilia gekommen war, um dort zu lernen und zu üben, anfangs noch hoffnungslos unterlegen, aber von der Natur mit eisernem Willen und schneller Reaktionsfähigkeit bedacht. Schließlich die ersten Kämpfe, in kleinen Arenen und noch nicht auf Leben und Tod. Und dann hatte er zum ersten Mal ein Amphitheater durch die *porta sanivivaria* betreten – und es auch wieder durch das Tor des Lebens verlassen. Das Geschrei der Menge, der Blutdurst in den Augen der Zuschauer, der Geruch von Schweiß und Blut, dazu das heftige Pochen des eigenen Herzens – all das würde Lucius nie vergessen. Mit heißer Glut hatte es sich in sein Gedächtnis eingebrannt und würde für immer ein Teil von ihm sein – wie sehr, das war ihm erst vorhin wieder klar geworden.

An gewöhnlichen Tagen konnte er es leicht verdrängen, gab es genügend Pflichten, denen er nachzugehen hatte, und allerhand Zerstreuung, um sich abzulenken – Besuche in den öffentlichen Bädern, die Freuden Suburas und andere Annehmlichkeiten, die Rom demjenigen bot, der es sich leisten konnte. Doch vorhin hatte Lucius sie wieder verspürt ... die Dunkelheit in seinem Inneren, jenen Drang, um jeden Preis den Sieg zu erringen und seinen Gegner zu töten.

In der Arena hatte er ihn oft erlebt, jenen Augenblick, in dem er die Kontrolle über sich und sein Handeln verlor und etwas anderes die Klinge führte, etwas, das fremd und dunkel war. Er hatte keinen Namen dafür, aber in der Arena hatte ihm dieses Dunkel oft genug das Leben gerettet, bis zu jenem Tag, als das kaiserliche Urteil ihm einen anderen Weg gewiesen und einen neuen Menschen aus ihm gemacht hatte.

Doch irgendwo tief in ihm lauerte es noch immer.

In einem dunklen Abgrund …

»In Gedanken?«

Lucius fuhr herum.

Der Vorhang der Kammer war beiseitegezogen worden, und eine junge Frau stand auf der Schwelle. Die Öllampe, die sich neben dem muschelförmigen Becken auf dem Tisch befand und sanften Schein verbreitete, beleuchtete ihre zarte Gestalt und ihre edlen, patrizischen Gesichtszüge, die Lucius nur zu bekannt waren. Sie gehörten Iulia Agrippina, der ältesten Schwester des Kaisers.

»Herrin«, entfuhr es ihm überrascht, »ich …«

»Wie ich sehe, komme ich zu spät«, stellte sie mit bedauerndem Blick auf die rote Prätorianer-Tunika fest, die er bereits übergestreift hatte. Dabei wölbte sie die Lippen wie ein Kind, das schmollte. »Aber da ist nichts, das sich nicht wieder ausziehen ließe, nicht wahr?«, fügte sie hinzu und trat unaufgefordert ein.

Die Prätorianer, die freilich nur hinter vorgehaltener Hand über derlei Dinge sprachen, waren sich darüber einig, dass Agrippina die verführerischste unter den drei kaiserlichen Schwestern war. Zudem genoss sie den Ruf, es mit der Treue gegenüber ihrem Ehemann, dem Senator Domitius Ahenobarbus, nicht allzu genau zu nehmen. Manche behaupteten sogar, es sei ihr kaiserlicher Bruder selbst, der sie zu Abenteuern vielerlei Art überredete.

Tatsächlich war sie wunderschön anzusehen mit ihren dreiundzwanzig Sommern. Ein Kleid aus gelber Seide umschmeichelte ihren Körper, der mit kleinen Brüsten und wiegenden Hüften einer Venusstatue glich. Ihr braunes Haar, das einen Stich ins Rötliche hatte, war nach der neuesten Mode geflochten, ihre Gesichtszüge waren ebenmäßig, die Nase schmal, der Mund klein und sinnlich, die Lippen rot vom *purpurissimum.* Die Augen, von rätselhaft grüner Farbe, standen wie bei ihrem Bruder etwas zu weit auseinander, doch während es Caligulas Zügen etwas Fremdartiges verlieh, machte es die Schönheit seiner Schwester nur umso einzigartiger.

Es war am Hof bekannt, dass ein gewisser Ofonius Tigellinus um die Gunst der Kaiserschwester buhlte, ein schmeichlerischer Jüngling aus wohlhabendem Hause. Doch Lucius war nur Soldat und verfügte weder über die Bildung noch über das Einkommen, das nötig sein mochte, um eine Dame von solch hohem Stand zu betören. Was also hatte dies zu bedeuten?

»Ist es wahr, was man gemeinhin behauptet?«, fragte sie, während sie ihn unverhohlen aus ihren grünen Augen musterte.

»Was wird denn behauptet, Herrin?«

Ungeniert griff sie nach der Karaffe mit dem Wein, schenkte sich in den silbernen Becher ein und nahm einen tiefen Schluck. »Es heißt, dass in dem Augenblick, da ein Gladiator einen anderen tötet, dessen Manneskraft auf ihn übergeht«, eröffnete sie ihm dann.

»Ich habe den Britannier nicht getötet«, brachte Lucius in Erinnerung.

»Ihn nicht, aber viele andere, wie ich gehört habe.« Sie stellte den Becher beiseite und trat einen weiteren Schritt auf ihn zu, sich ihrer Stellung und ihrer Macht offenbar wohl bewusst. Ihr Busen bebte unter der dünnen Seide, es war offensichtlich, dass der Kampf sie erregt hatte – ein Phänomen, das durchaus nicht ungewöhnlich war. So mancher *lanista* verdiente sich ein hübsches Zubrot, indem er die prächtigsten seiner Gladiatoren des Nachts wohlhabenden Patrizierinnen zuführte – »späte Medizin« wurde das scherzhaft genannt. Auch auf Lucius war die Wahl dabei öfter gefallen, allerdings war keine der Damen auch nur von annähernd so hohem Stand gewesen wie Agrippina. Entsprechend war es nicht seine Männlichkeit, die erwachte, sondern seine Vorsicht ...

Unwillkürlich wich er zurück, bis die Rückwand der Kammer es nicht mehr zuließ.

»Was ist das?«, fragte sie, während sie bereits dabei war, die Verschnürung ihres Kleides an einer Schulter zu lösen. »Ist es Furcht, die ich in deinen Augen sehe, Murmillo? Furcht in den Augen eines siegreichen Kämpfers? Eines Hauptmanns der Leibwache meines Bruders?«

Ungeniert offenbarte sie ihm, was die dünne Seide ohnehin nur unzureichend verborgen hatte, und eine mit *creta* geweißte Brust reckte sich ihm alabastergleich entgegen. »Schätze dich glücklich, mein guter Pertinax«, sagte sie lächelnd dazu, »dass nicht nur der Bruder deiner Erfahrung als Gladiator bedarf, sondern auch die Schwester.«

Lucius, der noch einen inneren Kampf darüber austrug, ob er sich fügen und von der verbotenen Frucht kosten oder lieber davon lassen sollte und sich damit womöglich die Feindschaft der mächtigsten Frau am Hofe zuziehen, stand selbst wie zur Statue erstarrt – als draußen plötzlich das Geräusch hektisch schlurfender Sandalen zu hören war.

»Zenturio Murmillo!«, rief jemand – und im nächsten Moment wurde der Vorhang abermals beiseitegeschlagen, und ein Sklave stand auf der Schwelle. Sein Alter war unmöglich zu schätzen. Er war barhäuptig und von kleiner Gestalt, mit Augen wie Kohlen – dies war Tanacos, Caligulas oberster Haussklave und persönlicher Diener.

»Verzeiht die Störung, Herrin«, sagte der Phrygier und sah demütig zu Boden. »*Caesar* verlangt, den Zenturio zu sprechen, unverzüglich.«

»Unverzüglich, hast du gehört, guter Pertinax?« Über Agrippinas schönes Gesicht huschte ein spöttisches Lächeln.

»Ich habe es vernommen«, versicherte Lucius nicht ohne eine gewisse Erleichterung.

Noch einen Augenblick zögerte sie, als obläge ihr die Entscheidungsgewalt darüber, was ein Offizier der Prätorianergarde zu tun und zu lassen habe. Dann erst trat sie beiseite und griff erneut nach dem Becher mit Wein. Ihre Brust ließ sie unverhüllt, als wollte sie ihm demonstrieren, was ihm entging. Um Tanacos' Augen scherte sie sich nicht, so wie sich kein freier Römer um das scherte, was Sklaven sahen oder hörten. Die Strafen, die bei Indiskretionen drohten, waren so drakonisch, dass kaum je ein *mancipium* dagegen verstieß.

Lucius schlüpfte in den ledernen Muskelpanzer, dessen Schnallen der Phrygier schließen half, und legte die *cingula* an. Abschließend half ihm der Sklave, die Sandalen zu schnüren. So gerüstet verließ er die Kammer, nicht ohne noch einen Blick auf Agrippinas Gesicht zu werfen und dabei das Haupt zu neigen.

»Herrin.«

»Leb wohl, Murmillo«, erwiderte sie lächelnd. »Auf ein baldiges Wiedersehen.«

Lucius erwiderte nichts darauf. Stattdessen folgte er dem Sklaven nach draußen in die laue Nacht, die vom Zirpen der Grillen erfüllt war. Durch den Säulengang und eine verwirrende Anzahl verwinkelter Treppenhäuser und Korridore geleitete der Phrygier Lucius zurück – jedoch nicht in die Bankethalle, in der die Gäste vermutlich noch immer feierten, sondern in jenen Saal, in dem sich einst schon Caligulas Großonkel Tiberius mit den Senatoren beraten und ausländische Gesandte empfangen hatte, ehe er es vorgezogen hatte, der Tiberstadt den Rücken zu kehren und sich nach Capri zu begeben.

Zu seiner Verblüffung traf Lucius den vorhin noch so fröhlichen Imperator in düsterer Stimmung an. Auf purpurnen Kissen thronte er auf dem erhöhten Scherenstuhl, umgeben von seinen engsten Beratern – Senatoren in schweren Togen, wobei sowohl den hohen Herren als auch ihren Roben die Folgen des Gastmahls deutlich anzusehen waren. Neben den üblichen *vigiles*, die den Kaiser stets begleiteten, war auch Cassius Chaerea zugegen, seines Zeichens Tribun der Prätorianergarde. Als er Lucius erblickte, verzog sich sein kantiges Gesicht in unverhohlener Verachtung.

»*Caesar*«, sagte Lucius und hob die Hand zum Gruß.

»Da bist du ja endlich, Murmillo. Hat dich der Kampf gegen den *retiarius* so geschwächt?«

»Nein, *Caesar*«, versicherte Lucius und gab sich Mühe, dabei nicht zu erröten. »Bitte verzeiht.«

»Ein wahrer Prätorianer fleht nicht um Verzeihung, sondern bittet um angemessene Bestrafung für sein Versäumnis«, wies Cassius Chaerea ihn zurecht.

»Ach, hör schon auf damit, Tribun«, entgegnete Caligula an Lucius' Stelle. »Wäre es so, müsste ich dir ja ständig deine Bitten erfüllen, oder nicht?«

Nun war es Chaerea, der errötete – und nicht aus Verlegenheit, sondern aus nur mühsam beherrschtem Zorn. Es war kein Geheimnis, dass der Kaiser ihn nicht mochte und keine Gelegenheit ausließ, um entweder seine hagere Gestalt, seine stets heisere Stimme oder sein verkrampftes Gemüt zum Anlass zu nehmen, ihn vor dem versammelten Hofstaat zu verspotten.

So wie es auch kein Geheimnis war, dass des Kaisers erklärter Lieblingsprätorianer ein ehemaliger Gladiator war und auf den Namen Lucius Murmillo hörte …

Der finstere Blick, mit dem Chaerea Lucius bedachte, verriet deutlich, dass er nicht den Kaiser, sondern ihn für diese Kränkung verantwortlich machte. Wäre es nach ihm und dem Präfekten Quintus Naevius Macro gegangen, wäre einem einstigen Gladiator niemals die Ehre zuteilgeworden, in die kaiserliche Leibgarde aufgenommen zu werden. Doch Macro, der den Kaiser auch in anderen Dingen hatte bevormunden wollen, hatte den Fehler begangen, Caligulas Willen zu unterschätzen. Obwohl er zu jenen gehört hatte, denen der junge

Kaiser seine Herrschaft verdankte, hatte Caligula ihn am Hof in Verruf gebracht und ihn und seine Ehefrau zum Selbstmord gezwungen.

Marcus Arrecinus Clemens, der zu Jahresbeginn Macros Nachfolge im Amt des Präfekten angetreten hatte, hatte gegen einen ehemaligen Gladiator in den prätorianischen Reihen nichts mehr einzuwenden gehabt. Anders als Chaerea, der Macros Zögling gewesen war und auch den Tod seines Mentors letztlich Lucius anlastete …

»Los doch«, forderte der Kaiser einen der beiden Männer auf, die in gebückter Haltung vor seinem erhöhten Sitz standen. »Wiederhole, was du soeben berichtet hast.«

»Mein Name«, stellte der Angesprochene, ein junger Mann mit bereits schütterem Haar, sich vor, »ist Caius Mascius, Ädil des vierten Stadtbezirks.«

»Das wissen wir doch längst.« Caligula schüttelte die goldberingte Rechte, als könnte er die Dinge so beschleunigen. »Fahr endlich fort!«

»Zu meinem Bedauern«, fuhr Caius Mascius fort, der in seiner abgetragenen grauen Robe einen recht dürftigen Anblick bot, »musste ich *Caesar* von einem neuen Vorfall in meiner *regio* berichten …«

Lucius begann zu ahnen, worum es ging. Zum vierten Stadtbezirk, der sich zwischen Qurinal und Esquilin erstreckte, gehörte auch Subura – einerseits das Viertel der Armen, aber auch (oder vielmehr gerade deswegen) das Vergnügungsviertel der Stadt, in dem man für Geld so ziemlich alles bekommen konnte, wonach die Lust verlangte. Von billigen Dirnen, die es für ein As taten, über kostspielige Hetären bis hin zu Lustknaben aus fernen Ländern. Subura war, zumal nach Einbruch der Dunkelheit, alles andere als ein sicherer Ort, Überfälle und Schlägereien waren dort an der Tagesordnung, ohne dass der mit Fragen der Sicherheit betraute Ädil dagegen viel hätte unternehmen können.

In letzter Zeit allerdings brodelte es in den engen Gassen und schmutzigen Hinterhöfen. Das Volk war unzufrieden und rottete sich zusammen, Unruhe lag in der stinkenden Luft, die das gewohnte Maß bei Weitem überstieg. Und dies wiederum hatte mit den rätselhaften Todesfällen zu tun, die sich seit einiger Zeit in Subura ereigneten …

»Allem Anschein nach«, stieß Macius hervor, »haben die *interfectores* wieder zugeschlagen.«

»Natürlich, nur zu!«, rief der Kaiser und warf die beringte Rechte in die Luft. »Nennt sie auch noch bei dem Namen, den diese Aufrührer ihnen gegeben haben, und facht die Unruhe dadurch richtig an!«

»Aber, *Caesar*«, wandte Konsul Marcus Aquila ein, »bedenke, dass es bereits das zehnte Mal ist, dass jene Verbrecher zugeschlagen …«

»Das vierzehnte«, verbesserte Caius Mascius, wobei er im Kragenwurf seiner Robe zu versinken schien. Der Vergleich mit einer Schildkröte drängte sich auf. »Das Volk in Subura wird zunehmend unruhiger.«

»So?« Auf seinen Kissen thronend, reckte der Kaiser wissbegierig das kaum vorhandene Kinn vor. »Lasst hören, was mein geliebtes Volk sagt!«

»Nun« – der Ädil versank noch ein wenig tiefer im grauen Stoff –, »es gibt Stimmen, die behaupten, dass *Caesar* nicht in der Lage sei, die Ordnung in den Straßen aufrechtzuerhalten«, vermeldete er dann kleinlaut. »Dass der Vater des Vaterlandes seine Kinder nicht beschütze …«

»So, heißt es das?« Caligulas Mundwinkel fielen herab, verliehen seinem Gesicht einen Zug von Grausamkeit. »Ist das die Art und Weise, wie mir das Volk meine Wohltaten dankt? Sind die Kornspeicher nicht gut gefüllt? Veranstalte ich nicht die spektakulärsten Spiele, die man je gesehen hat?«

»Ohne Zweifel tut Ihr das, *Caesar*, aber die Menschen benötigen zu ihrer Zufriedenheit auch ein gewisses Maß an Sicherheit«, gab Konsul Aquila zu bedenken. »Wenn Furcht in den Gassen herrscht, kann Übles daraus erwachsen.«

»Nichts, womit wir nicht fertig würden«, versicherte Chaerea entschieden. »Auf seine Prätorianer kann sich *Caesar* stets verlassen.«

»Und es beruhigt uns alle, dies zu wissen«, räumte Aquila ein, »doch wenn wahr ist, was Mascius berichtet, so dürfen wir die Dinge nicht einfach sich selbst überlassen. Schon die letzten Regierungsjahre des erlauchten Tiberius haben mehr Unruhe gebracht, als uns allen lieb sein kann. Was Rom in diesen Tagen mehr als alles andere braucht, ist Frieden.«

»Das ist wahr«, pflichtete der Ädil ihm bei, »zumal in Subura Gerüchte die Runde machen.«

»Was für Gerüchte?«, verlangte der Kaiser zu wissen.

»Nun«, verfiel Mascius wieder in das alte Zögern, »angesichts der Tatsache, dass die Opfer allesamt grausam zugerichtet wurden, raunen manche von einem *monstrum*, das nachts durch die Straßen schleicht, einem Ungeheuer, das Menschen frisst. Einige behaupten gar, über den Dächern einen fliegenden Schatten gesehen zu haben. Und wieder andere munkeln von verbotener Zauberei und dunkler Magie aus Ägypten.«

»Altweibergeschwätz!«

»Mag sein, *Caesar*«, stimmte Marcus Aquila zu, »doch das Volk scheint daran zu glauben – und woran das Volk glaubt, das wird zur Wirklichkeit Roms.«

Caligula schickte dem Konsul einen seltsamen Blick. Seine schmalen Brauen zogen sich dabei wütend zusammen. »Willst du mich etwa belehren? Denkst du, das alles wüsste ich nicht?«

»Natürlich, *Caesar*«, beeilte sich der Konsul, zu versichern, der ihn an Jahren weit übertraf. »Ich erlaubte mir nur, es für Euch auszusprechen.«

»Der göttliche Caius Germanicus bedarf dessen nicht«, versicherte der Kaiser selbstbewusst. »Warum, denkt ihr, habe ich nach Lucius Pertinax schicken lassen? Damit er sich als mein Auge und mein Ohr vor Ort ein Bild von den Dingen macht!«

»Aber wieso ausgerechnet er?«, platzte Cassius Chaerea heraus. Der Tribun gab sich erst gar keine Mühe, seine Abneigung zu verbergen.

»Wen sollte ich denn sonst schicken?« Caligula bedachte ihn mit einem vernichtenden Seitenblick. »Doch nicht etwa dich?«

»Murmillo ist erst seit einem Jahr dabei«, wandte Chaerea ein. »Und seine einzige Eignung besteht darin, ein ehemaliger Gladiator zu sein.«

»Er ist ein freier römischer Bürger – berechtigt ihn das nicht dazu, ein Teil meiner Prätorianergarde zu sein?«, fragte der Kaiser.

»Gewiss, *Caesar* … doch in welcher Situation hätte er sich jemals schon bewährt und seinen Mut und seine Treue zu Euch unter Beweis gestellt?«

»In welcher Situation er sich bewährt hat? Das will ich dir verraten, Tribun – im Sand der Arena! Viele Dutzend Male hat er dem Tod ins Auge geblickt und über ihn triumphiert – kannst du solches auch von dir behaupten?«

»Nein, *Caesar*«, musste Chaerea kopfschüttelnd zugeben.

»Und was seine Treue betrifft, so glaube ich, dass der Kampf ums Überleben Lucius' Charakter hinreichend gestählt und ihn unempfindlich für Verlockungen aller Art gemacht hat«, fuhr der Kaiser in seiner Lobrede fort. »Deshalb vertraue ich ihm mehr als jedem anderen aus den Reihen meiner Garde, einschließlich des Präfekten und seiner Tribunen.«

»*Caesar.*« Lucius bedankte sich für das Lob, indem er das Haupt neigte, doch er tat es mit gemischten Gefühlen. Denn zum einen sah er, wie Chaerea wie unter einem Peitschenhieb zusammenzuckte, zum anderen kannte er Caligula inzwischen gut genug, um zu wissen, dass ein Lob, noch dazu eines, das ihn aus der Masse der anderen hervorhob, stets auch mit hohen Erwartungen verbunden war.

»Ich will, dass du nach Subura gehst und dir dort einen Eindruck von den Geschehnissen machst. Mascius wird dich führen.«

»Ja, *Caesar*«, bestätigte Lucius ohne Zögern.

»Je...jetzt gleich?«, fragte der Ädil, dem der Gedanke überhaupt nicht zu gefallen schien.

»Nicht doch, an den nächsten Iden«, entgegnete der Kaiser. »Natürlich jetzt gleich! Auf der Stelle.«

»A...aber es herrscht Aufruhr in den Gassen! Es ist, als habe man die Furien losgelassen!«

»Dann nimm dir ein paar tüchtige Männer mit, Zenturio Murmillo«, wies Caligula Lucius an. »Und sieh dich vor – ich würde den Einzigen hier bei Hofe, der ebenso viel von den Spielen versteht wie ich, nur ungern verlieren.«

»Natürlich, *Caesar.*«

»Geh und berichte mir. Und dann, bei Merkur«, fügte der Kaiser mit einem giftigen Blick in Richtung Aquilas und der Senatoren hinzu, »werden wir sehen, welche Maßnahmen wir ergreifen werden.«

Die kaiserlichen Berater bekundeten lautstark ihre Zustimmung, während Lucius abermals grüßte – zuerst den Kaiser, dann seinen Tribun – und sich dann zum Gehen wandte.

Der Weg hinaus kam ihm endlos vor.

Denn bei jedem einzelnen Schritt fühlte er Chaereas vernichtenden Blick im Nacken.

Und wusste, dass er nichts Gutes zu bedeuten hatte.

IV

Der Innenhof der *insula* war nicht besonders groß, keine zehn Schritte im Quadrat. Hohe, aus braunen Ziegeln gemauerte Wände umgaben ihn, aus denen kleine Fenster blickten – jedenfalls, soweit der Lichtschein der Fackeln sie noch erfasste. Darüber lag alles in tiefer Schwärze, selbst der zu Beginn der Nacht noch sternenklare Himmel hatte sich verfinstert, als wollte er den Mantel der Dunkelheit über die grausame Szenerie breiten.

In seiner Zeit in der Arena hatte Lucius Murmillo manches gesehen, das sich unauslöschlich in seine Erinnerung eingebrannt hatte … doch nichts davon war mit dem zu vergleichen, was sich auf dem Innenhof abgespielt hatte.

Hier musste ein wahres Massaker stattgefunden haben.

Die Wände waren mit Blut besudelt, als hätte ein *lanius* hier sein blutiges Handwerk verrichtet, über den von Unrat übersäten Boden lagen abgetrennte Gliedmaßen und Eingeweide verstreut, von denen ein entsetzlicher Gestank ausging. Und dann war da noch das herrenlose Haupt, das wie zur Staffage in der Ecke lag, die Augen weiß und die Gesichtszüge in namenlosem Schrecken verzerrt.

Der Anblick von Händen oder Unterarmen, die ihren Besitzern abhandengekommen waren, war in der Arena blutiger Alltag. Lucius hatte sich daran gewöhnt, so wie er sich an manches gewöhnt hatte, um zu überleben. Doch derart viele herrenlose Gliedmaßen auf einmal hatte er noch nie gesehen, zumal sie anscheinend nicht mit einer Klinge abgetrennt, sondern schlicht und einfach abgerissen worden waren, ebenso wie der Kopf, an dem noch ein Teil des Brustkorbs hing.

Gleich mehrere der Prätorianer, die ihn zum Ort der Tat begleitet hatten, übergaben sich bei dem Anblick. Lucius selbst zog sich an jenen Ort zurück, den er in seinem Inneren für Momente geschaffen hatte, in denen die Wirklichkeit den Verstand zu ersticken drohte. *Hortus tenebrarum* hatte er ihn genannt.

Den Garten der Finsternis …

»Und? Hast du nun alles gesehen?« Caius Mascius' karg behaartes Haupt wagte sich ein Stück weit aus dem Kragen hervor, während er sich hektisch umblickte. »Kannst du dem Kaiser nun berichten, Zenturio?«

»Noch nicht«, entgegnete Lucius. Im flackernden Licht seiner Fackel nahm er die blutbesudelten Wände in Augenschein. Auch an der Ummauerung der Arena hatte er solch makabre Muster gesehen, allerdings hatte sich ihr Ursprung stets am Boden befunden. In diesem Fall jedoch schien sich das Blut von oben herab ergossen zu haben … doch wohin Lucius mit der Fackel auch leuchtete, nirgendwo konnte er einen Balkon oder auch nur einen Mauervorsprung entdecken. Und bis zum Dach war es weit hinauf. Was, bei Belenus und Apoll, war hier geschehen?

Von außerhalb des Innenhofs war jetzt Geschrei zu vernehmen, unartikulierte Rufe einer aufgebrachten Menge.

Und sie kam näher.

»Zenturio, ich bitte dich inständig, dich zu beeilen«, drängte Mascius. »Die Plebejer sind äußerst aufgebracht …«

»Wollt Ihr ihnen das verdenken?« Lucius schnaubte. »Diese Männer hier sind nicht nur eines gewaltsamen, sondern auch eines höchst unnatürlichen Todes gestorben.«

»Ist es das, was du *Caesar* berichten willst?« Die kleinen Augen des Ädils funkelten furchtsam im Licht seiner Fackel.

»Es ist die Wahrheit.« Lucius senkte die Fackel und suchte zum wiederholten Mal den Boden ab. Doch zwischen all den Leichenteilen waren im weichen Boden keine ungewöhnlichen Spuren zu entdecken, nur die üblichen Abdrücke nackter oder mit ledernen Sandalen bekleideter Füße.

»Die Wahrheit? Woher willst du die Wahrheit kennen? Du bist nur ein Hauptmann der Prätorianer, kein *haruspex* und kein *augur.*«

»Zugegeben.« Lucius nickte. »Aber ich habe Augen im Kopf und kann berichten, was ich hier vorgefunden habe. Und ich kann mich nicht entsinnen ...« Er verstummte plötzlich, als ihm etwas auffiel.

Mit der Fackel in der Hand ging er auf das herrenlose Haupt zu, das ihn in stummer Panik anzustarren schien. An dem Stück Torso, das noch daran hing, klebten einige blutige Stofffetzen, Reste einer wollenen Tunika, die wohl einst zur Kleidung eines Soldaten gehört hatte. Doch in der Schulter schien etwas zu stecken, das Lucius beim ersten Hinsehen nicht aufgefallen war ...

Er bückte sich und griff danach, in der Erwartung, dass es sich um eine Waffe handelte, doch war dies nicht der Fall. Was Lucius für den Griff einer Klinge gehalten hatte, war in Wahrheit nur eine knollenähnliche Verdickung, die tief im leblosen Fleisch steckte. Er musste einige Kraft aufwenden, bis sie sich endlich schmatzend löste.

Im Licht der Fackel betrachtete er den seltsamen Gegenstand, der von rötlicher Farbe war und aus einem festen, knochenähnlichen Material zu bestehen schien. Er war eine Handspanne lang und lief so spitz zu wie ein Dorn, war aber von gewellter Form. Zudem war das Gebilde mit einem feinen Gespinst von Haaren umgeben, die zwar vom Blut des

Opfers getränkt, jedoch noch deutlich erkennbar waren. Lucius roch daran – der Geruch war abstoßend bitter.

»Zenturio …?«

Die sich nähernden Stimmen waren unterdessen noch lauter geworden, Caius Mascius war einer handfesten Panik nahe.

Lucius überlegte einen Moment, öffnete dann den ledernen Beutel an seinem Gürtel und ließ den Gegenstand darin verschwinden. Dann erhob er sich und wandte sich dem Ädil zu, der sich einmal mehr in seiner Robe verkrochen hatte.

»Wir rücken ab.«

»Die Götter mögen dich segnen für diese Entscheidung«, bestätigte Mascius erleichtert. »Die Menge hat sicher mitbekommen, dass es wieder einen Zwischenfall gegeben hat, und nun will sie jemandem die Verantwortung dafür geben …«

Lucius erwiderte nichts darauf. Dem Ädil voraus, schlüpfte er durch die schmale Kluft, die den Hinterhof mit der Gasse verband. Die beiden Soldaten, die ihn begleitet hatten, bildeten die Nachhut. Der Rest der kleinen Abteilung wartete draußen auf der Gasse, den Befehl führte Marcus Furius, ein gallischer Landsmann Murmillos und vermutlich der einzige Freund, den er unter den Prätorianern hatte.

»Und?«, fragte er nur.

Lucius schüttelte lediglich den Kopf.

»Wieder die *interfectores?*«

»Was auch immer.« Lucius spuckte aus. Ein Schauder durchrieselte ihn, während er über die Schulter einen Blick in den Hof zurückwarf, der jetzt wieder völlig in Dunkelheit versunken war. Eine Dunkelheit von mancherlei Art …

»Dort kommen sie schon!«, rief Caius Mascius. »Offenbar haben sie bemerkt, dass Prätorianer im Viertel sind …«

Mit einem dürren Arm deutete der Ädil die Gasse hinab, von deren Ende der späten Stunde ungeachtet ein ganzer Trupp Männer und Frauen heraufzog. Ihnen allen war gemeinsam, dass sie einfache Kleidung trugen und mit Fackeln, Steinen und Prügeln bewaffnet waren. Ihre Gesichter waren wutverzerrt, und in ihren von Feuerschein beleuchteten Augen lag ein Ausdruck, den Lucius nur zu gut kannte, hatte er ihn doch in den Gesichtern unzähliger Gladiatoren, Sklaven und verurteilter Verbrecher gesehen, die in die Arena geschickt worden waren – es war nackte Todesangst. Und weil er sie schon in den Augen so vieler Menschen gesehen hatte, wusste Lucius Murmillo auch, wozu Furcht die Leute treiben konnte …

»Reihe schließen«, befahl er seinen Männern, die sich daraufhin Schild an Schild postierten, die Hände an den Griffen ihrer Schwerter. »Beschützt den Ädil.«

Er selbst trat der wütenden Meute entgegen, die rechte Hand nicht an der Waffe, sondern zum Gruß erhoben.

»Du!«, rief eine aufgebrachte Frau ihm schon von Weitem entgegen. »Prätorianer!«

»Ja, das bin ich«, bestätigte Lucius mit fester Stimme, die von den Fassaden der umliegenden Häuser widerhallte. Hier und dort wurden Fensterläden geöffnet, reckten sich dunkle Häupter in das Halbdunkel der Gasse. »Mein Name ist Lucius Murmillo.«

»Seid uns gegrüßt, Zenturio!«, rief ein großer bärtiger Mann mit einer Fackel. Sein Wort schien etwas bei den Leuten zu gelten, denn als er stehen blieb, verharrten auch die anderen, nur einen halben Steinwurf von Lucius entfernt.

»Was verschafft uns die Ehre eines so hohen Besuchs?«, fragte der Bärtige mit vor Sarkasmus triefender Stimme. Einige lachten. »Noch dazu mitten in der Nacht?«

»Ich denke, das wisst ihr sehr genau«, wich Lucius einer direkten Antwort aus. »Und ihr sollt auch wissen, dass der Kaiser um die Vorgänge in Subura weiß. Deshalb hat er seine Prätorianer geschickt, um nach dem Rechten zu sehen.«

»Wie aufmerksam von ihm«, konterte der Bärtige mit gefährlicher Ruhe. »Und, was hast du gesehen, Zenturio? Haben die Mörder ihre Opfer wieder bei lebendigem Leibe in Stücke gerissen? Oder haben sie diesmal noch etwas übrig gelassen?«

»Ach was, Mörder«, rief jemand. »Hier geht ein Ungeheuer um, das sage ich euch!«

»Maul halten!«, befahl ihm ein anderer.

Die Stimmung war gefährlich. Ein Fass von Zunder, der sich beim kleinsten Funken in eine Feuersbrunst verwandeln mochte ...

»Ich weiß, dass ihr beunruhigt seid und dass ihr Angst um eure Familien habt«, versicherte Lucius, um Ruhe bemüht. »Doch dazu besteht kein Anlass.«

»Du meinst, es besteht kein Anlass?«, echote der Bärtige, und wieder gab es Gelächter. »Weißt du, wie viele von uns bereits Opfer dieser Mörder wurden?«

»Nun, ich ...«

»Weißt du es?« Der andere schrie so laut, dass es von den Fassaden widerhallte. Man brauchte kein Seher zu sein, um zu erkennen, dass sich die Wut der Plebejer jederzeit in Aggression entladen konnte ...

»Der Kaiser selbst hat mich geschickt«, entgegnete Lucius deshalb, und dafür brauchte er noch nicht einmal zu lügen. »Er kennt die Gefahr genau und weiß um all die Nöte und Ängste, die seine Kinder in diesen Nächten plagen.«

»Wirklich?«, rief jemand mit vom Alkohol schwerer Zunge. »Ist das, bevor oder nachdem er seine Schwestern gevögelt hat?«

»Wer hat das gesagt?«, klang die Stimme von Caius Mascius hinter dem schützenden Wall aus Schilden hervor. Aber natürlich meldete niemand sich zu Wort.

»Hört zu, Leute«, unternahm Lucius einen neuen Anlauf, die Menge zu beschwichtigen, »dies ist wahrlich keine gute Nacht. Es hat Tote gegeben, aber es müssen nicht noch mehr werden. Für heute Nacht soll genug römisches Blut geflossen sein. Geht wieder nach Hause und lasst mich meine Arbeit tun. Ich werde dem Kaiser Bericht erstatten über das, was ich hier vorgefunden habe, und ich verspreche euch, dass er alles unternehmen wird, um euch und eure Familien zu beschützen.«

»Du … versprichst es uns?«, fragte die Frau, die ihn zuerst angesprochen hatte.

»Ihr habt darauf mein Ehrenwort als Offizier der Prätorianer«, entgegnete Lucius.

Eine seltsame Stille trat daraufhin in der Gasse ein, sodass man eine Nadel hätte fallen hören können.

Dann brach die Frau in hysterisches Gelächter aus, in das die anderen einfielen und das sich wie stinkende Jauche über Lucius Murmillo Pertinax ergoss.

Danach flog der erste Stein.

Er traf Marcus Furius am Kopf und schlug eine Delle in seinen Helm. Doch es war nur der zaghafte Anfang einer wahren Lawine an Steinen und anderen Geschossen, die im nächsten Moment auf die Soldaten des Kaisers niederging.

Mit einer Verwünschung auf den Lippen fuhr Lucius herum, eilte die Gasse hinab und flüchtete sich ebenfalls hinter den Wall aus Schilden, den seine Leute errichtet hatten.

»Glaubst du mir jetzt?«, fragte Caius Mascius mit wutglänzenden Augen. »Dieser Pöbel führt sich auf wie von Sinnen!«

»Rückzug!«, befahl Lucius nur – er legte keinen Wert auf eine direkte Konfrontation mit der wütenden Meute. Zum einen hätten die Leute, aufgebracht und schlecht bewaffnet, wie sie waren, einem Dutzend gerüsteter Prätorianer kaum etwas entgegenzusetzen gehabt. Zum anderen war da auch ein gewisses Verständnis, das Lucius für diese Männer und Frauen empfand – auch wenn sie ihn in diesem Moment wohl am liebsten mit durchschnittener Kehle in der *cloaca* gesehen hätten.

In drei Viererreihen, die breit genug waren, um die Gasse abzuriegeln, hielten die Soldaten ihre Schilde so, dass sie nicht nur einen Wall, sondern auch ein komfortables Dach bildeten, unter dem Lucius und Ädil Mascius sichere Zuflucht fanden. Der Anblick dieser improvisierten Schildkrötenformation schien die Leute zu entmutigen – nur einer ließ sich zu einem blindwütigen Angriff hinreißen und bezahlte dafür mit seinem Leben. Die anderen begnügten sich damit, die Prätorianer mit allem zu bewerfen, dessen sie habhaft werden konnten, auch Batzen von Pferdemist waren darunter, die zwar nicht nach dem Leben, aber nach der Ehre der Gardisten zielten.

Als Lucius' Trupp endlich die Hauptstraße erreichte, zerstreute sich die Menge, und ihr unheiliger Zorn verlor sich in den Gassen und Winkeln Suburas.

Die Prätorianer kehrten in den Palast zurück – nicht ahnend, dass sie die ganze Zeit über beobachtet worden waren.

Von einer dunklen Gestalt, die sich in den Schatten der Nacht bewegte und lautlos über die tönernen Dächer huschte.

V

Tagsüber quoll der Hafen von Ostia über von Leben – und dies um so mehr, seit Imperator Tiberius ein Forum hatte errichten lassen, sodass die aus aller Welt eintreffenden Waren nicht mehr nur zwischengelagert und zum Weitertransport nach Rom verladen wurden, sondern auch an Ort und Stelle verkauft werden konnten.

Fortwährend trafen Segler ein, die ihre Ladung löschten, Waren aus allen Teilen des Reiches: gallischer Wein und iberisches Olivenöl, britannische Wolle und Tierhäute aus Germanien; aus Ägypten kamen Getreide, Papyrus und Elfenbein, von der Küste der Cyrenaika Holz und aus Syrien und dem fernen Arabien Töpferwaren und Gewürze. Hunderte von Menschen drängten sich dann an den Kais – Seeleute und Kaufmänner, Sklaven und Freigelassene, die als Prokuristen arbeiteten, dazu ein wahres Heer halb nackter Gestalten, die in nicht enden wollenden Kolonnen Ballen, Fässer und Amphoren von den Schiffen trugen und auf Ochsenkarren verluden. Die Luft war erfüllt von Stimmengewirr, vom Blöken der Ochsen, vom Knallen der Peitschen und dem Knarren der Seile an den Lastenkränen, und sie roch nach Salz und Meer, nach Schweiß und Gewürzen, nach Pisse und Olivenöl.

Doch jetzt, zu nächtlicher Stunde, hatte sich Stille über den Hafen gebreitet. Weißer Nebel waberte vom Meer landeinwärts, mondlose Finsternis lag über den Landestegen, an denen nur hier und dort noch Schiffe vertäut waren und darauf warteten, beim ersten Tageslicht auszulaufen.

Auch die Kaufleute und die Sklaven waren verschwunden, doch während die einen ihre Häupter auf weiche Kissen betteten, hatten die anderen sich in jene Löcher zurückgezogen, aus denen sie bei Sonnenaufgang wieder hervorkriechen würden, um unter dem Knall der Peitsche ihr Tagwerk zu beginnen; die Seeleute hingegen trieben sich in den Tavernen des Hafenviertels herum und verprassten ihre Heuer mit Weibern, Würfelspiel und Wein. Hin und wieder, wenn der Wind sich drehte, war ihr heiseres Grölen zu hören, begleitet von Flötenspiel und Trommelschlag.

Ansonsten war es still am Kai, nichts regte sich – zur Genugtuung des Mannes, der in einen dunklen Mantel gehüllt auf dem flachen Vordach eines Lagerhauses stand und seinen ungeduldigen Blick über den Hafen schweifen ließ.

Denn trotz der späten Stunde wurde noch ein Handelsschiff erwartet.

Schemenhaft lösten sich seine Konturen aus Dunkelheit und Nebel, und völlig lautlos, mit gerefften Segeln und von Schleppkähnen gezogen, lief es in den Hafen ein. Gemäß den Anweisungen, die er erhalten hatte, hatte der *nauarchus* des Schiffes alle Lichter auf Deck löschen lassen, den Vorschriften zum Trotz ... doch es war auch nicht der große, am Tag so überaus belebte Kai, den der Frachter ansteuerte, sondern einer der weiter abgelegenen Stege. Die Wachen waren bestochen worden, sodass es keine Zeugen gab bis auf jene, die vom Eintreffen des Schiffes wussten – und für die seine geheime Ladung bestimmt war.

Den ganzen Abend über hatte die *corbita* vor der Küste gekreuzt. Erst jetzt, zur vereinbarten Stunde, legte sie an. Ruderschlag um Ruderschlag brachten die Männer in den Kähnen sie näher an die Kaimauer heran, wo bereits ein Dutzend in dunkle Tuniken gekleidete Gestalten wartete.

Taue wurden geworfen und aufgefangen, das Schiff fest am Pier verzurrt, während ein großer Lastenkran ausgeschwenkt wurde. Die Tretmühle, die ihn antrieb, wurde von zwei Sklaven betätigt, denen man vorsichtshalber die Zungen genommen hatte – denn nichts von dem, was heute Nacht hier geschah, sollte an fremde Ohren dringen können. Das Zugseil knarrte, als der schwere Haken sich senkte, dem breiten Deck der *corbita* entgegen und durch die geöffnete Gräting in den Laderaum.

Anweisungen wurden geflüstert, vermummte Gestalten huschten auf Deck hin und her. Dann der Befehl zum Einholen der Winde – und aus der rechteckigen Öffnung über dem Laderaum erhob sich etwas, das den Abmessungen nach auch ein Granitquader aus ägyptischen Steinbrüchen hätte sein mögen – hätte es sich nicht wie von selbst bewegt. Oder war es der kalte Nachtwind, der an der Last zerrte und sie am Ausleger des Krans hin und her baumeln ließ? Schwarzes Segeltuch war darüber gebreitet und mit Tauwerk verzurrt worden, sodass nicht zu erkennen war, was sich darin befand – doch drang in diesem Moment ein Geräusch unter dem Tuch hervor, ein Heulen, so abscheulich und durchdringend wie keines Menschen Kehle es je zustande gebracht hätte … und auch nicht die eines Tieres.

Der Wind trug es hinaus in den Nebel, wo es schaurig verklang. Keiner der Männer, die in dieser Nacht am Pier von Ostia ihren Dienst versahen, würde diesen Klang jemals wieder vergessen – auch die Gestalt auf dem Dach des Lagerhauses nicht. Wie vom Donner gerührt, stand sie auf ihrem erhöhten Posten, wissend, dass es von nun an kein Zurück mehr gab.

Der entscheidende Schritt war getan.

Es hatte begonnen.

Wären die Gesichtszüge des Mannes zu sehen gewesen, hätten sich Entzücken und Entsetzen gleichermaßen darin gespiegelt. Doch sie verbargen sich hinter einer hölzernen, rußgeschwärzten Maske, die einen verzerrten Mund und einen grotesken Bart aufwies, dazu Hörner wie von einem Stier, als wäre er ein *mimos* aus dem Theater, der sich zu dieser späten Stunde in den Hafen verirrt hatte.

Doch der Mann, der sein wahres Gesicht hinter einer *persona* der Tragödie verbarg, war kein Schauspieler. Und er wusste, was sich tatsächlich unter jener Plane befand …

Die Wahrheit.

VI

Das Haus stand auf der östlichen Seite des *mons Esquilinus*, der aufgehenden Sonne ebenso zugewandt wie der mächtigen Mauer, die die Stadt seit den Tagen der römischen Könige umgab. Es war das Viertel der Dichter und Gelehrten, und so war es kein Zufall, dass Lucius Murmillo an die Pforte dieses Hauses klopfte, einmal mehr in kaiserlichem Auftrag.

Es war früh am Morgen, noch vor der ersten Stunde, und die Stadt war eben erst dabei, zum Leben zu erwachen. Von Eseln und Ochsen gezogene Fuhrwerke, die um diese Zeit noch verkehren durften, wälzten sich klappernd durch die Straßen und belieferten Läden und Tavernen mit Waren, und Scharen von Sklaven waren unterwegs, um für ihre Herren Botengänge zu erledigen oder zeitige Besorgungen zu machen. Auch einige Handwerker gingen bereits ihrer Arbeit nach – Bürger aus vornehmeren Schichten jedoch würde man erst später in den Straßen antreffen.

Auch das Haus Marcus Claudius Varros schien noch nicht vollständig erwacht zu sein. Es dauerte einen Moment, bis Schritte zu hören waren. Dann wurde ein kleines Fenster in der hölzernen Tür geöffnet, und ein kantiges Gesicht erschien.

»Euer Begehr?«

Lucius straffte sich, das Leder des Harnischs knarrte. »Zenturio Lucius Murmillo im Auftrag des göttlichen *Caesar* mit einer Nachricht für Marcus Claudius Varro.«

»So gebt mir die Nachricht«, verlangte der Pförtner, der eisernen Spange um seinen Hals nach war er ein Sklave. »Ich will sie meinem Herrn überbringen.«

»Der Inhalt ist vertraulich. Ich habe Order, die Nachricht des Kaisers persönlich und unter vier Augen mitzuteilen. Ist der *patronus* des Hauses zu sprechen?«

Der Pförtner musterte ihn. »Wartet einen Moment«, bat er dann. Die Öffnung in der Tür wurde wieder geschlossen, und erneut waren Schritte zu vernehmen. Außerdem glaubte Lucius, dumpfe Stimmen zu hören.

Schließlich wurde die Tür geöffnet.

»Folgt mir«, sagte der Pförtner, der jetzt ganz zu sehen war, ein hagerer Mann in einer knielangen Tunika, der aus den östlichen Provinzen zu stammen schien, ein Syrer möglicherweise.

Durch einen kurzen Gang führte er Lucius auf einen von Säulen umgebenen Lichthof. Als der Prätorianer zur Galerie emporblickte, sah er eine junge Frau von vielleicht zwanzig Sommern dort oben stehen. Sie trug ein schlichtes Kleid, ihre Haut war blass, das von einer Spange gehaltene Haar pechschwarz und gelockt, was auf ein griechisches Erbe schließen ließ. Fraglos war sie eine Schönheit, jedoch nicht von der aufdringlichen, marktschreierischen Art, die Hetären oder auch mancher der Damen bei Hofe anhaftete, sondern auf eine sanfte, ruhige Weise, die ihn sofort in ihren Bann schlug. Der Blick allerdings, mit dem die Schöne Lucius betrachtete, stand in scharfem Gegensatz zu ihrer göttinnengleichen Erscheinung, denn er verriet tiefste Geringschätzung, wenn nicht gar schroffe Ablehnung. Wobei es unmöglich war, zu beurteilen, ob sich diese auf Lucius selbst, auf die Rüstung des Prätorianers oder lediglich auf die frühe Stunde seines Besuchs bezog … Lucius nickte ihr zur Begrüßung zu, doch sie wandte sich ab und verschwand in einem der auf die Galerie mündenden Gemächer.

Lucius nahm an, dass es sich um eine Tochter Claudius Varros handelte. Tatsächlich wusste er nicht viel über den *dominus* des Hauses, nur, dass er wohlhabend war und einem alten und überaus angesehenen Geschlecht römischer Gelehrter entstammte. In dieser Eigenschaft gehörte er dem Gremium der *quindecim viri sacris faciundis* an – jenem Kollegium, das mit der Aufsicht über die Verehrung fremdländischer Gottheiten befasst war, und dem, was noch von weitaus größerer Bedeutung war, auch die Aufsicht über die Sibyllinischen Bücher oblag, jene uralten Schriften, die gleichermaßen Vergangenheit und Zukunft beinhalteten.

Abermals bat der Sklave Lucius, zu warten, und ging voraus in ein Zimmer, das der Empfangsraum des Hauses zu sein schien. Jenseits davon befand sich der Durchgang zum Garten, in dem ein Brunnen plätscherte. Gleich mehrere Gärtner arbeiteten dort.

»Mein Herr lässt bitten«, sagte der Syrer, als er zurückkehrte, und öffnete Lucius die Tür. Der hatte seinen Umhang inzwischen zurückgeschlagen, sodass Harnisch und Emblem seiner Einheit zu sehen waren. So betrat er den mit Wandmalereien verzierten Raum. Ein großer Tisch nahm die Mitte ein, hinter dem ein kräftig gebauter Mann thronte und ihm mit einer Mischung aus Anspannung und Misstrauen entgegensah. Die Stickereien an Kragen und Ärmeln seiner Tunika verrieten Wohlstand, das schlohweiße Haar Alter und Würde. Nach Lucius' Schätzung mochte Claudius Varro an die sechzig Winter gesehen haben, doch der Blick seiner grauen Augen war wach und entschlossen.

»Danke, dass Ihr mich empfangt«, sagte Lucius und hob die Hand zum Gruß. »Zenturio Lucius Murmillo Pertinax von der kaiserlichen Garde.«

»Murmillo Pertinax«, echote der andere, ohne sich selbst vorzustellen. »Das klingt in meinen Ohren mehr nach einem Gladiator als nach einem Hauptmann der Prätorianer.«

»In diesem Fall ist beides richtig. Ich pflegte im Sand der Arena zu kämpfen, bis *Caesar* auf mich aufmerksam wurde und in seiner Güte beschloss, mich in die Garde aufzunehmen.«

»Als Zenturio?«

»Der Vater des Vaterlandes ist bekannt für seine Großzügigkeit«, bestätigte Lucius.

Der Mann hinter dem Tisch lächelte dünn. »Der überaus großzügige Caligula und seine Schwäche für Schweiß und Blut und theatralische Gesten.« Er sagte es nur beiläufig, doch jedes einzelne seiner Worte war wohlgewählt und traf wie ein Pfeil. Lucius erinnerte sich, dass der Kaiser Varros Namen mit einem gewissen Widerwillen ausgesprochen hatte. Allmählich dämmerte ihm der Grund dafür ...

»Du hast eine Nachricht für mich, Zenturio?«

»So ist es.« Lucius nickte. »Ich soll Euch ausrichten, dass *Caesar* Euch im Palast zu sehen wünscht, denn er bedarf Eurer Dienste.«

»Meiner Dienste? Was könnte ich ihm wohl bieten? Bin ich doch weder Tierbändiger noch Grubenkämpfer.«

»Ihr seid ein bekannter Gelehrter und einer der *quindecim viri*«, hielt Lucius dagegen.

»Wohl wahr – aber mir war nicht bewusst, dass Dinge wie diese noch etwas bedeuten in dieser Stadt, geschweige denn im kaiserlichen Palast. Du selbst, mein Freund, bist der Beweis dafür, dass dem Kaiser in seiner Göttlichkeit mehr an Gladiatorenspielen und anderen Zerstreuungen gelegen ist als an schöngeistigen Dingen. Von althergebrachten Traditionen ganz zu schweigen.«

Lucius bemühte sich, die Bitterkeit in Varros Worten zu überhören, aber es war offensichtlich, dass diesem Mann große Schmach zugefügt worden war, womöglich sogar Unrecht. Oder jedenfalls war er selbst dieser Ansicht, denn nur gekränkte Ehre ließ einen Mann in diesen Tagen so offen sprechen, noch dazu vor einem Offizier der kaiserlichen Garde ...

»Von diesen Dingen verstehe ich nichts, Herr«, erwiderte er ausweichend. »Ich weiß nur, dass die Angelegenheit, in der *Caesar* Euch sprechen möchte, von großer Dringlichkeit ist.«

»Ist das so.« Der andere blieb sichtlich unbeeindruckt. »Und warum schickt er dann einen Zenturio zu mir? Warum nicht einen Tribun? Oder gleich einen Konsul?«

»Womöglich einfach deshalb, weil die Angelegenheit eilt«, gab Lucius zurück. »Und weil der Imperator weiß, dass auf meine Dienste Verlass ist.«

»Weiß er das?« Die Frage kam scharf wie ein Messer. Aber zum ersten Mal hatte Lucius den Eindruck, dass nicht nur Abneigung und Feindseligkeit aus den Zügen Claudius Varros sprachen. »Wie lange bist du schon bei Hof, Zenturio?«

»Seit Caius Caesar Augustus Germanicus die Macht in seinen Händen hält.«

»Das ist gerade mal ein Jahr.« Der Gelehrte lachte freudlos auf. »Zu wenig, um zu wissen, wie es dort um Wahrheit und Loyalität bestellt ist. Bewahre dir also deinen Glauben, solange du kannst, mein Freund – ich fürchte allerdings, du wirst ihn allzu bald verlieren.«

Lucius schüttelte unwirsch den Kopf. Er mochte es nicht besonders, sich mit Denkern und Philosophen zu unterhalten. Ihre Worte verwirrten ihn und verdrehten seine Gedanken, machten ihm einen Kopf wie eine ganze Amphore Würzwein. »Auch davon verstehe ich nichts, Herr«, versicherte er. »Mein Geschäft als Prätorianer ist die Sicherheit des Kaisers und damit auch die der Stadt und des gesamten Reiches – und sie ist bedroht wegen der Dinge, die in Subura vor sich gehen.«

»In Subura?« Varro hob eine buschige Braue. »Also hat sich Caligula endlich dazu entschlossen, etwas von dem wahrzunehmen, was außerhalb seines Palasts vor sich geht?«

»Ihr wisst von den Vorfällen?«

Der Gelehrte lachte bitter auf. »Es gibt in diesen Tagen wohl kaum einen Ort in dieser Stadt, an dem nicht darüber gesprochen wird, zumal hier am Esquilin, der im Westen an Subura grenzt. Wenn römische Bürger in den Straßen ihrer eigenen Stadt zu Dutzenden massakriert werden, dann sorgt dies verständlicherweise für Gesprächsstoff.«

»Natürlich. Und was reden die Leute?«

»Die übliche Mischung.« Varro machte eine unbestimmte Handbewegung. »Natürlich gibt es jene, die alles leugnen und für Unfug halten. Dann gibt es die Untergangsprediger und die Anhänger der Mysterienkulte, die das nahende Ende erkennen wollen. Und natürlich jene, die von gallischen Druiden und ägyptischen Zauberern und ihrer dunklen Magie faseln. Und dann gibt es auch noch die, die glauben, dass womöglich Caligula selbst hinter den Vorfällen steckt.«

»Glaubt Ihr das auch?«

»Das habe ich nicht gesagt. Ich habe nur deine Frage beantwortet, Zenturio. Und das ist es nun einmal, was in den Straßen geflüstert wird.«

»Den Kaiser trifft keine Schuld«, beteuerte Lucius mit Überzeugung. »Er ist von den Vorfällen nicht weniger erschüttert als jeder andere in der Stadt.«

Der alte Varro lächelte, nicht spöttisch diesmal, sondern eher mitleidig. »Hauptmann Murmillo, mir ist klar, dass du Caligula viel zu verdanken hast, und die Treue, die du ihm erweist, spricht für dich. Doch du solltest nicht den Fehler begehen, jene, die weltliche Macht in ihren Händen halten, mit den Standbildern zu verwechseln, die wir ihnen errichten. Du könntest sonst bitter enttäuscht werden«, fügte er hinzu, und wieder war da eine tiefe innere Verletztheit in seiner Stimme.

»Ihr irrt Euch«, hielt Lucius dagegen, »ich sage dies nicht aus Dankbarkeit, sondern weil ich mit Bestimmtheit weiß, dass es kein Mensch gewesen ist, der all diese Männer getötet und sie förmlich in Stücke gerissen hat.«

»Nein? Was dann?«

»Jemand anderes«, erwiderte Lucius leise, beinahe flüsternd. »*Etwas* anderes.«

Zum ersten Mal zeigte Varro sich überrascht, seine Augen verengten sich. »Wie darf ich das verstehen?«

Statt zu antworten, griff Lucius unter den Harnisch und zog das Gebilde hervor, das er im leblosen Torso eines der Opfer gefunden hatte – den Dorn oder Stachel oder was immer es sonst sein mochte. Inzwischen war das Ding von Blut gereinigt worden, doch die rötliche Färbung war geblieben und ließ es fremdartig und unirdisch erscheinen. Wortlos legte Lucius es vor Varro auf den Tisch.

Der Gelehrte gab sich jetzt keine Mühe mehr, seine Verwunderung zu verbergen. Dicht über den Tisch gebeugt, beäugte er das seltsame Artefakt von allen Seiten. Statt es jedoch mit den Händen zu berühren, benutzte er zwei Schreibgriffel als behelfsmäßiges Werkzeug und drehte es herum.

»Was ist das?«, wollte er endlich wissen.

»Genau das wünscht *Caesar* von Euch zu erfahren.«

»Warum ausgerechnet von mir?«

»Weil manche bei Hofe nicht vergessen haben, wer Ihr einst wart und womit Ihr Euch beschäftigt habt.«

»So?« Varro sah ihn seltsam an. »Ich für meinen Teil habe mich nie mit etwas anderem beschäftigt als mit der Wahrheit – für das, was sie zutage bringt, kann ich nichts.«

»Und *Caesar* sucht nach der Wahrheit«, bekräftigte Lucius.

Der alte Gelehrte sah ihn seltsam an. Ein Teil von ihm schien sich noch immer zu sträuben, dennoch wandte er seine Aufmerksamkeit wieder dem rätselhaften Gegenstand zu.

»Woher stammt es?«, wollte er wissen.

»Ich zog es aus den Überresten eines der Opfer.«

»Du selbst?«

Lucius nickte.

»Wie viele außer dir haben es noch gesehen?«

»Lasst mich nachdenken … der Ädil, der mich begleitet hat, und einige meiner Leute. Später dann einige Hofbeamte und Senatoren … und natürlich der Kaiser selbst. Und er hat den dringenden Wusch, zu erfahren, worum es sich dabei handelt.«

»So, wünscht er das«, murmelte Varro, während er das Gebilde abermals umdrehte und musterte. »Warum fragt er nicht seine Auguren?«

»Er fragt Euch.«

Wieder lachte der Alte leise und ließ von dem Gegenstand ab. »Kennst du mich, Zenturio?«, fragte er dann. »Hat man dir gesagt, wer ich bin?«

»Es hieß, Ihr wärt ein Gelehrter, der sich einst mit Dingen wie diesen beschäftigt hat …«

»… und vom göttlichen Tiberius dafür vom Hof verbannt wurde«, fügte Varro hinzu, was wohl zumindest einen Teil seiner Bitterkeit erklärte. »Die Beschäftigung mit Dingen, die – sagen wir – weder mit den Mitteln der Vogelschau noch mit jenen des Verstandes zu erklären sind, ist nicht gestattet im Römischen Reich. Hast du das gewusst, Zenturio?«

»Nein«, musste Lucius zugeben.

»Sie nennen es Zauberei, und es macht ihnen Angst, wie alles, was sie nicht verstehen, und für diese Angst musste ich teuer bezahlen. Und nun kommt man ausgerechnet zu mir und ersucht mich um meine Meinung?«

»So ist es wohl«, musste Lucius zugeben.

Aus seinen grauen Augen starrte Varro ihn durchdringend an, als wollte er geradewegs in Lucius' Innerstes blicken. Doch wenn es etwas gab, das dieser in der Arena gelernt hatte, so war es, dem Blick eines Gegners standzuhalten und sein Gesicht zu einer Maske erstarren zu lassen, die nichts über seine Gedanken und Pläne verriet.

»Schön«, gab sich Claudius Varro geschlagen und wandte sich wieder dem Ding auf dem Tisch zu. »Ich werde sehen, was ich tun kann. Aber da sind zunächst einige Nachforschungen, die ich bezüglich dieses … Objekts anstellen muss.«

»Verstanden.«

»Komm morgen wieder. Vielleicht weiß ich dann schon etwas mehr. Das Objekt lass so lange in meiner Obhut, ich gebe dir mein Wort, dass ich gut darauf achten werde. Und – Zenturio?«

»Ja?«

Der Gelehrte lächelte wieder, doch diesmal lag weder Nachsicht noch Freundlichkeit darin. »Sag Caligula, dass ich es nicht für ihn tue, sondern für die Wissenschaft.«

»Das soll ich ihm ausrichten?«

Das Lächeln wurde breiter. »Der Kaiser sucht die Wahrheit, oder nicht?«

Lucius nickte nur. Dann verabschiedete er sich und verließ das Haus von Marcus Claudius Varros auf demselben Weg, auf dem er es betreten hatte. Erneut führte ihn der Haussklave am *impluvium* vorbei und nach draußen – doch diesmal stand niemand mehr an der Balustrade des ersten Stockwerks.

Durch die Pforte trat Lucius hinaus in den Menschenstrom, der sich jetzt den Hügel hinabwälzte, auf das Forum und die Markthallen zu. Die Stadt war erwacht und pulsierte vor Leben – und Lucius bemerkte nicht den Schatten, der sich an seine Fersen heftete und ihm lautlos folgte.

VII

Der Weitertransport war am hellen Tag erfolgt.

Der Mann mit der Theatermaske wusste, dass das Tageslicht bisweilen der beste Schutz vor Entdeckung war, die Ignoranz der breiten Masse, die alles zu sehen glaubte und doch nichts begriff. Zumal das helle Sonnenlicht noch weitere Vorteile barg, von denen außer ihm jedoch niemand etwas wusste.

Das Lagerhaus war unscheinbar.

Ein flacher Bau inmitten der sich kreuz und quer erstreckenden Gassen von Subura, schäbig wie das ganze heruntergekommene Viertel mit all seinen Mietskasernen, den Läden, Tavernen und Bordellen, jedoch groß genug, um ein von Ochsen gezogenes Fuhrwerk aufzunehmen.

Wer es nicht wusste, der hätte wohl niemals erahnt, dass sich an das Lagerhaus ein Fahrweg anschloss, der sich tief in die dunklen Eingeweide des *collis Viminalis* erstreckte. Die weitläufigen Höhlen, die den Hügel durchzogen, bargen nämlich nicht nur die Zisternen der großen Aquädukte, die das Wasser aus Albalonga und noch weiter entfernten Quellen heranführten, sondern auch noch weitere Kavernen, deren Lage und Zugang nur wenigen bekannt war. Sie boten ein sicheres Versteck, der Tatsache ungeachtet, dass sich auf der nordöstlichen Seite des Hügels die *castra Praetoria* befanden, die unter Caligulas Vorgänger Tiberius eingerichtete Kaserne der Prätorianer.

Doch auch dies machte das Versteck letztlich nur noch sicherer – denn wer wäre schon auf den Gedanken gekommen, unmittelbar unter den Augen der kaiserlichen Wächter einen Ort der Verschwörung zu vermuten, an dem verbotene Mysterien begangen wurden?

Festen Schrittes durchmaß der Maskierte die von Fackelschein beleuchteten Gewölbe. Durch eine Reihe sich verzweigender Gänge, die teils natürlichen Ursprungs, teils mit Hammer und Meißel in den Berg getrieben worden waren, erreichte er eine gewaltige Halle, die einst unter Tarquinius Superbus, dem letzten der Könige, angelegt worden war. Ob auch die gewaltige, fünf Mannslängen hohe Statue, die sich an der Stirnseite der Kaverne erhob, aus jenen Tagen stammte, war unbekannt, doch die Tatsache, dass sie eine Frauengestalt zeigte, konnte kein Zufall sein. Manche, die die Figur in alter Zeit verehrt und ihr Opfergaben dargebracht hatten, hatten die Göttin Minerva in ihr gesehen, andere Parca, die Mutter des Schicksals, der sie einen geheimen Kult gewidmet hatten. Die wahre Identität der steinernen Göttin hingegen war erst in diesen Tagen offenbar geworden.

Zu den Füßen der Statue, unmittelbar vor dem Opferstein, klaffte ein Loch im felsigen Boden, kreisrund und an die sechs Schritte durchmessend. Die Öffnung selbst war von Menschenhand geschaffen worden, die darunter befindliche Höhle hatte schon zuvor bestanden, auch dies ein Werk der Vorsehung. Über die Öffnung waren Ketten gelegt worden, die man miteinander verflochten hatte, sodass sie ein eisernes, ringsum am Boden verankertes Netz bildeten. Aus dem Dunkel darunter drangen fremdartige Laute, wie kein Mensch und kein Tier dieser Welt sie zustande brachte.

Laute, die von tödlicher Gefahr kündeten.

Von roher Wildheit.

Und vom archaischen Durst nach Blut.

Am Rand der Öffnung waren einige Sklaven damit beschäftigt, große Stücke Fleisch aus einem Rinderkadaver zu schneiden. Fliegen summten, der Gestank von fauligem Fleisch tränkte die feuchte Luft. Zwei mit eisernen Spießen bewaffnete Männer führten die Aufsicht. Genau wie ihr Anführer trugen auch sie Masken wie im Theater. Die *personae* dienten zum Schutz, nicht nur für jeden Einzelnen, sondern auch für den gesamten Kult – falls einer von ihnen oder auch mehrere gefangen und verhört würden, konnten sie einander nicht verraten.

Denn noch hatte der römische Adler nicht mitbekommen, dass ein zweiter Jäger aufgetaucht war, bereit, seine Krallen in das Fleisch des Reiches zu schlagen.

Doch bald schon würde sich dies ändern …

»Nun?«, erkundigte sich der Anführer, dessen Toga so schwarz wie die Nacht war.

Einer der Männer hob das hölzerne Gesicht, dessen Mund wie zu einem lautlosen Schrei geformt war. »Bis jetzt nichts«, sagte er, auf den von Fliegenschwärmen umgebenen Fleischhaufen deutend. »Es will nicht fressen.«

Der Anführer stieß eine Verwünschung aus. Die Überfahrt war lang und beschwerlich gewesen, die Kreatur entsprechend geschwächt. Sie musste fressen, wenn sie am Leben bleiben sollte, doch in den alten Aufzeichnungen fand sich nichts darüber. Viel zu lange lag all dies zurück, war tief verborgen in den Nebeln der Vergangenheit.

Er ließ sich selbst einen der mit Widerhaken versehenen Spieße reichen, stach damit nach einem großen Fleischbrocken und schleuderte ihn durch eine der groben Maschen des Netzes hinab in die dunkle Öffnung. Der Laut, der aus der darunterliegenden Höhle drang, war schaurig – und so voller Hass und Schmerz, dass es ihm Schauer über den Rücken jagte.

Eine andere Kreatur hätte längst gefressen, was ihr angeboten wurde, getrieben vom Hunger und vom Instinkt, zu überleben.

Nicht diese ...

»Wir müssen etwas übersehen haben«, meinte der Mann mit dem Schreimund. »Womöglich brauchen wir Nahrung aus der Heimat dieser Kreatur ... oder vielleicht sind auch bestimmte Riten notwendig, um sie ...«

»Unsinn«, fiel ihm der Anführer ins Wort. »Dieses Geschöpf hat schon existiert, lange bevor es Menschen gab ... wer hätte ihm Opfer bringen, wer irgendwelche Riten vollziehen sollen? Die Antwort, nach der wir suchen, ist jahrtausendealt, so einfach und roh wie das Leben selbst ...«

In diesem Moment kam ihm ein Gedanke.

Kurzerhand bedeutete er einem der Sklaven, zu ihm zu kommen. Der Mann, ein Numide aus der Provinz Africa, trat in gebeugter Haltung auf ihn zu, ein ängstliches Flackern in den Augen. Der Maskierte hatte schon öfter die Beobachtung gemacht, dass Sklaven bisweilen zu ahnen schienen, was in den Köpfen ihrer Herren vor sich ging, als gewährten ihnen die Parzen einen flüchtigen Blick auf ihr Schicksal.

Der Mann hob ehrerbietig die Arme, als wollte er um Vergebung flehen. Unartikulierte Laute entrangen sich dabei seiner Kehle, zu mehr war er nicht mehr in der Lage – wie allen Sklaven in den Diensten des Kults hatte man auch ihm die Zunge herausgeschnitten, auf dass er niemandem verraten konnte, was er gesehen hatte.

Der Maskierte handelte rasch.

Blitzschnell rammte er den Spieß in den rechten Oberschenkel des Mannes und riss ihn nach vorn. Der Numide schrie auf vor Schmerz und Überraschung. Der Öffnung im Boden entgegentaumelnd, versuchte er sich noch abzufangen, aber es gelang ihm nicht. Hilflos stürzte er in das eiserne Netz und verfing sich darin, brach mit dem blutenden Bein in die Tiefe.

»Trebata, was tut Ihr?«, rief einer der Aufseher entsetzt – doch der maskierte Anführer erwiderte nichts darauf, verfolgte nur gebannt, was weiter geschah.

Verzweifelt versuchte der Numide, sein feststeckendes Bein wieder frei zu bekommen, aber es gelang ihm nicht. Die anderen Sklaven kamen ihm daraufhin zu Hilfe, und der Anführer ließ sie gewähren, gespannt, was folgen würde.

Im nächsten Moment überschlugen sich die Ereignisse.

Irgendetwas schien plötzlich an dem Netz zu zerren, sodass der Sklave darin auf und ab sprang wie ein Stück Kork auf dem Wasser. Fast gleichzeitig begann er, wie von Sinnen zu brüllen. Seine Kameraden, von denen bereits jeder nach einer Hand gegriffen hatte, zogen mit aller Kraft daran, und im nächsten Moment kam der Numide wieder frei – doch wo eben noch sein rechtes Bein gewesen war, war jetzt nur noch ein blutiger, abgerissener Stumpf.

Der Sklave schrie aus Leibeskräften, und seine Kameraden fielen in das Geschrei mit ein – doch schon im nächsten Augenblick wurden sie von etwas getroffen. Aus der Tiefe flogen sie ihnen entgegen, messerscharfen Dolchen gleich. Den einen trafen sie in die Brust, den anderen ins Gesicht, und durchstießen ein Auge. Schreiend sanken die beiden Männer nieder, der eine fiel bäuchlings in das Netz und riss seinen verstümmelten Kameraden dabei mit, der andere ging am Rand der Öffnung zu Boden, doch auch das rettete ihn nicht.

Denn nur einen Lidschlag später erschienen Klauen, schwarz und mörderisch und mit klingengleichen Krallen. Durch die Maschen des Netzes stachen sie empor und zerfetzten die Leiber der Sklaven – zuerst die beiden, die unmittelbar darauf lagen, dann packten sie den dritten und zerrten auch ihn in die Mitte des Netzes und hinab in die dunkle Tiefe.

Das alles ging so schnell, dass der Anführer des Kults und seine beiden Anhänger kaum begriffen, was geschah. Die Körper der Sklaven schienen sich vor ihren Augen aufzulösen, während grauenhafte Laute aus der Tiefe heraufdrangen – und dann plötzlich wieder verstummten.

So plötzlich, wie die Attacke erfolgt war, war sie wieder vorbei. Nur noch Reste von Gedärmen und Fetzen blutigen Fleisches, die an den Kettengliedern hingen und von denen roter Lebenssaft zäh in den dunklen Abgrund troff, erinnerten an die Existenz der drei Sklaven. Stille herrschte jetzt in dem uralten Gewölbe, nur das Knistern der Fackeln war zu hören, in deren unstetem Schein die steinerne Göttin gleichmütig auf ihre Anhänger blickte.

Ihr maskierter Priester, der auf den Namen Trebata hörte, gewann als Erster die Sprache zurück. »Dies ist die Antwort, nach der wir gesucht haben«, sagte er mit hörbarer Erleichterung. »Sie lautet Menschenfleisch.«

VIII

Der Tempel des Apoll erhob sich an der südwestlichen Flanke des Palatins, oberhalb der Bahnen des Circus Maximus. Caesar Augustus selbst hatte ihn in jungen Jahren errichten lassen, einen prunkvollen Bau aus weißem Marmor, den kunstvolle Bildhauereien zierten, Darstellungen der ruhmreichen Vergangenheit. Die Pforten der *cella*, die den heiligen Kern des Tempels bildete, waren mit Gold und Elfenbein beschlagen, Tafeln aus farbigem Terrakotta zierten Säulen und Wände.

Anlässlich seiner Ernennung zum *pontifex maximus* im Jahr 765 hatte Augustus Caesar befohlen, die Sibyllinischen Bücher, die bis dahin unter der Aufsicht der *quindecim viri* im Tempel des Iupiter Capitolinus aufbewahrt worden waren, in jenen des Apoll zu verbringen. Der Grund für diese Entscheidung lag im Dunkeln, doch hieß es, dass der Kaiser noch zur selben Stunde, da er den wahren Inhalt der Bücher erfuhr, die Anordnung gegeben hatte, sie künftig in unmittelbarer Nähe haben zu wollen, *tutelae et cautionis causa* – zum Schutz und zur Vorsicht.

Marcus Claudius Varro war alt genug, um sich noch lebhaft an Augustus – oder Octavianus, wie er vordem geheißen hatte – zu erinnern. In den Novemberkalenden des Jahres 731 auf einem Landgut in den Sabiner Bergen geboren, war Varro unter der Herrschaft des *princeps* aufgewachsen und hatte eine

Ämterlaufbahn begonnen, die ihm nach den üblichen Stationen in Militär und Politik den wenig einflussreichen, jedoch gut bezahlten Posten eines Prätors eingetragen hatte. Von dort hatte Tiberius ihn, der Gelehrtentradition der Familie Varro folgend, in die Reihen der Fünfzehn berufen – jener Weisen, deren Hauptaufgabe es war, die Sibyllinischen Bücher zu hüten und sie in Zeiten der Krise zu befragen und zu deuten.

Die Posten, die das Heiligtum des Apoll zu jeder Tages- und Nachtzeit bewachten, kannten jeden der fünfzehn Priester von Angesicht. In einer Geste der Ehrbezeugung senkten sie die Speere, als Claudius Varro den Tempelbezirk betrat. Er gab sich Mühe, seine Schritte ruhig und bedacht wirken und sich die Unruhe nicht anmerken zu lassen, in die ihn der Besuch des Prätorianers versetzt hatte.

Oder vielmehr das, was der Zenturio Lucius Murmillo ihm gezeigt hatte …

Gleich mehrmals hatte er den Gegenstand mit den bescheidenen Mitteln untersucht, die ihm in seinem Haus zur Verfügung standen. Danach war er zu dem Schluss gekommen, dass es sich keinesfalls um eine von Menschen hergestellte Waffe, sondern um einen Zahn, einen Dorn oder Stachel oder was auch immer handeln mochte – wenngleich ihm kein Tier einfallen wollte, von dem es stammen könnte. Auch Nachforschungen in der hauseigenen Bibliothek hatten in dieser Hinsicht keine Ergebnisse geliefert.

Was auch immer dort draußen war und des Nachts in Subura sein Unwesen trieb, es schien aus der anderen, der dunklen Welt zu stammen, die jenseits von Wissenschaft und rationalem Begreifen lag. Und wie immer, wenn seine eigene Weisheit an ihre Grenzen stieß, wollte Varro die der Sibyllinischen Bücher zurate ziehen, beinahe wie jemand, der nach langem Irrweg durch die Wüste nach lebensspendendem Wasser dürstete.

Die prächtigen, mit Darstellungen von Greifen verzierten Tore wurden vor ihm geöffnet, und er trat in das Halbdunkel der *cella.* Im Inneren herrschte unwirkliches rötliches Licht, das durch die marmornen Dachziegel fiel. Die Wände waren mit Friesen verziert, goldene Dreifüße und ein Leuchter in Form eines Baumes säumten den Altar. An der Stirnseite des Tempelraums erhoben sich Statuen des Apoll, seiner Schwester Diana und ihrer gemeinsamen Mutter Latona. Der gewaltige Sockel, auf dem sich die apollinische Dreiheit erhob, barg auf seiner Rückseite eine verborgene Tür – wer sie durchschritt, der gelangte über steinerne Stufen hinab in jenen Raum, in dem die geheimen Bücher aufbewahrt wurden, in griechischer Sprache verfasst und nur jenen zugänglich, die zum Gremium der *quindecim viri* gehörten.

Gewiss, Varro hätte andere Mitglieder des Kollegs um Rat fragen, hätte sie hinzuziehen oder gar eine Versammlung der Fünfzehn einberufen können. Doch hatte ihn der Fund des Lucius Murmillo derart in Unruhe versetzt, dass er zunächst selbst Gewissheit erlangen wollte, ehe er andere in seine Überlegungen miteinbezog. Vielleicht, sagte er sich, irrte er sich ja auch, und es handelte sich lediglich um einen Zufall oder eine Verwechslung … doch ehe er es nicht mit Bestimmtheit wusste, wollte er keinem anderen davon erzählen.

Nachdem er eine der Öllampen entzündet hatte, die in einer Nische bereitstanden, stieg Varro die steilen Stufen hinab. Die flackernde Flamme reichte aus, um das Gewölbe spärlich zu erhellen und unstetes Licht auf die unzähligen aus Zedernholz gefertigten Fächer zu werfen. Bienenwaben gleich säumten sie die Wände der Kammer, Köcher mit den Sibyllinischen Orakeln und anderen uralten *volumina* steckten darin, die die Grundlage der römischen Politik und Gesetzgebung und damit des gesamten Reiches darstellten.

Varro wusste, wo er zu suchen hatte, sein Verdacht ging in eine bestimmte Richtung. Im Schein der Lampe nahm er die Etiketten in Augenschein, die von den ledernen, wachsversiegelten Köchern hingen und nach Themen und Zeiten geordnet waren.

Die Anfänge dieser Schriften reichten über ein halbes Jahrtausend zurück, in die Tage Solons von Athen … die Seherin von Marpessos war die Erste gewesen, deren Voraussagen darin niedergelegt worden waren, und viele weitere *sibyllae* waren ihr nachgefolgt, hatten die Schriften ergänzt und durch ihre Visionen erweitert. Von Kleinasien war die Sammlung nach Cumae gelangt, wo einst Aeneas, der legendäre Stammvater der Römer, den Rat der Seherin gesucht hatte; und von dort war sie schließlich nach Rom gelangt, wo sie das Fundament des römischen Gemeinwesens sowie der späteren Republik gelegt hatte.

Als ein guter Teil dieser Bücher beim Tempelbrand des Jahres 670 verloren ging, wurden die *quindecim viri* in alle Teile der damals bekannten Welt entsandt, um Ergänzung und Ersatz zu beschaffen – mit Erfolg. Aus Troja und Attica, von Samos und aus dem fernen Africa trafen Weissagungen ein, die man in den Kanon der Sibyllinischen Bücher einbezog. Sie waren der Grund für die verwirrende Vielfalt, von der sich Varro in diesem Augenblick umgeben sah. Für den Außenstehenden mochte es ein unüberschaubares Chaos sein, für den Eingeweihten war es das Tor zu Weisheit und Erkenntnis … und hier, inmitten unzähliger Fächer, Schriftrollen und Etiketten, fand der Gelehrte, wonach er gesucht hatte.

Mit vor Anspannung bebenden Händen zog er einen der Köcher hervor und erbrach das Siegel. Dann griff er hinein und förderte die Schriftrolle zutage, trug sie zu dem länglichen Tisch, der die Mitte der Kammer einnahm. Mit geübten Handgriffen entrollte er sie und begann im Schein der Flamme, darin zu lesen.

Von jeher waren die Weissagungen der Sibyllen in griechischer Sprache verfasst und in Hexametern gehalten. Varro übersetzte, während er las – und je mehr er von dem erfuhr, was schon vor langer Zeit ausgesprochen und hier schriftlich festgehalten worden war, desto mehr verfinsterte sich sein Gemüt. Marcus Claudius Varro sah seine dunkelsten Befürchtungen bestätigt – und ihm war klar, dass er seinen alten Vorsatz brechen musste.

Er musste zurück an den Hof.

Zum Kaiser, der jetzt ein anderer war.

IX

Ein dunkler Schatten hing drohend über der Gasse, über deren schmutziges Pflaster eine einsame Gestalt schlich, gebeugt von Last und Mühe.

Apulia war auf dem Weg nach Hause, in die schäbige Kammer, die sie sich mit anderen Frauen teilte, die sich wie sie selbst als *meretrices* verdingten. Ihr üblicher Platz war an der Ausfallstraße zur *porta Esquilina*, wo den ganzen Tag über Reisende vorbeizogen, Römer wie Fremde, die bereit waren, für ein schnelles Vergnügen in einer der Seitengassen mit barer Münze zu bezahlen ... doch die Geschäfte liefen schlecht. Nicht nur, weil die Konkurrenz am Stadttor zahlreich war und einige der anderen Dirnen Barbarinnen waren, deren blondes Haar die Freier lockte; sondern auch, weil Apulia ihr linkes Auge verloren hatte und eine breite Narbe seither ihr Gesicht verunstaltete.

Als sie im vergangenen Winter krank gewesen und deshalb nicht zur Arbeit erschienen war, hatte ihr *leno* sie mit einem Fausthieb ins Gesicht bestraft, der sie nicht nur das halbe Augenlicht, sondern auch ihre Schönheit gekostet hatte. *Unocula* wurde sie seither genannt, die Einäugige, und war gezwungen, ihre Dienste zum Tiefstpreis von einem As anzubieten. Zudem fand sie keinen Kuppler mehr, der für ihren Schutz sorgte, und so war sie allein und auf sich gestellt – auch auf dem Weg nach Hause, der durch dunkle Gassen führte.

Obwohl sie den ganzen Tag über nur zwei Besucher gehabt hatte, war sie erschöpft. Sie humpelte, und ihr Schoß schmerzte, während sie durch die Dunkelheit huschte, ein wollenes Tuch über ihr Haar und die bloßen Schultern gebreitet, damit sie nicht auf den ersten Blick als Frau erkannt würde …

»He, du!«

Apulia erschrak, als aus einer dunklen Eingangsnische eine Gestalt trat. Es war ein bärtiger Mann in derber Tunika, ein Freigelassener vermutlich. Sein Gesicht war im Halbdunkel nicht zu erkennen. Vielleicht, so hoffte sie, sah er ja auch das ihre nicht oder wenigstens nur die untere Hälfte davon, die mit Ton geweißten Wangen und die zinnoberroten Lippen. In der Hoffnung auf einen späten Zuverdienst blieb sie stehen.

»Wie heißt du?«, wollte der Fremde wissen.

»Tyche«, nannte sie den Namen, den sie sich gewählt hatte, weil er in römischen Ohren exotisch und verheißungsvoll klang.

»Natürlich – und ich bin Caligula persönlich«, lallte der andere. Er hatte getrunken, sein mit billigem Würzwein gesättigter Atem schlug ihr entgegen. »Lass sehen.«

Sie hatte nichts anderes erwartet. Bereitwillig ließ sie das Tuch von ihren Schultern gleiten, entblößte dabei auch ihre Brüste, während sie gleichzeitig darauf achtete, ihr Gesicht im Dunkel der Gasse zu verbergen.

Dem Betrunkenen schien zu gefallen, was er sah. »Wie viel?«, wollte er wissen, während er sich bereits an seiner Tunika zu schaffen machte.

»Vier Asse«, versuchte sie ihr Glück.

»Übertreib es nicht.«

»Zwei«, halbierte sie kleinlaut den Preis – er hatte wohl doch einen Blick auf ihre Miene erheischt.

»Weißt du was?« Der andere kam näher. Apulia wich unwillkürlich zurück, doch nach einem halben Schritt stand sie bereits mit dem Rücken zur Wand. »Eine, die so hässlich ist wie du, sollte sich glücklich preisen, wenn sie überhaupt einer will«, stellte der Bärtige klar. »Sei froh, wenn ich nicht *dich* dafür bezahlen lasse«, fügte er lallend hinzu und lachte, so komisch fand er seinen eigenen Scherz.

Apulia spuckte verächtlich aus, wollte ihre Reize wieder verhüllen und rasch weitergehen – doch der andere ließ sie nicht. Schon war er bei ihr und presste sich an sie, drückte sie gegen die Wand. Sie konnte seinen warmen, fleischigen Körper fühlen, roch seinen Schweiß und seinen stinkenden Atem.

»Nicht!«, stieß sie hervor.

Der andere lachte nur.

Eine seiner Pranken war an ihren Brüsten, die andere schickte sich an, sich unter den dünnen Stoff ihres Kleides zu wühlen. Sie setzte sich zur Wehr, so gut sie es vermochte, aber sie war müde und geschwächt, und letztlich wusste sie, dass sie seiner rohen Körperkraft nichts entgegenzusetzen hatte. Wollte sie nicht auch noch ihr anderes Auge riskieren, war es besser, sich zu fügen und es geschehen zu lassen.

Apulia schloss die Augen, dachte sich an einen anderen Ort, während sie den keuchenden Atem des Bärtigen hörte und darauf wartete, dass er sich nehmen würde, was ihm seiner Ansicht nach zustand … doch plötzlich veränderte sich etwas.

Der Freigelassene stieß einen zischenden Laut aus und wich schlagartig von ihr zurück. Apulia riss die Augen auf – nur um ungläubig mit anzusehen, wie ihr Peiniger vor ihr entschwebte, als würde er von einer unerklärlichen, unsichtbaren Kraft emporgetragen. Erst im nächsten Moment wurde ihr klar, dass da tatsächlich etwas war, das ihn gepackt hatte und scheinbar mühelos vom Boden hob, eine große, unheimliche Gestalt, die sich an das Gestein der Hauswand klammerte und mit glühenden Augen in die Gasse starrte.

Der Betrunkene, der sie eben noch hatte vergewaltigen

wollen, begann, zu zappeln. Ein jämmerlicher Laut entrang sich der Kehle des Mannes, der jäh verstummte, als seine breite Brust auseinandergerissen wurde. Apulia duckte sich instinktiv, schirmte das Haupt mit den nackten Armen, als etwas warm und flüssig auf sie niederging und rings um sie auf das schmutzige Pflaster klatschte. Ihr wurde klar, dass es Blut und Eingeweide waren, Entsetzen schüttelte sie.

Sie wollte schreien, doch sie war wie erstarrt, kein Laut kam ihr über die Lippen. In namenlosem Schrecken blickte sie empor, sah die beiden Hälften ihres Peinigers nach oben entschwinden, darüber einen Schatten, der sich dunkel und drohend gegen das Mondlicht abzeichnete: mörderische Klauen, ausgebreitete Schwingen und Augen, die wie feurige Lichter in der Finsternis glommen.

Ein Augenblick blanken Entsetzens, dann war die Kreatur im Dunkel der Nacht verschwunden.

Und Apulia, die sich Tyche nannte, schrie aus Leibeskräften.

X

Das Gemach, das sich tief im Herzen der *domus Tiberiana* befand, war ein Hort der Macht.

Mosaike zierten den Boden, die Wände waren mit Friesen versehen, die Szenen aus Roms glorreicher Geschichte zeigten; Feuerschalen sorgten für helles Licht und machten die Nacht zum Tag, wann immer der Herr des Hauses es wünschte.

Der göttliche Tiberius hatte von hier aus die Geschicke des Reiches gelenkt, ehe er sich auf sein Inseldomizil zurückgezogen hatte, und auch sein Nachfolger Caligula hielt hier Hof. Doch in dieser Nacht waren es keine politischen Beratungen, die im Schein der Feuer stattfanden. Der Kaiser entschied nicht über Krieg und Frieden und fällte auch keinen Urteilsspruch – sondern war nur damit beschäftigt, den Kämpfer zu bestaunen, der stolz vor ihm stand.

Es war ein wahrer Hüne, vermutlich germanischer Herkunft, und seine mit Öl eingeriebenen Muskelberge glänzten im Schein der Feuer. Bekleidet war er lediglich mit einem Lendenschurz, darüber trug er einen breiten Gürtel. Eine wattierte und mit Lederplatten gepanzerte *manica* umhüllte seinen rechten Arm bis hinauf zur Schulter, das Schwert – in Gegenwart des Kaisers freilich nur eine hölzerne Attrappe – war kurz und vor allem zum Zustechen geeignet. Das rechte Bein des Hünen war nackt, das linke hingegen mit einem bis über die Knie reichenden Schutz versehen. Der Schild, den er am linken Arm trug, entsprach in Form und Größe etwa dem eines gemeinen Legionärs, war aus Holz gefertigt und mit Leinenstoff überzogen. Der Kopf des Barbaren steckte in einem Helm, der ihn ganz umhüllte. Bis auf einen glatten, bogenförmigen Kamm hatte er keine Zier, und statt des sonst üblichen Visiers nur zwei kreisrunde Löcher.

»Nun, wie gefällt er Euch?«, erkundigte sich Caius Caligula, der den Kämpfer immerzu umkreiste wie eine Motte das Licht, in seinem Schlepptau zwei junge Frauen, deren grell geschminkte Gesichter und durchsichtige Kleider, die aus Koischer Seide gefertigt waren, die Natur ihres Berufes kaum verhehlten. Immerzu kicherten sie und schienen sich einen Spaß daraus zu machen, den wie zur Statue erstarrten Gladiator im Vorbeihuschen wie zufällig zu berühren, und dies nicht nur an Armen und Beinen ... Lucius Murmillo empfand spontanes Mitleid für den Hünen, denn eine Regung in dessen Leibesmitte hätte der zur Eifersucht neigende Caligula gewiss nicht gut vertragen ...

»Wie gefällt euch der *secutor?* Jener neue Typus von Kämpfer, den ich in meiner göttlichen Klugheit ersonnen habe?«, fragte der Kaiser, sich ungeniert mit fremden Lorbeeren schmückend. »Hat er nicht alles, was es braucht, um einen Kampf zwischen ihm und dem *retiarius* spannend und interessant zu machen?«

»Er ist dir großartig gelungen, *Caesar*«, versicherte Konsul Marcus Aquila.

»Einzigartig, in der Tat«, fügte einer der Senatoren hinzu, und auch der Rest der ergrauten Herren, von denen nicht wenige Stoiker waren und die Zirkusspiele verabscheuten, spendete beflissen Beifall – doch sie alle schienen den Kaiser kaltzulassen.

»Was sagt mein guter Pertinax?«, wandte er sich stattdessen an Lucius.

»Ich denke, in dieser Form und mit dieser Rüstung hat der *secutor* eine gute Chance, gegen den *retiarius* zu bestehen.«

»Wir wollen sehen«, entgegnete der Kaiser – und griff kurzerhand nach dem Dreizack, der an einer der die Wände stützenden Halbsäulen lehnte. Es war eine Spezialanfertigung, deren Schaft silberbeschlagen war; die *fuscina* selbst bestand aus purem Gold.

Die Dirnen lachten bewundernd und klatschten begeistert Beifall, als der Kaiser mit dem Dreizack auf den Hünen losging. »Worauf wartest du? Setz dich doch zur Wehr!«, verlangte er.

Auch wenn das Gesicht des Germanen nicht zu sehen war, seine Verwirrung war offensichtlich. Unentschlossen stand er, sein Holzschwert in der Rechten, während er durch die Sichtlöcher seines Helmes auf den Potentaten blickte, der ihn jetzt wie ein Raubtier umkreiste. Das purpurne, goldverbrämte Gewand schlotterte dabei um seine dürren Beine, der goldene Lorbeer, den er zum Zeichen seiner Würde zu tragen pflegte, saß schief auf seinem Kopf, sodass er einen lächerlichen, geradezu bizarren Anblick bot. Die Huren kicherten weiter, die Würdenträger hingegen setzten alles daran, ihre Belustigung zu verbergen.

Oder ihre Bestürzung …

Der *secutor* wandte das Haupt. Sein Hilfe suchender Blick ging in Lucius' Richtung, wohl weil er verstanden hatte, dass der Kaiser Wert auf dessen Einschätzung legte. Doch Lucius wusste nicht, wozu er dem Germanen raten sollte. Er war ein Sklave ohne Rechte, verkauft, um im Sand der Arena zu sterben – oder auch auf einem kunstvollen Mosaik, wenn dies der Wille seines Herrn sein sollte.

»Los doch«, forderte Caligula ihn auf. »Ich bin es, dein Todfeind *retiarius!* Greif mich an, *secutor!*«

Der Hüne zögerte noch immer, wissend, dass er diesen Kampf nur verlieren konnte, ganz gleich, was er tat.

»Worauf wartest du? Ich bin ein Gegner wie jeder andere, nimm keine Rücksicht auf mich, hörst du?«

Die Dirnen hatten zu lachen aufgehört, stattdessen ließen sie nun Laute ungehemmter Bewunderung vernehmen. Sie wussten genau, was sie ihrem Gönner schuldig waren.

»Was ist?«, stichelte Caligula weiter, am Fuß des glänzenden Muskelbergs stehend. »Wagst du es nicht, *Caesar* anzugreifen? Er wagt es wirklich nicht!«, rief er aus, als abermals keine Reaktion erfolgte, an seine Senatoren und Höflinge gewandt. »Ist das nicht rührend? Da werde ich wohl ein wenig nachhelfen müssen ...«

Mit diesen Worten fuhr der Kaiser herum und stieß mit dem Dreizack zu. Und da der Hüne keine Anstalten unternahm, sich zur Wehr zu setzen oder auch nur den Schild zu heben, traf ihn die goldene Waffe an der linken, unverhüllten Schulter und brachte ihm eine blutende Wunde bei.

»Ha!«, rief Caligula triumphierend und machte einen Satz zurück, den Dreizack weiter erhoben. »Nun, da das erste Blut geflossen ist, wirst du wohl endlich bereit sein, dich mir zum Kampf zu stellen?«

Der Germane stand noch immer wie erstarrt, während das Blut an seinem Arm herablief und von dort zu Boden troff, doch seine breite Brust hob und senkte sich jetzt unter heftigen Atemzügen. Und das nicht nur des Schmerzes wegen, sondern auch wegen der Schmach, die er erdulden musste. Lucius hatte Männer aus weit geringeren Gründen die Beherrschung verlieren sehen, und er zweifelte nicht daran, dass der Riese in der Lage gewesen wäre, den vorlauten kleinen Kaiser selbst mit dem Holzschwert ohne viel Federlesens zu erschlagen.

Sowohl Lucius als auch Chaerea und die übrigen Prätorianer, die auf der anderen Seite des Empfangssaals standen, bereiteten sich darauf vor, einzugreifen – als von außerhalb plötzlich elendes Geschrei zu hören war! Einen Lidschlag später wurde die Tür aufgerissen, und zwei Wachen erschienen, in ihrer Begleitung Caius Mascius, der Ädil von Subura, sowie eine fremde Frau, deren Anblick so entsetzlich war, dass nicht nur die beiden Dirnen aufschrien, sondern auch einige der betagten Senatoren.

»Bei Vulcanus«, rief der Kaiser aus und fuhr herum, »was hat das zu bedeuten?«

Von einem Augenblick zum anderen achtete er nicht mehr auf den *secutor*. Rasch wies Lucius zwei Prätorianer an, den Hünen hinauszubringen. Ihre Aufmerksamkeit hatten Caligula und seine Günstlinge inzwischen ganz der Frau zugewandt, deren Anblick wahrhaft grässlich war. Nicht, weil ihr Gesicht durch eine Narbe entstellt war und sie nur noch ein Auge hatte, sondern weil ihr dünnes Kleid und das schäbige Tuch, das sie um die Schultern trug, mit Blut getränkt war. Und auch ihr Gesicht war mit schreiend rotem Lebenssaft besudelt …

»Vergebt mir mein Eindringen, *Caesar*«, rief Mascius und verbeugte sich tief und ehrerbietig, »doch in dem Augenblick, da ich vom Schicksal dieser Frau erfuhr, wusste ich, dass ich sie unverzüglich zu Euch bringen musste.«

»Weshalb?« Caligula, den der Anblick all des Blutes weit weniger zu schrecken schien als seine Hofschranzen, musterte die Frau von Kopf bis Fuß. Sie mochte an die dreißig Sommer gesehen haben, und ihrer Kleidung nach war sie im selben Gewerbe tätig wie die Begleiterinnen des Kaisers … wenn auch mit weniger Erfolg. »Bei allen Göttern, wen hast du hier mitgebracht, Mascius?«, wollte Caligula wissen.

»Eine Zeugin«, eröffnete der Ädil. »Der Mörder von Subura hat erneut zugeschlagen, doch diesmal gibt es eine Überlebende«, fuhr Mascius triumphierend fort und wagte sich aus diesem Anlass ein wenig weiter aus seiner Toga hervor als sonst. »Sie hat den Täter gesehen und kann ihn beschreiben!«

»Tatsächlich?« Caligula reichte den noch blutigen Dreizack an einen der Senatoren weiter und wandte sich dann ganz der Zeugin zu. »Und diese Beschreibung entstammt nicht nur einem Weinkrug?«, wollte er wissen.

»Nei...nein, Herr«, versicherte sie, eingeschüchtert und vor Furcht am ganzen Körper bebend.

»Wie ist dein Name?«

»Tyche ... Apulia«, verbesserte sie sich.

»Du bist aus Subura?«

Sie nickte nur. Ihr Mienenspiel war von blankem Entsetzen gezeichnet, und ihr einzelnes Auge, das leer und blicklos wirkte, schien namenloses Grauen gesehen zu haben.

Der Kaiser bemerkte nichts davon. »Womit verdienst du deinen Lebensunterhalt, Apulia?«, wollte er genüsslich wissen. »Lässt du dich besteigen für bares Geld?«

Ein betretenes Nicken war die Antwort.

»Du musst dich dessen nicht schämen, mein Kind – viele hier verkaufen sich und ihre Ehre für gutes Geld«, versicherte Caligula grinsend, wobei er nicht seine beiden Liebesdienerinnen, sondern Aquila und die Senatoren ansah. »Doch nun sage uns, was du gesehen hast«, fuhr der Kaiser unverwandt fort.

»Ich war ... auf dem Weg nach Hause«, entgegnete Apulia mit einer Stimme, die heiser und tonlos war.

»Von der Arbeit?«

Sie nickte. »Ein Mann hat mich angesprochen«, fuhr sie leise fort, »er wollte mich haben ...«

»Verständlich, denn es war ja dunkel in den Gassen, nicht wahr?«, feixte der Kaiser. »Und dann?«

»Er bedrängte mich und wollte nicht bezahlen.«

»Unerhört! Und dieser Kerl ist also der Mörder?«

»Hört Euch an, was weiter geschah, *Caesar*«, bat Caius Mascius flehend. »Ich bitte Euch ...«

»Nun gut, so berichte, bei Bacchus! Aber ich warne dich, Weib, wenn dies nur eine ausgedachte Geschichte ist ...«

»Es ist keine Geschichte, Herr, sondern die Wahrheit«, versicherte Apulia leise. »Dieser Mann wollte mich mit Gewalt nehmen, aber dann ist plötzlich etwas über ihn hergefallen ... etwas, das ihn emporhob und in der Mitte entzweiriss«, fügte sie hinzu, wobei die Senatoren unruhige Blicke tauschten. »Überall war Blut, es regnete auf mich nieder ...«

»Das ist sein Blut?«, fragte der Kaiser, auf das Rot ihres schäbigen Kleides deutend.

Apulia nickte. »Dann hat es mich gesehen«, flüsterte sie.

»Was hat dich gesehen? Wovon sprichst du?«

Sie zögerte mit der Antwort und schaute zu Mascius, der ihr auffordernd zunickte. »Sag, was du gesehen hast, Kind«, sprach er ihr Mut zu. »*Caesar* wird dich in seiner Güte anhören und dir Glauben schenken.«

»Da war ... eine Gestalt«, stieß sie zögernd hervor, wobei ihr einzelnes Auge starr geradeaus blickte, als könnte sie die Schreckgestalt noch immer deutlich sehen. »Sie war groß und mächtig ... und dunkel wie ein Schatten. Sie schwebte über mir und starrte mich mit glühenden Augen an ...«

»Was war es?«, rief einer der Senatoren.

»So rede doch!«, verlangte ein anderer.

»I...ich weiß es nicht.« Sie schüttelte den Kopf. »Aber es war da, ich habe es gesehen ... es war ein Geist, ein Schatten ... eine Kreatur der Unterwelt!«

Ihre Worte verklangen, aber es erfolgte keine Reaktion. Niemand widersprach, niemand lachte. Stille war in die Halle eingekehrt, nur das Knistern der Feuer war für den Augenblick zu hören.

Lucius fühlte Beklemmung. Nicht nur wegen Apulias Bericht, sondern auch, weil er noch deutlich die Bestürzung Claudius Varros vor Augen hatte, als dieser das geheimnisvolle Fundstück sah. Es war offensichtlich gewesen, dass der Gelehrte eine Befürchtung hegte, und aus irgendeinem Grund vertraute Lucius Varros Einschätzung mehr als allen kaiserlichen Beratern zusammen.

Prompt wechselten die Senatoren und Höflinge zunächst betroffene Blicke, dann setzte das übliche Disputieren ein, und zwei Fraktionen bildeten sich. In den Gesichtern der Älteren war Furcht zu erkennen; bei den Jüngeren, zu denen auch Cassius Chaerea gehörte, stellten sich nach anfänglicher Bestürzung Zweifel ein.

»Und das sollen wir glauben?«, fragte ein Hofbeamter, der den Streifen an seiner Toga noch nicht lange zu tragen schien. »Auf das Gewäsch einer Straßendirne sollen wir hören?«

»Beim großen Iupiter, das ist das erste vernünftige Wort, das ich heute höre!« Caligula nickte wohlwollend in Richtung des Jünglings, der sich dafür mit einem süßlichen Lächeln bedankte – einem Lächeln, das nahelegte, dass die beiden einander sehr viel intimer kannten.

»Ich bitte um Vergebung, *Caesar* – aber könnte es nicht auch sein, dass die Dirne die Wahrheit sagt?«, wandte Konsul Aquila ein. »Ist uns allen nicht immer klar gewesen, dass die Götter irgendwann die Nachsicht mit uns Sterblichen verlieren und die Schrecken der Unterwelt entfesseln würden, um uns zu strafen? Und dass jene Strafe natürlich an jenem Ort erfolgen würde, wo es keine Moral gibt und wo Laster und Unzucht an der Tagesordnung sind, nämlich in der Enge und dem Schmutz von Subura!«

Einige Senatoren bekundeten ihre Zustimmung, sogar bei den Jüngeren. »Wenn es stimmt, was sie sagt, und eine Bestie der Unterwelt ihr Unwesen in Subura treibt, so ist dies ein Fall für die Auguren«, stellte einer fest.

Ein hagerer Mann mit Gesichtszügen, die mit ihrer schmalen, schnabelhaften Nase und den stechenden Augen an einen Raubvogel erinnerten, trat vor – Lucius Nonius Asprenas, einst selbst Konsul und nun nicht nur Mitglied im *collegium* der Augurenpriester, sondern auch dessen Sprecher. »Wenn es tatsächlich göttliche Strafe ist, die über uns hereinbricht, so kann nur ein Reinigungsopfer Rettung bringen. Lorbeer und Wacholder, Salbei und Thymian müssen verbrannt und der Rauch durch die Gassen Suburas getrieben werden, auf dass er in jeden Winkel und jede Fuge dringe und den Pfuhl des Lasters von allen bösen Geistern befreie!«

»Wie immer zeugen Eure Worte von großer Weisheit, ehrenwerter Asprenas«, versicherte Ädil Mascius, »aber bedenkt, wie viele Männer in den Gassen Suburas bereits ihr Leben gelassen haben! Wie viele Plebejer grausam ermordet worden sind, und für welche Unruhe dies bereits gesorgt hat ...«

»Das ist wahr.« Inmitten seiner Untergebenen drehte sich Caligula wie bei einem Tanz, während er nachzudenken schien. »Jene dort«, entschied er dann, wobei er plötzlich verharrte und schwankend auf Apulia zeigte, »muss zum Schweigen gebracht werden, damit sie ihre Geschichte nicht weitertragen kann, sei sie nun wahr oder unwahr! Ein kleiner Schwertstich wird dies besorgen, kurz und fein und beinahe schmerzlos.«

»Nein, bitte nicht!« Apulias verbliebenes Auge blickte entsetzt vom Kaiser zu Mascius, der sie – vermutlich gegen ihren Willen – zum Palast geschleppt und in diese Lage gebracht hatte. Doch der Ädil hatte außer einem bedauernden Schulterzucken keine Hilfe zu bieten, und so wich sie zurück, bis die beiden Prätorianer, die Mascius und sie begleitet hatten, sie ergriffen.

Mit einer wegwerfenden Geste wies Caligula die Gardisten an, sich ihrer zu entledigen. »Und wenn das erledigt ist«, fügte er hinzu, »dann tu, was getan werden muss, guter Asprenas, um den Zorn der Götter zu besänftigen. Verbrennt ein paar Kräuter und lasst es ordentlich rauchen – die Leute sollen etwas davon mitbekommen. Sie sollen sehen, dass sich der Vater des Vaterlandes um ihre dummen Sorgen kümmert. Befragt auch ein paar Eingeweide, wenn ihr müsst, und lasst von mir aus auch ein Dutzend Vögel fliegen – dafür wird mich das Volk ganz besonders lieben. Und dann soll endlich wieder Ruhe herrschen in dieser Stadt!«

»Mit Verlaub, *Caesar*«, sagte jemand mit lauter und fester Stimme, »ich fürchte, damit wird es nicht getan sein.«

»Wer hat das gesagt?« Caligula fuhr herum, blanker Zorn schlug funkengleich aus seinen Augen.

»Das war ich«, sagte ein alter, unscheinbar wirkender Mann, der in diesem Moment den Empfangssaal betrat. »Mein Name ist Marcus Claudius Varro – und ich bringe schlechte Nachrichten.«

XI

Der Kult hatte sich versammelt.

In jenem Gewölbe inmitten der alten Zisternen, tief unter dem Gestein des *collis Viminalis* verborgen, war man zusammengekommen – doch diesmal nicht nur, um die uralten Mysterien zu begehen und die Eine zu ehren. Ein neues Kapitel in der Geschichte des Kults war aufgeschlagen worden.

Ein neues Zeitalter dämmerte am Horizont der Geschichte herauf, Trebata konnte es spüren, mit jeder Faser seiner Existenz. Einmal mehr trug er die schwarze Robe und die Maske mit dem verzerrten Mund – so wie auch alle anderen Anhänger des Kults Masken trugen. Rund vierzig von ihnen waren es, und obwohl sie Schulter an Schulter standen, kannte keiner seinen Nebenmann. Schon bald jedoch würde der Tag kommen, da sie alle ihre Masken fallen ließen; da das Versteckspiel endlich ein Ende haben würde und sie der Welt ihr wahres Antlitz zeigen konnten.

Zunächst den Römern, diesen anmaßenden, selbst ernannten Herren des Erdkreises.

Dann den Barbaren in ihrer natürlichen, grausamen Einfalt.

Und schließlich auch noch allen anderen Völkern, denen des Südens und denen des weit entfernten Ostens …

Die Maskierten hatten sich um das Loch im Boden versammelt, über dem sich wie zuvor das Netz aus Ketten spannte, stark und undurchdringlich – und in dessen dunkler Tiefe die Kreatur lauerte.

Ein unheimliches Murmeln erfüllte das Gewölbe, die uralten Formeln wurden gesprochen. Die Sprache, in der sie einst verfasst worden waren, war längst vergessen, ihre Bedeutung verweht im Wind der Zeit, nur ein Name war wieder und wieder zu vernehmen … *Semiramis.*

Wieder und wieder erklang er, verband sich zu einer eigentümlichen Melodie, zu der sich die Anhänger des Kultes wiegten. Dann setzten die Instrumente ein.

Tympana und Zimbeln wurden geschlagen, Flöten erhoben ihre hellen Stimmen. Und schließlich ertönten die phrygischen Hörner, deren dumpfer Klang den jahrtausendealten Fels in seinen Grundfesten erbeben ließ.

Mit dem Klang der Instrumente steigerte sich auch der Gesang, wurde laut und fordernd. In seiner Funktion als Priester hob Trebata die Arme, reckte sie auffordernd der Statue entgegen, die sich bis unter die Decke des Gewölbes erhob und der Einen und Einzigen gewidmet war. Auch Trebata sprach nun Worte der alten, geheimen Sprache, und die Zeremonie begann. Von ihrem Ausgang hing alles ab, die Zukunft des Kults – und damit auch der ganzen Welt.

Das Opfer wurde herangeführt.

Es war ein Sklave aus Nubien, die nackte Haut dunkel, das Haar schwarz wie die Nacht. Furchtsam sah er sich um, konnte nicht begreifen, was er hörte und sah – wie auch?

Wie sollte er ahnen, welche wichtige Rolle ihm das Schicksal zugedacht hatte? Was wusste der Stein von der Fertigkeit des Bildhauers? Was das Eisen von der Kunst des Schmiedes oder der Schärfe des Schwertes? Was von den Wunden, die mit ihm geschlagen wurden?

Unter dem Gesang der Menge wurde der Sklave zum Opferstein geführt, wo Trebata ihn erwartete. Die nackte Brust des Nubiers hob und senkte sich unter immer schnelleren

Atemzügen, der Blick seiner Augen wurde unruhig und panisch. Er fühlte wohl, dass seine Bestimmung Schmerz für ihn bedeutete – aber auch tiefe Befriedigung und die Gewissheit, dem Kult einen wertvollen Dienst erwiesen zu haben.

Seine Bewacher, deren starre Masken keine Gefühlsregung erkennen ließen, reagierten nicht auf sein Flehen. Rasch banden sie ihm Arme und Beine, dann hoben sie ihn hoch und legten ihn auf den Opferstein.

Der Sklave schrie laut und wand sich, doch sie hielten ihn unbarmherzig fest – und Trebata griff zum Messer. Die Klinge blitzte im Schein der Fackeln auf, dann packte er beherzt zu und entmannte den Sklaven mit einem einzigen Schnitt.

Tränen schossen dem Gefangenen in die Augen, sein Mund öffnete sich zu einem gequälten Schrei, den der Gesang und das Lärmen der Instrumente jedoch verschluckten. Blut spritzte und besudelte Trebatas Maske. Mit geübten Griffen versorgte er die Wunde, die abgetrennte Manneszier wurde ein Fraß der Flammen. Mit vor Entsetzen und Schmerz weit aufgerissenen Augen brüllte der Sklave weiter, bis er für kurze Zeit das Bewusstsein verlor. Als er wieder erwachte, hatte Trebata bereits Anweisung gegeben, die gefesselten Handgelenke des Sklaven an ein Seil zu binden und ihn mit den Beinen voraus in das Dunkel der Grube hinabzulassen.

Gebannt starrten Trebata und seine Anhänger auf das Schauspiel. Der Gesang und das Spiel der Flöten und Hörner hatten ausgesetzt. Nur noch der Gefangene war zu hören, der noch immer jämmerlich schrie und zeterte.

Ganz langsam ließ man ihn durch eine Masche im Netz hinab, Handbreit für Handbreit. Dann war er verschwunden, hing nun buchstäblich zwischen Leben und Tod, während die Maskierten gespannt verharrten … und hofften.

Der Sklave jedoch schrie weiter.

Schrie, während sie ihn zum Grund hinabließen.

Schrie, als er unten anlangte und im flackernden Schein der Feuer die Kreatur erblickte.

Schrie, während sie ihn eine endlos scheinende Weile lang dort unten beließen.

Schrie auch dann noch, als sie ihn wieder heraufzogen und er wohlbehalten wieder oben ankam.

In diesem Moment, ohne dass Trebata die Anweisung oder die Erlaubnis dazu gegeben hätte, brach unter den Anhängern des Kults Jubel aus, laute Rufe des Triumphs, die von der hohen Decke widerhallten und die Kaverne erbeben ließen.

Die Prophezeiung hatte sich bewahrheitet, die vor langer Zeit gegebene Verheißung war erfüllt.

Die Bestie fraß lebendes Menschenfleisch.

Doch sie verschonte Semiramis' Söhne.

XII

Wen auch immer Lucius Murmillo in jenem Patrizierhaus an den Hängen des Esquilins angetroffen haben mochte – der Claudius Varro, der jetzt vor dem Kaiser stand, schien ein völlig anderer zu sein.

Im Arbeitszimmer seiner Villa hatte Varro gewirkt, als würde er untrennbar dorthin gehören, so wie ein Dreifuß oder ein vielbenutztes Möbelstück. Er hatte auf Lucius mehr den Eindruck eines zerstreuten Gelehrten gemacht denn eines Politikers – doch nun war alles anders. Marcus Claudius Varro trug die purpurverbrämte Toga und den Siegelring seines Amtes, sein zuvor verwildertes Haar war sauber gestutzt, seine auf den ersten Blick jovial wirkenden Züge wirkten wie erstarrt. Und jede einzelne seiner Bewegungen und Gesten verriet, dass er sich ihrer Wirkung in vollem Maß bewusst war.

»Claudius Varro!«, rief der Kaiser aus. Seine Züge hellten sich schlagartig auf, sein Zornesausbruch schien bereits wieder vergessen. »Sollte mein treuer Murmillo dich nicht am morgigen Tag besuchen, um Kunde von dir zu erlangen?«

»So war es vereinbart«, bestätigte der Gelehrte und streifte Lucius mit einem Seitenblick. »Doch ich fürchte, dass das, was ich herausgefunden habe, nicht bis dahin warten kann.«

»Nun machst du mich neugierig.« Der Kaiser klatschte in die Hände, freudig wie ein Kind, das ein Geschenk bekommen sollte. Seine Dirnen kicherten wieder, als übertrüge sich der Frohsinn des Herrschers direkt auf sie. »Nun denn, sprich aus, was du zu sagen hast, geschätzter Varro. Wir sind gespannt auf deine Meinung.«

Der alte Gelehrte straffte sich. Seine Linke fasste den Brustsaum der Toga, in der rechten Hand hielt er eine Schriftrolle. »Es ist keine Meinung, die ich äußere, *Caesar*«, entgegnete er mit fester Stimme. »Es ist die Wahrheit des Orakels.«

»Wir kennen dich, Claudius«, versicherte Lucius Asprenas von den Auguren. »Zumindest die Älteren unter uns erinnern sich noch sehr gut an dich – wie auch an deine sogenannte Wahrheit.«

»Asprenas.« Varro würgte den Namen hervor wie eine verdorbene Speise. Die Art und Weise, wie die beiden Männer einander taxierten, ließ ahnen, dass sie keine Freunde waren, wie überhaupt zwischen dem Kolleg der Auguren und jenem der Quindecimviri eine beständige Rivalität bestand – nicht nur um die Gunst des Kaisers oder um die der Götter, wie Lucius bislang angenommen hatte. Sondern wohl auch um die Wahrheit …

»Viele hier können sich noch gut daran entsinnen, als du das letzte Mal in diesem Raum standest«, verkündete der Sprecher der Auguren. »Wir alle waren jünger damals, und ein anderer Herrscher hielt die Geschicke der römischen Welt in seinen Händen – aber es lag derselbe Starrsinn in deinen Augen, Claudius Varro, den ich auch jetzt darin sehe!«

»Es ist nicht Starrsinn, den du siehst, Nonius Asprenas«, konterte Varro.

»Natürlich – es ist die Wahrheit, nicht wahr? Die Wahrheit, die du und deinesgleichen stets für sich in Anspruch nehmen. Vielleicht«, fügte der Augur an alle gewandt hinzu, »sollte ich dazusagen, worin eure Wahrheit damals bestand. Dass der weise Rat der Fünfzehn dunkle Gefahren für das Reich heraufziehen sah und *Caesar* deshalb von einem Eingreifen in Armenien abraten wollte …«

»Die Weissagungen sprachen von einer drohenden Gefahr, die sich in Mesopotamien zusammenbraute, von einer geheimen Bedrohung, und ich riet *Caesar*, ihr auf den Grund zu gehen.«

»Armer, ahnungsloser Varro!«, rief Asprenas. »Wir alle wissen, dass Orakelsprüche stets Raum zur Deutung lassen. Die Sibyllinischen Texte bilden hier keine Ausnahme ...«

»Anders als etwa die Eingeweideschauen und Beobachtungen des Vogelflugs, die deinesgleichen vornimmt«, bemerkte Varro trocken.

»... und wo durch Menschen gedeutet wird, besteht stets auch die Gefahr menschlicher Fehler«, fuhr der andere unbeirrt fort. »Im genannten Fall haben sich die Warnungen der Fünfzehn als unberechtigt erwiesen, denn mit Artaxias konnte ein der römischen Ordnung wohlgesinnter König auf den Thron Armeniens gebracht werden. Dein nachweislich falscher Rat fand beim Kaiser kein Gehör.«

»Wofür du selbst gesorgt hast, indem du mich bei Tiberius angeschwärzt und verleumdet hast.«

»Ich habe lediglich vorgeschlagen, dass *Caesar* deinen Ratschlägen nicht länger folgen sollte. Darauf wies er dich an, dich in dein Haus zurückzuziehen und dort zu verbleiben – und wenn ich bedenke, was anderen unter seiner Herrschaft widerfahren ist, so glaube ich, dass du damit wohlberaten warst.«

»Das ist wahr«, mischte Caligula selbst sich nun in den Streit ein. »Mein geschätzter Großonkel hat manches getan, was ich nicht gutheiße und auch nicht selbst tun würde – wie zum Beispiel, kleine Knaben an seinen besten Teilen saugen zu lassen. Jedenfalls nicht, solange es andere gibt, die das sehr viel besser tun«, fügte er mit Blick auf seine kichernden Hetären hinzu.

»Ihr seid wahrlich ein anderer, *Caesar*«, räumte Varro ein, »darum ersuche ich Euch, Erbarmen zu zeigen und das Leben jener Frau zu schonen«, fügte er hinzu, auf Apulia deutend.

»Habt Ihr erst erfahren, was ich Euch zu berichten habe, so werdet Ihr verstehen, dass das, was sie weiß und gesehen hat, nicht mehr von Bedeutung ist.«

Der Kaiser knickte den dürren Hals und legte den Kopf schief, wobei ihm der Lorbeer beinahe vom Haupt fiel. »Ich muss zugeben, du machst mich wirklich neugierig, guter Varro. Nun gut, die Gans soll weiterschnattern, wenn dir so viel daran liegt. Aber schafft sie mir aus den Augen, ihr Anblick beleidigt meinen guten Geschmack. Und dann berichtet endlich!«

»Vor diesen allen?«, fragte Varro.

»Die Auguren haben ein Recht zu erfahren, was die Sibyllinischen Bücher sagen!«, rief Asprenas entrüstet.

»Die Konsuln ebenso«, beharrte Aquila.

»Schön und gut, aber ihr anderen entfernt euch«, entschied Caligula und scheuchte schon die Ersten hinaus. »All ihr nutzlosen Beamten und gemeinen Senatoren – und ich fürchte, auch ihr Tauben müsst einstweilen entflattern«, fügte er an die Dirnen gewandt hinzu.

Die beiden kicherten noch einmal zum Abschied, in den Gesichtern mancher Beamter und Senatoren hingegen war Enttäuschung zu lesen, bei einigen auch Unwille. Die Prätorianer bugsierten sie dennoch hinaus, schlossen die Pforte und postierten sich davor, Statuen gleich.

»Nach deinem Willen, *Caesar*«, meldete Tribun Chaerea.

»Sehr gut.« Caligula hatte sich auf das gepolsterte *solium* zurückgezogen, das den rückwärtigen Teil des Raumes einnahm. Die wenigen verbliebenen Würdenträger waren ihm dorthin gefolgt. »So berichte denn, Claudius Varro!«

»Nun – mit den Mitteln, die mir in meinem Haus zur Verfügung stehen, habe ich den Gegenstand untersucht, den dein Bote mir gebracht hat«, begann der Gelehrte seinen Bericht, zunächst noch zögernd und immer wieder nach Asprenas spähend, der ihn seinerseits misstrauisch beäugte.

»Und? Was hast du herausgefunden?«

»Dass es ein Stachel ist, *Caesar*. Nicht von einer Pflanze stammend, sondern von einer Kreatur, nichtsdestotrotz mit einem Gift versehen, das einen qualvollen Tod bereitet.«

»Eine giftige Kreatur?« Das kaiserliche Antlitz zog sich in die Länge. »Ein Skorpion womöglich? Doch von solcher Größe? Sollte es sich am Ende wirklich um eine Kreatur der Unterwelt handeln?«

»Auch ich wusste mir darauf keinen Reim zu machen, also tat ich, was als einer der Fünfzehn meine Pflicht ist«, erklärte Varro. »Ich ging in den Tempel und suchte den Rat der Orakelsprüche.«

»Natürlich«, meinte Asprenas. »Und nun wirst du wie üblich verkünden, welches Opfer wir erbringen sollen, auf dass die Kreatur wieder in die Unterwelt entschwindet.«

»Ist es nicht das, was du vorhin noch selbst tun wolltest?«, fragte Varro spitz dagegen. »Nein, *Caesar*«, wandte er sich daraufhin wieder dem Herrscher zu, »ich habe die Worte der Tafeln übersetzt und sie aufgeschrieben, um sie Euch vorzutragen. Hier sind sie.« Er hielt die Rolle hoch. »Wenn Ihr in Eurer Eigenschaft als *pontifex maximus* es gestattet, so werde ich den Text vortragen.«

»Ich gestatte es«, entgegnete der Kaiser mit einer großzügig gewährenden Geste. »Trag die Worte der Seherinnen ruhig vor – ich werde dann entscheiden, ob sie meinem göttlichen Sinn für Schönheit schmeicheln oder nicht. Heißt es nicht, die Sprüche der Sibyllen wären in Versen verfasst?«

»Das sind sie, *Caesar*«, bestätigte Varro, entrollte den Papyrus – und begann, vorzutragen:

Zeichen dereinst werden sein
so zahlreich wie unübersehbar:
Blut auf den Straßen der Stadt,
so rot wie die Sonne zur Nacht.
Tod überall in den Gassen,

schlimmer als Krieg selbst und Seuche.
Alles, was lebt, das flieht
die Schatten und furchtbare Klauen!
Zähne zerfleischen und Stacheln,
das Gift und die Schwingen der Nacht:
Drachengleich und so grässlich
wie einst am Anbruch der Welt,
Anfang vom Ende und Zeichen
der neuen Ordnung der Zeit.

Die Worte verhallten unter der einstmals zinnoberroten, in den Ecken längst rußgeschwärzten Decke. Niemand, noch nicht einmal der hochmütige Nonius Asprenas, wagte eine Entgegnung. Allen im Raum schien bewusst zu sein, dass das, was weise Seherinnen vor so langer Zeit beschrieben hatten, genau dem entsprach, was sich in diesen Tagen ereignete.

Bis auf einen …

»Und?« Caligula hob die schmalen Brauen. »Sollte ich nun beeindruckt sein?« Ein süffisantes Grinsen huschte über sein bleiches Gesicht. »Ein zweiter Vergilius bist du nicht, guter Varro, so viel steht fest. Tatsächlich habe ich mich gelangweilt.«

»Nun, *Caesar*«, entgegnete der Gescholtene leise und, so kam es Lucius vor, ein wenig lauernd, »wenn dich der erste Spruch gelangweilt hat, so höre weiter, denn dieser wird dich gewiss interessieren.«

Und er fuhr fort:

Enden wird weltliche Macht,
wird weichen der Allmacht der Einen!
Kaiser und König vergehn,
zu Staub zerfallen Paläste.
Trümmer nur bleiben und Tod,
Verderben und Blut tränkt die Erde.

Klaue und Gift über Krone
und Stiefel ... das Ende ist nah.

»Das ist ungeheuerlich!« Auf seinen dürren Beinen sprang der Kaiser auf. Erneut saß der Lorbeer schief auf seinem Kopf, das purpurne Gewand hing wie ein Vorhang an ihm. Urplötzlich lag ein Lodern in seinen Augen. »Mit den ›Stiefeln‹ kann nur ich gemeint sein! So nannten mich einst die Soldaten, wenn ich mit meinem Vater Germanicus in ihrem Feldlager weilte – ›Stiefelchen‹!«

Die meisten der Anwesenden wichen seinem stechenden Blick aus, und niemand wagte es, zu sagen, dass *caligula* – das Stiefelchen – auch der Name war, den die Bürger von Rom, der größte Teil des Hofstaats und selbst einige Senatoren dem neuen Imperator gegeben hatten ...

»Ist das auch gewiss, was in den geheimen Büchern steht?«, erkundigte sich Asprenas kritisch bei Varro.

»Ich habe mich bemüht, den Text nach bestem Wissen zu übertragen«, versicherte dieser. »Aber natürlich steht es *Caesar* frei, ihn im griechischen Original zu studieren.«

»Ist in der Weissagung wirklich von mir die Rede?« Mit einem Mal war Caligula nicht mehr gelangweilt. Dafür schien sein Empfinden jetzt zwischen Entsetzen und Eitelkeit zu schwanken. »Und wer ist mit der ›Einen‹ gemeint?«

»Ich habe die Texte nicht verfasst, *Caesar*«, stellte Varro in aller Bescheidenheit klar. »Ich bin lediglich ihr ergebener Diener – so wie ich der Wahrheit diene.«

»Aber du sollst mir dienen!«, widersprach der Kaiser und stampfte mit dem Fuß auf wie ein trotziger Knabe. In all den Monden, die er bereits bei den Prätorianern war, hatte Lucius ihn nie so aufgeregt erlebt. Von der alten Überlegenheit war nichts zu spüren, der Mann, der allen Genüssen des Lebens aufgeschlossen war, der sich für Arenakämpfe und Zirkusspiele begeisterte, schien einem kleinen Kind gewichen zu sein, auf dessen Stirn gleichwohl der Herrscherkranz ruhte …

»Vielleicht«, fügte Caligula wütend hinzu, »sollte ich dich abführen und in den Kerker werfen lassen, Claudius Varro! Oder dir die Zunge herausschneiden, auf dass du sie niemals wieder gegen deinen Kaiser verwenden kannst!«

»Recht gesprochen«, bekräftigte Asprenas, die Häme kaum verbergend.

Varro überging ihn. »Ist das die Art und Weise, wie Ihr mit der Wahrheit verfahren wollt, *Caesar?*«, fragte er stattdessen mit einer Todesverachtung, die jedem Gladiator zur Ehre gereicht hätte. Lucius bewunderte ihn dafür. »Ich dachte, Ihr wolltet Euch von Eurem Vorgänger unterscheiden?«

Caligula schien etwas erwidern zu wollen, aber es kam ihm nicht über die Lippen. Seine eigentümliche Gestalt erbebte, seine Hände waren in hilflosem Zorn geballt – doch plötzlich sank er wieder auf seinen Sitz zurück, als fehlte ihm die Kraft für einen wirklichen Zornesausbruch.

»Gut«, entgegnete er mit einer Stimme, die gleichermaßen lieblich wie gefährlich klang, »da ich nicht mein Großonkel bin, will ich Gnade vor Recht ergehen lassen. Doch frage ich dich, Varro, was all jene klugen Worte zu bedeuten haben. Was schlägst du vor, das ich anordnen soll, wenn ein Rauchopfer deiner Ansicht nach nicht ausreicht? Wenn jene klugen Frauen bereits vor so langer Zeit wussten, dass all dies geschehen würde, so werden sie dir doch sicher auch verraten haben, was dagegen zu unternehmen ist?«

»So arbeitet ein Orakel nicht, *Caesar*. Es gewährt den Sterblichen einen Blick in die Zukunft – doch was wir mit dem Wissen anfangen, das es uns zuteilwerden lässt, bleibt uns selbst überlassen.«

»Hört, hört«, höhnte Asprenas, der eine Gelegenheit sah, seinen Rivalen bloßzustellen. »Wozu würdest du uns raten, weiser Claudius Varro?«

»Der Stachel, der gefunden wurde, ist ein unwiderlegbarer Beweis dafür, dass diese Kreatur tatsächlich existiert«, gab der Gelehrte zur Antwort, den Spott geflissentlich überhörend. »Sie ist kein Hirngespinst aus Fieberträumen, sondern so wirklich wie Ihr und ich, in all ihrem Blutdurst.«

»Und weiter?«

»Wir haben es hier mit etwas zu tun, das aus alter Zeit zu uns gekommen ist – und das dem Orakel nach die Macht besitzt, Euren Thron zu vernichten, o *Caesar*, und das gesamte Reich ins Chaos zu stürzen.«

»Die römische Herrschaft besteht seit sieben Jahrhunderten«, wandte Konsul Aquila ein. »Was für eine Kreatur könnte so etwas zustande bringen?«

»Auch darüber habe ich nachgeforscht«, gab Varro zur Antwort. »Wenn ich die Weissagung richtig deute, so beschreibt sie eine Bestie aus den Mythen der alten Babylonier … eine Kreatur aus den dunklen Gebieten jenseits des Indus – und es ist sicher kein Zufall, dass auch der Gelehrte Strabo eine solche Kreatur in seiner *Geographika* beschrieb. Dazu ist in zeitgenössischen Aufzeichnungen von einem alten, einem uralten Grauen die Rede, dem der große Alexander einst auf seinen Eroberungszügen begegnet sein soll. Nicht Seuche, nicht gegnerische Pfeile und nicht feindliche Kriegselefanten sind es demnach gewesen, die ihn im Tal des Indus einst zur Umkehr zwangen, sondern diese Kreaturen.« Er verstummte, als wollte er seine Worte einwirken lassen wie eine verabreichte Medizin. »Was die Seherinnen Euch gegeben haben, *Caesar*«, fuhr Claudius Varro dann leise und eindringlich fort, »ist nicht mehr und nicht weniger als eine Warnung. Jene Bestie, die in Subura Furcht und Schrecken verbreitet, stammt aus einer Zeit, in der Geschichte und Mythos noch eins gewesen sind. Es ist ein *homovorus* … ein Menschenfresser!«

Das Wort verhallte schrecklich unter der roten Decke – zum

Vergnügen des Kaisers. »Ein Menschenfresser, in der Tat!« Caligula klatschte vergnügt in die Hände. »Vielleicht sollten wir ihn dann einfach gewähren lassen, es gibt ohnehin zu viele hungrige Mäuler in Subura!«

Es war als Scherz gedacht, aber niemand lachte. Das Entsetzen über Claudius Varros Worte stand den Würdenträgern deutlich ins Gesicht geschrieben. Selbst Asprenas und Chaerea waren nicht frei davon, und auch Lucius merkte, wie sich eine dumpfe Unruhe seiner bemächtigte.

Oder war es mehr, das er verspürte?

Eine unheimliche Ahnung?

Er fröstelte.

»Warum so ernst?«, rief der Kaiser ihnen zu. »Seht ihr denn nicht die Möglichkeiten, die sich uns bieten? Um die Bestie zu vernichten, könnten wir Subura niederbrennen und auf seiner Asche ein neues, schöneres Rom errichten!«

Erneut lachte niemand. Doch den betroffenen Mienen war anzusehen, dass sich der eine oder andere in diesem Moment fragte, ob Caius Caesar Augustus Germanicus, der Mann, den sie an die Herrschaft gebracht hatten und der nun die Geschicke des Römischen Reiches lenkte, tatsächlich klaren Verstandes war …

»Ich sehe schon, meine Visionen sind an euch verschwendet«, verkündete er schmollend. »Es wird wohl einem anderen vorbehalten bleiben, sie zu verwirklichen.«

»Und … die Bestie, *Caesar?*«, erkundigte sich Marcus Aquila leise. »Was gedenkt Ihr, ihretwegen zu unternehmen?«

In seinem Sessel fläzend, ließ der Kaiser den Kopf sinken wie jemand, der tief in sich ging, um über die Götter und die Welt zu reflektieren. »Wir werden tun, was getan werden muss«, erklärte er dann. »Du, mein guter Varro, wirst jene angebliche Bestie suchen und finden – und meine treuen Prätorianer werden sie tö ten.«

XIII

»Vater?«

Sibylla Claudia Varro hatte die Tür zum Arbeitszimmer ein Stück weit geöffnet, blieb jedoch auf der Schwelle stehen. Es war früher Morgen. Ein neuer Tag zog im Osten herauf, sein zartrosa Schein fiel durch das schmale Oberlicht – doch der alte Varro schien davon nichts mitzubekommen. Im Schein zahlreicher Kerzen saß er bereits wieder über alten Schriftrollen – oder war er in dieser Nacht erst gar nicht zu Bett gegangen?

»Sibylla.« Varro sah auf und rieb sich die vor Anstrengung geröteten Augen, schien einen Moment zu brauchen, um ins Hier und Jetzt zu finden. »Guten Morgen, Liebes!«

»Guten Morgen, Vater!« Sie lächelte und trat ein. »Ist alles in Ordnung? Kersas sagt, du seist gestern erst sehr spät nach Hause gekommen.«

»Das ist wahr.« Ihr Vater nickte. »Ich hatte im Palast zu tun.«

»Im Palast?« Sie runzelte die Stirn. Wenn sie etwas über ihren Vater wusste, dann, dass er nichts übrighatte für Politik und Ränkeschmieden. Nicht von ungefähr hatte er sich vom Hof zurückgezogen, widmete sich nur noch dem Studium der Vergangenheit. »Aber du hast mir doch stets gesagt, dass du …«

Ein müdes Lächeln huschte über seine von Falten gezeichneten Züge. »Darf ein alter Mann nicht einmal seine Meinung ändern?«

»Natürlich, aber …« Sie verstummte. Etwas war anders an diesem Morgen. Dass ihr Vater sich in alten Schriften verlor, dass er mitunter eine ganze Nacht lang darüber brütete und bisweilen Schwierigkeiten hatte, aus ferner Vergangenheit wieder in die Gegenwart zurückzufinden, war nicht weiter ungewöhnlich. Er war ein Gelehrter, wie er im Buche stand, und seine Hingabe an seine Forschung war ein Teil seiner Persönlichkeit, vielleicht sogar der, welchen Sibylla am meisten an ihm schätzte. Doch während das Studium der Geschichte ihren Vater sonst zu erfrischen schien wie ein belebendes Bad, wirkte er an diesem Morgen müde und ausgelaugt … als würde ihm etwas große Sorge bereiten.

»Ist wirklich alles in Ordnung?« Ihre Blicke wanderten zwischen ihm und den auf dem Tisch ausgebreiteten Traktaten hin und her.

Der alte Varro zögerte, schließlich huschte ein mildes Lächeln über seine erschöpften Züge. »Du bist wie deine Mutter«, sagte er. »Ihr konnte ich auch nie etwas vormachen.«

»Was ist los?«, fragte sie. »Ist etwas vorgefallen? Im Palast?«

Er schien einen Moment zu überlegen, dann nickte er. »Schließ die Tür«, forderte er sie auf.

Sibylla kam der Aufforderung nach und trat dann an den Tisch. Die meisten der ausgebreiteten Texte waren in griechischer Sprache gehalten, die sie ihrer Mutter wegen fließend beherrschte. Doch es waren auch andere darunter, in Schriftzeichen, die sie noch nie gesehen hatte.

»Dieser Prätorianer neulich«, begann ihr Vater unvermittelt, »du weißt, warum er hier gewesen ist?«

»Wegen der Vorfälle in Subura«, erwiderte sie. »Der Kaiser hat dich um deine Hilfe ersucht.«

»Und ich habe sie ihm gegeben.«

»Weshalb, Vater?« Sibylla empfand tiefe Verwirrung. »Hast du nicht immer gesagt, dass du lieber Rom den Rücken kehren und ein Dasein als Einsiedler fristen würdest, als dein Wissen noch einmal an den kaiserlichen Hof zu tragen?«

»Das sagte ich«, bestätigte er, »und das war auch meine feste Überzeugung. Doch die Dinge haben sich geändert.«

»Inwiefern?« Sibylla merkte, wie seltsame Unruhe sie befiel. Etwas an der Art und Weise, wie ihr Vater sie ansah und wie er mit ihr sprach, gefiel ihr nicht. Unheil lag in der kühlen Luft des Morgens, das konnte sie förmlich spüren.

Aus einem der unter dem Tisch verborgenen Fächer zog ihr Vater einen Gegenstand hervor, den er auf die polierte Platte legte. Er war etwa eine Handspanne lang und spitz wie ein Dolch, schien dabei jedoch nicht künstlich gefertigt, sondern natürlichen Ursprungs zu sein.

»Was ist das?«, wollte sie wissen.

»Ein Dorn oder Stachel, soweit ich das sagen kann. Die viel interessantere Frage ist, woher es stammt.«

»Nun?«

Ihre Blicke begegneten sich. Wieder konnte sie sehen, dass er zögerte und ihr vermutlich lieber nicht von diesen Dingen erzählt hätte. Dennoch schien ihn irgendetwas dazu zu drängen. »Alles deutet darauf hin«, fuhr er schließlich fort, »dass die Morde von Subura nicht von Menschen begangen worden sind, Sibylla.«

»Nicht von …? Wie meinst du das?«

»Wenn die alten Schriften recht haben – und ich sehe keinen Grund, an ihrer Wahrheit zu zweifeln –, so haben wir es mit etwas zu tun, das kein Mensch ist, und auch kein Tier. Einer Kreatur, die mit keiner anderen zu vergleichen ist und die aus grauer Vorzeit stammt, als die Welt noch jung war.«

»Was genau bedeutet das, Vater?« Sibylla zuckte mit den schmalen Schultern. »Ich fürchte, ich verstehe nicht.«

»Wie auch? Ich verstehe es ja selbst kaum … aber alles

deutet darauf hin, dass in den Gassen Suburas ein uraltes *monstrum* sein Unwesen treibt. Wie und auf welchem Weg es zu uns gefunden hat, weiß ich nicht, aber seine Existenz beweist, dass die mythische Vorzeit, die wir längst überwunden glaubten, noch nicht zu Ende ist. Etwas, das uralt und archaisch ist, ruft nach uns, versucht, uns zurückzureißen in die Tage des ursprünglichen Chaos und der Gesetzlosigkeit. Alles, was wir kennen und lieben, ist in Gefahr, mein Kind.«

»Wie meinst du das, Vater? Ich habe gehört, dass jene Toten, die es in Subura gegeben hat, grausam zugerichtet wurden … doch selbst wenn ein uns unbekanntes *monstrum* dies getan hat, so kann man es doch ausfindig machen und zur Strecke bringen, oder etwa nicht?«

»Das lehrt uns die Wissenschaft, und es ist auch das, was ich in des Kaisers Auftrag bewerkstelligen soll. Doch diese Narren bei Hofe sehen nicht die Gefahren, die hier drohen, das größere Ganze! Es kann kein Zufall sein, wenn die Unterwelt in unseren Tagen ihre Pforten öffnet und eine Kreatur wie diese ausspuckt, eine wahre Bestie, einen Menschenfresser!«

Sibylla fühlte Beklemmung, fröstelte plötzlich in ihrem Kleid. »Du machst mir Angst, Vater«, gestand sie.

»Du solltest dich auch fürchten, mein Kind, wir alle sollten uns fürchten – denn wozu haben wir Menschen es schon gebracht? Wir bilden uns viel ein auf die Errungenschaften der römischen Welt, auf die Maschinen unserer Konstrukteure, auf die Werke unserer Dichter und Philosophen, auf unsere Bauwerke und Aquädukte … doch die bittere Wahrheit ist, dass wir tief in unserem Inneren noch immer dieselben primitiven Wesen sind, die wir zu allen Zeiten waren, und dass wir uns von den Barbaren nicht halb so sehr unterscheiden, wie wir es uns gerne einreden.«

»Aber, Vater, wir …«

»Du fragst nach Beweisen?« Varro lachte gequält. »Du

brauchst nur in den Zirkus zu den Gladiatorenspielen zu gehen; ins Theater an den Tagen der Floralien oder an jedem beliebigen Abend in die Säulenhalle des Pompeius, um zu erleben, wie sich freie Römer, Männer wie Frauen, niederen Tieren gleich ihren Trieben ergeben, kaum anders als jene, denen wir die römische Zivilisation bringen wollen.«

»Der Stoiker spricht«, stellte Sibylla fest.

»Was uns von den Tieren unterscheidet, sind Wissen und Vernunft sowie die Fähigkeit, an dieser Vernunft festzuhalten. Was Zenon von Kition uns gegeben hat, mein Kind, ist gar nicht hoch genug einzuschätzen. Die Fähigkeit, uns zu beherrschen und die Moral über das bloße menschliche Wollen zu stellen, ist alles, was uns vom alles verzehrenden Dunkel trennt. Doch gegen jene Bestie«, fügte er mit düsterem Blick hinzu, »ist all das nicht genug. Jenes *monstrum* ist nicht von allein zu uns gekommen. Jemand hat es gerufen ... jemand, der sich dunkler Mächte aus ferner Vergangenheit bedient.«

»Wa...was genau bedeutet das, Vater?«, fragte Sibylla leise. Sie konnte sich nicht erinnern, ihn jemals so aufgewühlt erlebt zu haben.

»Es ist ein Krieg, mein Kind«, eröffnete er. »Die Zivilisation gegen die Barbarei, das Wissen gegen das Chaos, das Licht gegen die Dunkelheit. Der Kaiser und seine Speichellecker sind weit davon entfernt, dies zu erkennen, aber bei diesem Kampf geht es um alles. Um Vergangenheit und Zukunft, um die Geschichte, wie wir sie kennen ... verstehst du, was ich damit sagen will?«

»Ich denke schon«, versicherte Sibylla – obschon sie nicht behaupten konnte, auch nur die Hälfte von dem begriffen zu haben, was ihr Vater da sagte. Hatte er womöglich zu lange über seinen Schriften gebrütet? War sein Verstand müde von der durchwachten Nacht und ließ ihn Dinge sehen und befürchten, die in Wahrheit gar nicht da waren? Aber was hatte es dann mit jener Bestie auf sich?

Er schien ihr anzusehen, dass sie verwirrt war und sich sorgte, denn schlagartig veränderte sich der Ausdruck in seinem ältlichen Gesicht. »Genug davon«, sagte er und schlug mit den Händen energisch auf den Tisch. »Sag Kersas, dass ich zu frühstücken wünsche – Honig, Brot und Datteln. Eine durchwachte Nacht macht hungrig.«

»Das will ich gerne tun«, bestätigte Sibylla, froh darüber, wieder einen Teil des alten Claudius Varro durchblitzen zu sehen. Sie umrundete den Tisch, beugte sich zu ihrem Vater herab und küsste ihn auf den weißen Scheitel. Dann verließ sie sein Arbeitszimmer wieder.

Der alte Varro sah ihr nach, auch dann noch, als sie die Tür längst hinter sich geschlossen hatte. In Wahrheit verspürte er nicht einen Hauch von Appetit, aber er hatte die Bestürzung in ihren Zügen gesehen und sie ablenken wollen. Im Nachhinein schalt er sich einen Narren dafür, dass er sie ins Vertrauen gezogen hatte. Andererseits, sagte er sich, hatte sie es gewiss gespürt …

Es war nicht nur eine Floskel gewesen, Sibylla hatte tatsächlich viel von ihrer Mutter. Der Schmerz darüber, dass seine geliebte Eurydica so früh aus dieser Welt geschieden war, verfolgte Varro an jedem einzelnen Tag, aber er hatte auch dafür gesorgt, dass Sibylla und er sich auf eine Weise nahestanden, wie es nur selten der Fall war. Gewöhnlich wurden Patriziertöchter dazu erzogen, einen Hausstand zu führen und ihre Pflichten gegenüber ihren späteren Ehemännern zu erfüllen, und üblicherweise war es die Mutter, die sich darum kümmerte. Varro, der nichts von diesen Dingen verstand, hatte seine Tochter stattdessen lieber in den Wissenschaften unterrichtet, hatte sie Literatur, Geschichte und Philosophie gelehrt und schon früh mit dem stoischen Ideal vertraut gemacht, nach dem auch er selbst stets strebte, wenngleich mit wechselhaftem Erfolg … Und wenn er ehrlich zu sich selbst war, so hatte er all dies nicht aus Selbstlosigkeit getan, sondern weil er zum einen die Hoffnung hegte, dass Sibylla eines Tages seine Schriftensammlung erben und seine Forschungen fortführen würde ... und weil sie zum anderen all dieses Wissen dringend benötigen würde für den Fall, dass ihre Mutter ihr nicht nur ihren scharfen Verstand und ihre Schönheit vererbt hatte, sondern auch noch jene andere Fähigkeit, die Varro nie wirklich verstanden, jedoch sein Leben lang bewundert hatte. Nicht von ungefähr hatten sie ihrer Tochter den Namen Sibylla gegeben. Eurydica war stets der Ansicht gewesen, dass es ihr wahrer Auftrag sei, ihre wahre Natur ... ihre Bestimmung.

Mit einem schwermütigen Seufzen wollte er sich wieder den Texten zuwenden – als plötzlich ein helles Klirren erklang, gefolgt von einem harten Schlag.

Erschrocken blickte Claudius Varro auf und sah einen faustgroßen Stein auf dem Teppich liegen.

Stirnrunzelnd erhob er sich und kam um den Tisch herum, dabei blendete ihn das Sonnenlicht. Unwillkürlich sah er zum Fenster, nur um festzustellen, dass eine der beiden Scheiben zu Bruch gegangen war. Ganz offenbar hatte jemand den Stein durchs Fenster geschleudert!

Varro bückte sich und hob ihn vom Boden auf.

Ein Zeichen war hineingeritzt, auf das sich der Gelehrte keinen Reim machen konnte – eine monströse Klaue, von ungelenker Hand gezeichnet.

In diesem Moment verspürte er den Stich.

Es war ein entsetzlicher, lähmender Schmerz, der Marcus Claudius Varro in den Rücken traf, noch ehe er sich wieder ganz aufgerichtet hatte. Er wollte um Hilfe rufen, doch es gelang ihm nicht, stattdessen kam ein Blutschwall über seine Lippen.

Dann brach er zusammen.

XIV

Die letzte Prüfung war erfolgt, die Voraussage aus alter Zeit hatte sich als wahr erwiesen – und Trebata, der maskierte Priester des Kults, war den nächsten Schritt zur Erfüllung der Prophezeiung gegangen.

Es war die Nacht des Rituals.

Der feierliche Moment, in dem neue Anhänger unter die Söhne der Semiramis aufgenommen werden sollten, durch ihr Opfer und durch ihren bedingungslosen Glauben …

Und durch Blut.

Auch die Hohepriesterin war in dieser Nacht zugegen, zum ersten Mal, seit die Kreatur nach Rom gekommen war. Wie Trebata trug auch sie eine schwarze Robe und eine Maske, die allerdings keine entstellten, karikierten Gesichtszüge zeigte, sondern ebenmäßig und anmutig war, das Antlitz einer Göttin. Ob dies ihre wahren Züge widerspiegelte oder ihnen schmeichelte, wusste von den einfachen Anhängern des Kults keiner zu sagen. Doch jeder Einzelne von ihnen spürte die Machtfülle, die von dieser Frau ausging und die ihnen den Weg in ein neues Zeitalter ebnen würde, in dem sie selbst Einfluss und Macht erben und die Welt nach ihrem Willen formen würden.

Erneut waren sie in ihrem Tempelgewölbe tief im Inneren des *collis Viminalis* versammelt. Schweigend strömten sie in die von Fackelschein erhellte Höhle und scharten sich im Halbkreis um die Öffnung im Boden, der sie den Namen *porta inferna* gegeben hatten.

Das Tor zur Unterwelt.

Von ihrem Platz zu Füßen der Statue aus wohnten Trebata und die Hohepriesterin dem Aufmarsch ihrer Anhänger bei. Schließlich hob Trebata die Arme und sprach in der alten, längst vergangenen Sprache Worte verbotenen Inhalts. Und wie einst, wenn die *magi* des Zweistromlands in mondlosen Nächten ihre Beschwörungen gemurmelt hatten, ging eine machtvolle Wirkung von ihnen aus. Sie hüllten die Anhänger des Kults ein, durchdrangen sie wie der Rauch, der aus an den Seiten der Statue errichteten Feuerkörben aufstieg, und ließen sie in wahrem Eifer brennen.

Kaum hatte der Priester seine Formeln gesprochen, setzte wieder der Gesang der Maskierten ein, und wie in der Nacht der Prüfung gesellten sich die Klänge von Zimbeln und Flöten hinzu, ehe abermals die Hörner aus Phrygien ihre Stimmen erhoben, um ein neues glorreiches Zeitalter anzukündigen, das die Rückkehr der alten Mächte sowie der Einen bedeuten würde …

Noch während die Kultisten sangen und sich im Rhythmus der Worte wiegten, teilten sich ihre Reihen, und sieben junge Männer traten vor, die neben ihren Masken nur mit Lendenschurzen bekleidet waren und blanke Messer in ihren Händen hielten. Von Stolz erfüllt sah Trebata zu, wie sie der Reihe nach an der Abbruchkante des Höllenschlundes Aufstellung nahmen.

Innerhalb weniger Tage war es den Mitgliedern des Kults gelungen, diese jungen Männer für ihre Sache zu gewinnen, und schon sehr bald würden diese selbst in den Gassen Suburas und der angrenzenden Bezirke um weitere Anhänger werben.

Doch die Tiberstadt war nur der Anfang.

Bald schon würde der Kult sich über ganz Italien ausbreiten und sodann Tempel in den Metropolen des Römischen Reiches errichten: Alexandria, Massilia, Athenae, Pergamum und Antiochia würden zu Pfeilern seiner Macht werden. Für das Versprechen einer neuen Welt würden sich zahllose Söhne von ihren Müttern lossagen und stattdessen zu Semiramis bekennen, der einzig wahren Mutter, und ihrer Statthalterin auf dieser Welt … doch noch war es nicht so weit.

Die nackten Brustkörbe der Novizen glänzten von Angstschweiß und hoben sich unter heftigen Atemzügen. Sie alle verspürten in diesem Augenblick Furcht und letzte Zweifel. Doch schon in Kürze würde der süße Schmerz der Erlösung sie der alten, von Begierden gezeichneten Welt entreißen und sie auf ewig zu Söhnen der Einen machen, ihr treu bis in den Tod.

Der Gesang und der Hörnerklang steigerten sich, ebenso wie der Rhythmus der immer gleichen Melodie. Und als dies geschah, änderte nicht nur das Feuer in den Schalen seine Farbe, sondern auch der Rauch, der davon aufstieg und bis in den letzten Winkel des Gewölbes drang. In grellem Purpur leuchtete er nun, der Farbe der Herrscher und der Auserwählten.

Die Novizen begannen zu tanzen.

Hatten sie sich zunächst nur sanft im Rhythmus bewegt, verfielen ihre Körper nun in immer kraftvollere Bewegungen, bis sie zuletzt, vom Gesang der Menge und dem Klang der Hörner angestachelt, in wilder Ekstase zuckten. Ihre Augen hatten einen weltfremden, entrückten Ausdruck angenommen, schienen in weite Ferne zu blicken, in die Zukunft, die die Eine ihnen in diesem Moment offenbarte. Im flackernden Schein der purpurfarbenen Feuer rissen sie ihre Lendenschurze herab, fassten die Griffe ihrer Klingen fester – und indem sie gellende Schreie ausstießen, die gleichermaßen Ausdruck von Schmerz wie von höchster Verzückung sein mochten, entledigten sie sich ihrer alten Leben und Leidenschaften und entmannten sich selbst. Blut floss in Strömen, doch schienen sie keinen Schmerz zu verspüren, sondern sangen und tanzten weiter. Was sie abgeschnitten hatten, das warfen sie in den Schlund, auf dass die Bestie der Einen es verzehre, und mit ihm auch jenen Teil von ihnen, den sie auf immer hinter sich gelassen hatten, um fortan nur noch ihr zu dienen.

Semiramis.

Ihr Name wurde gerufen, wieder und wieder, wurde wie im Fieberwahn hinausgebrüllt, und mit jedem Novizen, der die blutige Handlung vollzog, wurde der Ruf noch lauter. Längst war es kein Gesang mehr, sondern heiseres Gebrüll, das zur Höhlendecke aufstieg und hinabsank in die finstere Grube, wo die Kreatur lauerte.

Ein Novize nach dem anderen erfüllte sein Versprechen und vollzog beherzt den blutigen Schnitt … doch der siebte von ihnen, der letzte in der Reihe, zögerte!

Was immer ihn abhalten mochte, jenen letzten Schritt zu wagen – seine Hand mit dem Messer begann, zu beben, während er einen inneren Kampf zu führen schien. Und während sich seine Kameraden längst von ihrer alten Existenz gelöst hatten und zu Söhnen der Einen geworden waren, stand er noch immer unentschlossen. Seine Augen waren weit aufgerissen, Panik lag darin, ein Anzeichen dafür, dass der Bann gebrochen war …

»Was machst du, Narr?«, rief Trebata ihm zu. »Tu, weshalb du gekommen bist, oder du wirst Verderben über uns alle bringen …«

Er schrie so laut, dass sich seine Stimme überschlug, doch gegen das Geschrei der Anhänger und den Klang der Hörner kam er nicht an. Seine Worte verschwanden in dem Strudel der Euphorie, der alle in der Halle ergriffen hatte, selbst die Hohepriesterin, die sich am Anblick all des roten Blutes berauschte.

Und in diesem Moment geschah es.

Was auch immer es sein mochte, was die Bestie dazu trieb – das purpurne Feuer, das Geschrei der Menge oder der Frevel, der im Begriff war, zu geschehen –, sie stieg aus der Tiefe ihrer dunklen Gruft empor und warf sich mit der ganzen Wucht ihres Körpers gegen das Geflecht der Ketten.

Dem ersten Ansturm hielt das Netz noch stand, doch schon beim zweiten begannen die Eisenpflöcke, die rings in den Fels geschlagen waren, nachzugeben!

Trebata brüllte wie von Sinnen, mahnte mit vom Schreien heiserer Stimme – doch abermals verhallten seine Rufe ungehört, bekamen die allermeisten seiner Anhänger von der drohenden Gefahr noch nicht einmal etwas mit. Zu beherrschend war der Rausch, zu hoch das Ausmaß der Verzückung, in die sie allesamt verfallen waren, betäubt von giftigem Rauch und vom dröhnenden Klang der Hörner.

Und im nächsten Augenblick, als die Kreatur erneut mit den Flügeln schlug und sich gegen das Gespinst der Ketten warf, gab die Verankerung nach – und aus dem Schlund des Orkus brach das blanke Grauen hervor.

Einige der Kultisten ergriffen die Flucht, wobei sie weiter lauthals schrien, andere waren so in ihrer Ekstase gefangen, dass auch der Anblick des geflügelten Schreckens sie nicht herauszureißen vermochte. Ohnehin hatten sie nichts von Semiramis' Bestie zu befürchten, auch jene nicht, die sich soeben vor aller Augen ihrer Männlichkeit entledigt hatten – der eine jedoch, der nach wie vor zögerte, war verloren!

Kopfüber verschwand sein von Entsetzen verzerrtes Gesicht im Schlund der Kreatur, und er fand ein grässliches Ende, als die mächtigen Kiefer zubissen und Haupt und Schultern vom Rest des Rumpfes trennten. Der Torso stand noch einen Augenblick auf den Beinen, als wäre er unentschlossen, ob er dem Haupt in den Tartarus folgen solle. Die Bestie unterdessen verfiel in fürchterliches Gebrüll, dann breitete sie die Flügel aus und sprang hoch in die Luft – und noch ehe die

Kultisten oder ihr Anführer auch nur reagieren konnten, befand sich die Kreatur bereits über ihren Köpfen.

Nur einen Augenblick brauchte sie, um das Gewölbe zu durchqueren, dann hatte sie schon den Stollen erreicht, der in zahllosen Windungen und durch mehrere Gewölbe hinaus in die Nacht und in die Freiheit führte.

Und im nächsten Moment war sie verschwunden.

XV

Es war der Tag nach der denkwürdigen Versammlung, die sich im Palast ereignet hatte.

Obwohl Lucius Murmillo nach Kräften versuchte, sich abzulenken, wollte ihm nicht aus dem Kopf, was Claudius Varro über die Bestie berichtet hatte, die angeblich in Subura ihr Unwesen trieb. Anders als der Kaiser, der augenscheinlich nicht sehr beeindruckt gewesen war, und sein oberster Augur, der sich bemüht hatte, alles abzustreiten, musste Lucius immerzu an Varros Worte denken. Sie nagten an ihm, als ob sie ihn persönlich beträfen … als ob es tief in seinem Inneren eine uralte, verborgene Wahrheit gäbe, die davon direkt betroffen war.

»Was ist mit dir, Lucius?«, fragte Marcus Furius. Der Freund, der wie er in der Prätorianergarde diente und den Rang seines Optio innehatte, saß auf der Liege nebenan und ließ die Beine lässig baumeln. Angetan war er nur mit einem Lendenschurz, in der Hand hielt er einen tönernen Becher. »Bist du schon wieder von Schwermut befallen? Dann mach's wie ich und trink ordentlich Wein – nachher weißt du wenigstens, wovon dir der Kopf schwer ist.«

Es war ihr erster freier Tag seit den Iden, und sie hatten die Kaserne verlassen, um die auf dem Marsfeld gelegenen Thermen des Agrippa aufzusuchen und sich den Annehmlichkeiten dort hinzugeben. Dampfbad und *frigidarium* hatten sie bereits besucht, nun hatten sie auf den Liegen im *unctarium* Platz genommen. Der Grieche, der sich dort als *unctor* verdingte, war bekannt dafür, mithilfe wohlriechender Öle und spezieller Massagetechniken auch noch die letzten Verhärtungen aus den Muskeln zu streichen. Bisweilen wollte man dabei vor Schmerzen brüllen – danach jedoch bekam man eine Ahnung davon, wie sich der in einen Jüngling verwandelte Aeson aus den Gedichten des Ovid gefühlt haben musste. Gerade legte der *unctor* seine schinkengroßen Hände an Lucius' Rücken an, während Marcus noch auf seine Behandlung wartete.

»Ob mir der Kopf schwer ist vom Wein oder von Gedanken, wo ist da der Unterschied?«, wollte Lucius wissen.

»Das will ich dir sagen«, erwiderte Furius in seiner unbekümmerten, sorglosen Art. »Das eine bereitet sehr viel mehr Vergnügen als das andere!« Wie um seine Worte zu bestätigen, leerte er den Becher, dessen Inhalt nach dem ausgedehnten Dampfbad nur noch schneller wirkte. »Da wir von Vergnügen sprechen – ich werde nachher noch die schöne Serena aufsuchen. Und wie es der Zufall will, hat sie eine Freundin namens Daphne ...«

»Nein danke«, wehrte Lucius ab.

»Wieso nicht? Was hast du denn neuerdings? Sind dem Zenturio gewöhnliche Mädchen nicht mehr fein genug?«

»Blödsinn, mir ist nur nicht danach. Ein andermal, in Ordnung?«

»Von mir aus, du musst wissen, was du tust«, erwiderte Marcus, während er sich großzügig nachschenkte.

Lucius schloss die Augen.

Mit kräftiger Beharrlichkeit griff der Grieche in die Rückenstränge seiner Muskeln, knetete sie wie der *pistor* seinen Teig. Den Schatten, der plötzlich auf ihn fiel und das durch die Fenster strömende Tageslicht fernhielt, hätte Lucius vermutlich nicht bemerkt, hätte Freund Marcus nicht einen überraschten Ausruf getan.

»Beim Bart des Bacchus!«, entfuhr es ihm. »Serena ist ein hübsches Mädchen, aber im Vergleich zu dieser da wirkt sie wie eine Rübe im Wettstreit mit einer Rose. Warum hast du mir nicht gesagt, dass du schon eine Abmachung getroffen hast, Freund Lucius? Diese hier macht ja offensichtlich sogar Besuche im Bad …«

»Was?« Es kam öfter vor, dass Furius schneller redete, als sein Verstand es erlaubte, deshalb hörte Lucius ihm manchmal nur mit einem Ohr zu, zumal, wenn dieser dem Wein zugesprochen hatte. Aber nun schlug Lucius doch die Augen auf, um zu sehen, was der Freund meinte – und schaute an einer schlanken Gestalt empor, die anstelle des Griechen an sein Lager getreten war.

Es war eine junge Frau, die eine aschgraue, bis zu den Knöcheln reichende Tunika und ein ebenso graues Tuch um die Schultern trug, und mit einiger Verblüffung stellte Lucius fest, dass er sie kannte.

Diese dunkelgrünen Augen und dieses venusgleiche Gesicht hatten schon einmal auf ihn herabgeblickt, und zwar nicht weniger geringschätzig, als sie es jetzt taten – im Haus Marcus Claudius Varros …

»Frauen ist der Zutritt zu diesem Teil des Bades nicht erlaubt«, sagte der Grieche, der sein wohltuendes Werk unterbrochen hatte.

Sie wandte das Haupt und sah ihn unverwandt an. »Was willst du tun? Mich hinauswerfen? Ich würde dir nicht raten, Hand an mich zu legen.«

»Autsch«, freute sich Marcus von seiner Liege aus und nahm einen weiteren tiefen Schluck. »Du bist wohl eine von denen, die nicht nur süßes Vergnügen bereiten, sondern auch wohligen Schmerz! Wie stellst du's an? Mit geschmolzenem Wachs? Davon habe ich gehört …«

Die Frau sah ihn verständnislos an. »Was faselst du da?«

»Nun, ich dachte nur, weil …«

»Du solltest besser nicht denken«, beschied sie ihm kühl und wandte sich dann wieder Lucius zu, dem einmal mehr auffiel, wie atemberaubend schön sie war mit ihrem pechschwarz gelockten Haar und den ebenmäßigen Zügen. Doch anders als bei ihrer letzten Begegnung stand an diesem Nachmittag nicht nur Verachtung darin zu lesen, sondern auch noch etwas anderes ... Schmerz und tiefe Trauer lagen darin, und ihren Augen war anzusehen, dass sie bittere Tränen vergossen hatten.

»Du bist Lucius Murmillo, Zenturio der Prätorianer? Es hieß, dass ich dich hier finden würde ...«

»Der bin ich. Und Ihr seid ...«

Sie straffte sich. »Sibylla Claudia, Tochter Marcus Claudius Varros. Du bist zu Besuch im Haus meines Vaters gewesen.«

»Ich erinnere mich an Euch«, versicherte er. »Und auch an den Blick, mit dem Ihr mich bedacht habt ...«

»Mein Vater ist tot«, eröffnete sie schlicht und mit vor Trauer bebender Stimme.

»Was?« Lucius fuhr hoch. Er bedeutete dem Griechen, dass die Behandlung zu Ende war, und ließ sich ein Handtuch reichen, um Varros Tochter nicht zu beschämen. Dann setzte er sich auf der Liege auf. »Berichtet«, verlangte er.

»Ich fand ihn, als ich ihm das Frühstück bringen wollte«, erwiderte sie tonlos. Bei jedem Wort kämpfte sie mit den Tränen, doch sie beherrschte sich und hielt sie tapfer zurück. »Er hatte die ganze Nacht hindurch gearbeitet, und ich wollte sichergehen, dass er auch etwas aß, also nahm ich dem Diener das Tablett ab ...« Sie brach ab und rang einen Moment lang um Fassung. »Dort ... lag er bäuchlings ... auf dem Boden«, fuhr sie schließlich stockend fort. »Der Teppich um ihn herum ... er war rot von Blut. Und in seinem Rücken ... steckte ein Messer.«

»Ein Messer?«, fragte Lucius lauter, als es klug war. Auf

den anderen Liegen wurden Köpfe angehoben und wandten sich ihnen zu. Eine Frau im Bad sorgte ohnehin schon für Aufsehen, auch ohne dass er lauthals plärrte ... »Ihr wollt sagen, er wurde ...«

»... ermordet«, vervollständigte sie mit brüchiger Stimme.

»Aber wer? Wie ...?«

»Ich weiß es nicht«, gestand sie offen. »Deshalb bin ich hier. Ich brauche deine Hilfe.«

»Aber ... ich bin nur ein einfacher Hauptmann! Warum wendet Ihr Euch nicht an den zuständigen Ädil oder den kaiserlichen Hof oder ...«

»Vielleicht ist es dir ja entgangen, Zenturio Murmillo, aber mein Vater unterhielt kein besonders gutes Verhältnis zum Hof und seinen Beamten. Tatsächlich hatte er dort zahlreiche Feinde.«

Lucius biss sich auf die Lippen, unwillkürlich musste er an die Zusammenkunft im Palast denken und an die ablehnende Haltung, die viele Würdenträger, allen voran Nonius Asprenas, Sibyllas Vater gegenüber eingenommen hatten. »Und Ihr denkt, dass möglicherweise einer von ihnen ...?«

»Ich *weiß*, dass die Ermordung meines Vaters kein bloßer Zufall ist«, fiel sie ihm ins Wort. »Nicht nach allem, was gestern vor dem Kaiser besprochen wurde.«

Er sah sie überrascht an.

»Mein Vater hatte mich ins Vertrauen gezogen«, erklärte sie mit zum Flüstern gesenkter Stimme. »Ich weiß von den Dingen, die sich in Subura ereignet haben, so wie ich von der Bestie weiß. Kurz vor seinem Tod hat er mir davon erzählt, als hätte er geahnt, was geschehen würde ... oder vielleicht ist das ja auch wirklich so gewesen.«

»Ihr denkt, er hatte einen Verdacht?«

»Ich weiß nur, dass er den Auftrag erhalten hat, jene Kreatur ausfindig zu machen – und dass er jetzt tot ist.«

Lucius nickte. Er war tief erschüttert, konnte kaum glauben, was er da hörte, und es noch weniger begreifen. »Sibylla«, sagte er leise, »das alles tut mir unendlich leid. Aber Ihr solltet Euch nicht mit diesen Dingen befassen. Geht stattdessen nach Hause. Ehrt das Andenken Eures Vaters, indem Ihr angemessen um ihn trauert, und nicht ...«

»Mein Vater wurde hinterrücks ermordet, Zenturio«, unterbrach sie ihn barsch. »Ich ehre sein Andenken auf meine Weise – nämlich, indem ich seine Mörder finde und zur Rechenschaft ziehe. Und du kannst mir dabei helfen.«

Lucius schürzte die Lippen, suchte krampfhaft nach passenden Worten. Ein begabter Redner war er ohnehin nie gewesen, doch in diesem Augenblick war seine Zunge nur ein nutzloser Klumpen in seinem Mund. »Hört ... mir zu«, brachte er schließlich stockend hervor. »Ich habe Euren Vater nur kurz gekannt ... aber ich denke, dass er ein Mann von großer Weisheit gewesen ist. Sein Tod ist ein immenser Verlust, und Ihr habt mein Mitgefühl ... Aber warum kommt Ihr zu mir?«

»Du warst ein Gladiator«, erwiderte sie ohne Zögern. »Du hast in der Arena für Geld getötet.«

»Das ist wahr. Aber kommt nicht auf den Gedanken, dass ich deshalb käuflich sei. Ich bin jetzt Hauptmann der Prätorianergarde, meine Treue gehört dem Kaiser.«

»Der Kaiser selbst hat meinen Vater um Hilfe ersucht, also ist ein Angriff auf ihn auch ein Angriff auf die Pläne des göttlichen Caligula«, entgegnete sie mit entwaffnender Logik, wobei sie den letzten beiden Worten eine seltsame Betonung gab. »Und außerdem ...«

»Ja?«, fragte er nach, als sie zögerte.

»Aus irgendeinem Grund schien mein Vater von dir beeindruckt zu sein. Nachdem du unser Haus verlassen hattest, und ich mich herablassend über dich äußerte, meinte er, dass er dir jederzeit sein Leben anvertrauen würde. Warum er das sagte, weiß ich nicht, aber manchmal ergeben Dinge erst im Nachhinein einen Sinn.«

Aus ihren smaragdgrünen Augen sah sie ihn durchdringend an, und er hielt ihrem Blick stand, während er seine wirren Gedanken zu sortieren versuchte. »Was soll ich für Euch tun?«, fragte er schließlich.

»Begleite mich zum Haus meines Vaters. Wenn du ihn wirklich geschätzt hast, wie du sagst, so hilf mir dabei, seine Mörder zu finden und zu bestrafen.«

»Mit Verlaub, wie stellt Ihr Euch das vor? Heute ist mein freier Tag, heute könnte ich Euch helfen – doch schon morgen muss ich wieder meinen üblichen Dienst im Palast versehen.«

Erneut straffte sie sich, ihre Haltung wurde die einer stolzen Patrizierin, ihrer Trauer zum Trotz. »Mein Vater, der in *Caesars* Auftrag jene Kreatur finden sollte, hegte den Verdacht, dass jene nicht von allein über uns gekommen ist, sondern dass sie von jemandem gerufen wurde – und kurz darauf war er tot. Findest du also seinen Mörder ...«

»... finden wir auch den, der die Bestie gerufen hat«, folgerte Lucius.

Und trotz der Wärme, die im *unctarium* herrschte, durchlief ihn ein eisiger Schauder.

XVI

Die frischen Zweige einer Zypresse schmückten den Eingang des Hauses am *mons Esquilinus* und machten deutlich, dass es dort einen Verlust zu betrauern gab.

Auch das Innere des Hauses hatten die Sklaven bereits mit Zypressenzweigen und anderen Zeichen der Trauer versehen. Die Mienen des Gesindes waren aschfahl und von Betroffenheit gezeichnet, und das, obwohl der Tod ihres Herrn für manche die Freiheit bedeuten würde … Ganz offenbar hatte Claudius Varro zu jenen Römern gehört, die ihre Haussklaven nicht als ihr Eigentum, sondern wie ihre Freunde behandelten.

Auch der *libitinarius* und seine Leute waren bereits ihrer Arbeit nachgegangen, hatten Varros Leichnam gereinigt, mit den üblichen Salben versehen und ihn in seinem Schlafraum aufgebahrt. Im Schein der Öllichter lag er dort, von Blumen bedeckt, und harrte seiner Bestattung, die nach römischem Brauch auf dem *ustrinum* vor den Toren der Stadt erfolgen würde. Dass es, wie sonst bei Patriziern üblich, einen prächtigen Leichenzug geben würde, der zunächst auf dem Forum haltmachen und dann unter allgemeiner Anteilnahme weiterziehen würde, bezweifelte Lucius allerdings. Zum einen, weil Marcus Claudius Varro ein Leben in Zurückhaltung geführt hatte und das gemeine Volk ihn schlicht nicht kannte; zum anderen, weil es einfach nicht zur Persönlichkeit des Gelehrten gepasst hätte, der dem Wissen und der Wahrheit Vorrang vor allen anderen Tugenden eingeräumt hatte.

Lucius bat um einen Augenblick mit dem Toten. Den Grund dafür konnte er selbst nicht benennen, aber es war ihm ein Bedürfnis, dem Verstorbenen die letzte Ehre zu erweisen. Obwohl er ihn kaum gekannt hatte, erfüllte ihn eine seltsame Trauer, seit er von Varros Tod erfahren hatte … oder vielleicht war es auch nur eine allgemeine Melancholie in Anbetracht so vieler Weggefährten und Freunde, die Lucius schon verloren hatte.

Sibyllas Tränen schienen fürs Erste versiegt zu sein. Nicht, dass sie den Verlust bereits überwunden hätte, vermutlich war ihr Verstand noch nicht einmal in der Lage, ganz zu erfassen, was der Tod ihres Vaters für sie bedeutete; doch mit einer Stärke, für die Lucius sie bewunderte, verdrängte sie ihren Schmerz und konzentrierte sich stattdessen auf die Aufgabe, die sie sich selbst gestellt hatte: den Mörder ihres Vaters ausfindig zu machen und zur Verantwortung zu ziehen. Und wenn er auch keine rechte Vorstellung hatte, was genau er dabei tun sollte, war Lucius doch entschlossen, sie nach Kräften zu unterstützen.

Ihre Suche nach Spuren begann im Arbeitszimmer. Auf dem Teppich, der den größten Teil des steinernen Bodens bedeckte, war noch immer der dunkle Fleck zu sehen, und der süßliche Geruch getrockneten Blutes tränkte die schwüle Luft.

»Acca wollte den Fleck entfernen, aber ich habe sie angewiesen, ihn zu belassen«, teilte Sibylla tonlos mit.

»Wozu?«, wollte Lucius wissen.

»Zur Erinnerung.«

»Wie meint Ihr das?«

»Dort, wo sich das Blut befindet, lag der Kopf meines Vaters«, sagte sie so sachlich und ruhig, wie es unter diesen Bedingungen nur irgend möglich war. »Er lag auf der Bauchseite, die Beine zeigten in diese Richtung – und er hatte ein Messer im Rücken.«

Lucius sah sich in dem Zimmer um und versuchte, sich die Situation vorzustellen – und er begriff, was sie damit sagen wollte. »Das Messer wurde geworfen«, stellte er fest. »Durch das offene Fenster.«

»Das denke ich auch. Jemand hat das Glas zerschlagen, die Klinge nach meinem Vater geworfen und ihn dabei tödlich verwundet. Der *medicus* hat gesagt, dass wohl seine Lunge durchbohrt wurde. Deshalb konnte er auch nicht um Hilfe rufen … und ist an seinem eigenen Blut erstickt«, fügte sie flüsternd und voller Bitterkeit hinzu.

»Seid Ihr sicher, dass Ihr diesen Weg gehen wollt?« Lucius sah sie fragend an. »Ihr müsst das nicht tun.«

»Würdet Ihr das auch sagen, wenn ich ein Mann wäre? Mein Vater hat in meiner Erziehung nie einen Unterschied gemacht, schon weil er es nach dem Tod meiner Mutter nicht besser wusste … bitte fangt Ihr jetzt nicht damit an.«

»Verzeiht.« Lucius nickte und dachte kurz nach. »Ein solch tödlicher Messerwurf, wie Ihr ihn beschreibt, muss mit großer Präzision ausgeführt werden. In der Arena sah ich einst einen Pannonier mit Messern werfen. Er war wirklich gut darin und überlebte mehrere Tierhetzen, bis er in einem Nashorn seinen Meister fand … aber es gibt nicht viele, die diese hohe Kunst beherrschen.«

»Was willst du damit sagen?«

»Dass Ihr recht hattet. Es war kein hergelaufener Betrunkener, der diese Klinge warf, sondern ein gedungener Mörder, und er hat es wohl nicht zum ersten Mal getan. Aber noch eine weitere Frage stellt sich mir …«

»Nun?« Sie sah ihn auffordernd an.

»Dieses Fenster war gestern Abend noch heil?«

»Davon gehe ich aus. Kersas ist sehr gewissenhaft, es wäre ihm bei seinem nächtlichen Rundgang sicher aufgefallen.

Und nach seiner Rückkehr aus dem Palast ist mein Vater ununterbrochen hier gewesen. Er hat die ganze Nacht über diesen Schriften gesessen …«

»Also kann das Glas erst unmittelbar vor seiner Ermordung zerstört worden sein«, folgerte Lucius. »Aber dann frage ich mich, wie das geschehen sein soll … Euer Vater wurde in den Rücken getroffen, das Messer kam aus Richtung des Fensters – aber würde er sich in dem Moment, in dem er das Glas zerbrechen hört, nicht umwenden?«

»Das … ist wahr«, bestätigte Sibylla. Die Verblüffung war ihr anzusehen, überwog für einen Augenblick sogar ihre Trauer. Dieser Gedanke schien ihr noch nicht gekommen zu sein …

»Habt Ihr die Klinge noch?«

Sie nickte und trat an den Schreibtisch. Aus einem der Fächer unterhalb der Tischplatte zog sie einen in einen Lederlappen gewickelten Gegenstand, den sie Lucius reichte. Der nahm ihn entgegen und schlug das Leder auseinander.

Das Messer, mit dem Claudius Varro ermordet worden war und an dessen Klinge noch immer Reste seines Blutes klebten, war nur eine Handspanne lang und von skythischer Form. Es war anders ausbalanciert als ein gewöhnliches Messer, mit einem schmalen Griff und einer ovalen Öse statt eines Knaufs. Die spitz zulaufende, mit zwei scharfen Schneiden versehene Klinge wies in ihrer Mitte eine Rinne auf, über die das Blut abfließen konnte. Lucius hatte Messer wie diese schon gesehen.

Es war das Werkzeug eines Meuchelmörders …

»Womit genau hat Euer Vater sich vergangene Nacht beschäftigt?«, wollte er wissen.

»Es ging um den Auftrag, den der Kaiser ihm erteilt hatte, um jene rätselhafte Bestie.« Sibylla deutete auf die Schriften, die auf dem Schreibtisch ausgebreitet lagen, vermutlich noch genauso, wie der alte Varro sie hatte liegen lassen. »Mein

Vater hatte wohl einen bestimmten Verdacht, dem er nachgehen wollte, die Herkunft der Kreatur betreffend.«

»Woher stammt das alles?«, wollte Lucius wissen.

»Aus seiner hauseigenen Bibliothek. Mein Vater hat ... hatte ... eine umfassende Sammlung. Er pflegte stets zu sagen, dass die Vergangenheit alle Antworten auf die Fragen der Zukunft enthielte. Deshalb hat er sich so eingehend mit ihr befasst.«

Lucius war ebenfalls an den Tisch getreten und ließ seinen Blick über die kreuz und quer übereinander liegenden Texte schweifen. »Vielleicht ein wenig zu eingehend«, murmelte er.

»Du meinst, deshalb musste er sterben?«

»Könnt Ihr diese Schriften ebenfalls lesen?«, fragte er anstelle einer Antwort.

»Die griechischen zumindest«, versicherte sie. »Meine Mutter war Griechin, ich wurde in beiden Zungen erzogen. Auch die Bildschrift der Ägypter ist mir in Teilen bekannt, aber so etwas wie das hier ...« Sie deutete auf ein Stück Papyrus, das mit fremdartigen Zeichen beschrieben war. »Offen gestanden, weiß ich noch nicht einmal, was das ist oder woher es stammen könnte. Mein Vater hat mich nicht in all seine Geheimnisse eingeweiht, aber ich weiß, dass viele dieser Texte Abschriften steinerner Tafeln sind – die Völker, die sich jener Zeichen bedienten, existieren vermutlich längst nicht mehr.«

»Und das wohl nicht ohne Grund«, erwiderte Lucius.

»Wie meinst du das?«

»Nun«, überlegte er, wobei es ihm einmal mehr nicht leichtfiel, seine Gedanken in passende Worte zu fassen, »vielleicht sollten wir Sterblichen nicht an Dingen rühren, die die Götter im Dunkel der Zeit verborgen haben.«

Sie legte den Kopf schief, sodass die schwarzen Locken ihr ins Gesicht fielen, und sah ihn zweifelnd, beinahe amüsiert an. »Ist das dein Ernst?«

Lucius nickte, auf die ausgebreiteten Texte deutend. »Womöglich gibt es ja einen tieferen Grund dafür, dass die Völker, die dies einst niederschrieben, vom Angesicht der Welt getilgt wurden.«

»Du meinst, weil sie damit den Zorn der Götter erregt haben und von ihnen vernichtet wurden? Willst du das damit sagen?«

»Bei allem Respekt, damit solltet Ihr nicht scherzen.«

»Das tue ich nicht, Lucius Murmillo«, versicherte Sibylla mit einer Gelassenheit, die weit jenseits ihrer Jahre zu liegen schien. »Mein Vater hat mich im Geiste der Stoa erzogen, und als Stoikerin glaube ich durchaus an die Existenz einer höheren Macht – aber ich bezweifle, dass sie allzu menschliche Gefühle wie Eifersucht und Jähzorn empfindet und bei Bedarf mit Blitzen schleudert.«

»Woher wollt Ihr das wissen?«

Sie sah ihn an, nicht länger amüsiert, sondern eher verwundert. »Du überraschst mich, Zenturio. Einen ehemaligen Gladiator hätte ich nicht für religiös gehalten – und für abergläubisch schon gar nicht.«

»Alle Gladiatoren sind abergläubisch, Sibylla«, entgegnete Lucius achselzuckend. »Es hält sie am ...«

Plötzlich verstummte er.

»Was ist?«

»Dort, unter dem Tisch.« Er bückte sich, um etwas vom Boden aufzuheben, das ihm eben erst aufgefallen war.

Es war ein etwa faustgroßer Stein.

Ein Symbol war hineingeritzt.

Und es klebte Blut daran.

Sibyllas Blick wanderte von dem Stein zu dem Fleck am Boden und von dort zum Fenster.

»Ich glaube, ich verstehe es jetzt«, erklärte sie flüsternd. »Das Fenster wurde nicht einfach eingeschlagen, der Mörder hat diesen Stein hineingeworfen ... Der Stein landet daraufhin auf dem Boden, und mein Vater steht auf, um danach zu sehen und ihn aufzuheben …«

»… und in diesem Moment trifft ihn das Messer im Rücken«, führte Lucius die Überlegung weiter. »Euer Vater stürzt blutend zu Boden, der Stein entwindet sich seinem Griff …«

»… und rollt unter den Tisch.« Sibylla nickte. »So könnte es geschehen sein.«

»So *ist* es geschehen«, war Lucius überzeugt. Er drehte den Stein in seiner Hand, um die Zeichnung genauer zu betrachten, die jemand hineingeritzt hatte.

»Sieht wie eine Kralle aus, oder …«

»Die Kralle von einem *monstrum*«, hauchte Sibylla.

Über den Stein hinweg sahen sie einander an.

»Wir müssen zum Palast«, verkündete Lucius entschieden. »Der Kaiser muss hiervon erfahren, und zwar rasch.«

XVII

Im Tempel herrschte namenloser Schrecken.

Hörner und Zimbeln waren längst verstummt, ebenso wie der Gesang und die fanatischen Schreie der Kultisten. Nur noch das elende Wimmern jener war zu hören, die sich im allgemeinen Wahn selbst verstümmelt hatten.

Die Söhne der Semiramis standen reglos. Nacktes Entsetzen hatte sie aus ihrer Euphorie gerissen, die Verzückung war kalter Ernüchterung gewichen. Natürlich hatten sie gewusst, dass die Grube eine Bestie barg und dass jene Kreatur wahrhaft Gläubige von Betrügern zu unterscheiden wusste, genau wie es in der Überlieferung berichtet wurde. Doch nur wenige von ihnen hatten die Kreatur bislang in ihrer ganzen schrecklichen Erscheinung zu sehen bekommen ... und auch jetzt waren manche nicht sicher, ob es nicht vielleicht nur eine Täuschung gewesen war, ein Albdruck im Zuge der Raserei, die von ihnen Besitz ergriffen hatte. Doch das Blut, das den Rand der Grube färbte, und der seines Oberkörpers beraubte Torso sagten etwas anderes.

Auch Trebata war von der allgemeinen Lethargie betroffen gewesen, anders als die Hohepriesterin, die in dem Augenblick, als das *monstrum* aus seinem Käfig ausgebrochen war, die Flucht ergriffen hatte. Längst war sie verschwunden und vermutlich bereits in Sicherheit – der übrigen Stadt jedoch drohte ein blutiges Massaker ...

»Worauf wartet ihr?«, schrie der maskierte Priester so laut, dass es seine Anhänger aus ihrer Schockstarre riss. »Schwärmt aus, in alle Richtungen! Die Kreatur muss gefunden und wieder eingefangen werden!«

Seine Anhänger, wenn sie überhaupt verstanden, sahen zu ihm herüber. Und auch wenn es unbewegte Theatermasken waren, in die er schaute, hatte er dennoch das Gefühl, blankes Entsetzen darin zu erblicken.

»Wie, o Trebata?«, fragte einer der Kultisten. »Wie können wir die entfesselte Kreatur jemals wieder einfangen?«

»Bin ich denn von Narren umgeben?«, donnerte der Priester, dass noch weitere seiner Anhänger aus ihrer Starre gerissen wurden. Einige begannen, sich um die Verstümmelten zu kümmern und ihre Wunden zu versorgen. Die übrigen traten vor bis an den Rand der nunmehr leeren Grube …

»Wir wissen, dass der Menschenfresser eine Kreatur der Nacht ist«, fuhr Trebata mit lauter Stimme fort, die dünnen Arme beschwörend erhoben. »Solange er allein ist, wird er das Tageslicht scheuen und sein Versteck nur bei Dunkelheit verlassen – und dies ist unsere Chance, ihn zu stellen und wieder einzufangen. Aber um dies bewerkstelligen zu können, müssen wir in Erfahrung bringen, wo sich sein Schlupfwinkel befindet, also steht verdammt noch mal nicht herum, als wärt ihr allesamt zu Standbildern erstarrt, sondern macht euch auf die Suche! Die Hohepriesterin hat uns die Obhut über diese Kreatur anvertraut, wir dürfen sie nicht verlieren!«

»Und … unsere Masken?«, fragte einer.

»Lasst sie fallen, wenn die Lage es erfordert, jetzt kommt es auf andere Dinge an. Jener Versager dort« – er deutete auf das Paar lebloser Beine, das am Rand der Grube lag – »hat durch sein Zögern alles gefährdet – ein weiteres Zaudern können wir uns nicht leisten. Die Eine muss wissen, dass wir ihre Anhänger sind und sie bedingungslos auf uns bauen kann!«

»Die Eine«, echote es, und wieder begann ein monotoner Gesang: »Semiramis … Semiramis.«

»Findet die Bestie!«, brüllte Trebata mit vor Heiserkeit fast versagender Stimme. »Findet sie und treibt sie zurück in den Schlund, aus dem sie entkommen ist – oder das neue Zeitalter wird vorüber sein, noch ehe es begonnen hat.«

XVIII

Die Gärten des kaiserlichen Palastes lagen im späten Sonnenlicht, das die Dächer, Türme und Kuppeln von Rom in einen goldenen Schein tauchte, so als gäbe es in den Gassen der weniger begüterten Viertel weder Elend noch Unrecht.

Und keine Gefahr …

Schon zu Lebzeiten seines Vorgängers waren die Gärten des *domus Tiberiana* ein Ort gewesen, der seiner Zeit und Welt entrückt war; und auch Caligula pflegte durch Rosenhaine und unter schattenspendenden Platanen zu lustwandeln, als gäbe es außerhalb dieser Mauern kein Reich, das seiner Führung bedurfte, und erst recht keine Bedrohung. In seinem weiten, schlotternden Gewand tänzelte er leichtfüßig zwischen Sträuchern von Myrte und Oleander, um hier und dort in kindlicher Freude an den Blüten zu schnuppern.

Für Lucius, der den *Caesar* schon öfter auf seinen Spaziergängen begleitet hatte, war es ein gewohnter Anblick; Sibylla reagierte mit erkennbarem Befremden.

»Das also ist der Mann, der die Geschicke des Reiches in seinen Händen hält«, stellte sie fest.

»Ich fürchte, so ist es.«

Von der Säulenhalle aus, die die Gärten umgab, sahen sie dem Kaiser zu, einem jungen Gecken in goldverbrämtem Purpur, der in diesem Moment um ein Haar das Gleichgewicht verloren hätte und in eines der mit bunten Mosaiken versehenen Wasserbecken gefallen wäre. Zwei Prätorianerwachen kamen ihm zu Hilfe, wobei er meckernd lachte.

»Hat er Kunde vom Tod meines Vaters erhalten?«

»Das nehme ich an.«

Sibylla schnaubte. »Das Ausmaß seiner Trauer ist wahrlich erschütternd.«

»In der Brust des Kaisers schlagen viele Herzen«, gab Lucius zu bedenken.

»Oder kein einziges«, erwiderte sie.

Caligulas Diener Tanacos, dem sie ihr Eintreffen gemeldet hatten, näherte sich dem Kaiser jetzt in unterwürfiger Haltung. Caligula neigte ihm großmütig sein Ohr – als er hörte, dass kein anderer als Murmillo Pertinax ihn besuchen wollte, klatschte er begeistert in die Hände. »Worauf wartest du? Bring ihn zu mir!«, hörten sie ihn mit heller Stimme rufen – vermutlich freute er sich darauf, sich wie sonst auch mit Lucius über die neuesten Entwicklungen bei den Spielen unterhalten zu können. Doch in dieser Hinsicht würde er diesmal enttäuscht werden.

Mit einem Wink bedeutete ihnen der oberste Haussklave des Kaisers, zu ihm und seinem Herrn herüberzukommen, und Lucius und Sibylla traten hinaus in den Garten, beschritten die gepflasterten Pfade, die zwischen Quitten- und Feigenbäumen mäanderten, bis zu dem von Rosen gesäumten Brunnen, wo der Kaiser sie erwartete.

»Mein guter Pertinax!«, rief Caligula schon von Weitem. Dabei stellte er sich auf die Zehenspitzen, als könnte man ihn so besser sehen. »Wo hast du den ganzen Tag gesteckt? Du weißt doch, dass ich mich ohne dich langweile!«

»Verzeiht, *Caesar*«, bat Lucius und trat zur Seite, um seine Begleiterin vorzustellen. »Dies ist …«

»Lass mich raten«, fiel der Kaiser ihm ins Wort, von Sibyllas Erscheinung sichtlich in Bann geschlagen. »Du bist Helena von Troja! Die schöne Helena, deretwegen einst der Krieg um Ilion entbrannte, von den Versen des Homer bist du in mein bescheidenes Heim gekommen, um es mit deiner Schönheit zu beglücken!«

»Nicht ganz, *Caesar*«, wollte Lucius entgegnen, »es handelt sich um …«

»… Sibylla Claudia Varro, Tochter von Marcus Claudius Varro, der vergangene Nacht ermordet wurde.«

»Varro«, echote der Kaiser und sah sie verblüfft an. Dass sie ungefragt das Wort ergriffen hatte, schien ihm nicht aufzufallen. »Ich erinnere mich«, behauptete er dann, wobei er eine unbestimmte Geste machte.

»Der Gelehrte, den Ihr um Hilfe ersucht habt, *Caesar*«, half Lucius aus.

»Schweig still!«, fuhr der Herrscher ihn an. Seine weit auseinanderstehenden Augen blitzten zornig. »Glaubst du, das wüsste ich nicht?«

»Verzeiht, *Caesar*.«

»Und er wurde ermordet, sagst du?« Caligula wandte sich wieder Sibylla zu. Ob ihre Worte oder mehr ihre Schönheit seine Aufmerksamkeit geweckt hatten, war schwer festzustellen.

»In der Tat«, bestätigte sie ohne Zögern. Lucius hatte viele andere, ehrwürdige Senatoren und selbst fremdländische Könige, vor Caligula buckeln sehen. Claudius Varros Tochter hingegen mochte von Trauer gebeugt sein, aber vor dem Kaiser stand sie erhobenen Hauptes. »Und ich denke, dass sein Tod kein Zufall war, *Caesar*. Er wurde ermordet, weil er versucht hat, die Bestie ausfindig zu machen, die Rom bedroht.«

»Die Bestie, natürlich«, sagte der Kaiser, als würde sie ihm jetzt erst wieder einfallen – und vielleicht war das ja tatsächlich so. »Wurde sie inzwischen zur Strecke gebracht?«, wandte er sich an Lucius, als läge der vergangene Abend bereits Wochen zurück.

»Noch nicht, *Caesar*.«

»Dann ist sie immer noch dort draußen?«

»Allerdings«, bestätigte Sibylla beflissen, »und sie ist nicht die einzige Bedrohung.«

»Was soll das heißen?«

»Mein Vater hat in alten Schriften nach Hinweisen gesucht, *Caesar*«, erklärte Sibylla, »und er ist zu der Schlussfolgerung gelangt, dass jemand diese Bestie gerufen haben muss, dass sie in jemandes Diensten steht ... und kurz darauf wurde er hinterrücks in seinem Haus ermordet.«

»Dies hier wurde am Ort der Tat gefunden, zusammen mit einer skythischen Klinge«, fügte Lucius hinzu. Unter seinem Umgang holte er den Stein hervor und hielt ihn dem Kaiser hin.

»Was soll das sein?«, fragte dieser. »Was ist das für ein Zeichen?«

»In der Sammlung meines Vaters«, erklärte Sibylla mit gepresster Stimme, »habe ich einen Hinweis auf einen alten Kult gefunden, der einst dieses Zeichen benutzte ...«

»Auf einen Mysterienkult?« Der Kaiser sah sie zweifelnd an, dann lachte er auf. »Davon gibt es Dutzende in der Stadt, alle Monde lang! Wie Pilze schießen sie dieser Tage aus dem Boden, und alle behaupten sie, das Ende der Welt stehe kurz bevor!«

»Dieser Kult ist schon sehr alt, *Caesar*, seine Wurzeln reichen tief in die Vergangenheit«, gab Lucius wieder, was er von Sibylla wusste. »Bis in die Tage des alten Babylonien.«

»Aber das alles weiß ich doch längst«, rief Caligula aus. »Babylon! Persien! Der große Alexander! All das hat dein Vater bereits erzählt, Kind, langweile mich nicht mit alten Geschichten! Hat er denn weiter nichts herausgefunden, ehe er diese Welt verließ?«

Sibylla zuckte zusammen wie unter einem Peitschenhieb. Wie erstarrt stand sie unter dem stechenden Blick des Potentaten, der sich für die Enthüllung, dass ein geheimer Kult in

Subura sein Unwesen trieb, nicht im Geringsten zu interessieren schien.

»Wenn wir die Bestie zur Strecke bringen wollen, müssen wir mehr über diesen Kult erfahren, o *Caesar*«, sagte Lucius rasch, ehe Varros Tochter womöglich ein unbedachtes Wort äußern konnte – doch einmal mehr unterschätzte er sie.

»Das Gremium der *quindecim viri*, dem mein Vater angehörte, führt auch die Aufsicht über die fremdländischen Kulte in der Stadt«, ergänzte sie sachlich und wieder ganz beherrscht. »Um die Spur weiterzuverfolgen, die uns nicht nur auf die Fährte seiner Mörder, sondern auch zu den Ursprüngen der Bestie führen würde, benötigen wir daher Zugang zu den Sibyllinischen Büchern«, rückte sie mit ihrem eigentlichen Anliegen heraus.

Caligula lachte einmal mehr. »Es stimmt also, was man behauptet – der Apfel fällt nicht weit vom Stamm.«

»Ich bitte Euch, *Caesar*, gebt uns die Erlaubnis«, bekräftigte Sibylla und senkte gar das Haupt. »In Eurer Eigenschaft als oberster Priester könnt Ihr …«

»Nein«, sagte der Kaiser nur – und es klang endgültig.

»Was?« Sie sah ihn zweifelnd an.

»Als ich vom Tod deines Vaters erfuhr, mein Kind, habe ich die zuvor den *quindecim* gestellte Aufgabe sogleich den Auguren übertragen«, erklärte Caligula achselzuckend. »Ihnen obliegt es nun, dafür zu sorgen, dass diese ärgerliche Bedrohung verschwindet und in dieser Stadt endlich wieder Ruhe einkehrt.«

»Ärgerlich?«, wiederholte Sibylla leise, innerlich wie äußerlich erbebend. »Ihr nennt das, was in Subura geschehen ist, *ärgerlich?*«

»Wir haben verstanden, *Caesar*«, beteuerte Lucius, der einmal mehr das Gefühl hatte, seine Begleiterin vor sich selbst bewahren zu müssen – zumal auch er ohnmächtige Wut verspürte. Er konnte sich lebhaft vorstellen, mit welch breitem

Grinsen Nonius Asprenas die Nachricht vom Tod des verhassten Rivalen aufgenommen hatte – und mit welcher Genugtuung er dem Kaiser versichert hatte, dass die Auguren ohnehin sehr viel besser geeignet seien, die verletzte Ordnung wiederherzustellen ...

»Die Priester werden Subura einer gründlichen Reinigung unterziehen«, führte der Kaiser weiter aus. »Mit Rauch, wenn es möglich ist – mit Feuer, wenn es nötig ist«, fügte er genüsslich hinzu. »Wenn dieser Schandfleck im Herzen dieser schönen Stadt in Flammen aufgeht und dort kein Stein mehr auf dem anderen bleibt, wird auch eine menschenfressende Bestie keinen Gefallen mehr daran finden. Und falls doch, so wird es meinen Prätorianern ein Leichtes sein, ihrer habhaft zu werden und sie zu erledigen. Nicht wahr, mein guter Pertinax?«

Lucius zögerte.

»Ja, *Caesar*«, sagte er schließlich.

»Sehr gut«, erwiderte der Kaiser mit kindlich zufriedenem Lächeln. Dann machte er auf dem Absatz kehrt und entfernte sich, um sich wieder Myrten und Oleander zu widmen. »Eines noch«, sagte er plötzlich und wandte sich noch einmal zu ihnen um.

Alles Kindliche war aus seinen Zügen gewichen.

Sie waren jetzt hart und grausam.

»Ja, *Caesar?*«, fragte Lucius.

»Sag der schönen Helena, dass sie ihren vorlauten Mund in *Caesars* Gegenwart niemals wieder ungefragt öffnen soll – oder ich werde vergessen, wessen Tochter sie ist.«

XIX

»Die Suche war also noch immer nicht erfolgreich?«

Die Züge der Maske, die die Hohepriesterin trug, zeigten wie immer keine Regung, doch ihrer Stimme war anzuhören, dass sie mit ihrer Geduld am Ende war.

»Verzeiht, Herrin.« Ehrerbietig senkte Trebata das Haupt. Anders als sie war er nicht maskiert, wozu auch? Sie gehörte zu den wenigen, die seine wahre Identität kannten, und auch er wusste, wer sich hinter der anmutig geformten Keramik ihrer Maske befand. Doch sollte er es jemals verraten, wäre es fraglos sein Todesurteil …

»Ist dir klar, wie viel dabei auf dem Spiel steht?«, fragte sie mit bebender Stimme, die von der Decke des geheimen Gewölbes widerhallte. »Wie viel ich dabei riskiere?«

»Ich denke doch, Herrin …«

»Dies sind nicht mehr die alten Zeiten, die Dinge haben sich seit dem vergangenen Jahr verändert. Nicht länger weilt der Kaiser im entfernten Capri, sodass wir in Rom freie Hand haben, und Caligula ist nicht Tiberius … Hat er erst erkannt, dass unsere wachsende Macht auch die seine bedroht, so wird er nichts unversucht lassen, um uns zu schaden.«

»Dessen bin ich mir bewusst, Herrin – und es ist der Grund, warum wir stets nur unsere *personae* zeigen, aber niemals unsere wahren Gesichter. Diese soll der Feind erst zu sehen bekommen, wenn es zu spät ist.«

»So lautete der Plan – doch die Suche nach der Kreatur hat unsere Anhänger gezwungen, schon früher hinauszugehen und sich der Welt zu offenbaren ... Diese Sache hat uns sehr viel mehr Aufmerksamkeit eingetragen, als wir uns jemals wünschen konnten, Trebata!«

»Aufmerksamkeit ja, Herrin – aber wer sagt, dass wir uns dies nicht gewünscht haben?«

Ihre Maske wandte sich ihm zu, in den Sehschlitzen sah er im Fackelschein ein Augenpaar blitzen. »Willst du mich verhöhnen?«

»Nichts läge mir ferner«, versicherte der Priester beflissen, »doch wenn ich es recht bedenke, haben sich die Dinge seit jener schicksalhaften Nacht, die beinahe einen Mond zurückliegt, nicht zu unseren Ungunsten entwickelt. Die Bestie mag uns entkommen sein, doch ist es eine Tatsache, dass ihr Auftauchen in den Gassen Suburas für große Unsicherheit gesorgt hat, für nackte Furcht ... Gerüchte machen die Runde, manche davon abwegig, manche der Wahrheit verblüffend nahe, doch sie alle tragen zur Verunsicherung der Plebejer bei. Die Lage ist brüchig geworden, schwer kontrollierbar, selbst für einen Kaiser. Schon hat es den ersten Aufruhr gegeben, und wie immer in Zeiten der Furcht wird hinter vorgehaltener Hand getuschelt, murmeln die Leute vom drohenden Untergang ...«

»Tun sie das?«

»In den Villen und Palästen mag davon noch nichts zu bemerken sein, Herrin ... doch ein Erdbeben nimmt auch nicht auf dem Olymp seinen Anfang, sondern in den dunklen Tiefen.«

»Was genau willst du damit sagen, Trebata?«

»Dass die Bestie unserer Sache womöglich einen guten Dienst erwiesen hat, als sie ausbrach – denn jetzt ist sie in aller Munde und verbreitet Furcht und Schrecken. In Zeiten wie diesen sind die Menschen mehr denn je bereit, sich Mysterien zuzuwenden, die ihnen Rettung versprechen ... zumindest für einige von ihnen. Wer die Furcht kontrolliert, Herrin, der kontrolliert auch die Macht.«

Durch die Sehschlitze starrte sie ihn an. »Kontrollieren wir sie denn?«, fragte sie

»Schon sehr bald wieder«, versicherte er. »Unseren Anhängern ist es gelungen, das Gebiet einzugrenzen, wo sich die Kreatur tagsüber verbirgt, eine Gegend unweit des Tibers. Dort werden wir ihr eine Falle stellen.«

»Wer eine Falle stellt, braucht einen Köder ...«

Trebata lächelte schwach, beinahe spöttisch. »Dafür ist reichlich gesorgt, Herrin. Die Straßen Suburas sind glücklicherweise voller ... Köder. Alles, was ich brauche, ist Eure Erlaubnis.«

Wieder starrte sie ihn durch die Maske an. Nach einer Weile, die ihm wie eine Ewigkeit erschien, nickte sie.

»Es soll geschehen«, entschied sie. »Und wann?«

»Schon heute Nacht«, bestätigte Trebata, und ein bizarres Grinsen verzerrte dabei seine Miene, sodass nicht mehr viel Unterschied bestand zwischen seinem tatsächlichen Gesicht und der hölzernen Maske, die er sonst trug.

XX

Die rote Glut, in die das Licht der untergehenden Sonne die Dächer getaucht hatte, war nach und nach verloschen und hatte die Stadt am Tiber in Dunkelheit versinken lassen.

In ihrem Schutz huschten drei Gestalten den Pfad hinauf, der vom Circus Maximus auf den Palatin führte, hinauf zu dem von Säulen umgebenen Tempel, der majestätisch dort thronte, dem Heiligtum des Apoll. Jenem Ort, an dem die geheimen Voraussagen der Seherinnen aufbewahrt wurden und den zu betreten nur wenigen Sterblichen erlaubt war.

Diese drei gehörten nicht dazu.

»Zum letzten Mal, du musst das nicht tun, Marcus«, raunte Lucius dem Freund zu, der es sich nicht hatte nehmen lassen, ihn und Sibylla zu begleiten. »Wenn wir entdeckt werden, wirst du eine Menge Ärger bekommen.«

»Ihr braucht jemanden, der draußen Wache hält«, beharrte Marcus Furius. »Außerdem bin ich Ärger gewohnt«, fügte er grinsend hinzu – und das stimmte zweifellos. Furius' Vorliebe für guten Wein und schöne Frauen hatte ihm schon manches Problem mit Vorgesetzten eingetragen, und sein stets loses Mundwerk hatte es nicht besser gemacht.

»Das hier ist anders«, beharrte Lucius. »Wenn sie dich hierbei erwischen, können sie dich aus der Garde werfen.«

»Das gilt auch für dich, oder? Dennoch bist du hier.«

Lucius presste die Lippen zusammen und nickte.

Das stimmte, er war hier, zu dunkler Stunde und in nicht weniger dunkler Absicht. Er war dabei, alles aufs Spiel zu setzen, was er in seinem Leben erreicht hatte, und doch konnte er nicht anders ... warum?

Da war zum einen die Art und Weise, wie der Kaiser zu Sibylla gesprochen hatte, abweisend und von oben herab, zuletzt gar drohend. Über ihren ermordeten Vater hatte er kaum ein Wort verloren, hatte weder Trost noch Bedauern für sie übriggehabt, sondern keine Zeit verloren und sich an die Auguren gewandt ... Caligula hatte schon früher Dinge getan, die Lucius nicht gutheißen konnte, doch er hatte sich stets eingeredet, dass ein unbedeutender Zenturio ohnehin nichts daran ändern konnte, noch dazu, wenn er von *Caesars* Gnaden so abhängig war wie er. Die Dankbarkeit, die er Caligula gegenüber dafür empfunden hatte, dass er ihn aus der Arena ausgelöst und ihn ohne Rücksicht auf die Gepflogenheiten zum Hauptmann seiner Garde gemacht hatte, hatte Lucius stets davon abgehalten, das wahre Gesicht des Herrschers zu erkennen. Doch dies hatte sich nun geändert.

Zum anderen war da die Kreatur, die noch immer dort draußen lauerte und unschuldige Menschen tötete ... Lucius hatte nicht den Eindruck gewonnen, dass dem Kaiser besonders daran gelegen war, sie zu bezwingen und die Bedrohung für die Bevölkerung zu beseitigen. Andere Dinge, wie die Blumen seines Gartens, erlesene Gaumenfreuden oder nicht zuletzt Gladiatorenspiele schienen für ihn von viel größerer Wichtigkeit zu sein. Die Bestie selbst war für ihn nur von untergeordneter Bedeutung, ebenso wie die Aufstände, die in Subura drohten, wenn sie nicht gefasst wurde.

Und schließlich war da noch Claudius Varro ... Auch wenn Lucius ihn kaum gekannt hatte, hatte er dennoch das Gefühl, dem alten Gelehrten etwas schuldig zu sein – ob Fortuna tatsächlich ein rätselhaftes Band zwischen ihnen gewoben hatte oder ob es vielmehr an seiner schönen Tochter lag, wusste

Lucius nicht abschließend zu beantworten. Anders als Furius, der kein Hehl aus seiner Bewunderung für Sibylla machte – dass diese ihm nur die kalte Schulter zeigte, schien sein Feuer nur noch mehr zu entfachen …

»Ihr braucht jemanden, der vor dem Tempel Wache hält und Alarm schlägt, falls Entdeckung droht«, wiederholte er, diesmal mehr an Sibylla gewandt. »Ich stelle mich für diesen selbstlosen Dienst zur Verfügung.«

»Und dafür danke ich dir«, versicherte Sibylla, ehe Lucius etwas erwidern konnte. »Doch bedenke, dass es deine freie Entscheidung gewesen ist.«

»Frei?«, wiederholte er und machte ein Gesicht wie der liebeskranke Catull. »Wer ist frei zu nennen, dessen Herz in Ketten liegt, an nackten Fels geschmiedet von …«

»Still jetzt, wir sind gleich da«, brachte sie ihn zum Schweigen. Unter ihrer Kapuze warf sie Lucius einen zweifelnden Blick zu. Er beruhigte sie mit einem Lächeln. Marcus Furius mochte ein Großmaul sein und sich bisweilen wie ein Trottel benehmen, aber er war auch der beste Freund, den er unter den Prätorianern hatte, und bedingungslos loyal. Nicht von ungefähr hatte er ihn zu seinem Optio ernannt.

Im Zwielicht konnten sie sehen, wie der von Zypressen gesäumte Weg sich vor ihnen verbreiterte und in die *area Apollinis* mündete. Inmitten des Tempelbezirks erhob sich, von lodernden Feuern beleuchtet, das Heiligtum des Apoll. Nie zuvor war Lucius dem Tempel so nah gekommen, der Anblick der aus Marmor gehauenen Säulen und bunten Friese war wahrhaft beeindruckend. Die beiden Wachen, die vor den Stufen des Tempels postiert waren, gefielen ihm dagegen weniger.

»Jetzt gilt es«, stellte er klar und straffte sich, schlug den Umhang zurück, sodass der lederne Harnisch und das Abzeichen seiner Einheit zu sehen waren. Furius tat es ihm gleich. Dann nahmen sie Sibylla in ihre Mitte und eskortierten sie zum Tempel. Den Versuch, sich an den Wachen vorbeizuschleichen, unternahmen sie erst gar nicht, sondern gingen direkt auf die beiden Posten zu.

»Halt!«, rief der eine prompt und senkte den Speer. »Wer seid ihr, und was wollt ihr hier um diese späte Stunde?«

Sibylla schlug den Saum ihres grauen Umhangs zurück, den sie wie eine Kapuze über dem Kopf getragen hatte. »Ich bin Sibylla Claudia, Tochter des Quindecimvirn Marcus Claudius Varro«, eröffnete sie mit bewundernswerter Ruhe. »Ich wünsche, Zutritt zum Heiligtum zu erhalten.«

»Zu welchem Zweck?« Die Augen unter dem Rand des Helms verengten sich misstrauisch.

»Um der Trias zu opfern und für meinen Vater zu bitten, der vergangene Nacht verstorben ist.«

»Mein Bedauern«, sagte der Posten. »Doch ohne Begleitung durch einen Priester darf ich Euch um diese Zeit nicht passieren lassen. Opfert den Göttern in einem anderen Tempel, wenn ihr müsst, aber nicht hier.«

»Dein letztes Wort?«, fragte Lucius.

»Verzeih, Zenturio, ich will keinen Ärger«, beteuerte der Soldat. »Aber unsere Order lautet …«

In diesem Moment gab es ein schepperndes Geräusch, als der andere Posten, der rund zehn Schritte von ihm entfernt stand, wie ein gefällter Baum niederging. Marcus Furius, der sich während des Wortwechsels zu ihm gesellt hatte, hatte ihn gänzlich unerwartet hart ins Gesicht geschlagen. Und da der leichte Helm keinen Wangenschutz besaß, war die Gerade mit vernichtender Wucht im Ziel angekommen.

Der Soldat fiel um, wie er gestanden hatte, den Schild noch am Arm. Den Speer entrang Furius seinem erschlaffenden Griff und richtete ihn auf den anderen Posten.

»Nun?«, fragte Lucius, der sein *gladius* gezückt hatte und den Soldaten ebenfalls bedrohte.

»De…der Weg ist frei«, beteuerte dieser und trat zur Seite.

»Ich danke dir«, sagte Sibylla, während sie an ihm vorbeihuschten, und es klang noch nicht einmal spöttisch.

Es war offenkundig, dass der alte Varro seiner Tochter mehr gesagt hatte, als es ihm erlaubt gewesen wäre. Nicht genug damit, dass sie sich im geheiligten Bezirk zurechtfand, sie wusste auch genau, wo die geheimen Bücher gelagert wurden – so wie sie wusste, dass dort ein weiterer Posten stand.

Lucius bedeutete ihr, sich dicht hinter ihm zu halten. Statt sich auf einen weiteren Wortwechsel einzulassen, schlich er sich diesmal lautlos an den Posten heran und beförderte ihn mit einem gezielten Schlag ins Reich der Träume. Im Schein der Wandfackel ließ Sibylla ihn mit einem tadelnden Blick wissen, dass sie derlei rohe Gewalt nicht guthieß, aber sie beschwerte sich auch nicht. Stattdessen öffnete sie die niedrige, in den Sockel der Statuen eingelassene Pforte.

Einmal mehr hatte es den Anschein, dass sie sich gut auskannte, denn ohne Zögern griff sie in eine dunkle Nische und holte eine Öllampe hervor. Kurzerhand entzündete sie sie an der Fackel und tauchte damit in die Finsternis ein, die jenseits der Pforte herrschte. Lucius folgte ihr.

Steinerne Stufen führten in eine Kammer, deren Wände von hölzernen Regalen eingenommen wurden. Zahllose lederne Köcher steckten in wabenartigen Fächern, eine verwirrende Vielfalt. Zwar waren sie mit kleinen Etiketten versehen, doch hätte es wohl die ganze Nacht gedauert, sie alle zu studieren. Sibylla hingegen schien genau zu wissen, wo sie suchen musste – hatte ihr Vater ihr auch davon erzählt?

»Das also sind die Sibyllinischen Bücher?«, fragte Lucius.

»Du klingst beinahe enttäuscht«, stellte sie fest. »Was hast du dir vorgestellt? Steinerne Tafeln?«

Lucius erwiderte nichts, er kam sich töricht vor – was genau er erwartet hatte, wusste er selbst nicht zu sagen. In jedem Fall etwas, das ein wenig spektakulärer war als Hunderte in alten Köchern steckende Schriftrollen …

»Die Sprüche der Seherinnen wurden schon vor sehr langer Zeit getätigt«, klärte Sibylla ihn auf, »seither wurden sie immer wieder kopiert und abgeschrieben.«

»Woher weiß man dann, dass es die echten sind?«

»Gar nicht.« Sie lächelte rätselhaft. »Mein Vater hat mich gelehrt, dass es stets nur um die Wahrheit geht und nicht um das Material, auf dem sie geschrien steht – Pergament und Papyrus vergilben und vergehen, die Wahrheit nicht.«

»Das klingt nach ihm«, musste Lucius zugeben. »Und nun beeilt Euch bitte, die Zeit drängt.«

Während er selbst am Fuß der Treppe blieb, damit er es hören konnte, falls Furius Alarm geben sollte, trat Sibylla an die Regale. Dabei zog sie unter ihrem Umhang eine kleine Wachstafel hervor. »Diese Notizen habe ich gefunden, als ich die Unterlagen auf dem Schreibtisch meines Vaters durchgesehen habe«, erklärte sie leise. »Offenbar ist er auf etwas gestoßen, das ihn sehr beunruhigt hat. Er hat sich diese Textstelle aufgeschrieben, um sie als Nächstes zu überprüfen – doch dazu ist er nicht mehr gekommen.«

Mit der Wachstafel in der Hand ging sie die Reihen ab und wurde schließlich fündig. Noch einmal verglich sie die Notiz ihres Vaters mit der Aufschrift des Etiketts, dann zog sie den entsprechenden Köcher hervor, brach das wächserne Siegel auf und entnahm die darin enthaltene Rolle. Und im spärlichen Licht der Öllampe begann sie, leise vorzutragen, was sie aus dem Griechischen übersetzte:

Dort, wohl verborgen in Dunkel und Schatten,
sind Feinde des Lebens:
Diener der Bestie, im Dienste der Einen,
sind Schrecken und Furcht.
Sie drohen zu enden das Reich, das gegründet
von Söhnen der Wölfin.
Dort an dem Ufer, wo alles begann

im Jahre der Gründung.
Wo einst gewirkt hat ein göttlicher Plan,
herrscht dunkle Verzweiflung:
Wölfe und Adler nicht länger beherrschen
die Länder und Lüfte,
niedergeworfen sind sie von der Bestie,
der Einen und Wahren.
Anders als je es von Menschen gedacht
wird ändern sich die Geschichte:
Neu sind die Zeiten, die brechen an
für blutige Gerichte …

Sibyllas Stimme verklang in der stickigen Enge des Gewölbes. Betroffen sah sie Lucius an.

»Und … das bedeutet?«, fragte er.

»Verstehst du es denn nicht? Die Stelle bezieht sich ganz offensichtlich auf den Kult, vor dem mein Vater den Kaiser warnen wollte … Da ist von der Gründung einer Stadt die Rede und von ›Söhnen der Wölfin‹ …«

»Romulus und Remus«, folgerte Lucius.

»Der Überlieferung nach haben sie am Beginn unserer Zeitrechnung Rom gegründet, nach ›göttlichem Plan‹, wie es hier heißt … aber weiter steht da auch, dass Wölfe und Adler niedergeworfen werden von der Macht der Bestie – damit können nur die römische Wölfin gemeint sein …«

»… und der römische Adler«, fügte Lucius gepresst hinzu, wobei ihn ein Schauder durchrieselte. Er war nur ein schlichter Kämpfer, ein Mann der Tat, nicht hochtrabender Gedanken. Dinge wie diese überstiegen sein Begreifen, doch seine in der Arena geschulten Instinkte warnten ihn. Er konnte das Unheil, das von diesen Worten ausging, beinahe spüren …

»Mein Vater hatte recht«, flüsterte Sibylla. »Seine Vermutungen waren richtig – jener Kult hat ganz offenbar die Absicht und auch die Macht, Rom zu zerstören.«

»Wie?«

»Das steht hier nicht … aber es scheint mit jener Kreatur zu tun zu haben, der ›Bestie der Einen‹, wie sie hier genannt wird.«

»Und wer ist diese ›Eine‹?«, hakte Lucius nach. »Wer soll das sein?«

»Ich weiß es nicht«, gestand Sibylla leise. »Aber ich denke, dass mein Vater kurz davor war, es herauszufinden – vermutlich musste er deshalb sterben. Aber nun«, fügte sie grimmig hinzu, »sind wir an seiner Stelle und werden den Hinweisen nachgehen.«

»Welchen Hinweisen?« Lucius hob die Brauen. Von einigen Bruchstücken abgesehen, auf die er sich einen Reim machen konnte, hörte sich der Rest des Textes in seinen Ohren wie eine Zauberformel an. »Wovon genau sprecht Ihr?«

»Hast du es nicht mitbekommen?« Sie wandte sich wieder der Schriftrolle zu und las die betreffende Stelle noch einmal:

Dort an dem Ufer, wo alles begann
im Jahre der Gründung.
Wo einst gewirkt hat ein göttlicher Plan …

»Und?« Er hob die Brauen.

Ein wissendes Lächeln spielte um ihre anmutigen Züge. »Ich weiß, wo das ist«, eröffnete sie. »Wir …«

In diesem Moment war draußen vor der Kammer ein dumpfes Klirren zu hören.

»Verdammt!«, stieß Lucius hervor.

»Was ist?« Sie sah ihn erschrocken an.

»Wir müssen verschwinden! Sofort!«, zischte er. Sie wollte das *volumen* wieder einrollen und an seinen Platz im Regal zurücklegen, doch er packte sie am Oberarm und zog sie hinaus. »Dafür ist keine Zeit mehr«, schärfte er ihr ein – und bekam auf hässliche Weise recht.

Noch bevor sie das Gewölbe ganz verlassen hatten, sah er

im Schein der Öllampe bereits Waffen und Rüstungen blitzen – nur wenige Herzschläge später waren Sibylla und er von einer Einheit Tempelwachen umringt, deren gesenkte Speere ihnen feindselig entgegenstarrten. An Flucht war nicht zu denken, die Kerle hatten sie bereits eingekreist …

»Ergib dich, Zenturio, oder meine Leute werden euch beide durchbohren«, verkündete der Anführer des Trupps, der jetzt vortrat, eine Fackel in der Hand und ein hämisches Grinsen im Gesicht. »Für Tempelfrevler gibt es keine Gnade.«

»Was fällt dir ein, Soldat?«, fuhr Sibylla ihn an. Trotz des Schreckens, der ihr in allen Gliedern stecken musste, brachte sie es fertig, entrüstet zu klingen. »Ich bin Sibylla Claudia Varro, die Tochter des …«

»Wissen wir schon«, fiel ihr der Truppführer barsch ins Wort und dehnte seinen kantigen Unterkiefer zu einem breiten Grinsen. »Und wir wissen auch, dass ihr beide hier nichts verloren habt und ohne jede Berechtigung in die Kammer der geheimen Schriften eingedrungen seid!«

»Woher …?«, wollte Lucius fragen. Doch der andere senkte nur seine Fackel, sodass zu sehen war, wer – oder vielmehr was – ihm zu Füßen auf dem steinernen Boden lag.

Es war Marcus Furius.

Oder vielmehr das, was die Wachen von ihm übrig gelassen hatten. Offenbar hatten sie es ihm ziemlich übel genommen, dass er einen der Ihren umgehauen hatte. Mit blutigen und verschwollenen Gesichtszügen, die jedem Grubenkämpfer zur Ehre gereicht hätten, sah er zu Lucius und Sibylla auf.

»Tut … leid«, stieß er hervor – dann schickte ihn ein weiterer brutaler Fausthieb zu Boden.

»Mistkerl!«, knurrte Lucius und wollte dem Freund zu Hilfe kommen – in diesem Moment erwischte ihn der Schaft eines Speeres am ungeschützten Hinterkopf.

Das Letzte, was er hörte, war Sibyllas entsetzter Schrei.

Dann kam die Dunkelheit.

XXI

Mit einem Aufschrei fuhr Iulia Drusilla aus dem Schlaf.

Ihr Herz hämmerte in ihrer Brust, ihr offenes Haar hing in schweißnassen Strähnen, während sie sich gehetzt umblickte – und schließlich aufatmete.

Es war nur ein Traum gewesen, ein grässlicher Albdruck … dennoch war er ihr so wahr und wirklich erschienen wie jetzt ihr Schlafgemach, in dem sie sich wiederfand, die Truhe mit ihren Kleidern oder der kleine Schminktisch. Es war tiefe Nacht, die erste Stunde hatte noch nicht begonnen. Mondschein fiel durch das Glas im Oberlicht und tauchte den Raum in fahles Blau.

Die Erkenntnis, dass sie sich in ihrem Gemach im kaiserlichen Palast befand, dass alles nur ein Traum gewesen war, hätte Drusilla beruhigen müssen, aber das tat sie nicht. Zu lebhaft standen ihr noch immer die Bilder vor Augen, die sie im Schlaf gesehen hatte … die glühenden Augen, die auf sie gestarrt, die Klauen, die nach ihr gegriffen, und die Flügel, die sie in den dunklen Himmel gerissen hatten, hoch über die Dächer der Stadt. Für einen Augenblick hatte sie alles von oben sehen können, aus dem Blickwinkel eines Vogels …

Das Forum und die Tempel.

Den Circus Maximus.

Das Marsfeld.

Dann hatte die Kreatur sie losgelassen, und sie war gefallen, war schreiend in die Tiefe gestürzt ... und in diesem Moment war sie aufgewacht.

Was hatte das zu bedeuten?

War es ein wahrer Traum gewesen oder einer von den falschen? Nur ein Trugbild oder eine Warnung, die die Götter ihr hatten zukommen lassen?

Sie beschloss, eine Traumdeuterin aufzusuchen, die ihr verdeutlichen konnte, was genau sie gesehen hatte. Vermutlich bestand kein Grund zur Besorgnis, würde es sich als harmloses Trugbild erweisen – aber was, wenn nicht?

Auch wenn sie erst zweiundzwanzig Sommer zählte und den größten Teil ihres Lebens im Palast verbracht hatte, war sie weder töricht, noch war sie taub. Sie hatte von den Gerüchten gehört, hatte von der Bestie erfahren, die in Subura ihr Unwesen trieb – was, wenn jene Kreatur und die aus ihrem Traum ein und dieselbe waren? Wenn die Götter sie warnen wollten?

Je länger sie darüber nachdachte, desto stärker wurde der Drang, nicht bis zum Tagesanbruch zu schweigen, sondern es auf der Stelle ihren Schwestern zu erzählen. Sicher würden sie sie beruhigen – oder ihre Besorgnis teilen und Worte des Trostes für sie finden ...

Schließlich hielt sie es nicht mehr aus. In einem jähen Entschluss schlug sie das Laken zurück und schwang sich vom Lager. Sie fröstelte in ihrer Tunika aus dünner Seide, als ihre nackten Füße den Boden berührten, aber sie zwang sich dazu, aufzustehen. Rasch griff sie nach dem Tuch, das zusammengefaltet auf der Truhe lag, und warf es sich um die Schultern. Dann verließ sie das *cubiculum*, schlich lautlos den Gang hinab, an dessen Ende sich die Gemächer ihrer Schwestern befanden.

Auf halbem Weg jedoch hörte sie Stimmen.

Es war nicht mehr als ein halblautes Flüstern, aber Drusilla nahm es dennoch wahr. Da sie die Stimmen nicht zuordnen konnte, bog sie in den Seitengang ab, aus dem sie zu ihr drangen. Eine Tür befand sich dort, durch deren Ritzen der gedämpfte Lichtschein einer Öllampe fiel.

Wer unterhielt sich hinter dieser Tür? Noch dazu zu dieser nächtlichen Stunde?

Die Neugier trieb Drusilla dazu, die Tür zu öffnen, sie ein Stück weit aufzustoßen und in das gelb flackernde Halbdunkel zu treten, das sich dahinter befand. Was sie im Schein des Öllichts erblickte, überraschte sie.

»Du?«, entfuhr es ihr halblaut. »Aber …«

Im nächsten Moment kam ein dunkler Schatten über sie – und kurzer, spitzer Stahl drang tief in ihr Herz.

XXII

Als Lucius Murmillo zu sich kam, wäre es ihm lieber gewesen, man hätte ihn gleich wieder bewusstlos geschlagen.

Sein Schädel hämmerte, Blut rauschte in seinen Ohren. Als er blinzelnd die Augen aufschlug, konnte er nichts als helle Flecken erkennen, die wild durcheinandertanzten.

»Lucius! Komm zu dir, ich bitte dich …«

Er hörte die Stimme, aber er konnte sie nicht zuordnen. Sie kam von irgendwoher und war ihm ziemlich gleichgültig. Alles, was er spürte, war Schmerz. Er versuchte, den Mund zu öffnen und etwas zu sagen, aber mehr als ein zischendes Geräusch brachte er nicht zustande, und schon das war schwer genug.

Wo war er?

Lag er verwundet in der Arena? War der Tag gekommen, an dem er sein Glück einmal zu oft herausgefordert hatte? Hatte das Eisen eines Thrakers sich in seine Eingeweide gebohrt, und lag er jetzt im blutigen Sand, während die geifernde Menge dabei zusah, wie ihm die Gedärme aus dem Leib quollen?

»Lucius, kannst du mich hören?«

Nein, seine Gedärme schmerzten nicht, nur sein Schädel … der allerdings dröhnte, als würde ein *gerrarius* ihn als Amboss benutzen. Und auch das Geschrei der Menge hörte er nicht, das blutrünstige Heulen und Johlen, das für gewöhnlich das Rund der Arena erzittern ließ …

»Lucius, ich bin es!«

Verschwommen nahm er wahr, wie sich jemand über ihn beugte. Er versuchte, den Kopf zu heben, dabei merkte er, dass verkrustetes Blut an seinem Nacken und seinem Hinterkopf klebte, und eine Erinnerung durchzuckte sein Bewusstsein wie ein glühender Funke aus Vulcanus' Werkstatt.

Ein nächtlicher Tempel.

Der grässlich zugerichtete Furius.

Speere, die auf sie gerichtet waren.

Ein harter Schlag und sengender Schmerz …

Wie Blut, das durch einen frischen Verband sickerte, kehrte die Erinnerung zu ihm zurück – und es war keine angenehme Erkenntnis. Ihr Plan war fehlgeschlagen, sie waren beim Einbruch ins Apollinische Heiligtum entdeckt worden …

»Lucius?«

Nun erkannte er auch die Stimme wieder. Sie gehörte einer jungen Frau, deren Schönheit ihre Vorsicht bei Weitem überwog und deren Klugheit gefährlich war … sowohl für sie selbst als auch für jene in ihrer Begleitung.

Sein Blick schärfte sich. Im spärlichen Licht konnte er die vertrauten Züge Sibylla Varros erkennen. Ihr schwarzes Haar, zuvor streng geflochten, war jetzt in Unordnung, ein zarter Rotton lag über ihrem Gesicht. Und irrte er sich, oder waren ihre Augen gerötet von Tränen?

»Lucius«, sagte sie noch einmal. »Ich danke den Göttern.«

»Sibylla«, würgte er mühsam hervor, »wo …?«

»Im Kerker an der Saepta Iulia.«

»Furius, wo …?«

Sie deutete zur anderen Seite der Kerkerzelle, wo eine elende Gestalt kauerte, den Rücken an die aus grob behauenen Steinen gemauerte Wand gelehnt. Lucius biss die Zähne zusammen und richtete den Oberkörper ein wenig auf, um besser sehen zu können. Der Freund sah fürchterlich aus, Platzwunden und Blessuren übersäten ihn, die Wachen hatten ihn übel zugerichtet. Mehrmals rief Lucius seinen Namen, doch Furius reagierte nicht, war offenbar nicht bei Bewusstsein. Doch sein Brustkorb hob und senkte sich, und hin und wieder entwich ihm auch ein leises Stöhnen, was immerhin bedeutete, dass er noch am Leben war. Seine Fußgelenke lagen in Ketten, und als Lucius an sich herabblickte, stellte er fest, dass man auch ihn in Eisen gelegt hatte. Sibylla hatte man davor verschont, die Kerkerhaft allerdings war auch ihr nicht erspart geblieben.

»Seit wann ... sind wir hier?«, wollte er wissen.

Im Halbdunkel schüttelte sie den Kopf. »Ich weiß es nicht. Seit einigen Stunden, nehme ich an ... ich habe keine Ahnung, ob es draußen noch Nacht ist oder bereits Tag.«

»Was wird mit uns geschehen? Haben sie etwas gesagt?«

Erneut schüttelte sie den Kopf, und im spärlichen Fackelschein, der von draußen durch das eiserne Rost der Zellentür drang und mattes Licht spendete, konnte er sehen, wie eine Träne über ihre Wange rann. »Es tut mir leid«, flüsterte sie, unendliches Bedauern sprach dabei aus ihren Zügen. »Ich habe das nicht gewollt.«

»Ich weiß«, versicherte er ihr. »Außerdem hattet Ihr recht mit dem, was Ihr sagtet. Euch zu helfen, war unsere freie Entscheidung ... die von Marcus ebenso wie die meine.«

»Aber wenn ich nicht gewesen wäre ...«

»Schluss damit«, fiel er ihr barsch ins Wort. »Es ist die erste Regel, die man in der Arena lernt – dass jeder selbst verantwortlich ist für das, was er tut.«

»Vielleicht ... aber wir sind hier nicht in der Arena.«

»Nein«, gab Lucius zu, während er sich in dem feuchten Loch umblickte, in dem es nach Moder und Exkrementen stank. »Es ist sogar noch schlimmer ...«

Er hatte keine Ahnung, was nun werden würde. So wenig er Varros Tochter die Schuld für diese beschissene Lage geben wollte, so sehr gab er sie sich selbst, schalt sich einen verdammten Narren. Was hatte er sich nur dabei gedacht, zu nächtlicher Stunde in eine Tempelanlage einzudringen, noch dazu eine, die eines der bestgehüteten Geheimnisse des römischen Staates barg? Hatte er nicht alles gehabt, was ein Mann von seiner Herkunft und seinem Stand nur erreichen konnte? Hatte er irgendetwas entbehrt? Weshalb empfand er diese idiotische Loyalität zu einem Mann, den er kaum gekannt hatte und der nicht einmal mehr am Leben war?

Von draußen waren plötzlich Schritte zu hören, schwer und klirrend. Soldaten kamen – vermutlich, um sie abzuholen.

Er konnte sehen, wie Sibylla sich neben ihm verkrampfte. »Was wird nun werden?«, flüsterte sie.

Lucius blieb ihr eine Antwort schuldig.

Was hätte er auch erwidern sollen?

Er hatte ja selbst keine Ahnung – nur eines war ihm klar, nämlich dass sie bis zum Hals in warmer, stinkender *merda* steckten. Und dies umso mehr, da er das Gesicht kannte, das im nächsten Moment vor der Zellentür auftauchte. Flackernder Fackelschein beleuchtete ein hämisches Grinsen …

»Lucius Murmillo Pertinax – ich kann nicht verhehlen, dass ich mich freue, dich an diesem Ort zu sehen. Er ist einem ehemaligen Grubenkämpfer sehr viel angemessener als der kaiserliche Palast – oder auch nur die Rüstung eines Prätorianers, was das angeht.«

»Tribun«, stieß Lucius hervor. Mit zusammengebissenen Zähnen richtete er seinen Oberkörper vollends auf und wollte sich erheben, aber die Ketten ließen ihn nicht.

»Bemüh dich nicht, guter Pertinax«, sagte Cassius Chaerea, die beiden letzten Worten genauso gönnerhaft betonend, wie Caligula es stets getan hatte. »Meine Leute werden dir gerne dabei behilflich sein – im Gegensatz zu dir wissen sie nämlich, was Treue und Pflichterfüllung bedeuten. Aber was will man von einem halbwilden Gallier auch anderes erwarten?«

Damit nickte er dem Kerkermeister zu – einem grobschlächtigen Kerl mit einer Schürze aus speckigem Leder, der die Zellentür öffnete. Gleich mehrere Prätorianer drängten in die Zelle hinein. Keiner von ihnen stammte aus Lucius' Zenturie, aber die meisten kannte er vom Sehen.

»Tribun«, sagte er noch einmal, »bitte lass mich dir erklären, wie …«

»Dazu wirst du Gelegenheit bekommen«, schnitt Chaerea ihm das Wort ab. »Aber du solltest nicht erwarten, dass man gnädig mit dir verfährt. Tempelfrevel und Hochverrat sind ernste Vergehen, aber das weißt du ja vermutlich – andernfalls würden sie nicht so großzügig entlohnt.«

»Entlohnt?« Lucius starrte seinen Vorgesetzten, der in der nun offenen Zellentür stand, fassungslos an. In diesem Moment wurde er schon von zwei Gardisten gepackt und in die Höhe gerissen, sein schmerzender Schädel schien dabei fast zu platzen. An Gegenwehr war nicht zu denken, an Flucht schon gar nicht. Der Kerkermeister kam und löste die Ketten. Die eisernen Fußfesseln allerdings ließ er, wo sie waren.

»Ihr drei werdet beschuldigt, das Heiligtum des Apoll geschändet und euch geheimes Wissen angeeignet zu haben in der Absicht, es an die Feinde von Rom zu verkaufen«, erklärte Chaerea und schien jedes einzelne Wort davon zu genießen.

»Das ist Unsinn!«, ereiferte sich Sibylla, die man ebenfalls ergriffen hatte. Auch Furius zogen sie auf die Beine. Als er sogleich wieder zusammenzubrechen drohte, legten sich die Gardisten seine Arme um die Schultern und schleppten den noch immer halb Besinnungslosen hinaus.

»Das könnt ihr dem göttlichen *Caesar* erklären, denn ich habe Order, euch zu ihm zu bringen.«

»Der … der Kaiser will uns sehen?«, stieß Lucius hervor.

»Allerdings.« Der Tribun lächelte dünn. »Offenbar kann er es nicht erwarten, dir seine Enttäuschung ins Gesicht zu brüllen. Ich für meinen Teil …«

»… hast nichts anderes von mir erwartet«, brachte Lucius den Satz zu Ende. »Ich weiß.«

»Abführen!«, befahl Chaerea, worauf die Prätorianer die Gefangenen aus der Zelle und durch einen schmalen, von Fackeln beleuchteten Gang bugsierten, dann über steile Treppen empor und schließlich ins gleißende Tageslicht.

Es mochte früher Vormittag sein, die vierte oder fünfte Stunde. Die Sonne stand bereits hoch am Himmel, ihr grelles Licht schmerzte in den Augen. Lucius wollte sie abschirmen, aber man ließ ihn nicht, zerrte ihn und die beiden anderen Gefangenen stattdessen durch die Straßen, zur Freude der gaffenden Menge. Gewöhnliche Diebe oder Verbrecher wurden jeden Tag durch die Straßen von Rom gezerrt – zwei Männer in Prätorianerkleidung und eine junge Frau hingegen waren ungewöhnlich. Zumal wenn der Trupp von einem Militärtribun angeführt wurde.

Sicher machten bereits Gerüchte die Runde, wurde spekuliert, ob ihre Gefangennahme etwas mit den Unruhen in Subura zu tun hatte … Schlechte Nachrichten pflegten sich in Rom schnell zu verbreiten. Allenthalben konnte Lucius es tuscheln hören, so wie er noch immer das Rauschen des Blutes in seinem Kopf hörte, den ganzen Weg vom Marsfeld über das Forum bis hinauf zum kaiserlichen Palast. Die eisernen Schellen um seine Fußgelenke klirrten bei jedem Schritt und scheuerten sie blutig.

Über steile Stufen und vorbei an Statuen und Büsten, die mit marmorner Gleichgültigkeit auf sie herabblickten, führte man die Gefangenen in den kaiserlichen Audienzraum. Doch wenn Lucius erwartet hatte, den Imperator dort als Richter vorzufinden, unter der roten Gewölbedecke auf seinem Herrschersitz thronend, so hatte er sich getäuscht – denn ein ungewohnter Anblick erwartete die drei Gefangenen.

XXIII

Caligula war Caligula … und doch auch nicht. Denn seit ihrer letzten Begegnung in den Gärten des Palasts schien der Kaiser um Jahre gealtert.

Gebeugten Hauptes und sichtlich nervös ging er in der Halle umher. Seine Berater und Senatoren standen dabei, ihre Blicke ratlos und betroffen. Auch zwei der Schwestern des Kaisers – Iulia Agrippina und die um drei Jahre jüngere Iulia Livilla waren zugegen, was ungewöhnlich war, da sie sonst nicht an den Beratungen teilnahmen. Beide trugen graue Tücher über Haupt und Schultern. Der Kaiser selbst war wie immer in Purpur gehüllt, doch war sein Gewand zerrissen, sodass es nur noch eine Schulter bedeckte, die andere war nackt, einschließlich des dürren Arms, der daran hing. Anders als sonst saß der goldene Lorbeer nicht auf seinem Haupt, das Haar war ungeordnet, als hätte er es sich gerauft, auch seine Gesichtszüge wirkten verhärmt. Ein Bartschatten bedeckte das Kinn, die Augen waren rot und geweitet.

Was genau den göttlichen Caligula so verstört hatte, ließ sich nicht feststellen. Wut und Verzweiflung, Trauer und Zorn waren bei ihm nur schwer voneinander zu trennen, womöglich kannte er den Unterschied auch selbst nicht. Lucius gab sich keinen Illusionen hin. Wenn das, was Sibylla und er getan hatten, für diesen Stimmungszustand verantwortlich war, würden sie den Tag nicht überleben.

»Ihr habt befohlen, *Caesar*«, meldete Chaerea und hob die Hand zum Gruß. Zu den Aufgaben eines Militärtribuns gehörte es gewöhnlich nicht, Gefangene aus dem Kerker abzuholen und ihrer Verurteilung zuzuführen. Doch in diesem Fall hatte er vermutlich gerne eine Ausnahme gemacht … »Hier sind die Gefangenen!«

»Gut.« Caligula machte eine fahrige Handbewegung. Er sah nicht einmal zu ihnen herüber. »Nimm ihnen die Fesseln ab.«

»Caesar?«

»Hast du nicht gehört? Du sollst ihnen die Fesseln abnehmen!«, herrschte der Kaiser Chaerea an, dass es von der hohen Decke widerhallte. »Oder gilt mein Wort nichts mehr bei den Prätorianern?«

»Na…natürlich, *Caesar.*« Chaerea errötete, während er seinen Männern bedeutete, Lucius und Marcus Furius von ihren Eisen zu befreien. Der Freund war halbwegs zu sich gekommen und hielt sich wankend aufrecht.

»Es ist ungeheuerlich!«, schrie Caligula mit quäkender Stimme. In gebückter Haltung, die Augen weit aufgerissen, kam er auf sie zu. »Ein Frevel ohnegleichen!«

»Verzeiht, *Caesar*«, stieß Lucius hervor. »Es war nicht unsere Absicht, den Tempel zu …«

»Wer spricht vom Tempel?« Der Kaiser starrte ihn konsterniert an. »Was schert *Caesar* der alte Apoll? Hat er nicht versagt, indem er es versäumte, Tod und Unheil fernzuhalten? Von diesen meinen Wänden?«

Lucius merkte, wie Sibylla ihm von der Seite einen fragenden Blick zuwarf. Auch er wusste nicht, was diese Andeutungen zu bedeuten hatten, doch eines wurde ihm in diesem Moment klar: dass es dabei weder um sie noch um den Einbruch ging, den sie begangen hatten …

»Aber, *Caesar*«, wandte Chaerea ein, dem dieselbe Erkenntnis zu dämmern schien, »was diese drei getan haben ist unverzeihlich! Sie sollten …«

»Unverzeihlich? Entscheidest du jetzt, was verziehen werden sollte und was nicht, Tribun?«, herrschte der Kaiser ihn an. Seine Stimme überschlug sich mehrfach dabei, bis sie ihm zuletzt fast versagte. »Was auch immer sie getan haben, es übertrifft nicht den feigen Mord, der in diesen Hallen begangen wurde! Unter den Augen deiner Männer, Tribun!«

»I...ich weiß, *Caesar*«, versicherte Cassius Chaerea und schien mit einem Mal andere Sorgen zu haben als die, den verhassten Lucius Pertinax anzuschwärzen. »Ich bedaure unendlich, was ...«

»Die beiden Prätorianer, die in unmittelbarer Nähe waren, habe ich wegen ihrer Unfähigkeit bereits hinrichten lassen!«, blaffte Caligula, und in seinen Augen glänzte etwas, das eisig kalt und unberechenbar war. »Flehe zu den Göttern und von mir aus auch zu deinem Apoll, Tribun, dass mir nicht noch weitere Köpfe einfallen, die ich für das Versagen ihrer Besitzer abschneiden lassen könnte!«

»Bi...bitte nicht, *Caesar*«, entgegnete der Gescholtene stammelnd. Unter dem Blick des Mannes, der einen guten Kopf kleiner war als er, schien er nun selbst zu schrumpfen. »Verzeiht meine unbedachten Worte ...«

Einen Moment lang schien Caligula tatsächlich zu erwägen, den Tribun der Prätorianer abführen und enthaupten zu lassen, pure Mordlust loderte in seinen Augen. Doch so schnell, wie sie dorthin gekommen war, erlosch sie wieder. Die Verzweiflung und das unstete Flackern blieben jedoch darin bestehen.

»Was ... ist geschehen, *Caesar?*«, fragte Lucius leise. Ihm war klar, dass er sich der Gefahr eines weiteren Zornesausbruchs aussetzte.

»Was geschehen ist? Die Welt hat sich verfinstert, die Sonne wurde mir geraubt! Was gilt mir meine Macht jetzt noch, da mir das Liebste, was ich auf Erden hatte, genommen wurde?« Er vergrub sein Gesicht in den goldberingten Händen, offenbar nicht in der Lage, auszusprechen, was geschehen war.

Lucius blickte fragend zu den Senatoren, die ihm jedoch auswichen, niemand wagte, zu antworten.

»Unsere Schwester Drusilla«, ergriff Agrippina deshalb das Wort. Die unverhohlene Lüsternheit, mit der sie Lucius unlängst betrachtet hatte, war gänzlich aus ihrem Blick gewichen, auch sie wirkte tief erschüttert. »Sie wurde …«

»… ermordet!«, fiel ihr Bruder ihr unter Tränen ins Wort, brüllte das schreckliche Wort gleich mehrmals hintereinander laut hinaus, sein Gesicht eine Maske des Entsetzens.

»Iulia Drusilla?« Lucius schüttelte verständnislos den Kopf. »Hier im Palast? Aber wie …?«

»Ein feiger Mörder hat sich Zutritt verschafft und ein Messer ins Herz meiner geliebten Schwester gestoßen!«, rief Caligula und gebärdete sich, als hätte nicht sie, sondern ihn die tödliche Klinge ereilt. Mit rudernden Armen taumelte er und fiel nach vorn, sodass Lucius nichts anderes übrig blieb, als ihn aufzufangen. »Du musst den Mörder finden, mein guter Pertinax«, raunte er ihm halblaut zu, sein Atem bitter vom Betäubungsmittel, das er nachts einzunehmen pflegte, um zur Ruhe zu finden. »Du und niemand sonst …«

»Aber, *Caesar* … wie könnte ich das? Ich bin nichts weiter als …«

»Zeig es ihm, Tanacos«, verlangte der Kaiser, während er sich aus seinen Armen löste und wieder aufrichtete. Sein ergebener Sklave kam daraufhin heran, ein samtenes Kissen tragend. Darauf lag ein Messer.

Lucius hielt den Atem an, als er die Klinge sah.

Sie war kurz und spitz und hatte eine längs verlaufende Kerbe. Der Griff hatte eine Öse anstelle eines Knaufs …

»Ihr sagtet, dass Claudius Varro mit einer skythischen Klinge getötet worden sei«, raunte Caligula Lucius und Sibylla zu. »Nun, auch dies ist eine Skythenklinge, oder nicht?«

»Das ist wahr, *Caesar*«, räumte Lucius ein. »Doch werden Klingen wie diese häufig von Meuchelmördern benutzt, es könnte folglich auch nur ein Zufall sein …«

Caligula kam so nah heran, dass sie erneut seinen Atem riechen konnten, der nach dem Theriak der Andromache roch. »Wäre es nicht um diesen Zufall, Lucius Murmillo«, zischte der Kaiser, »wärt ihr drei immer noch im Kerker und würdet dort schmoren bis ans Ende eurer Tage. Denn ihr habt euch meinem Willen widersetzt und unverzeihlichen Frevel begangen …«

»*Caesar*, lasst mich …«

»… doch bin ich bereit, euch zu vergeben«, fuhr der Kaiser fort, »wenn ihr mir versprecht, den Mörder meiner geliebten Drusilla zu jagen und zu finden. Dein Vater hat richtig vermutet, mein Kind«, wandte er sich an Sibylla, die im Alter seiner Schwestern war, »diese Kultisten befinden sich unter uns. Sie haben die Stadt unterwandert, sind selbst in den Palästen, niemand ist mehr vor ihnen sicher, das Messer im Herzen meiner geliebten Schwester ist dafür der Beweis!«

Claudius Varros Tochter hielt seinem Blick stand. Sie erwiderte nichts, aber es war offensichtlich, was sie dachte: Noch tags zuvor hatte der Kaiser sich nicht für ihr Schicksal oder das ihres Vaters interessiert, war ihr Schmerz ihm völlig gleichgültig gewesen. Auch all die Namenlosen, die in Subura grausam abgeschlachtet worden waren, hatten seine kindliche Freude kaum trüben können, waren allenfalls lästig gewesen. Nun jedoch, da er selbst einen geliebten Menschen verloren hatte und den Schmerz im eigenen Herzen fühlte, wollte er den Kult verfolgt und zerschlagen sehen … oder fürchtete er dabei auch um sein eigenes Leben?

»Diese Mörder werden bezahlen für das, was sie getan haben – meine Drusilla hingegen wird belohnt werden«, sagte er voraus. »Kraft meiner göttlichen Macht werde ich sie zur Göttin erheben und ihr einen Tempel errichten, und die

Sterblichen in dieser Stadt sollen ihr huldigen – ganz besonders diejenigen, die jetzt noch dunklen Bestien opfern. Es wird das Letzte sein, was sie auf Erden tun, ehe ich sie im Zirkus bei lebendigem Leib verbrennen lasse, zur allgemeinen Freude und Erbauung – und ganz besonders zu meiner eigenen.«

»Ich will auch, dass sie brennen«, versicherte seine Schwester Agrippina, »aber wie willst du sie finden, göttlicher Bruder? Wenn sie unter uns sind, wie du sagst, können sie überall sein!«

»Dessen bin ich mir in vollem Umfang bewusst«, versicherte der Kaiser grimmig, die Hände zu bebenden Fäusten verkrampft, »deshalb werde ich sie *alle* töten lassen, einen nach dem anderen, Haus für Haus.«

»Alle?«, brach Konsul Aquila nun doch sein Schweigen. »Mein *Caesar*, Ihr könnt nicht einfach römische Bürger töten …«

»Warum nicht?« In Caligulas Augen funkelte es. »Sind mir ihre unwichtigen kleinen Leben nicht vom Schicksal anvertraut? Bin ich nicht ihr Imperator? Nicht der Vater des Vaterlands?«

»Der seid Ihr, *Caesar*«, versicherte ihm Chaerea, offenkundig um Wiedergutmachung bemüht. »Die Schwerter der Prätorianer stehen Euch zu Gebot …«

»… aber doch nicht für wahllosen Mord!«, wandte Aquila ein, und auch einige der Senatoren verliehen ihrer Ablehnung Ausdruck.

»Es ist nicht wahllos, sondern ihre verdiente Strafe«, hielt Caligula dagegen, »denn sie gewähren Mördern und Kultisten Unterschlupf, die *Caesar* vernichten und das Reich niederwerfen wollen. Claudius Varro hat es gesagt, ich habe es nur nicht wahrhaben wollen – und keiner von euch bis auf meinen wackeren Pertinax wollte mir die Augen öffnen!«

Lucius und Sibylla wechselten einen Blick. Der gewaltsame

Tod seiner Schwester hatte den Kaiser fraglos aus seiner Lethargie gerissen, hatte ihm die Bedrohung vor Augen geführt – doch seinem zügellosen Wesen entsprechend, war er nun dabei, ins andere Extrem zu verfallen. Nach den grässlichen Morden von Subura drohte ein weiteres grauenvolles Massaker – und diesmal saß die Bestie im kaiserlichen Palast …

»Plebejer gibt es wie Sandkörner am Meer, meine geliebte Drusilla hingegen war einzigartig, und sie wurde mir genommen!«, rief Caligula aus. »Tötet die Verräter, einen nach dem anderen, brennt ihre Häuser nieder! Ich will Rache für den Schmerz, der meinem Herzen zugefügt wurde!«

»Das wird nicht nötig sein, *Caesar«*, sagte eine leise, ruhige Stimme. Es war Sibylla, die sprach.

»Warum nicht?« Er sah sie mit von Tränen geröteten Augen an. »Willst du mich auch davon abhalten, Gerechtigkeit zu üben, Claudia Varro? Gerade du solltest mich verstehen …«

»Das tue ich«, versicherte sie, »doch müsst ihr nicht aus Schmerz zum Mörder werden, *Caesar* – denn ich weiß, wo die Kultisten sich verstecken.«

»Du weißt es?« Caligula machte einen Satz auf sie zu, auch Lucius wandte sich überrascht zu ihr um.

»Ja, *Caesar.«* Sie nickte. »Es mag mir nicht zugestanden haben, Einsicht in die geheimen Bücher zu nehmen, und ich bitte um Verzeihung für den Frevel, den ich damit begangen habe – doch haben sie es mir verraten.«

»Unsinn«, rief Agrippina. »Sie ist nur ein Mädchen und keine der Fünfzehn! Wie soll sie verstehen, was die Seherinnen einst vorausgesagt haben?«

»Mein Vater«, entgegnete Sibylla mit bitterem Stolz, »hat mich manches gelehrt …«

»… und offenbar auch, zu lügen«, fiel die Schwester des Kaisers ihr ins Wort. »Wer weiß, woher du dein geheimnisvolles Wissen beziehst – womöglich steckst du mit den Kultisten unter einer Decke?«

»Das ist nicht wahr, und das wisst Ihr.«

»Wie sollte ich? Ist dein Vater nicht einst von diesem Hof verstoßen worden? Hat er nicht den Zorn der Auguren auf sich gezogen? War er nicht …?«

»Still!«, brachte Caligula seine Schwester mit einer herrischen Geste zum Schweigen. »Du kennst also den Versammlungsort der Mörder?«, fragte er Sibylla direkt.

»Ja, *Caesar.*«

»So tut, was getan werden muss«, ordnete er an.

»Wie du befiehlst, *Caesar*«, bestätigte Cassius Chaerea, scharf wie eine frisch geschliffene Klinge.

»Nicht du, Tribun – Murmillo Pertinax und seine Zenturie werden dies übernehmen.«

»Aber, *Caesar!* Eben noch saß dieser dort im Kerker, und …«

»Ich habe entschieden«, sagte Caligula nur – drei Worte, die ein wahres Schlachtfeld in Cassius Chaereas dunkelrot verfärbten Zügen hinterließen. »Hör mir gut zu, Pertinax …«

»Caesar?« Lucius straffte sich.

»Ich gebe dir drei Tage Zeit. Bestrafe diese elende Brut und bring mir den Kopf der Bande, und ich will alle anderen Plebejer verschonen. Versage – und Subura wird brennen.«

XXIV

»Legt Feuer!«

Von der Plattform eines alten Wachturmes aus blickte Trebata auf den Tiberstrand hinab. Der Gestank, der über dem Fluss waberte und gemeinsam mit dem Nebel landeinwärts trieb, drang auch unter die Maske und lag ihm stechend in der Nase. Dennoch war dieser Ort die beste Wahl gewesen … in jeder Hinsicht.

Die Falle in Subura oder an einem anderen dicht besiedelten Ort der Stadt zu stellen, wäre unmöglich gewesen. Ohnehin war die Lage infolge der grausamen Todesfälle bereits angespannt, das Letzte, was der Kult jetzt erregen wollte, war unnötige Aufmerksamkeit. Hier jedoch, im Rücken des ehrwürdigen Palatin, außerhalb der Mauern und unterhalb der Stelle, wo sich die *cloaca maxima* in den Tiber ergoss, würden sie weitgehend unbemerkt bleiben – und falls sie doch jemand bei ihrem Tun beobachtete, würden sie längst verschwunden sein, ehe der zuständige Ädil oder die Prätoren darüber unterrichtet werden und entsprechend reagieren konnten.

Die Vorbereitungen waren abgeschlossen.

Fünf Haufen aus trockenem Holz hatten die Söhne der Semiramis am Strand errichtet, angeordnet in einem weiten Kreis, dessen Mittelpunkt mehrere in Kies und Sand gerammte Pfähle bildeten. An diesen angebunden standen Sklaven – solche, die man für billiges Geld auf dem Forum kaufen konnte, weil ihre Verkaufstafeln sie als schwach oder gebrechlich auswiesen oder weil sie bereits einmal entlaufen waren. Ihre wertlosen Leben hatten sie ohnehin verwirkt, doch hier, in dieser Nacht, würde ihr Dasein einen letzten Sinn erfahren.

Die Sklaven – acht an der Zahl – waren allesamt geknebelt. Trebata hätte ihr Geschrei nicht ertragen, zudem hätte es ihnen nur unerwünschte Aufmerksamkeit eingetragen. So begnügten sich die abgerissenen Gestalten in ihren schäbigen Kleiderfetzen damit, an den Lederriemen zu zerren, mit denen sie an die Pfähle gebunden waren – sollten sie doch.

Indem er die rechte Hand hob, gab der Priester den Befehl. Die Feuer wurden angesteckt, innerhalb weniger Augenblicke loderten sie zum Himmel, erhellten den Strand und ließen die Nebelschwaden über dem Fluss unheimlich leuchten.

War es Zufall, dass an diesem Ort einst alles begonnen, dass hier schon einmal ein Weltreich seinen Anfang genommen hatte? Oder waltete hier bereits die Macht der Vorsehung, die die Eine dazu auserkoren hatte, über die Länder und Völker des Erdkreises zu herrschen?

Die Feuer brannten, hell und fauchend.

Trebata hegte keinen Zweifel daran, dass die Kreatur sie sehen würde. Der Brandgeruch würde ihre Aufmerksamkeit erregen, der Anblick der Sklaven ihren Hunger wecken – und dann würden die Dinge ihren Lauf nehmen, zur höchsten Zufriedenheit der Hohepriesterin.

Ein Schrei gellte in diesem Augenblick durch die Nacht, und wie damals, als die Bestie in Ostia angelandet war, stammte er weder aus einer menschlichen Kehle noch aus der eines Tieres.

Trebata war zufrieden.

Sein Plan war dabei, aufzugehen …

Ein dunkler Schatten fiel aus der Schwärze des Himmels. Von rauschendem Flügelschlag getrieben, zog er über den

Fluss hinweg, streifte für einen Moment den Widerschein des Feuers. Vertraute Formen waren zu erkennen, die gewaltige Mähne, der lange Schweif, das drachengleiche Flügelpaar.

»Nun kommt es darauf an!«, rief der Priester laut und hob die Arme. »Seid wachsam! Und denkt daran, dass er leben muss!«

Durch die Sehschlitze ihrer Masken blickten seine Anhänger zum Himmel. Nervös fassten sie die langen hölzernen Stangen, die ihre einzige Bewaffnung waren. Für jene, die dem Beispiel von Semiramis' Geliebtem Ara gefolgt waren und sich aus verzehrender Leidenschaft zu ihr entmannt hatten, stellte das Geschöpf keine Gefahr dar.

Anders als für die Sklaven, die das Unheil ahnten und immer fester an ihren Fesseln zerrten ...

Wieder ein Schrei, erneut erfüllte ein Rauschen die Luft – und nur Augenblicke später stürzte die Kreatur aus Nacht und Nebel. Die Flügel weit ausgebreitet, die Läufe mit den Klauen von sich gespreizt, setzte sie zur Landung an, ging inmitten der Feuer nieder – und zerfetzte den ersten der Sklaven, noch ehe sie den Boden ganz erreicht hatte.

»Jetzt!«, gab Trebata den Befehl – und mit den Stangen katapultierten seine Anhänger das Netz empor, das von Sand bedeckt bereit gelegen hatte.

Trebata hatte es eigens bei den *retifices* der Stadt anfertigen lassen, ein schweres Geflecht aus hänfenen Seilen, das zum besseren Wurf mit Gewichten aus Blei versehen war. Wie eine große Blase breitete es sich über die Kreatur und die Pfähle mit den Sklaven und fiel auf der anderen Seite wieder herab – und die Falle war zugeschnappt, die List geglückt!

Trebata verspürte tiefen inneren Triumph.

Im Licht der Feuer bewegte sich das Netz zwar aufs Heftigste, doch war die Kreatur fürs Erste noch abgelenkt; an den Schreien, die unter dem Netz hervordrangen, an dem Blut, das den Boden färbte, störte der Priester sich nicht. Es war ein notwendiges Opfer zur Erlangung des Ziels gewesen. Bald schon, wenn die Kreatur wieder in Ketten lag und sich in ihrer Kammer unter dem Tempel befand, würde niemand mehr danach fragen, wie sie dorthin gekommen war, am allerwenigsten die Hohepriesterin. Von Bedeutung war nur, dass die Gefahr gebannt war und sie weiter an ihrem Plan arbeiten konnten, an der Verwirklichung einer neuen, einer anderen Welt …

Ein zufriedenes Lächeln bildete sich unter der Maske, während Trebata seinen Anhängern dabei zusah, wie sie Pflock um Pflock in den Boden einschlugen und das Netz durch Ketten sicherten. Einen wunderbaren Augenblick lang schien alles wieder in Ordnung zu kommen, die Voraussagen schienen sich zu erfüllen.

Doch dann änderte sich alles.

Von einem Augenblick zum anderen waren es die Anhänger des Kults, die plötzlich lauthals schrien, und wie von unsichtbarer Hand gefällt brachen einige von ihnen am Strand zusammen. Im ersten Moment empfand Trebata nur Verwirrung und wusste nicht, was sich dort unten abspielte, doch als er die gefiederten Schäfte sah, die aus den Leibern seiner toten Anhänger ragten, wurde es ihm nur zu klar.

»Nein«, ächzte er entsetzt.

Doch es war zu spät.

XXV

»Noch einmal! Schießt!«

Wieder erscholl Lucius' Befehl, und seine Leute ließen die Pfeile von den Sehnen ihrer Bogen schnellen. Hoch stiegen die gefiederten Geschosse auf und stachen dann zum Strand hinab.

Zwar waren Pfeil und Bogen bei Weitem nicht die gewohnten Waffen der Prätorianer, die wie reguläre Legionäre mit *gladius, scutum* und *pilum* kämpften. Doch in Anbetracht des besonderen Feindes hatte Lucius Bogen und mit Pfeilen gefüllte Köcher ausgeben lassen – eine kluge Wahl, wie sich nun zeigte.

Und noch etwas hatte sich herausgestellt – nämlich, dass Sibylla und ihr Vater recht gehabt hatten …

Dort an dem Ufer, wo alles begann
im Jahre der Gründung.
Wo einst gewirkt hat ein göttlicher Plan …

Diese Zeilen aus den Sibyllinischen Texten, zusammen mit den letzten Erkenntnissen, die Claudius Varro in seinem Leben gesammelt hatte, hatten seiner Tochter den entscheidenden Hinweis darauf gegeben, wo die Mitglieder des Kults sich versammeln würden: Am Ufer des Tiber, am Fuß des *mons Palatinus,* wo die Knaben Romulus und Remus einst ausgesetzt worden waren und wo sie später die Stadt gegründet hatten, die dereinst die Welt beherrschen sollte.

Doch erst jetzt begriff Lucius Murmillo den tatsächlichen Zusammenhang: Die Mitglieder des Kults hatten sich nicht an diesem geschichtsträchtigen Ort eingefunden, um dunklen Göttern zu huldigen, sondern aus einem sehr viel praktischeren Grund. Zwar mochte der Kult die geheimnisvolle Bestie nach Rom gebracht haben, wie Varro es vermutet hatte, doch war sie ihm offenbar entkommen. Was Lucius und seine Männer bei ihrem Eintreffen am Tiberufer beobachteten, war nichts anderes als der Versuch, die Kreatur wieder einzufangen!

Auf den Befehl des Kaisers hin hatte er die Zenturie, die er als *hastatus* der ersten Kohorte befehligte, zu den Waffen gerufen und in Marsch gesetzt. Von ihrer Kaserne auf dem Viminal aus waren die Prätorianer im Laufschritt durch die Stadt geeilt, zu der von Sibylla bezeichneten Stelle. Ein vorausgeschickter Spähtrupp hatte berichtet, was am Ufer des Tibers vor sich ging, und Lucius hatte ohne Zögern den Angriff befohlen. Für die an Pfähle gebundenen Sklaven, die den Kultisten offenbar als Köder dienten, kam jede Hilfe zu spät – doch über jene, die sie einem grausamen Tod ausgeliefert hatten, brach nun das gefiederte Verderben herein.

Dutzendfach stürzten die Pfeile aus der Nacht. Sie waren schlecht gezielt, und viele von ihnen gingen ins Leere, bohrten sich in den Uferkies oder fielen ins Wasser. Doch nicht wenige der Kultisten, die schwarze Tuniken und Masken trugen, als nähmen sie gar nicht am wirklichen Leben, sondern nur an einer Aufführung im Theater teil, wurden von Geschossen getroffen und niedergestreckt. Auch ihre Kreatur, die wie ein böser Dämon aus der Dunkelheit gestürzt war und sich nun unter dem Netz befand, wurde von einem Rudel Pfeile getroffen … doch anders als ihre maskierten Häscher sank sie nicht in den feuchten Sand, sondern verfiel in maßlose Wut.

Ihre wehrlosen Opfer hatte sie längst gefressen, unter heiserem Gebrüll wehrte die Bestie sich jetzt gegen das Netz! Noch einmal ließ Lucius einen Pfeilregen auf die Kreatur niedergehen, dann befahl er den direkten Angriff.

Von zwei Seiten stürmte die Zenturie den Strand. Die eine Attacke befehligte Lucius selbst, die andere einer der Unterführer. Viel lieber hätte er Marcus Furius an seiner Seite gehabt, doch dazu war der Freund nach der Misshandlung durch die Tempelwachen nicht fähig gewesen, er lag noch immer halb bewusstlos im Lazarett der Kaserne.

»Vorwärts!«, rief Lucius seinen Männern zu. Von der Ufermauer setzte er in den Sand, rannte seinen Leuten voraus auf die brennenden Feuer zu, in deren Mitte die Kreatur sich wie von Sinnen gebärdete.

Wer von den Maskierten nicht von Pfeilen getroffen worden war, der ergriff die Flucht – doch sie kamen nicht weit. Der andere Trupp von Prätorianern schnitt ihnen den Weg ab, und die Klingen der Soldaten machten kurzen Prozess mit den Sektierern. Einige von ihnen rissen sich in ihrer Not die Masken von den Gesichtern und gaben sich zu erkennen, riefen laut ihre Namen, doch auch das rettete sie nicht.

Lucius und die Seinen erreichten den Kreis der Flammen – und das keinen Moment zu früh. Denn in diesem Augenblick zerriss die Kreatur ihre Fesseln!

Das Netz gab nach, die hastig eingeschlagenen Pflöcke wurden aus dem weichen Boden gerissen, sodass die Ketten nicht länger von Nutzen waren – und von einem Augenblick zum anderen sahen Lucius Murmillo und seine Soldaten sich einem Fleisch und Blut gewordenen Grauen gegenüber, einer Gestalt, wie tausend Albträume sie nicht grässlicher hätten zustande bringen können.

Auf den ersten Blick erinnerte sie an einen Löwen – doch unter all den Raubtieren, denen Lucius in der Arena begegnet war, war keines wie dieses gewesen; zwar war das mächtige

Haupt von einer gewaltigen Mähne umgeben, doch war diese von aschgrauer, beinahe schwarzer Farbe, ebenso wie das Fell, das den sehnigen, ungeheuren Körper überzog. Die Größe entsprach der eines Rhinozeros, mit nicht weniger starken Beinen, die in mörderischen Pranken endeten, und mit gewundenen Hörnern, die von der Stirn der Bestie abstanden. Ledrige Schwingen, die jenen einer Fledermaus ähnelten, jedoch unendlich stärker und größer waren, standen von ihrem Rücken ab, der in einen langen Schwanz überging. Das Ende war wie eine Keule geformt und mit Dutzenden feurig roter, gefährlich aussehender Stacheln bewehrt. Doch am grässlichsten war das Antlitz der Kreatur anzusehen, und nicht nur, weil das scheußliche Maul mit Reißzähnen bewehrt war; sondern auch, weil die Züge, so animalisch sie auch sein mochten, bei aller Wildheit auch etwas Menschliches an sich hatten ... Gerade so, als würde aus dem Körper des Ungeheuers ein menschliches Wesen blicken: Die Nase, die energische Stirn, selbst die Augen in all ihrer wilden Glut hatten etwas verstörend Vertrautes, und so konnten die Prätorianer den Hass und die Bosheit erkennen, die ihnen aus der Miene der Bestie entgegenschlug, gefolgt von ihrem grässlichen, durch Mark und Bein gehenden Gebrüll.

Einige der Soldaten schrien entsetzt auf. Ihr Sturmlauf war zum Erliegen gekommen. Von beiden Seiten hatten sie den Feuerkreis umzingelt, wagten jedoch nicht, ihn zu betreten, aus Furcht, in den Bannkreis der furchtbaren Kreatur zu geraten.

Woher mochte dieses *monstrum* kommen? Welche archaische Pforte hatte sich geöffnet und es ausgespien? Lucius musste an Varros Worte denken – dass jene Kreatur vom fernen Indus stammte und dass Bestien wie diese es gewesen waren, die den großen Alexander einst aufgehalten und in die Flucht geschlagen hatten. Menschenfresser hatte der Gelehrte sie genannt ... und Lucius brauchte nur zu den Pfählen zu sehen, an denen die blutigen, zerfetzten Überreste der Sklaven hingen, um zu wissen, dass diese Bezeichnung durch und durch zutreffend war.

Er konnte die Furcht in den Gesichtern seiner Soldaten sehen, die Todesangst, die mit eisiger Hand in ihre Brust griff und ihre Herzen zerquetschen wollte ... wie oft hatte er sie in der Arena selbst verspürt.

Und sie besiegt ...

»Männer!«, rief er mit lauter Stimme. »Wir gehören zur ersten Kohorte der Prätorianerlegion! Wir alle haben uns Rom verpflichtet, mit unserem Schwert und unserem Blut – und wir werden nicht zurückweichen!«

»Niemals!«, bestätigten die Unterführer grimmig, auch von der anderen Seite des Kreises drangen zustimmende Rufe.

»Dieses Ding mag aussehen wie aus einem Albtraum, aber es ist so wirklich wie wir, und man kann es verwunden«, fügte er mit Blick auf die Pfeile hinzu, die im Rücken oder in der Lederhaut der Flügel staken, auch wenn sie dort bislang kaum Schaden angerichtet hatten. »Und wenn wir es verwunden können, dann vermögen wir es auch zu töten!«

Die letzten Worte brüllte er laut hinaus und stieß sein *gladius* hoch in die Luft – und aus Dutzenden heiserer Kehlen erklang ohrenbetäubendes Kampfgebrüll, als sich die Männer mit verzweifeltem Mut nach vorn warfen, der Bestie entgegen, die nun ebenfalls zu brüllen begann, so laut und durchdringend, dass das Geschrei der Soldaten darin unterging. Einige der Prätorianer warfen ihre *pila*, und diejenigen Geschosse, welche ihr Ziel fanden, drangen tief in Flügel und Fleisch der Kreatur und blieben darin stecken, verformten sich gar, als die Bestie sie wieder herauszureißen versuchte, und hinderten sie in ihren Bewegungen. Unter wüstem Gebrüll sprang das Untier in die Luft und wollte die Flügel ausbreiten – doch die dort feststeckenden Wurfgeschosse verhinderten dies.

»Gut so! Weiter!«, machte Lucius seinen Leuten Mut. Er selbst hatte sich bis auf wenige Schritte der Kreatur genähert, bereit, ihr in die Seite zu fallen, sobald sie ihre Aufmerksamkeit von ihm abwenden würde – doch in diesem Moment vollführte das *monstrum* eine rasche Drehung, bog seinen keulenförmigen Schwanz hoch über das Haupt wie ein Skorpion – und schleuderte ihn dann wie ein Katapult!

Seine in der Arena geschulten Instinkte ließen Lucius den Schild anheben und dahinter Deckung suchten – andere, die weniger reaktionsschnell waren, wurden von den Geschossen ereilt, die die Kreatur ihnen entgegenschickte. Ein halbes Dutzend von ihnen schrie getroffen auf und brach zusammen, und Lucius vernahm einen dumpfen Einschlag an seinem Schild. Ein Blick verriet ihm, dass es dieselbe Art von Dorn war, die er in Subura gefunden und an Claudius Varro weitergegeben hatte, ein todbringender Stachel, den das Ungeheuer auf seine Widersacher zu schleudern vermochte …

Schon warf es giftigen Tod nach der anderen Seite, und auch dort forderte die Attacke mehrere Opfer. Doch in dem Moment, da sich die Bestie von ihm abwandte, griff Lucius an. Genauso, wie er stets in der Arena gelauert und auf seine Möglichkeit gewartet hatte, nutzte der ehemalige Gladiator auch jetzt die Chance, die sich ihm bot.

Den Schild erhoben, die Klinge bereit zum Stoß, setzte er vor und stach zu. Das Metall fuhr in den Körper der Kreatur, die mit einem gequälten Aufschrei herumfuhr. Ihre Pranke zuckte heran, doch Lucius tauchte unter ihr hindurch – zwei andere Prätorianer hatten weniger Glück. Dem einen wurde dort, wo er stand, das Haupt samt Helm von den Schultern gerissen, der andere flog, von furchtbarer Wucht getroffen, wie ein Spielzeug davon. Er landete in einem der Feuerhaufen und rannte schreiend und einer lebenden Fackel gleich umher, sorgte für nur noch mehr Verwirrung in dem bizarren, ungleichen Kampf, der am Ufer des Tiber tobte.

Erneut schleuderte die Bestie giftige Stacheln, doch setzten die Prätorianer jetzt ihre Schilde ein. Wieder zuckte eine Pranke heran! Lucius riss den Schild hoch, doch die Wucht der Attacke zerschmetterte ihn an seinem Arm. Die Überreste warf er von sich, packte das Schwert mit beiden Händen – und stieß abermals zu.

Wieder brachte er der Kreatur eine klaffende Wunde bei, dunkler Lebenssaft quoll hervor. Der Anblick des Blutes ermutigte die Prätorianer. Sie verstärkten ihre Angriffe, hieben und schlugen jetzt von allen Seiten auf die Bestie ein, die so viele Unschuldige massakriert und auch vielen ihrer Kameraden ein grausames Ende bereitet hatte – und endlich ließen die Kräfte des Menschenfressers nach!

Sein Gebrüll ermattete, ebenso wie seine Bewegungen zur Verteidigung, zumal die Keule am Ende seines Schweifs über keine Stacheln mehr verfügte, die er von sich schleudern konnte. Ein junger Soldat namens Publius Domitius war es, der schließlich den entscheidenden Treffer anbrachte und sein *pilum*, das er beidhändig gefasst hatte, tief in die Brust der Bestie stieß und so ihr Herz durchbohrte. Ein letztes Mal warf die Kreatur ihr Haupt in den Nacken, um heiser aufzubrüllen, worauf Dutzende von Klingen auf sie einstachen. Ihr grauenvoller Schrei verebbte, und aus unzähligen Wunden blutend, brach das *monstrum* zusammen.

»Nein!«, erklang in diesem Moment ein gellender Schrei, voll namenlosem Entsetzen.

Lucius fuhr herum – nur um die in eine schwarze Kutte gehüllte Gestalt zu sehen, die im grauen Mondlicht auf der Plattform einer alten Turmruine stand und wie die Angehörigen des Kults eine schwarze Maske trug, eine grotesk verzerrte Fratze, die dazu noch von Hörnern gekrönt war.

Vermutlich hatte die Gestalt bereits die ganze Zeit dort oben gestanden, im Schutz der Dunkelheit, und dem Kampf beigewohnt, hatte wohl bis zuletzt gehofft, dass die Bestie überleben und den Sieg über die Prätorianer davontragen würde – jedoch vergeblich …

»Du!«, stieß Lucius schwer atmend hervor. »Bleib stehen, wo du bist! Du bist verhaftet, im Namen Caesars! Ergreift ihn, Männer!«

Jene Prätorianer, die dem Turm am nächsten waren, liefen bereits darauf zu, wollten die baufällige Treppe stürmen, die auf die Plattform führte. In diesem Moment verfiel die Gestalt auf dem Turm in schallendes Gelächter. Eine mannshohe purpurne Flamme loderte dort auf, wo der Maskierte eben noch gestanden hatte, und blendete Lucius und seine Leute. Als sie nur einen Herzschlag später wieder erlosch, war die Gestalt verschwunden.

Die Prätorianer trauten ihren Augen nicht. Sie stürmten die Plattform und suchten nach dem Fremden, fanden jedoch keine Spur von ihm – und schon kurz darauf machten verbotene Worte unter den Soldaten die Runde.

Ars magica atra …

Dunkle Magie.

XXVI

»Wie alt bist du, mein Kind?«

Auf Verlangen des Kaisers war Sibylla bei ihm im Palast geblieben, statt Lucius Murmillo und die Prätorianer auf ihrer gefahrvollen Mission zu begleiten. Wohl war ihr allerdings nicht dabei, die Gesellschaft einer menschenfressenden Bestie wäre ihr lieber gewesen als die des Imperators des Römischen Reiches – und wie sich zeigte, war diese Befürchtung nur zu berechtigt. Zumal der Kaiser alle anderen aus seinem Audienzraum fortgeschickt hatte. Nur noch Tanacos war zugegen, sein ergebener Sklave, und die Wachen an der Tür ... doch Sibylla gab sich keinen Illusionen hin. Die Prätorianer waren ausschließlich zum Schutz *Caesars* da, nicht zu ihrem ...

In seinem halb zerfetzten purpurnen Gewand auf dem Herrscherstuhl fläzend, taxierte Caligula sie aus seinen kleinen, weit auseinanderstehenden Augen, und wartete auf eine Antwort.

»Zweiundzwanzig Sommer«, entgegnete Sibylla leise. Sie hatte das Haupt gesenkt, um seinem Blick nicht zu begegnen, fühlte sich schäbig in ihren schmutzigen, nach Kerker stinkenden Kleidern. Der Kaiser hingegen schien sich nicht daran zu stören.

»Zweiundzwanzig Sommer«, wiederholte er gedankenverloren. »Weißt du, dass dies auch das Alter meiner geliebten Drusilla gewesen ist?«

»Nein, *Caesar.*« Sie schüttelte den Kopf. »Das wusste ich nicht.«

»Du erinnerst mich an sie«, entgegnete er, »in mehr als einer Hinsicht. Deine Haltung, dein Haar, selbst deine Art, zu sprechen – all das erinnert mich an sie.«

»Verzeiht, *Caesar*, ich möchte Euren Schmerz nicht noch schlimmer machen. Wenn Ihr erlaubt, werde ich mich …«

»Keineswegs!«, rief er laut und so entschieden, dass es sich wie ein Befehl anhörte. Es schien ihm selbst bewusst zu werden, denn ein Lächeln huschte über seine von Trauer und Schmerz verwahrlosten Züge. Das Bleiweiß, mit dem der Kaiser sich zu schminken pflegte, war verwischt, Tränen hatten sich gezackte Wege hindurchgebahnt und ließen es wie gesprungene Keramik wirken. »Keineswegs«, sagte er noch einmal, leiser und ein wenig sanfter diesmal.

»Ihr … müsst Eure Schwester sehr vermissen«, sagte Sibylla.

»Das tue ich.« Er nickte, starrte blicklos vor sich hin. »Ich vermisse ihr Lachen und ihr fröhliches Wesen, das mich aufgeheitert hat bei all der Trübsal, die mich umgibt, in Form hochmütiger Berater und alter, stets übellauniger Senatoren … und ich vermisse ihre Wärme und ihre Nähe«, fügte er hinzu, lächelnd angesichts der Erinnerung. »Wusstest du, dass sie oft bei mir gelegen hat, in meinem Bett? Nicht wie Geschwister freilich, sondern wie Mann und Frau es tun …«

»Nein, *Caesar*«, gestand Sibylla abermals. Nicht, dass sie irgendeinen Einfluss darauf gehabt hätte, aber ihr gefiel nicht, wie das Gespräch sich entwickelte …

»Es ist ein Zeichen unserer Göttlichkeit gewesen«, erklärte der Kaiser, »aber diese verknöcherten Stoiker wollen das nicht verstehen. In ihren Augen ist es Unzucht, wenn Bruder und Schwester beieinanderliegen – doch haben dies nicht auch die Olympischen getan? Hat nicht der große Iupiter zusammen mit Iuno, seiner Schwester, die Söhne Vulcanus und Mars gezeugt? Und prächtige Söhne sind es geworden, fürwahr! Doch war der Erste der beiden in seiner unersättlichen Begierde stets auch sterblichen Frauen zugeneigt – und mir, der ich ebenfalls göttlicher Herkunft bin, geht es nicht anders!«

Er wandte das Haupt und sah Sibylla direkt an. »Willst du für mich tanzen?«

»*Caesar?*« Sie sah ihn verunsichert an.

»Drusilla hat oft für mich getanzt, wenn ich in schwermütiger Stimmung war, und stets hat es mich aufgeheitert. Wirst du dasselbe für mich tun?«

»Es ... gibt keine Musik, *Caesar.*«

»Nein? Ich höre Flöten und den lustigen Klang der Trommel«, versicherte der Kaiser und begann, im Rhythmus mit den goldberingten Händen zu klatschen. »Dreh dich, mein Kind! Dreh dich im Kreis – und dabei lasse deine Schleier fallen, wie Salome es einst getan hat. Unser Freund Herodes Agrippa hat uns von ihr erzählt, einer jüdischen Prinzessin von großer Anmut und Schönheit – und Drusilla hatte große Freude dabei, es ihr gleichzutun!«

»Ich fürchte, ich verstehe nicht, *Caesar*«, gab Sibylla sich unwissend, obschon sie in Wahrheit nur zu gut verstand. »Weder wird Euch mein Tanz gefallen, noch trage ich einen Schleier ...«

»Das zu beurteilen, solltest du mir überlassen, mein Kind«, erwiderte Caligula, und wie sie es schon zuvor wiederholt beobachtet hatte, schlich sich erneut ein Anflug von Grausamkeit in seine von Natur aus eher unbedarfte Miene. Etwas schien dort in seiner Persönlichkeit zu lauern, das nicht nur selbstsüchtig und lüstern war, sondern auch dunkel und verdorben ... und böse.

»Nein«, erklärte Sibylla und hob in trotzigem Stolz das Kinn, ihrem lädierten Äußeren zum Trotz.

»Was soll das heißen?«

»Das soll heißen, *Caesar*, dass ich Euren Verlust bedaure.

Dass ich mit Euch fühle und inständig hoffe, dass die Mörder Eurer geliebten Schwester gefunden und für ihr Vergehen bestraft werden. Aber weder bin ich sie, noch bin ich Salome. Ich bin die Tochter eines römischen Patriziers und entstamme einem alten Geschlecht von Gelehrten, und es steht Euch nicht zu, solches von mir zu verlangen!«

»Es … steht mir nicht zu?« Sein Blick verfinsterte sich, seine schmalen Brauen zogen sich zusammen. »Ich bin der göttliche Kaiser! Der Imperator des Reiches, oberster Priester und Vater des Vaterlandes – und du willst behaupten, es gebe etwas, das mir nicht zustünde?«

Er erhob sich von seinem Sitz, kam in seinem zerfetzten Gewand auf sie zu. Dabei ging er halb gebückt wie ein Raubtier kurz vor dem Sprung und streckte in unverhohlener Gier die Hände nach ihr aus. Unwillkürlich wich sie vor ihm zurück …

»Ist dir nicht klar, mein Kind, wer ich bin und wer du bist? Dass du nur deshalb noch in Freiheit bist, weil ich Mitleid mit dir hatte und Erbarmen zeigte? Dass deine ganze jämmerliche Existenz nur dem einen Zweck dient, deinem *Caesar* zu gefallen?«

Sibylla erwidert nichts mehr. Rückwärtsgehend versuchte sie, Abstand zwischen sich und den Herrscher zu bringen, dessen Augen nun in unverhohlener Gier leuchteten … nach Trost? Nach Zuneigung? Nach körperlicher Liebe? Oder ging es ihm nur darum, sich an seiner Macht zu berauschen?

Sie wich vor ihm zurück, bis schließlich die Wand dafür sorgte, dass sie nicht mehr weiter konnte. Sie sah das Grinsen in Caligulas zur Maske erstarrten Zügen, seine verlangend ausgestreckten Klauen, und ihr war klar, dass sie nun nichts mehr vor dem bewahren konnte, was …

»Mein *Caesar!*«

Caligula fuhr herum, als die Pforte zum Audienzraum aufgestoßen wurde. Auf der Schwelle stand kein anderer als Lucius Murmillo – und nie war Sibylla Varro glücklicher gewesen, ihn zu sehen, als in diesem Augenblick.

Der Zenturio sah mitgenommen aus.

Seine Gesichtszüge wirkten erschöpft, sein Brustkorb hob und senkte sich unter keuchenden Atemzügen, seine Rüstung war mit dunklem Blut besudelt. Den Helm mit dem quer stehenden Busch des Zenturios hatte er abgenommen, sein Haar klebte schweißnass an seinem Kopf. Der Blick seiner Augen war der eines Mannes, der Entsetzliches gesehen hatte …

»Guter Pertinax!«, rief Caligula und warf die dürren Arme hoch. Sibylla schien er von einem Augenblick zum anderen vergessen zu haben, als hätte plötzlich wieder ein völlig anderer Geist die Herrschaft über seinen Körper übernommen. »Wie ist es dir ergangen? Sind meine Prätorianer siegreich gewesen?«

Statt zu antworten, trat Lucius beiseite, und zwei seiner Prätorianer schritten vor, die nicht weniger abgerissen wirkten als ihr Anführer. In ihrer Mitte trugen sie ein großes, in Leinenstoff geschlagenes Bündel, das von beträchtlichem Gewicht zu sein schien. Der Stoff war dunkel verfärbt, und eine schwärzliche, zähe Flüssigkeit troff daraus zu Boden.

Auf Lucius' Geheiß ließen die Prätorianer das Bündel zu Boden fallen – und indem er beherzt den Stoff packte und daran riss, versetzte er das Ding in Bewegung, sodass es sich aus dem Stoff entrollte und quer durch den Audienzraum kullerte, geradewegs vor Caligulas nackte, bleiche Füße.

»Ich melde Euch Sieg, *Caesar!*«, verkündete Lucius, während der Kaiser nur auf das grässliche Gebilde starrte, das vor ihm auf dem steinernen Boden liegen geblieben war.

Es war das Haupt der Bestie.

XXVII

Die Nachricht vom Tod der Kreatur, die Subura in Furcht und Schrecken gestürzt und im Volk für gefährliche Unruhe gesorgt hatte, verbreitete sich wie ein Lauffeuer im Palast – und dafür sorgte Caligula selbst.

Die Nachricht vom Sieg seiner Truppen über das *monstrum* versetzte den Kaiser in wilde Euphorie. Verzückt betrachtete er das abgeschlagene Haupt von allen Seiten, ließ sich in aller Einzelheit berichten, wie der Kampf verlaufen war – nicht ohne immer wieder zu betonen, wie sehr er es bedaure, nicht selbst dabei gewesen zu sein. Noch zur nächtlichen Stunde ließ er nach einem Bildhauer schicken und ihn Skizzen davon anfertigen, wie er, der Kaiser, über das Ungeheuer triumphierte, den Fuß auf sein herrenloses Haupt gesetzt, die Hand mit dem *gladius* erhoben. Sogar die Trauer über den Tod seiner Schwester schien Caligula vor diesem Hintergrund zu vergessen – und glücklicherweise auch, dass er Sibylla Varro zu ihrem Ersatz hatte heranziehen wollen.

In seinem Überschwang gestattete er ihr, ins Haus ihres Vaters zurückzukehren, wo sie den Rest der Nacht und den größten Teil des darauffolgenden Tages damit verbrachte, Erkundigungen über jene grässliche Kreatur einzuholen, die die Stadt bedroht hatte und deren Wurzeln offenbar in dunkle Vergangenheit reichten.

Zur zehnten Stunde ließ der Kaiser sie wieder abholen und

zum Palast eskortieren, wo Senatoren und Berater bereits versammelt waren. Hier traf Sibylla erneut mit Lucius zusammen, der jetzt wieder ausgeruht wirkte, sich jedoch offenkundig sorgte. Der Kopf des Untiers ruhte inzwischen auf einem großen Teller aus Zinn, der in der Mitte der Halle auf einem schweren Dreifuß stand.

Obwohl das Haupt bereits von Verfall gezeichnet war, wovon auch ein beißender Gestank zeugte, war es noch immer bedrohlich anzusehen, Sibylla erschauderte abermals bei seinem Anblick. Alles daran war verstörend, von der schwarzen Mähne bis zu den gewundenen Hörnern, die sich wie bei einer Antilope auf der Stirn erhoben. Vor allem jedoch entsetzten sie die Gesichtszüge der Bestie, die bei aller Fremdartigkeit auch etwas Vertrautes, beinahe Menschliches an sich hatten, auch wenn der Glanz des Lebens aus den Augen gewichen war und sie grau und wie versteinert wirkten.

»Wir sind hier«, rief Nonius Asprenas in die Runde der Versammelten, »um den Göttern zu danken!«

Er sprach in seiner Eigenschaft als Augur, entsprechend trug er die weiße Robe und hatte die Stola über sein Haupt gebreitet. »Wir danken den Ewigen dafür, dass sie uns den Sieg geschenkt haben – so wie wir *Caesar* dafür danken, dass er so klug und entschlossen gehandelt und Schaden von uns und dem Reich abgewendet hat.«

»Ich habe nur getan, was meine Pflicht als Herrscher war«, bekannte Caligula in seltener Bescheidenheit. »Unserem guten Pertinax gebührt der Ruhm des Sieges«, fügte er zu Cassius Chaereas sichtlichem Verdruss hinzu. Der Tribun hatte mehrmals versucht, an die Vergehen Lucius' und seiner Begleiter zu erinnern, an die von ihnen begangenen Frevel im Tempel des Apollon. Doch der Kaiser wollte nichts mehr davon wissen.

»Ich danke dir, *Caesar*«, versicherte Lucius. »Doch habe ich den Sieg nicht allein errungen. Die Soldaten meiner Zenturie haben mir treu zur Seite gestanden, und beinahe zwanzig von ihnen haben bei dem Kampf ihr Leben gelassen.«

»Ihr Opfer wird nicht vergessen werden«, versicherte Caligula und winkte ab. »Aber nun wollen wir endlich hören, was es mit jener Bestie auf sich hat, was sie ist und woher sie stammt. Hast du etwas herausfinden können, Tochter des Claudius Varro?«

»Das habe ich, *Caesar*«, entgegnete Sibylla und trat vor. Einmal mehr hatte sie das Gefühl, es mit einem anderen Mann zu tun zu haben ... denn jener, der dort vor ihr thronte, schien ein völlig anderer zu sein als der, mit dem sie im Garten gesprochen hatten ... und auch wieder ein anderer als der, dem sie vergangene Nacht begegnet war ...

»So sprich, Kind, und erleuchte uns mit Wissen«, verlangte der Kaiser, worauf sich aller Augen auf sie richteten – auch die der beiden verbliebenen kaiserlichen Schwestern Agrippina und Livilla, aus denen unverhohlene Ablehnung sprach. Ob diese sich auf Sibyllas Schönheit bezog oder auf die Aufmerksamkeit, die Caligula ihr schenkte, war allerdings nicht festzustellen.

»In der Bibliothek meines Vaters«, begann Sibylla ihren Bericht, »bin ich tatsächlich auf Hinweise gestoßen, die auf die Art und die Herkunft jener Kreatur« – sie streifte das grässliche Haupt mit einem Seitenblick – »schließen lassen. Wie er selbst noch in den letzten Stunden seines Lebens herausfand, reichen die Ursprünge der Bestie bis in die Zeit der Mythen zurück, wo sie als Kreuzung aus einem Löwen und einem Skorpion beschrieben wird, jedoch mit einem menschlichen Antlitz – gegen diese Kreatur haben Lucius Murmillo Pertinax und seine Prätorianer mit dem Mut der Verzweiflung gekämpft. Der ursprüngliche, noch aus den Tagen des alten Babylon stammende Name der Kreatur lautete *martiyaxvara*. Die Griechen allerdings, die ihr unter der Führung Alexanders begegneten, nannten sie *martikhoras*, was ›Menschenfresser‹ bedeutet. Dies und nichts anderes meinte mein Vater, als er jenen Namen nannte, denn das ist es, was diese Kreatur tut und was sie immer getan hat, seit sie einst ins Leben gerufen wurde. In unserer Sprache wird die Bestie in alten Aufzeichnungen *manticorus* genannt.«

Manticorus ...

Wie ein Echo geisterte das Wort durch den Raum, wurde allenthalben getuschelt und geflüstert, während man das zerfallende Haupt mit nur noch größerem Argwohn betrachtete.

Konsul Marcus Aquila ergriff das Wort. »Du behauptest, dass jene Kreatur, von der du sprichst ...«

»Der Mantikor«, half Sibylla gelassen aus. »Nennt ihn getrost beim Namen.«

»Du behauptest, dass ... der Mantikor ... einst von jemandem ins Leben gerufen wurde – doch von wem?«

»Das weiß ich nicht«, gab Sibylla zu. »Mein Vater starb, ehe er Antworten auf Fragen wie diese finden konnte. Doch hat es wohl schon zu früheren Zeiten Menschen gegeben, die Nutzen aus der Macht des Mantikors zogen und sich seine Dienste aneignen wollten.«

»Du sprichst von dem Kult«, folgerte der Kaiser.

»In der Tat, *Caesar.*«

»Wurde er zerschlagen?«, wollte Caligula von Lucius wissen.

»Die meisten Anhänger sind tot«, versicherte dieser. »Sie trugen hölzerne Masken, wie Schauspieler sie verwenden, doch bei einigen war es uns trotzdem möglich, festzustellen, wer sie waren und woher sie stammen. Mehrere Angehörige des Ritterstandes und sogar einige Patrizier befanden sich unter ihnen. Die Masken trugen sie wohl, damit sie einander nicht kannten und bei einer eventuellen Gefangennahme nichts verraten konnten.«

»Also war ihnen klar, dass sie Verbotenes taten«, knurrte

Caligula. »Sie haben sich gegen Rom verschworen – und gegen mich, den göttlichen *Caesar.*«

»Ich fürchte, so ist es«, stimmte Lucius zu. »Und noch etwas haben wir über die Anhänger des Kults herausgefunden.«

»Ja?«

»Es sind allesamt Eunuchen gewesen, wenn auch einige erst seit kurzer Zeit.«

»Tatsächlich?« Der Kaiser wusste sichtlich nicht, was er mit dieser Enthüllung anfangen, ob er darüber amüsiert oder erbost sein sollte. »Was sagt man dazu? Fällt euch etwas Gescheites dazu ein, ehrwürdige Senatoren?«

Die Berater runzelten die ergraute Stirn, doch blieben sie eine Antwort schuldig.

Anders als Sibylla …

»Ist das wirklich sicher?«, fragte sie Lucius. »Nicht nur ein paar von ihnen … sondern alle?«

Lucius nickte nur.

»Weshalb?«, verlangte Caligula zu wissen. »Sagt dir das etwas?«

Sibylla nickte, während sie sich zu erinnern versuchte, was sie darüber gelesen hatte. »In einem der Bücher meines Vaters«, begann sie dann, zu erklären, »das von einem griechischen Geschichtsschreiber namens Ktesias verfasst wurde, ist von einem tausend Jahre alten Kult die Rede, welcher der Halbgöttin Semiramis gewidmet war.«

»Semiramis?« Der Kaiser hob die Brauen.

»Der Überlieferung nach ging sie aus einer Verbindung hervor, die die phönizische Göttin Derketis einst mit einem Sterblichen eingegangen ist, entsprechend war sie sowohl von großer Schönheit als auch eine starke Kriegerin. Den Ruhm ihres Gatten, eines mächtigen Heerführers, überflügelte sie schon bald. Unterstützt von den Soldaten, die ihrer Schönheit allesamt verfallen waren, rief sie sich selbst zur Herrscherin aus und gründete die Stadt Babylon. Von dort aus führte sie Krieg gegen die Meder und besiegte sie, anschließend eroberte sie Persien und Ägypten sowie die Provinzen Africa und Asia – und wie es heißt, drang sie auch bis ins ferne Indien vor. Dabei sollen ihr, wie weiter berichtet wird, mächtige Kreaturen beim Kampf beigestanden und den Feind in die Flucht geschlagen haben …«

»Mantikore«, ergänzte der Kaiser und klatschte Beifall wie nach einem unterhaltsamen Theaterstück. »Was für eine spannende Geschichte – und du erzählst sie sehr viel interessanter als dein Vater.«

»Ich danke Euch, *Caesar*«, entgegnete Sibylla, die Spitze übergehend – die Sache selbst interessierte sie weit mehr. »Aber was, wenn es nicht nur eine Geschichte ist? Mein Vater war der Ansicht, dass Alexander rund sieben Jahrhunderte später im Tal des Indus auf ebenjene Kreaturen gestoßen ist. Was, wenn sie Nachkommen jener Mantikore waren, die einst im Heer von Semiramis kämpften?«

»Hm«, grunzte der Kaiser. »Und was hat das mit den Eunuchen zu tun?«

»Von Semiramis wird weiter berichtet«, erwiderte Sibylla, »dass sie einen Geliebten namens Ara hatte, der ein mächtiger Krieger war, aber eben nur ein Sterblicher. Aus Liebe zu ihr verfiel er dem Wahnsinn und entmannte sich schließlich selbst – was zum Erkennungsmerkmal all jener wurde, die ihr Leben Semiramis verschrieben und sie verehrten, nicht nur ihrer Herrschermacht, sondern auch ihrer göttlichen Abstammung wegen. Der Kult der Semiramis war geboren …«

»Und du meinst, es gibt ihn bis heute?«

»Alles deutet darauf hin, *Caesar*«, bestätigte sie und nickte düster.

»Dann seien wir den Göttern dankbar dafür, dass die Prätorianer diesen scheußlichen Verschwörern den Garaus gemacht und ihnen das Haupt abgeschlagen haben!«, verkündete Konsul Aquila, auf das Haupt des Mantikors deutend.

»Was das betrifft, bin ich mir nicht ganz sicher«, wandte Lucius ein. »Wie ich meinem Tribun bereits berichtet habe, ist uns einer der Maskierten entkommen, vermutlich ihr Anführer oder Hohepriester ...«

»Das hast du mir berichtet«, räumte Chaerea ein, wobei er Lucius durchdringend ansah, »aber nicht, wie es zu einem solchen Versagen kommen konnte.«

»Es war eigenartig.« Lucius sah zu Boden, schüttelte den Kopf. »Im einen Moment konnten wir ihn noch dort oben auf jenem Turm stehen sehen ... im nächsten war er verschwunden, in purpurrotem Rauch und Feuer.«

Erneut wurde aufgeregt getuschelt, denn jedem der Anwesenden war klar, was er damit zum Ausdruck bringen wollte.

»Sprichst du von ... Zauberei?«, erkundigte sich Nonius Asprenas dennoch. Unverhohlener Zorn stand im Gesicht des Augurs zu lesen. »Das kann nicht sein, du weißt, dass die dunklen Künste in Rom verboten sind!«

»Was nicht heißt, dass es sie nicht gibt«, wandte Sibylla ein.

»Ein ausgewachsener Widder wurde geschlachtet und seine Eingeweide befragt«, gab der Augur barsch zur Antwort. »Wenn Rom in seinem Inneren dergestalt verdorben wäre, hätte uns die Eingeweideschau dies verraten!«

»Und wenn mein Vater recht hatte und die Zeit der Mythen, anders als wir geglaubt haben, nie zu Ende gegangen ist?«, fragte sie dagegen. »Wenn jenseits der Grenzen des Römischen Reiches, in den Weiten, die wir noch kaum erkundet haben, noch immer Titanen und Ungeheuer existieren? Wenn es noch immer Magie gibt wie zur Zeit der Semiramis? Denn nicht anders kann sie den Mantikor einst ins Leben gerufen haben, der doch offenbar eine Mischung aus verschiedenen Wesen ist!«

»Frevel!«, rief jemand.

»Schon wieder«, ereiferte sich ein anderer.

Allgemeine Empörung setzte ein, wobei Asprenas und Chaerea noch fleißig Öl ins Feuer gossen – doch mit einer einzigen herrischen Handbewegung gebot Caligula ihnen, zu schweigen.

»Soll das heißen«, fragte der Kaiser lauernd in die Stille, »dass dieser Kult noch immer dort draußen ist? Dass er womöglich weiter sein Unwesen treibt und meine Macht bedroht? Dass es womöglich abermals zu Unruhen kommen wird?«

Der eben noch so mitteilsame Tribun Chaerea schwieg jetzt beharrlich. Er sah zu Boden und überließ es Lucius, zu antworten.

»Ich fürchte, so ist es, *Caesar*«, gestand dieser.

»Und wir wissen auch nicht, ob die Bestie die letzte ihrer Art war, oder ob es noch mehr davon gibt?«

»Auch das ist wahr.« Lucius nickte.

»Dann finden wir es heraus!«, rief der Kaiser mit einem listigen Blitzen in den kleinen Augen.

»Wie, o *Caesar?*«, fragte Asprenas.

»Hat Varros Tochter uns nicht soeben gesagt, dass die Ursprünge sowohl jenes Kults als auch dieser Kreatur weit entfernt im Osten liegen? Im ehemaligen Reich der Semiramis? Dann scheint es mir ratsam, eine Expedition dorthin auszurüsten und den Dingen auf den Grund zu gehen. Und«, fügte er mit einem breiten Lächeln hinzu, »einen lebenden Mantikor zu fangen und ihn mir zu bringen!«

»*Caesar?*«, fragte Aquila fassungslos. Erneut brach Unruhe unter den Beratern aus.

»Bin ich so schwer zu verstehen? Ich will selbst solch eine Bestie besitzen!«, erklärte der Kaiser mit fast kindlichem Trotz. »Oder denkt ihr, ich wäre weniger göttlich, als jene Semiramis es gewesen ist?«

»Keineswegs, *Caesar*«, versicherte Aquila, »aber denkt an die Weissagung der Sibyllinischen Bücher, dass jene Kreatur den Untergang des Reiches heraufbeschwören könnte …«

»Die sehenden Frauen wussten nicht alles – wie hätten sie auch ahnen sollen, dass einst ein leibhaftiger Gott über das Reich herrschen würde?«, fragte Caligula. »Ich, Caesar Augustus Germanicus, werde ihre Worte Lügen strafen, indem ich mir die Bestie dienstbar mache, sie meinem Willen unterwerfe. Nicht länger wird sie das Volk verängstigen, sondern im Zirkus die Massen begeistern!«

Lucius traute seinen Ohren nicht. »Ihr … wollt den Mantikor in der Arena?«

»Aber natürlich! Wer könnte besser als du beurteilen, was das für ein Spektakel wäre, mein braver Pertinax – die Bestie aus Babylon im Kampf gegen Löwen! Tiger! Elefanten! Und natürlich gegen tapfere Gladiatoren, die sich ihr mutig entgegenstellen … die Menge wird rasen vor Begeisterung! Und wem wird sie dafür ewig dankbar sein und bedingungslos Gehorsam leisten? Mir, ihrem Herrscher!«

»Natürlich, aber …« Lucius stockte. Seine Erfahrung sagte ihm, dass Caligula, seinen Anfällen von Irrwitz zum Trotz, zumindest in dieser Hinsicht nur zu recht hatte: Die Zuschauer würden rasen vor Begeisterung, so wie sie immer rasten, wenn sich ein neuer Schrecken, eine neue Brutalität oder eine neue Perversion in der Arena ereignete …

Hilfe suchend sah er zuerst zu Chaerea, dann zu Marcus Aquila, schließlich zu Nonius Asprenas. Doch keiner der hohen Würdenträger war bereit, sein Wort gegen einen Plan zu richten, den der Kaiser offenbar längst gefasst hatte. Und auch keiner der sonst so um die Moral besorgten Senatoren erhob seine Stimme.

»*Das* haben die weisen Frauen nicht vorausgesehen, oder?«, fragte der Kaiser mit triumphierendem Grinsen und an Sibylla gewandt.

»Ich gehöre nicht zum Rat der Fünfzehn«, gestand diese kopfschüttelnd ein. »Aber ich denke nicht.«

»Sehr gut! Dann lasst uns auf der Stelle einen feierlichen Beschluss fassen! Eine Expedition soll ausgestattet und ein kaiserlicher *indagator* zu ihrem Anführer bestellt werden!«

»Wer, o *Caesar?*«, wollte Asprenas wissen. Sein bekümmertes Mienenspiel verriet, dass er dabei um sich fürchtete – denn eine Reise in unbekanntes Gebiet, wie der Kaiser sie im Sinn hatte, mochte allzu leicht eine Reise ohne Wiederkehr werden …

»Nun, da es gegen eine so gefährliche Kreatur geht, denke ich, der Anführer der Expedition sollte ein Krieger sein, ein Soldat … am besten ein Prätorianer«, fügte der Augur mit einem Seitenblick auf Chaerea hinzu.

»Ohne Zögern würde ich Eurem Befehl folgen, *Caesar*«, beteuerte der Tribun, »doch da es darum geht, einen Mantikor für die Arena zu fangen, kann es doch keinen besseren und erfahreneren Mann geben als Euren Pertinax!«

»Natürlich, wie wahr!«, rief der Kaiser und schlug sich auf die goldbekränzte Stirn – und das ebenso süßliche wie erbarmungslose Lächeln, das er in Lucius' Richtung schickte, machte diesem klar, dass es kein Entkommen vor dieser Entscheidung gab.

»Mein guter, getreuer Murmillo«, säuselte Caligula, »du kennst die Arena wie deine Heimat und hast zudem die Bestie bekämpft und bezwungen – dir und niemandem sonst gebührt die Ehre, in meinem Namen gen Osten zu reisen und nach einem weiteren Exemplar für mich zu suchen!«

»Eine gute Entscheidung, fürwahr«, bekräftigte Chaerea – Lucius war anzusehen, dass er ihm sein Grinsen am liebsten aus dem Gesicht gerissen hätte, samt seiner Zähne.

»Wie *Caesar* wünscht«, sagte er stattdessen.

»Wäre der wackere Claudius Varro noch am Leben, würde ich ihn dir zur Seite geben«, meinte Caligula mit einem Bedauern, das zumindest nicht völlig geheuchelt schien, »so jedoch wirst du wohl allein ...«

»Ich werde ihn begleiten«, erklärte Sibylla mit fester Stimme.

»Nein!«, widersprach Lucius kopfschüttelnd. »Es ist zu gefährlich!«

Sibylla schenkte ihm keine Beachtung. »Ihr habt es soeben selbst gesagt, *Caesar*«, wandte sie sich an Caligula, »wäre mein Vater noch am Leben, hättet Ihr ihn auf jene Reise geschickt, und ich weiß, dass er nicht gezögert hätte, sich der Herausforderung zu stellen. Nun ist er nicht mehr unter uns, aber ich bin hier, seine Tochter und Erbin, und wenn ich auch nicht behaupten kann, auch nur annähernd so viel zu wissen wie er, war ich doch seine Schülerin und habe viel gelernt. Ich spreche die Zunge der Griechen und kenne die Schrift der Ägypter, und ich weiß mehr über den Mantikor und den Kult der Semiramis als jeder Eurer Auguren und Gelehrten ... Eure Expedition bedarf meiner Dienste, *Caesar*, wenn sie erfolgreich verlaufen soll.«

»Wie überaus vermessen!«, rief Iulia Agrippina, blanker Hohn sprach aus ihren geweißten Zügen. »Aber wenn sie es unbedingt will, lass sie ziehen, Bruder. Hier am Hof werden wir sie nicht vermissen.«

Spöttisches Gelächter war die Folge, das von allen Seiten auf sie niederging, doch Sibylla Claudia Varro blieb aufrecht stehen, ihren Blick fest auf den Kaiser gerichtet, der ebenfalls herzlich lachte.

»Also schön, so sei es«, erklärte er dann jedoch.

»Ich danke Euch, *Caesar*.« Sibylla neigte das Haupt.

»Doch gib ihr jemanden mit, der sie im Blick hat«, empfahl Agrippina. »Wir wissen schließlich, dass sie zum Frevel neigt, womöglich auch zum Ungehorsam ... lass deinen getreuen Tanacos sie im Auge behalten und in Briefen vom Fortgang der Expedition berichten, solange es möglich ist.«

»Mein getreuer Tanacos?« Caligula sah auf den Sklaven herab, der ihm zu Füßen hockte, und tätschelte ihm wohlwollend das kahle Haupt. »Eigentlich möchte ich dich nicht gehen lassen, denn du bist mir doch stets ein treuer Freund – doch scheint meine geliebte Schwester heute von besonderer Weisheit erfüllt zu sein, denn ihr Vorschlag ist gut: Du wirst dich ebenfalls auf Reisen begeben und mir von dort berichten.«

Wie der Phrygier selbst darüber dachte, war seinen Gesichtszügen nicht anzusehen. »Mein Leben gehört Euch, *Caesar*«, sagte er nur.

»Somit ist es beschlossen! Applaus für die Helden!«, befahl Caligula, worauf der versammelte Hofstaat tatsächlich Beifall klatschte wie die Zuschauer im Theater – und irgendwie war das passend, wie Sibylla fand.

Vom Applaus begleitet, verließen Lucius und sie den Audienzraum.

Keiner von ihnen bemerkte den Blick, den Tanacos und Agrippina tauschten.

VOLUMEN SECUNDUM: IN MUNDO PERDITUM

I

»Warum ausgerechnet Alexandria, bei Taranis?«

Lucius Murmillo Pertinax stand inmitten der Menschenmenge, die sich den Kai hinabwälzte. Hektische Betriebsamkeit herrschte am Großen Hafen der ägyptischen Metropole – Seeleute auf Landgang, Händler, die um die Gunst von Kunden buhlten, Hundertschaften von Sklaven beim Entladen der Schiffe, die an den Stegen vertäut lagen. Ein wahrer Wald von Mastbäumen mit gerefften Segeln erhob sich entlang der Hafenmauer, überragt nur vom Pharos, dem mächtigen Leuchtturm der Stadt, der auf der ganzen Welt berühmt war. Dass er ihn einmal mit eigenen Augen zu sehen bekommen würde, hätte Lucius nicht gedacht – doch inzwischen schien alles möglich zu sein.

Vor drei Wochen hatten sie Rom verlassen.

Die Zeit, die Lucius zur Vorbereitung der Expedition gebraucht hatte, hatte Sibylla genutzt, um ihre privaten Angelegenheiten zu regeln und ihren Vater zu bestatten. Wie Lucius schon vermutet hatte, war es eine bescheidene Feier gewesen, ohne den bei Patriziern beliebten Leichenzug und auch ohne *praeficae*, denen man bares Geld bezahlte, damit sie den Toten möglichst lautstark beweinten. In seinem letzten Willen hatte Claudius Varro verfügt, dass er eine schlichte Beisetzung wünschte, auch eine Ehrenformation oder das Beisein von Senatoren hatte er abgelehnt.

Lucius hatte es sich dennoch nicht nehmen lassen, der Bestattung beizuwohnen, die an der Verbrennungsstätte außerhalb der Stadtmauern stattfand – eine allzu schlichte Bestattung für einen nur zu brillanten Geist.

Nur eine Woche später waren sie von Misenum aus in See gestochen, an Bord einer Liburne und in Begleitung von zwei Dutzend Mann aus Lucius Zenturie, die sich gegen Zusicherung eines doppelten Soldes freiwillig gemeldet hatten. Unter ihnen war auch der wieder genesene Marcus Furius – wobei Lucius selbst nicht zu sagen wusste, ob er sich der Mission aus wahrer Freundschaft angeschlossen hatte oder weil auch ihn Caligulas Geld lockte.

Neben Tanacos, der als kaiserlicher Beobachter an der Expedition teilnehmen sollte, war auch Kersas mit an Bord gegangen, der langjährige Haussklave Claudius Varros. Durch den Tod seines Herrn war er freigekommen, hatte sich jedoch entschieden, als Freigelassener weiter im Dienst der Familie zu bleiben und die Tochter seines Herrn auf die gefahrvolle Reise zu begleiten.

Und natürlich war da Sibylla selbst …

Vor ihrer Abreise hatte Lucius sie für ihren Mut, ihre Klugheit und ihr Wissen bewundert – seither jedoch hatte sich ihrer Persönlichkeit noch ein weiteres Merkmal hinzugesellt, nämlich ein durchaus robustes Durchsetzungsvermögen, das mitunter an Starrsinnigkeit grenzte …

»Bist du noch immer nicht darüber hinweg?«, fragte sie von unter ihrer Kapuze, die sie zum Schutz vor der sengenden Sonne übergezogen hatte – und wohl auch, um nicht auf den ersten Blick als Frau erkennbar zu sein.

Wie Lucius und die meisten der Passanten entlang der Kais trug auch sie eine knielange *lacerna*, die ihr gleichermaßen als Umhang wie als Reisemantel diente, dazu Sandalen mit langen Schäften, wie Soldaten sie benutzten. Auch im Hinblick auf ihr Äußeres hatte sich die junge Patrizierin als recht pragmatisch erwiesen, wohl ein weiteres Vermächtnis ihres verstorbenen Vaters.

»Es ist ein Umweg, und wir verlieren dadurch Zeit«, wiederholte Lucius sein immer gleiches Argument. »Auf direktem Kurs hätten wir Antiochia längst erreichen können.«

»Um was zu tun?«, fragte sie dagegen, während ein Viehtreiber eine Herde meckernder Ziegen an ihr vorbeischeuchte. Der Geruch ließ sie die Nase rümpfen. »Was nützt eine Expedition ohne Ziel?«

»Ihr habt doch die Bücher Eures Vaters!«

»Aber sie geben keine Auskunft darüber, wo genau die Ursprünge des Kults zu finden sind. Dafür stieß ich in seinen Aufzeichnungen auf einen Hinweis zu Alexandria und seinen alten Freund Xenodamos – und deshalb sind wir hier.«

»Ja – dumm nur, dass dieser Xenodamos nicht zu existieren scheint«, grummelte Lucius. »Seit Tagen sind wir nun schon hier und suchen nach ihm, ohne dass wir …« Er brach ab und blieb stehen, um bei einem fliegenden Händler eine Handvoll Datteln zu kaufen. Er bezahlte und schob sich eine davon in den Mund. Den Rest hielt er Sibylla hin. »Eine Dattel?«

Sie schüttelte den Kopf. »Im Museion hat man uns gesagt, dass er in der Stadt ist …«

»… nur hat man ihn seit Tagen nicht gesehen. Und ich bin es allmählich leid, vergeblich an seine Tür zu klopfen.« Wie um seine Worte zu unterstreichen, stopfte er sich stattdessen eine weitere Dattel in den Mund.

»Du kannst auch gern deiner Wege gehen«, schlug sie vor.

»Um was zu tun?«

»Schließe dich doch deinem Freund Furius an, der die ägyptischen … Sehenswürdigkeiten besucht. Vorwiegend jene, die wie zu Hause in Subura für ein paar Asse zu besichtigen sind.«

»Sieh es ihm nach«, meinte Lucius kauend.

»Er ist ein Schwein«, erwiderte sie.

»Er ist ein Mann.«

»Ist dir der Name Circe geläufig?«

»Arbeitet die auch in Subura?«

»Sehr geistreich.« Ihr strafender Blick traf ihn. »Der Überlieferung nach war Circe eine Zauberin – manche behaupten auch Göttin –, die auf der Insel Aewaea lebte und die Gefährten des wackeren Ulixes allesamt in Schweine verwandelte.«

»Und?« Er sah sie von der Seite an.

»Es heißt, sie tat es mithilfe von Kräutern, die das Innere nach außen kehren.«

»Nun seid Ihr es, die geistreich ist«, meinte Lucius.

Sie schnitt eine Grimasse, die aber vermutlich nur ihre Zweifel überdecken sollte. Denn auch wenn Varros starrsinnige Tochter es niemals offen zugegeben hätte, fragte wohl auch sie sich inzwischen, ob die Reise nach Alexandrien die Zeit und den Aufwand wert gewesen war.

Soweit es Lucius selbst betraf, legte er ohnehin keinen allzu großen Wert darauf, einen leibhaftigen *manticorus* zu finden, geschweige denn, ihn einzufangen, damit sich die gaffende Menge im Zirkus daran erfreuen konnte. Er war dem Kaiser dankbar dafür gewesen, dass dieser ihn aus der Arena geholt und ihm neue Aufgaben gegeben hatte – doch nun hatte er ihn gewissermaßen dorthin zurückgeschickt, wo er hergekommen war, und Lucius musste immer wieder an das denken, was Sibyllas Vater ihm über die Gunst weltlicher Herrscher gesagt hatte – und darüber, wie wechselhaft sie war …

»Wie auch immer, wir brauchen Xenodamos' Unterstützung«, gab Sibylla sich überzeugt. »Andernfalls wird unsere Suche wie die nach einer Nadel im Heuhaufen sein.«

»Und wennschon.«

Sie hatten das Timoneion erreicht, wo sich der von Säulen gekrönte Palast von Alexandria erhob, einstmals Sitz der ptolemäischen Könige, nunmehr der des Präfekten, der die Provinz in des Kaisers Namen regierte – und zu seinem Profit.

Die Menschenmenge war hier sehr viel weniger dicht, sodass Sibylla stehen blieb.

»Dir liegt nichts an dieser Expedition, oder?«

»Ich habe meine Befehle«, erwiderte er. »Das ist alles.«

»So etwas solltest du nicht sagen ... jedenfalls nicht in Tanacos' Gegenwart«, fügte sie hinzu und sah sich nach dem Diener des Kaisers um, der ihnen gewöhnlich auf Schritt und Tritt folgte, um seinem Herrn zu berichten – im Gedränge war er ein Stück zurückgefallen.

»Die Frage, ob Euch daran gelegen ist, erübrigt sich wohl«, meinte Lucius, an einer weiteren Dattel kauend. »Schließlich wolltet Ihr ja unbedingt dabei sein ...«

»... und du wolltest es verhindern.«

Er zuckte nur mit den Schultern, kaute weiter.

»Ich erwarte nicht, dass du das verstehst, Zenturio – aber wir sind hier einem Rätsel auf der Spur, das vor mehr als tausend Jahren seinen Anfang nahm, und ich will die Erste sein, die es ergründet. Das bin ich meinem Vater schuldig und allem, was er mich gelehrt und wozu er mich erzogen hat.«

Er sah sie an und konnte die Wissbegier in ihren Augen leuchten sehen. »*Caesar* hatte wohl doch recht«, stellte er fest, »der Apfel fällt nicht weit vom Stamm.«

»Erhoffst du dir etwa nichts von dieser Expedition?«, wollte sie wissen.

»Nein, denn das unterscheidet uns«, erklärte er kopfschüttelnd. »Ich hatte bereits alles erreicht, was ich mir je erhoffen konnte – von nun an kann es nur noch schlimmer werden. Das heißt, etwas erhoffe ich mir wohl doch ...«

»Ja?«, fragte sie hoffnungsvoll.

»Dass wir überleben.«

Sie sah ihn forschend an, als wollte sie herausfinden, ob er es wirklich ernst meinte. Als sie es nicht festzustellen vermochte, wandte sie sich ab und ging weiter. Tanacos würde selbst sehen müssen, wie er ihnen auf den Fersen blieb.

Sie folgten dem Ufer und passierten die breiten Stufen, die zum Museion hinaufführten, jenem von einer hohen Kuppel überwölbten, den Musen gewidmeten Bau, in dem sich die Gelehrten der Welt trafen: eine Stätte des Austauschs von Wissen, der Forschung und der Philosophie, zu der einst auch die berühmte Bibliothek gehört hatte – bis sie durch römisches Zutun in Flammen aufgegangen war. Erathosthenes von Cyrene, Aristarchos von Samothrake, Apollonios von Rhodos und Aristophanes von Byzantium – sie alle waren Vorsteher dieser Bibliothek gewesen und hatten am Museion gewirkt und gelehrt ... Nicht, dass auch nur ein einziger dieser Namen Lucius etwas gesagt hätte, aber die Art und Weise, wie Sibylla sie aussprach und wie ihre Augen dabei leuchteten, war ein deutlicher Hinweis darauf, wie sehr sie diese Gelehrten der alten Zeit bewunderte – und wie gerne sie selbst sich den Studien gewidmet hätte an jenem berühmten Ort, der ihr als Frau jedoch verwehrt war.

Erneut suchten sie jene Straße am Rand des jüdischen Viertels auf, in der sich Xenodamos' Haus befand. Wie Sibylla von ihrem Vater wusste, stammte der Gelehrte selbst aus Makedonien, war jedoch mit den jüdischen Gebräuchen vertraut und hatte Freunde unter ihren Gelehrten. Persönlich getroffen hatte sie ihn nur ein einziges Mal, und da war sie noch ein Kind gewesen, kurz nach dem Tod ihrer Mutter, doch ihr Vater und er hatten wohl einen Briefwechsel gepflegt. Vielleicht, dachte Lucius bei sich, war das ein weiterer Grund, warum Sibylla den Gelehrten so unbedingt treffen wollte – um ein wenig Trost in der Vergangenheit zu finden ...

Das Gebäude war wie die meisten Wohnhäuser in Alexandria aus Sandstein und Lehm errichtet. Es hatte zwei Stockwerke und einen von Sonnensegeln beschatteten Dachgarten – doch wie an all den Tagen zuvor blieb Lucius' Klopfen an die Tür auch diesmal unbeantwortet. Die Läden vor den schmalen Fenstern waren verschlossen, die Segel über dem

Dachgarten flatterten im lauen Wind des Vormittags … doch war da nicht für einen kurzen Moment hinter der Ummauerung etwas zu sehen gewesen? Ein flüchtiger Schatten? Eine rasche Bewegung?

»Was hast du?«, fragte Sibylla, als Lucius alarmiert an der Fassade emporblickte.

»Hier«, sagte er nur und gab ihr die restlichen Datteln.

»Aber ich sagte doch, dass ich kei …«

Im nächsten Moment war er bereits dabei, den Vorsprung zu erklimmen, der das Haus auf Brusthöhe umlief, und sich von dort an der Mauer emporzuziehen und auf das Dach zu klettern. Das alles ging so schnell, dass Sibylla nur staunend zusehen konnte. Dann setzte er auch schon über die Mauer in den Dachgarten – um gerade noch einen Blick auf die Gestalt zu erhaschen, die ins Innere des Hauses flüchtete.

»Hiergeblieben!«

Atemlos hetzte Lucius der Gestalt hinterher, die inzwischen schon im Haus war und die Tür hinter sich zuwarf. Mit voller Wucht trat Lucius dagegen, um zu verhindern, dass sie von innen verriegelt wurde. Ein schmerzvoller Aufschrei war zu hören, gefolgt von einem Stöhnen, dann war Lucius schon drin. Er bekam die Gestalt zu fassen, die keuchend an der Wand lehnte, und zerrte sie ins Licht …

»Bi…bitte nicht!«, stammelte eine alte, brüchige Stimme in flüssigem Latein. »Nimm dir, was du haben willst, Freund, aber lass mir mein Leben, hörst du …?«

Lucius stutzte.

Ein furchtsam glänzendes Augenpaar blickte ihm aus einem ältlichen, von grauem Haar umrahmten Gesicht entgegen. Tiefe Angstfalten zerknitterten es, der Vergleich mit Dörrobst drängte sich auf.

»Ich bin kein Dieb«, stellte Lucius klar. »Wie ist dein Name?«

»Xe…Xe…Xenodamos«, kam es kleinlaut zurück.

II

»Xenodamos aus Makedonien?«, hakte Lucius nach. »Der Gelehrte Xenodamos?«

»Ge...genau der.« Der Alte lächelte dünn.

»Sieh an.« Lucius wurde bewusst, dass er ihn noch immer am Kragen seines Mantels festhielt, und er stellte ihn wieder zurück auf den Treppenabsatz, lehnte den leicht Zitternden an die kühle Wand. »Du bist also doch zu Hause?«

»Zu...zugegeben.« Das Gesicht zerknitterte sich abermals, diesmal zu einem entschuldigenden Lächeln.

»Warum öffnest du dann nicht die Tür? Seit geschlagenen sechs Tagen klopfen wir uns die Knöchel daran wund!«

»Weil, mein zorniger römischer Freund, ich nicht wissen konnte, wer Ihr seid und ob Ihr mir freundlich oder feindlich gesonnen seid«, erklärte der Gelehrte. »Im Grunde weiß ich das immer noch nicht«, fügte er mit einer gewissen Resignation in der Stimme hinzu, »auch wenn es jetzt wohl nicht mehr von Bedeutung ist.«

»Lucius Murmillo Pertinax, Zenturio der Prätorianergarde und *indagator* des Kaisers«, stellte dieser sich vor, »doch wird dir der Name meiner Begleiterin wohl geläufiger sein. Es handelt sich um Sibylla Claudia Varro, die Tochter von Claudius Varro, den du ...«

»Sibylla?«, hakte der andere nach, und seine Züge hellten sich merklich auf. »Die kleine Sibylla ist hier?«

»Nun – sie ist wohl nicht mehr ganz so klein, wie du sie in Erinnerung hast, aber …«

»Den Göttern sei gedankt! Wo ist sie?«

»Unten, vor deiner Tür, sie …«

Weiter kam Lucius nicht. Mit einer Flinkheit, die er ihm gar nicht zugetraut hätte, wuselte der schmächtige Gelehrte die Stufen hinab, um den Riegel zurückzuziehen und die Haustür zu öffnen. Was folgte, war eine zunächst sehr vorsichtige, dann aber um so herzlichere Begrüßung, als Sibylla und der Gelehrtenfreund ihres Vaters sich zum ersten Mal nach so langer Zeit wiedersahen. Obwohl seine Augen bereits gerötet waren, konnte der Alte seine Tränen hier noch zurückhalten – ungehemmt flossen sie allerdings, als er vom Ableben des Freundes erfuhr …

»Welche eine Tragik«, sagte er wieder und wieder. »Ein solch wacher Geist! Ein solch treuer Freund! So viel Wissen und Erfahrung verloren! Welch eine Verschwendung!«

»Das ist wahr«, räumte Sibylla ein. »Dennoch ist es nicht nur der Gelehrte, den ich vermisse …«

»Natürlich, wie töricht von mir«, erwiderte Xenodamos. »Bitte verzeih einem dummen alten Mann.«

Die beiden saßen an dem kleinen Tisch im unteren Stockwerk des Hauses, das dem Gelehrten als Koch- und Schlafstätte diente – das erste Stockwerk war offenbar seinen Studien vorbehalten. Beleuchtet wurde der Raum nur von dem spärlichen Licht, das durch die Ritzen der Fensterläden fiel. Aus irgendeinem Grund hielt er sie weiter geschlossen.

»Es tut mir von Herzen leid«, versicherte er Sibylla. »Damals, als wir uns zum letzten Mal getroffen haben, hattest du gerade deine Mutter verloren – und nun, da wir einander wiedersehen, trauerst du um deinen Vater.«

Sie nickte nur, seine Worte gingen ihr nahe.

»Was genau ist geschehen?«, fragte er leise. »Ich verstehe natürlich, wenn du nicht darüber sprechen willst, aber …«

»Mein Vater wurde ermordet«, erklärte Sibylla ohne Zögern und mit unerwartet harter Stimme.

»Er wurde … ermordet?« Xenodamos' fragender Blick ging von ihr zu Lucius, der nicht mit ihnen am Tisch saß, sondern ruhelos auf und ab ging.

»So ist es«, bestätigte er. »Deshalb sind wir hier.«

»Wie darf ich das verstehen?«

»In Rom hat mein Vater im Auftrag des Kaisers Nachforschungen über einen sehr alten Mysterienkult angestellt, die ›Söhne der Semiramis‹«, erklärte Sibylla. »Sagt dir dieser Name etwas?«

Xenodamos' Blick pendelte erneut zwischen ihr und dem Prätorianer hin und her. »Nein«, sagte er dann. »Sollte er das denn?«

»Es ist ein dunkler Kult, der sich mit magischen Künsten und anderen verbotenen Dingen befasst«, erläuterte Sibylla. »Er hat eine Kreatur aus alten Zeiten heraufbeschworen, die in Rom viele Unschuldige getötet hat.«

»Einen Mantikor«, fügte Lucius hinzu.

»Dann … ist es also wahr?« Erneut pendelte der Blick des Gelehrten zwischen ihnen hin und her.

»Du hast davon gehört?«

»Es gab in den letzten Tagen Gerüchte … Kaufleute brachten sie wohl aus Italien herüber, aber ich dachte, offen gestanden, nicht, dass etwas Wahres dran sein könnte.«

»Mein Vater ist gestorben, weil er Gerüchten wie diesen auf den Grund gegangen ist«, erklärte Sibylla. »Diese Leute sind ruchlose Mörder, die weder Gnade noch Skrupel kennen.«

»Entsetzlich«, stieß der Alte hervor, seine Miene war bleich geworden. »Aber … wer sind sie? Und was wollen sie?«

»Das wissen wir nicht. Doch wie du dich sicher erinnerst, war mein Vater einer der fünfzehn Männer, die in Rom mit der Aufsicht über die Sibyllinischen Bücher betraut sind. In ihnen fand er einige Stellen, die vor den Anhängern der Semiramis warnen – und von ihrer Bestie.«

»Du meinst den Mantikor?« Erneut sah der Alte zuerst sie, dann Lucius fragend an. »Soweit ich weiß, entstammt er den Mythen des alten Babylon ... eine geflügelte Bestie mit den Klauen eines Löwen, richtig?«

»Und den Stacheln eines Skorpions«, vervollständigte Lucius trocken. »Ich muss es wissen, alter Mann, denn ich habe gegen diese Kreatur auf Leben und Tod gekämpft. Und ich kann dir sagen, dass sie so wirklich ist wie du und ich.«

»Es ist den Soldaten des Kaisers gelungen, den Mantikor zur Strecke zu bringen«, fügte Sibylla erläuternd hinzu, »doch es steht zu befürchten, dass womöglich noch mehr von seiner Art existieren – und dass die Maskenträger auch anderswo Stätten unterhalten, wo sie ihrem dunklen Kult frönen.«

»Maskenträger?« Xenodamos sah ihn erschrocken an. »Maskenträger, sagst du?«

»Geschnitzte Masken, wie im Theater«, bestätigte Lucius und trat an den Tisch. »Warum fragst du? Sagt dir das etwas?«

Der Gelehrte schien angestrengt nachzudenken. Dabei ging der Blick seiner flinken Augen zur Eingangstür, als befürchtete er, jemand könnte sie jeden Augenblick aufstoßen und hereinkommen ...

»Du hast mich gefragt, warum ich mich in meinem Haus verberge«, begann er leise.

»Und?«

»Nun ... der Grund ist, dass ich seit einiger Zeit verfolgt werde ...«

»Von wem?«

»Anfangs dachte ich, ich würde mich irren, wenn ich das Gefühl hatte, dass mir auf dem Heimweg vom Museion dunkle Gestalten auf den Fersen waren ... aber dann, neulich nachts, wandte ich mich unerwartet nach ihnen um.« Xenodamos verstummte, schauderte sichtlich angesichts der Erinnerung. »Für einen Moment glaubte ich, eine Gestalt in einer dunklen Kutte zu erblicken, die eine Maske vor dem Gesicht trug … ich glaubte an einen betrunkenen Schauspieler, der sich verirrt hätte. Aber am nächsten Tag waren es schon zwei von ihnen …«

»Die Söhne der Semiramis tragen dunkle Kleider. Und sie verbergen ihre Gesichter hinter geschwärzten Masken, damit sie sich nicht gegenseitig erkennen und verraten können«, erläuterte Sibylla.

»Also das ist der Grund für dein Versteckspiel?«, fragte Lucius, nach den verschlossenen Fensterläden deutend.

»Verzeih, aber ich konnte doch nicht wissen, wer ihr seid. Du, Zenturio, wirkst sehr einschüchternd mit all deinen Muskeln. Und Sibylla habe ich nach all den Jahren einfach nicht wiedererkannt …«

»Das verstehe ich«, versicherte diese sanft und mit einem Seitenblick auf Lucius. »Beides.«

Lucius schnaubte. »Hast du es gemeldet?«, wollte er wissen.

»Verzeih, mein römischer Freund – aber wem hätte ich es wohl melden können? Ich bin kein römischer Bürger, sondern das, was ihr einen *peregrinus* nennt, und genieße also auch keinen Schutz.«

»Verstehe«, erwiderte Lucius grimmig. Xenodamos' Worte waren der erste Hinweis darauf, dass der Kult tatsächlich bereits in anderen Teilen des Reiches Fuß gefasst hatte. Und das wiederum bedeutete, dass ihre Mission nicht nur der Laune eines zum Irrsinn neigenden Herrschers diente, sondern tatsächlich die Sicherheit von ganz Rom betraf. Jener Sicherheit, die zu beschützen er als Prätorianer geschworen hatte …

»Das kann kein Zufall sein«, war Sibylla überzeugt. »Wenn die Söhne der Semiramis dich verfolgen, dann wissen sie womöglich, dass mein Vater dein Freund war, und das wiederum könnte bedeuten, dass …« Sie verstummte und sah ihn durchdringend an. »Ich fürchte, dein Leben ist in großer Gefahr, Xenodamos. Du musst die Stadt verlassen, so schnell wie möglich.«

»Ich? Die Stadt verlassen? Nein, mein Kind.« Er schüttelte den Kopf. »Dazu bin ich zu alt.«

»Willst du dich weiter verstecken?«, fragte Lucius.

»Wenn es sein muss.« Der Alte lächelte nachsichtig. »Diese Stadt hat sich seit ihrer Gründung schon manchem Feind gebeugt – doch wie ein Schilfrohr im Wasser des Nils hat sie sich immer wieder aufgerichtet, und ich habe vor, es ihr gleichzutun … Aber sage mir, Sibylla, weshalb bist du eigentlich hier? Doch nicht nur, um mich zu warnen?«

»Nein«, gab sie zu. »Aber ich möchte dich nicht noch mehr in Gefahr bringen, als …«

»… als ich es ohnehin schon bin?« Erneut lächelte er. »Die Götter allein wissen, wie viel Zeit uns auf Erden gegeben ist, also wollen wir sie bestmöglich nutzen, richtig?«

»Richtig.« Sie erwiderte das Lächeln. »Mein Vater hätte das sagen können.«

»Und er hätte recht gehabt. Also, worum geht es? Und wie kann ich dir helfen?«

»Der Kaiser hat Lucius und mich beauftragt, den Ursprung des Kults und des Mantikors zu erforschen«, erwiderte Sibylla – dass Caligula ihnen auch noch befohlen hatte, ein lebendes Exemplar zu ihm nach Rom zu bringen, überging sie geflissentlich. »Unsere einzige Spur ist ein Hinweis, den mein Vater hinterlassen hat«, führte sie stattdessen weiter aus, »doch ich weiß nicht, was er bedeutet.«

»Hm«, machte der Alte. »Was für ein Hinweis ist das?«

»Ein Transkript, von dem ich annehme, dass es aus den Sibyllinischen Büchern stammt«, erwiderte sie, griff unter ihren Umhang und holte ein Stück Papyrus hervor, das sie entfaltete. Dann las sie vor:

Uralter Zeiten gesammeltes Wissen
liegt dunkel verborgen:
Orte, die nie mehr ein Mensch hat betreten,
bergen die Bücher.
Aus alter Zeit sind sie auf uns gekommen
zu warnen die Welt:
Suche sie dort, wo sie liegen vergraben,
im Sand der Zeit.

Darüber hinaus standen – ebenfalls in griechischen Zeichen – nur zwei Worte auf dem an den Rändern vergilbten Blatt.

Xenodamos.
Alexandria.

»Der gute Marcus«, meinte der alte Gelehrte mit Trauer in der Stimme. »Er hatte mich also nicht vergessen.«

»Vater war offenbar der Ansicht, dass du das Rätsel lösen könntest«, folgerte Sibylla. »Hatte er damit recht?«

»Nun ...« Der andere überlegte. Schließlich stand er auf und ging in dem kleinen Raum auf und ab wie zuvor Lucius, der jetzt wie eine Säule vor der verschlossenen Eingangstür stand, mit vor der Brust verschränkten Armen. »Noch vor einhundert Jahren wäre deine Frage ohne Zögern bejaht worden, denn die Bibliothek des Museion war reich an Schriften und kannte alle Geheimnisse der Vorzeit ... doch die alte Bibliothek gibt es nicht mehr, sie wurde ein Raub der Flammen.«

»Also ... gibt es keine Hoffnung? Das alte Wissen ist verloren?«

»Nicht ganz.« Der Alte lächelte listig. »Nicht alle Bücher sind bei dem Brand verloren gegangen, musst du wissen. Einige konnten gerettet werden und befinden sich an einem ebenso geheimen wie wohlbewachten Ort, der jedoch nur wenigen zugänglich ist. Und ich gehöre nicht zu ihnen ...«

»Ich bin *indagator* in des Kaisers Auftrag und Träger seiner Vollmacht«, sagte Lucius und hob die Hand mit dem Siegelring, den Caligula ihm gegeben hatte. »Man hat mir versichert, dass es im ganzen Reich keine Pforte gibt, die sich damit nicht öffnen ließe.«

»Nun«, erwiderte der Gelehrte, und ein schalkhaftes Lächeln huschte dabei über seine faltigen Züge, »in diesem Fall kann ich euch wohl tatsächlich helfen, vorausgesetzt ...«

In diesem Moment klopfte jemand energisch an die Tür.

Sibylla hielt den Atem an, Xenodamos stieß ein entsetztes Ächzen aus. Lucius griff nach dem Schwert.

Durch eine der Ritzen in der Tür spähte er hinaus – nur um eine halblaute Verwünschung auszustoßen und den Riegel zurückzuziehen.

Kein anderer als Tanacos stand draußen, das Gesicht ebenso staubig wie verärgert.

»Wie, Zenturio«, beschwerte sich Caligulas Diener, »soll ich *Caesar* Bericht erstatten, wenn ich meine Zeit damit verbringen muss, nach Euch und Varros Tochter zu suchen ...?«

III

Die Nacht war über Alexandria hereingebrochen, und die Feuer waren entlang der *via Serapis* entzündet worden, jener breiten Prachtstraße, die sich vom Großen Hafen und dem dortigen Palast an den Tempeln vorbei zu einem drei Stockwerke hohen Rundbau zog, durch dessen vergitterte Fenster nach allen Seiten sanfter Lichtschein drang. Eine Mauer umgab das Areal, deren Eingang streng bewacht wurde.

Acht ägyptische Posten, die lederne Helme und Rüstungen trugen, säumten die geschlossene Pforte und spähten mit Argusaugen in die von Feuerschein beleuchtete Nacht. Speere und gewölbte Rundschilde stellten ihre Bewaffnung dar, und die Soldaten sahen aus, als ob sie diese zu gebrauchen wüssten.

Gemessenen Schrittes trat Lucius auf sie zu. Sibylla, Tanacos und der Gelehrte Xenodamos begleiteten ihn.

»Halt!«, rief einer der Posten in akzentbeladenem Latein. »Bleibt stehen und erklärt, wer ihr seid und was ihr wollt!«

»Lucius Murmillo Pertinax, *indagator* des Kaisers«, verkündete dieser. »Wir begehren Zutritt zur Grabstätte.«

»Die Priester sind schon alle fort. Kommt morgen wieder.«

»Der göttliche Kaiser«, beharrte Lucius und hob seine Hand, »hat mich mit umfassenden Sonderbefugnissen ausgestattet. Dies ist sein Siegel, welches diese bestätigt. Und jetzt öffnet das Tor, damit meine Begleiter und ich eintreten können.«

Man konnte erkennen, dass der Soldat unruhig wurde. Allerdings schien seine Order eindeutig zu sein ... »Niemandem ist es gestattet, das Grab des Gründers nach Einbruch der Dunkelheit zu betreten.«

»Auch dem Kaiser nicht? Durch dieses Siegel ist es, als ob er selbst hier vor dir stünde.«

Wieder schien sich der Soldat nicht sicher zu sein, tauschte einen nervösen Blick mit seinen Kameraden. Doch wer immer ihr Vorgesetzter war, er stellte in diesem Moment wohl die größere Bedrohung dar als der Herrscher im fernen Rom ...

»Das Siegel könnte gefälscht sein«, beharrte er, »und es ist niemand hier, um seine Echtheit zu prüfen. Daher bleibt euch der Zutritt verweigert«, erklärte er – und auf sein Kommando hin senkten seine Männer und er die Speere, sodass Lucius und seine Begleiter sich einer bedrohlichen Phalanx gegenübersahen.

»Das kommt mir bekannt vor«, meinte Sibylla halblaut.

»Mir auch«, stimmte Lucius zu – und hob abermals die Hand. Daraufhin wurden die Schatten jenseits der lodernden Feuerkörbe lebendig, und Marcus Furius war zur Stelle, zusammen mit einem Dutzend Prätorianer. Das Grinsen in seinem Gesicht war jetzt ein wenig schiefer als zuvor, ansonsten war der Freund wieder ganz der Alte.

»Diese Männer«, erklärte Lucius trocken, »bürgen für die Echtheit des Siegels.«

Der Anführer des Wachtrupps sah von den Prätorianern, die zwar nur leichte Marschrüstungen trugen, jedoch bis an die Zähne bewaffnet waren, zu seinen eigenen Leuten. Vermutlich wog er seine Chancen ab – und kam zu dem Schluss, dass er sein Leben nicht verlieren wollte, nicht in dieser Nacht und nicht für diese Sache.

Erneut gab er einen knappen Befehl, und die Wachen hoben ihre Speere wieder und gaben den Weg frei. Ein weiterer Ruf veranlasste, dass das Tor geöffnet wurde. Mit einem dankbaren Lächeln in Richtung des Wächters trat Lucius ein, Sibylla, Xenodamos und Tanacos folgten.

Das von der Mauer umgebene Areal beherbergte einen Garten. Der Weg zum Mausoleum wurde von Statuen griechischer Gottheiten gesäumt, die allesamt auch eine Entsprechung im römischen Pantheon gefunden hatten: Aus dem Göttervater Zeus war Iupiter geworden, aus seiner Gattin Hera Iuno, die Göttin der Geburt und der Fürsorge; Athene, die Göttin der Weisheit und Wissenschaft, hieß bei den Römern Minerva; aus Artemis, der Göttin der Jagd, war Diana geworden, aus Hephaistos, dem Gott der Schmiede, der finstere Vulcanus; und Ares, der Gott des Krieges, wurde zu Mars, zugleich Schutzherr Roms.

Unter den Augen der marmornen Gottheiten und beleuchtet nur vom blauen Schein, den das spärliche Mondlicht darübergoss, erreichten die ungleichen Gefährten das Grabmal. Die Wächter, die hier postiert waren, gewährten ihnen ohne Zögern Zutritt, und kurz darauf standen sie in einer weiten, vom Schein unzähliger Öllampen beleuchteten Rotunde, in deren Mitte auf einem gewaltigen schwarzen Sockel ein gläserner Sarkophag ruhte. Darin lagen die sterblichen Überreste jenes Mannes, der einst ein Weltreich geschaffen, diese Stadt gegründet und ihr seinen Namen gegeben hatte.

Alexander.

Niemand sprach ein Wort.

Sibylla, der Diener und der Gelehrte schienen von Ehrfurcht ergriffen. Bei Lucius, dem Einzigen unter ihnen, der Kampf und blutiges Sterben nicht nur aus Geschichtsbüchern, sondern von Angesicht kannte, hielt sich die Ehrfurcht in Grenzen. Zum einen war ihm klar, dass jener Leichnam dort in Wahrheit auf den Gebeinen Zehntausender von Männern ruhte, die seinetwegen in den Tod gegangen waren, zum anderen verspürte er eine gewisse Ernüchterung. Man erzählte sich, dass der Große seit mehr als drei Jahrhunderten so lag, als wäre er eben erst entschlummert – doch die Wahrheit sah anders aus. Unter den seidenen Kleidern, die man dem Leichnam angezogen hatte, zeichneten sich knöcherne Rippen ab, und seine Züge waren von einer goldenen Totenmaske bedeckt, die eine weitere Überprüfung des Gerüchts nicht zuließ.

Doch ohnehin waren sie nicht gekommen, um einem vor langer Zeit verblichenen Herrscher ihre Aufwartung zu machen, sondern, um Nachforschungen anzustellen – in einer Bibliothek, die es angeblich nicht mehr gab.

Mit wissendem Lächeln umrundete Xenodamos den Sarkophag Alexanders. Die anderen wechselten Blicke, dann folgten sie ihm. Auf der Rückseite legte der Gelehrte die Hände auf eine der Fliesen, die den Sockel des Sarkophags bedeckten. Sie waren glänzend und schwarz wie Obsidian, das Licht der Öllampen spiegelte sich hundertfach darin. Zur Verblüffung aller gab die Fliese nach und ließ sich in der Oberfläche versenken. Ein klickendes Geräusch erklang daraufhin, gefolgt von einem Rumoren, wie wenn Mühlsteine mahlten – und unmittelbar zu Xenodamos' Füßen glitt eine der marmornen Bodenplatten beiseite und offenbarte den Zugang zu einem Gewölbe, das sich unmittelbar unter der Grabkammer zu befinden schien.

Der alte Gelehrte schien darüber nicht überrascht zu sein. Kurzerhand griff er nach einer der umherstehenden Öllampen und stieg ohne Zögern die steinernen Stufen hinab.

»Du bist schon einmal hier gewesen?«, fragte Lucius.

»Vor sehr langer Zeit«, kam es von unten zurück.

Lucius und Sibylla wechselten abermals Blicke – der alte Freund Claudius Varros steckte voller Überraschungen. Dann nahmen sie sich ebenfalls Lampen und folgten ihm.

Die Luft, die ihnen aus der Tiefe entgegenschlug, war kühl, aber nicht feucht, der bittere Odem von kaltem Rauch lag darin. Im nächsten Moment fanden sie sich in einem Gewölbe wieder, das von mächtigen, mit altägyptischen Schriftzeichen versehenen Säulen getragen wurde.

Lucius fühlte sich unwillkürlich an die Kammer im Fundament des Apoll auf dem Palatin erinnert – nur dass diese hier sehr viel größer zu sein schien. Säulengassen erstreckten sich in alle Richtungen, doch der Lichtschein der Lampen verlor sich schon nach wenigen Schritten in der Dunkelheit. Zwischen den Säulen waren hölzerne Regale errichtet worden, in denen unzählige mit Etiketten versehene Schriftrollen lagerten.

»Das ... ist einfach unglaublich!«, stieß Sibylla hervor. Sie hatte sich die freie Hand auf den Mund gedrückt und sah sich staunend um. »Ich hatte gedacht, der größte Teil der Bibliothek sei bei dem Brand verloren gegangen!«

»Das solltest du auch denken«, entgegnete Xenodamos achselzuckend. »Tatsächlich ging viel verloren in jener grässlichen Nacht, aber zum Glück nicht alles. Einiges konnte im letzten Augenblick noch vor den Flammen gerettet und an diesen Ort gebracht werden, wo es aufbewahrt wird, bis Alexandria eines fernen Tages ...« Er brach ab und warf einen vorsichtigen Blick in Lucius' Richtung, ehe er leise weitersprach. »... weniger zerstörungswütige Herren hat.«

»Und hier finden sich Hinweise auf den Mantikor?«, fragte Tanacos kritisch.

»Mein Vater erwähnte den griechischen Geografen Strabon«, sagte Sibylla.

»Nun, in seiner ›Geographika‹ berichtet Strabon von geflügelten Skorpionen und anderen wundersamen Wesen, die es in Indien geben soll, vermutlich hat sich dein Vater darauf bezogen«, bestätigte Xenodamos, während er im Licht seiner Lampe ein ganz bestimmtes Regal unter den vielen zu suchen schien. »Wenn ich mich recht entsinne, hat auch Aristoteles in seinen Schriften Entsprechendes erwähnt – und er ist immerhin der Lehrer des großen Alexander gewesen. Doch ich hoffe, noch ein anderes Werk zu finden …«

»Welches?«, fragte Sibylla. »Vielleicht kann ich helfen?«

»Die ›Persika‹ des Ktesias von Knidos. Wie es heißt, ist darin die gesamte Geschichte des alten Orients verzeichnet, von den ersten Anfängen bis zu den letzten Großkönigen.«

»Auch diese Bücher wähnte man verloren«, flüsterte Sibylla.

Der Alte grinste nur.

Sie ging ihm dabei zur Hand, im Licht der Öllampen die unzähligen, aus gebranntem Leder oder kleinen Wachstafeln bestehenden Etiketten nach dem gesuchten Werk durchzusehen. Der Phrygier sah ihnen dabei zu, während sich Lucius ein wenig im Gewirr der Säulen umblickte. Es war eine andere, eine fremde Welt, die sie betreten hatten, und auf eine seltsame Weise hatte er das Gefühl, davon geradezu magisch angezogen zu werden. Welche Geheimnisse, so fragte er sich, mochten in all diesen *volumina* verborgen sein, welches Wissen mochten diese alten Pergamente und *papyri* hüten? Nicht, dass er allzu viel davon verstanden hätte, aber auch er, der sein Leben lang kaum etwas anderes gekannt hatte als das Rund der Arena und das Geklirr von Waffen, begriff, dass all dieses gesammelte Wissen der Menschheit die Macht hatte, die Welt zu verändern – zum Guten oder zum Schlechten.

»Hier ist etwas«, hörte er Sibylla plötzlich rufen. Als er zu ihr stieß, hatte sie die entsprechende Schriftrolle bereits herausgezogen und in Ermangelung eines Lesetischs auf dem Boden ausgerollt – und im flackernden Schein der Öllampen begann sich ihnen das Wissen vergangener Jahrtausende zu erschließen …

»Wir suchen das zweite Buch«, meinte Xenodamos, der

eilig herbeikam. »Das erste behandelt den Aufstieg Assurs, das zweite die Werke der Semiramis …«

»Ich glaube, ich habe es«, versicherte Sibylla, die am Boden kauerte und bereits zu lesen begonnen hatte. Mit für sein Alter erstaunlicher Behändigkeit gesellte sich Xenodamos zu ihr, Tanacos sah ihnen wissbegierig über die Schulter.

»Die Gründung Babylons wird hier beschrieben«, fasste Sibylla zusammen. »Es heißt, Semiramis habe die Stadt gebaut, um den Ruhm ihres Gemahls Ninos zu übertreffen.«

»Während der darauffolgenden Feldzüge nahm sie sich die tapfersten Unterführer ihres Heeres zu Liebhabern«, fuhr Xenodamos fort, während er die in griechischer Sprache verfassten Zeilen überflog. »Um zu beweisen, dass er sie mehr liebe alles alle anderen, entmannte sich schließlich ein Hauptmann mit Namen Ara in rasender Verzweiflung – und begann damit einen geheimen Kult …«

»Die Söhne der Semiramis«, folgerte Sibylla flüsternd.

»Davon steht hier nichts. Aber wie Ktesias weiter berichtet, haben ihre Anhänger Semiramis einen Tempel errichtet, um sie zu verehren – ›in den Tiefen der Welt, weit jenseits des Flusses und des Berges von Martu‹, wie es hier wörtlich heißt.«

»Was bedeutet das?«, wollte Lucius wissen.

»Martu war eine Gottheit im alten Sumerien«, wusste Sibylla, »in den Büchern meines Vaters habe ich etwas über ihn gelesen. Er war der Sohn von An, der Gottheit von Uruk. Die Sumerer und Akkadier glaubten, dass er der Urvater aller Götter gewesen sei.«

»Diese Dinge reichen in der Tat weit in die Vergangenheit«, meinte Xenodamos mit vor Ehrfurcht bebender Stimme. »Leider endet der Text an dieser Stelle, wir brauchen die nächste Rolle.«

Es sprach für jene, die diese geheime Bücherei pflegten, dass man nicht lange nach der Fortsetzung zu suchen brauchte:

Sie steckte gleich im Fach nebenan, diesmal in einem tönernen Behälter. Als Xenodamos das *volumen* jedoch aus der Hülle ziehen wollte, erlebten sie eine Überraschung – denn statt einer weiteren Schriftrolle enthielt der Köcher nur ein Stück zusammengerolltes Pergament, das herausglitt und zu Boden fiel. Sibylla hob es auf und entrollte es.

»Eine Karte«, stellte sie fest.

Tatsächlich: Das alte, brüchige Pergament war mit der Zeichnung einer Landkarte versehen. Berge und Täler sowie ein Fluss waren darauf verzeichnet. Eine Beschriftung fehlte, dafür war eine Stelle auf der Karte mit einem Symbol bezeichnet, das sie alle nur zu gut kannten …

»Die Klaue des Mantikors«, stieß Sibylla hervor.

»Dasselbe Zeichen wie auf dem Stein im Arbeitszimmer Eures Vaters«, ergänzte Lucius gepresst. »Wir sind folglich auf der richtigen Spur.«

»So scheint es – und wenn wir davon ausgehen, dass dies der Fluss ist und das die Berge sind, von denen Ktesias berichtet, dürfte das Symbol die Stelle bezeichnen, an der sich der Tempel der Söhne der Semiramis befindet.«

»Aber die Karte ist nutzlos«, wandte Tanacos ein, der ihnen weiter neugierig über die Schulter blickte. »Keiner dieser Berge ist mit einer Bezeichnung versehen, es könnte überall sein!«

»Nun«, schränkte Xenodamos nachdenklich ein, während er der gezackten Linie auf der Karte mit dem Finger folgte, »dieser lange Fluss hier könnte der Euphrates sein …«

»Der Tempel liegt weit jenseits davon«, folgerte Lucius. »Das bedeutet …«

Er verstummte abrupt, als von draußen alarmierende Geräusche zu hören waren.

Hektisches Geschrei.

Befehle, die gebrüllt wurden.

Das Klirren von Waffen …

»Nicht schon wieder.« Lucius rollte mit den Augen und zog sein Schwert. »Wir ziehen uns zurück«, befahl er knapp.

Vom Boden herauf sah Xenodamos ihn zweifelnd an. »Aber wir haben doch längst noch nicht alles …«

»Jetzt!«, bekräftigte Lucius und sah ihn so energisch an, dass der Alte nicht mehr widersprach.

Sibylla rollte das Pergament mit der Karte zusammen und wollte es einstecken. Sie zögerte einen Augenblick, dann gab sie es doch dem alten Xenodamos, der es seinerseits in den Falten seines Gewandes verschwinden ließ. In aller Eile rollten sie die Schriften wieder auf und legten sie in ihre Fächer zurück, dann verließen sie das Gewölbe, und Xenodamos verschloss den geheimen Zugang auf dieselbe Weise, wie er ihn geöffnet hatte.

Der Kampflärm war unterdessen noch lauter geworden. Schon im Inneren des Grabmals konnten sie ihn hören, außerhalb davon schwoll er ohrenbetäubend an. Lucius erkannte die Stimme seines Freundes Furius, die lautstark Befehle gab, dann waren wieder Schreie und dumpfe Einschläge auf den Schilden zu hören.

»Bleibt hier«, schärfte er seinen Begleitern ein und eilte allein zum Tor, wo tatsächlich ein Kampf im Gang war – jedoch kämpften, anders als er vermutet hatte, nicht Prätorianer gegen Alexandriner. Stattdessen standen beide plötzlich Schild an Schild, vereint gegen einen Feind, der aus dem Dunkel der Nacht mit Pfeilen und Steinen angriff und dabei kaum zu sehen war, weil er geschwärzte Tuniken und Masken trug …

»Es sind diese verdammten Verschwörer, sie sind hier!«, meldete Furius, der sich hinter dem Schildwall verschanzt hielt, den die Soldaten vor dem Tor gebildet hatten.

»Wie viele?«, wollte Lucius wissen.

»Schwer zu sagen, vielleicht ein gutes Dutzend. Nichts, womit wir nicht fertig würden«, versicherte der Freund mit verwegenem Grinsen. »Aber Sibylla ist in Gefahr!«

Damit hatte er fraglos recht. Wenn die Kultisten sie hier angriffen, belegte das nur, was Xenodamos ihnen berichtet hatte: Die Söhne der Semiramis waren in Alexandria – und wenn sie von seiner Verbindung zu Marcus Varro wussten, dann wussten sie womöglich auch, welchen Auftrag dessen Tochter vom Kaiser bekommen hatte und weshalb sie in Ägypten weilte …

»Kannst du sie hinhalten?«, fragte Lucius, während lautstark weitere Steine auf die Schilde krachten.

Furius grinste nur. »Solange du willst. Wir haben uns hier gemütlich eingerichtet.«

Lucius nickte und klopfte dem Freund auf den Schulterpanzer der Rüstung, dann wandte er sich um und lief in den Garten zurück – nur um Xenodamos zu erblicken, der ihm aufgeregt entgegenkam, die ältlichen Züge von Schrecken gezeichnet.

»Zenturio! Zenturio …«

»Was ist passiert?«

»Sie … sie kamen plötzlich aus der Dunkelheit … mehrere Kerle … alle maskiert!«

»Wo ist Sibylla?«, war alles, was Lucius interessierte.

»Sie haben sie«, stieß der Alte hervor, keuchend und den Tränen nahe. »Der Sklave ist ihnen gefolgt, aber …«

»Wohin? Gibt es einen zweiten Ausgang?«

»Auf der anderen Seite, jenseits des Grabmals. Aber …«

Lucius hörte nicht mehr zu.

Im Laufschritt war er bereits unterwegs, sein Schwert in der Rechten. Er verließ die gebahnten Wege, rannte querfeldein über gepflegte Wiesen und durch Beete mit duftenden Kräutern. An der Rotunde des Alexandergrabes vorbei erreichte er den rückwärtigen Teil des Areals, sah im Mondlicht die schmale Mauerpforte weit offen stehen. Davor lag eine Gestalt im Gras …

Mit einer Verwünschung beschleunigte Lucius seine

Schritte, rannte, so schnell er nur konnte. Er war erleichtert, als er in der im Gras liegenden Gestalt Tanacos erkannte. Der Diener des Kaisers hatte offenbar einen Schlag auf den Kopf bekommen und blutete an der Stirn. Er war benommen, aber bei Bewusstsein.

»Zenturio«, ächzte er, die Hand auf die blutende Wunde pressend, »es tut mir leid … ich wollte sie aufhalten, aber es waren zu viele.«

»Wo sind sie hin?«

»Dorthinaus«, erwiderte der Sklave, nach der offenen Tür deutend. »Sie haben Varros Tochter entführt …«

Mehr brauchte Lucius nicht zu wissen.

Im nächsten Moment war er schon durch die Tür und rannte hinaus in die dunkle, fremde Nacht von Alexandria.

IV

Er war zurück.

Ein Handelsschiff hatte ihn von Alexandria wieder nach Ostia gebracht; auf dem Rücken eines Pferdes, das nicht weniger müde und ausgezehrt wirkte als er, legte er den Rest des Weges zurück. Gebeugt im Sattel sitzend, näherte er sich der Stadt über die *via Ostiensis*, bereit, dort Bericht zu erstatten.

Über das Scheitern der Mission.

Den schandvollen Fehlschlag.

Über sein Versagen …

An den Zeitpunkt, da sich alles geändert, da sich das wankelmütige Schicksal gegen ihn gewandt hatte, erinnerte er sich genau – es war jene Nacht gewesen, in der sie das Grabmal des Alexander besucht und die verbotene Bibliothek aufgesucht hatten. Seine Entscheidung, die ihm zum Schutz Befohlenen zurückzulassen, hatte sich schrecklich gerächt, ein Fehler, den er nicht hatte wiedergutmachen können, sosehr er es auch versucht hatte … Sibylla war verschwunden geblieben.

Ob sie tot oder noch am Leben war, entzog sich seiner Kenntnis, aber nach Wochen ergebnisloser Suche hatte er aufgegeben. Und da er ohne ihre Hilfe keine Hoffnung sah, das Rätsel des Mantikors zu lösen, hatte Lucius sich entschieden, nach Rom zurückzukehren, um dort die Strafe für sein Versagen zu empfangen, so wie es einem Offizier der Prätorianergarde entsprach.

Es war Abend geworden. Die Sonne stand bereits tief und tauchte die Landschaft in rötlichen Schein, als Lucius sich der *porta Raudusculana* näherte, hinter der sich mächtig der Aventin erhob ... doch etwas stimmte nicht.

Die bronzenen Platten, mit denen das südliche Stadttor beschlagen war, gleißten nicht im Licht der untergehenden Sonne, wie sie es sonst stets taten, und auf der Straße herrschte nicht die Betriebsamkeit, die sonst stets dort anzutreffen war ... Keine Kaufleute und Reisenden, die vor Einbruch der Dunkelheit die Stadt erreichen wollten, keine fliegenden Händler, die das letzte Licht des Tages für Geschäfte nutzten, keine Träger und Fremdenführer, die am Stadttor ihre Dienste anboten, noch nicht einmal Bettler.

Dafür war beiderseits der gepflasterten Straße eine Allee aus rohen Holzpfählen erwachsen, die man in den Boden gerammt hatte – und an denen die verwesenden Leiber hingerichteter Menschen hingen.

Auf welche Art sie zu Tode gekommen waren, war nicht zu ersehen, aber offenbar war keine der herkömmlichen Hinrichtungsmethoden zur Anwendung gekommen. Teils waren den Toten, die dort in verschiedenen Stadien des Verfalls hingen, die Eingeweide herausgerissen worden, teils fehlten ihnen Gliedmaßen, teils waren sie enthauptet worden, jedoch nicht mit des Henkers scharfer Klinge; vielmehr erweckten sie den Eindruck, als wären blutgierige Bestien über sie hergefallen und hätten sie bei lebendigem Leibe zerfetzt.

Von Entsetzen geschüttelt, ritt Lucius durch diese Allee des Grauens, konnte nicht anders, als an den grässlich entstellten Leibern emporzublicken. Teils hingen noch blutige Fetzen an ihnen, die der laue Abendwind auf groteske Weise bewegte, als wäre hier und dort noch Leben. Doch dies war nichts als eine obszöne Täuschung, der Tod hatte entlang dieser Straße furchtbar Ernte gehalten, entsprechend entsetzlich war der Gestank. Lucius konnte nicht anders, als den Saum seines Umhangs vor Mund und Nase zu schlagen … und hin und wieder, von Grauen überwältigt, verbarg er auch seinen Blick darin.

Was, bei allen Göttern, war in seiner Abwesenheit geschehen?

Mit träger Gleichgültigkeit trabte sein Pferd weiter, trug ihn zum Tor, dessen Flügel halb offen standen. Jetzt erkannte Lucius Murmillo auch den Grund dafür, dass die bronzene Verkleidung das Licht der untergehenden Sonne nicht wie einst reflektierte: Das Metall war stumpf und schwarz von Blut, mit dem es besudelt und das in der Sonne getrocknet war.

Auf der anderen Seite des Tores bot sich Lucius ein niederschmetterndes Bild.

Tod herrschte in den Straßen, das Pflaster war blutüberströmt, Leichen überall. Sein Pferd schnaubte und warf den Kopf hin und her, er hatte Mühe, es zu beruhigen. Offenbar wollte es diesem Ort des Todes und der Vernichtung entgehen, und auch er verspürte den Drang zur Flucht. Doch sein Pflichtbewusstsein hinderte ihn daran, ließ ihn den Weg zum Forum einschlagen. Leblose, verstümmelte Körper säumten seinen Weg, und wohin er auch blickte, herrschte Zerstörung. Die Läden zu beiden Seiten der Straße waren geplündert, die Verkaufstische verwüstet, die Baldachine hingen in Fetzen.

Und überall glänzte Blut …

War überhaupt noch jemand in dieser Stadt am Leben, die ganz offenbar der Schauplatz von Krieg gewesen war, von Chaos und Vernichtung?

Endlich erreichte Lucius das Forum, jenen einst so belebten Ort im Herzen der Stadt, über dem weithin sichtbar die Tempel der Götter und der Palast des Kaisers aufragten. Doch die Silhouetten, die sich gegen den leuchtenden Abendhimmel abzeichneten, kündeten nur von weiterer Zerstörung, Palast und Tempel lagen in schwelenden Trümmern – und über ihnen, am nahen, nunmehr tiefrot verfärbten Horizont, kreisten geflügelte Kreaturen, halb Löwe und halb Skorpion, und stießen entsetzliche Schreie aus.

»Ihr Götter!«

Mit einem Ausruf des Entsetzens sank Lucius aus dem Sattel, fiel auf dem blutbesudelten Pflaster auf die Knie, überwältigt von schierer Verzweiflung und unendlicher Reue – als eine der Bestien ihn erblickte.

Mit glühenden Augen und gespreizten Klauen, das grässliche Maul weit aufgerissen, stieß sie auf ihn herab …

»Nein!«

Sibylla fuhr hoch, die Arme wie zur Abwehr emporreißend, überzeugt davon, dass eine entsetzliche Bestie im Begriff war, aus dem unheilvoll roten Himmel auf sie herabzustoßen, ein grässlicher Menschenfresser … ein Mantikor!

Sie brauchte einige Augenblicke, um zu erkennen, dass es nur ein Traumbild gewesen war, das sie ängstigte, dennoch hatte es sich von jedem anderen Traum unterschieden, den sie je gehabt hatte – und nicht nur, weil sie darin nicht sie selbst gewesen war, sondern Lucius Murmillo … sondern auch, weil es sich so wirklich angefühlt hatte, dass sich ein Teil von ihr noch immer dort wähnte, selbst den Gestank der Leichen und den bitteren Odem des Rauchs hatte sie noch immer in der Nase … bis ihr dämmerte, dass längst nicht alles davon Einbildung war.

Sie fand sich auf einem steinernen Sockel liegend, in einem fensterlosen, von blakenden Fackeln erhellten Gewölbe. Eine rußgeschwärzte Decke wölbte sich über ihr, der hölzerne Kopf eines Schakals starrte auf sie herab, Anubis, der ägyptische Gott der Toten. Auf den umliegenden Säulen fanden sich Bilder, Darstellungen aus längst vergangener Zeit, die mit alten Schriftzeichen versehen waren … In diesem Moment wünschte Sibylla sich, ihr Vater hätte sie das Lesen jener Zeichen nie gelehrt, denn jäh ging ihr auf, wo sie sich befand …

Es war ein *weryt*, eine Stätte zur Einbalsamierung! Jener grausige Ort, an dem die Ägypter von alters her die Körper ihrer Toten für die Reise ins Jenseits vorzubereiten pflegten und ihre Leichen in Mumien verwandelten …

»Habt Ihr wohl geruht?«

Sibylla zuckte zusammen. »Wer spricht da?«, fragte sie, während sie sich in dem Gewölbe umblickte. Doch das Dunkel jenseits des Fackelscheins vermochte sie nicht, zu durchdringen.

»Jemand, der sich um Euch sorgt«, sagte die Stimme, die von Decke und Wänden widerhallte, sodass sie von überall zu kommen schien. Sie zischte tonlos, flüsterte, als hätte sie keinen Körper, der zu ihr gehörte.

Sibylla merkte, wie Furcht nach ihrem Herzen griff. Die Erinnerung an die jüngsten Geschehnisse kehrte schlagartig zu ihr zurück … das Grabmal, der Kampf am Tor, schließlich die maskierten Gestalten, die in den Garten eingedrungen waren und sie verschleppt hatten … dann brachen ihre Erinnerungen jäh ab. Sie musste das Bewusstsein verloren haben, offenbar hatten ihre Entführer sie betäubt …

»Wo bin ich?«, wollte sie wissen, während sie sich vollends auf ihrem harten Lager aufrichtete. Man hatte ihr keine Fesseln angelegt, offenbar wurde sie nicht als Bedrohung betrachtet … »Was wollt Ihr von mir?«

»Nur mit Euch reden«, versicherte die Stimme, was sie allerdings nicht sehr beruhigte – zumal sie jetzt jenseits des Fackelscheins eine Bewegung wahrzunehmen glaubte. »Nicht mehr und nicht weniger, deshalb seid Ihr hier.«

»Wer seid Ihr?« Sibylla verengte die Augen, um dem flackernden Halbdunkel sein Geheimnis zu entreißen – doch es gelang ihr noch immer nicht. »Warum habt Ihr mich gefangen?«

»Ich glaube, Ihr kennt den Grund, Sibylla Claudia Varro, Tochter von Marcus Claudius«, wisperte die Stimme, »so wie ich glaube, dass Ihr sehr viel mehr wisst, als Ihr bislang ahnt …«

In diesem Augenblick konnte sie jenseits des Fackelscheins tatsächlich etwas erkennen.

Es war eine dunkle Gestalt.

Mit einer schwarzen Maske.

V

»Sibylla …!«

Atemlos irrte Lucius durch die Gassen von Alexandria, sein Schwert in den Händen, das ihm niemals nutzloser vorgekommen war als in diesem Augenblick. Es gab keinen Feind, den er damit bekämpfen, kein Problem, das er damit aus der Welt schaffen konnte … rings um ihn war nichts als schwarze, leere Nacht, durchbrochen nur von spärlichem Mondschein und einzelnen Lichtern, die hier und dort brannten und menschenleere Gassen beleuchteten.

Eine konkrete Spur hatte er nicht gehabt. Er war nur einfach in die Richtung gelaufen, in die ihre Entführer Sibylla verschleppt hatten, in die Wohnviertel, die sich jenseits des Grabmals und der Tempel erstreckten – und schon kurz darauf hatte er sich rettungslos verirrt. Denn dies war Rhakotis, der alte, ägyptische Kern der Stadt, ein unüberschaubares Gewirr von Gassen, die sich schluchtengleich zwischen aus Lehmziegeln errichteten Häusern erstreckten. Dabei verliefen sie nicht gerade wie in anderen Teilen der Stadt, sondern gewunden und verwinkelt, was vermutlich auch der Grund dafür war, dass sich die Entführer hierher geflüchtet hatten. Zumal die Häuser einander ähnelten wie ein Ei dem anderen, sodass auch der beste Orientierungssinn schon nach kurzer Zeit versagen musste.

Dennoch gab Lucius nicht auf.

Unermüdlich rannte er weiter, suchte Gasse um Gasse ab, befragte die wenigen Passanten, die seinen Weg kreuzten, klopfte in seiner wachsenden Verzweiflung auch an Türen, um verstörte Alexandriner nach Hinweisen zu fragen. Schließlich rief er laut Sibyllas Namen, während er durch die Gassen rannte, nicht so sehr in der Erwartung einer Erwiderung, sondern weil er sie wissen lassen wollte, dass er auf der Suche nach ihr war und sie die Hoffnung nicht aufgeben sollte … und wider Erwarten bekam er doch eine Antwort!

»Hier«, tönte es zaghaft aus einer Seitengasse. »Die du suchst, ist hier …«

Wie lange Lucius zu diesem Zeitpunkt bereits umhergeirrt war, wusste er nicht zu sagen. Seine Beine schmerzten, und seine Lungen brannten, er war zu erschöpft, um noch vorsichtig zu sein. Im Gegenteil, beinahe hoffte er, dass es eine Falle wäre, damit er den gesichtslosen, hinterhältigen Gegner endlich zu sehen bekäme und Auge in Auge gegen ihn kämpfen könnte. Doch es war keine Bande von Maskierten, die ihn in der schmalen Gasse erwartete, sondern eine einzelne Frau. Sie war von zarter Erscheinung und hatte ein weites Tuch um ihre Schultern geschlungen, das sie wie einen Mantel trug. Der helle Stoff schimmerte im Mondlicht.

»Sibylla …?«

Wie in Trance ging Lucius auf sie zu, die Knie weich wie Butter. Jähe Hoffnung keimte in ihm auf. Sollte er sie wirklich gefunden haben …?

Die Frau wandte sich ihm zu, gleichzeitig ließ sie den Stoff von ihrem Haar gleiten. Es war pechschwarz, doch das Gesicht, das es umrahmte, war ein anderes. Dunkle, fremde Augen sahen Lucius herausfordernd an.

»Gewöhnlich ist mein Name Phoebe«, sagte die Frau in schlechtem Latein, »aber wenn du es willst, werde ich auch deine Sibylla sein …«

Er vertrieb sie in einem Ausbruch blanken Zorns, verwünschte sie dafür, dass sie kurzzeitig Hoffnung in ihm geschürt hatte, nur um ihn gleich darauf wieder in den dunklen Pfuhl der Verzweiflung zu stürzen … danach war Lucius Murmillo nicht mehr derselbe. Die Begegnung mit der Dirne hatte ihm klargemacht, wie aussichtslos seine Suche war, wie lächerlich sein Ansinnen, Sibylla inmitten dieser uralten Stadt, diesem endlos scheinenden Labyrinth aus Staub und Stein, finden zu wollen … und wie vermessen und leichtfertig er gewesen war. Hatte er wirklich geglaubt, dass er sie beschützen könnte? Er, ein ehemaliger Gladiator?

Alles, was er kannte, war die Arena. Er hatte für den Jubel der Massen gelebt und dafür, am Ende des Kampfes nicht derjenige zu sein, der blutend im Sand zurückblieb – doch darüber hinaus, was hatte er schon geleistet? Er hatte die Gunst eines Kaisers gewonnen, dessen Wohlwollen so wankelmütig war wie sein Verstand, war mit dieser Mission betraut worden, die seine Fähigkeiten bei Weitem überstieg … und vielleicht war es ja von Beginn an auch nur darum gegangen.

Vor seinem inneren Auge konnte er sie alle sehen, die Chaereas und Asprenas, wie sie über ihn lachten, und womöglich lachte auch Caligula selbst. Für jemanden, der unantastbar in seinem Palast lebte und sich den Göttern gleich wähnte, war wohl alles nur ein Spiel, ganz gleich, ob es sich dabei um Gladiatoren handelte, die in der Arena um ihr Leben kämpften, oder um eine Expedition, die er blindlings in die Fremde schickte, in die *terrae incognitae*, die jenseits der Grenzen des Reiches lagen.

Lucius' Schritte hatten sich verlangsamt. Seine Beine schmerzten, und die Rüstung, obschon nur aus Leder, hing bleischwer an ihm. Noch ungleich schwerer jedoch wogen die Vorwürfe, die er sich machte. Nur eine einzige Aufgabe hatte er gehabt, und sie hatte darin bestanden, Sibylla Varro zu beschützen, die sowohl das Herz als auch der Verstand dieser Expedition war – und er hatte elend versagt.

Wie es ihm gelungen war, dem Gewirr der Gassen zu entkommen und wieder in jenen Teil der Stadt zurückzufinden, in dem die Straßen breiter und weniger verlassen waren, wusste er nicht zu sagen, er hatte stets nur einen Fuß vor den anderen gesetzt – doch unvermittelt fand er sich in der Nähe des Serapeions wieder, jenes mächtigen Tempels, der Serapis gewidmet war, der Stadtgottheit Alexandrias.

Bis zum Mausoleum war es von hier aus nicht weit, doch, wie sich zeigte, war der Kampf dort längst zu Ende. Furius und die Seinen waren abmarschiert, die alexandrinischen Wachen, die wie zu Beginn der Nacht am Tor postiert waren, gaben an, die maskierten Angreifer hätten sich ebenso rasch, wie sie aus der Dunkelheit aufgetaucht waren, auch wieder zurückgezogen.

Natürlich, dachte Lucius beklommen.

Die Attacke hatte lediglich der Ablenkung gedient, um Sibylla zu entführen – und er war darauf hereingefallen.

Schweren Schrittes kehrte er zur *via Canopus* zurück, der Hauptstraße, die parallel zum Meer verlief, von dort wollte er wieder ins jüdische Viertel, wo Xenodamos und die anderen vermutlich auf seine Rückkehr warteten. Inzwischen war es nach Mitternacht, doch, wie Lucius feststellte, hatten einige Tavernen entlang der Hauptstraße auch zu dieser späten Stunde noch geöffnet. Ohne dass er es wirklich wollte, trugen ihn seine müden Füße zu einer der Schenken, die sich zur Straße hin öffneten. Unter von Öllampen beleuchteten Baldachinen wurde hier Wein und anderes verkauft, das Schmerz aller Art zu lindern vermochte …

Lucius ertappte sich dabei, dass er in die Tasche griff und Geld auf den gemauerten Tresen legte, und schon im nächsten Augenblick stürzte er den kühlen Wein hinab in der eitlen Hoffnung, darin ein wenig Trost zu finden.

Und Vergebung.

VI

Die maskierte Gestalt löste sich aus der Dunkelheit und kam auf Sibylla zu.

»Wer seid Ihr?«, rief sie erschrocken.

»Trebata«, kam die geflüsterte Antwort, »Priester und ergebener Diener der Einen …«

»Semiramis«, stieß Sibylla hervor.

»Es steht Euch zwar nicht zu, ihren Namen auszusprechen, doch Ihr habt recht«, räumte der Vermummte ein, während er an Sibyllas steinernes Lager trat und sie durch die Sehschlitze seiner grotesken Maske musterte.

Sibylla kämpfte die Furcht nieder, die in ihr aufsteigen wollte. Nicht nur die Tatsache, dass sie das Gesicht des anderen nicht sehen konnte, ängstigte sie, sondern auch die *persona* selbst. Denn die Maske, die aus Holz geschnitzt und offenbar mit Brand geschwärzt worden war, zeigte keinen anderen als Manducus den Fresser … ausgerechnet jene Gestalt aus dem Theater, vor der sich Sibylla schon als Kind gefürchtet hatte. Damals hatte sie sich stets gefragt, wie Erwachsene über eine Fratze wie diese so herzlich lachen konnten …

Seinem Namen entsprechend, war der Mund des Fressers weit aufgerissen, ein groteskes Maul, das dazu angetan war, alles zu verschlingen. Doch die Gesichtszüge dahinter waren nicht zu erkennen …

»Wart Ihr es, der mich entführen ließ?«

»In der Tat«, wisperte es.

Es war nicht nur das Flüstern, das die Stimme des Vermummten so unheimlich klingen ließ, sondern auch die Bauweise der Maske. Im Zusammenspiel mit dem Widerhall von Wänden und Decke sorgte sie für jenen geisterhaften Klang, der Sibylla zu Beginn so erschreckt hatte. Auch jetzt war ihr die Schreckgestalt alles andere als geheuer, doch sie beschloss, auf ihre wachsende Furcht so zu reagieren, wie ihr Vater es sie gelehrt hatte – indem sie sich Wissen verschaffte.

»Aus welchem Grund?«, erkundigte sie sich. »Und warum tragt Ihr diese Maske?«

»Wir alle tragen sie.«

»Warum?«, hakte sie nach, ihrer Angst zum Trotz. »Damit ich Euch nicht erkenne?«

»Damit wir einander nicht erkennen. Semiramis' Söhne haben viele Feinde, wie Ihr wisst ...«

»... zu denen auch ich gehöre«, ergänzte sie.

»Um dies herauszufinden, haben wir Euch an diesen geheimen Ort gebracht.«

»Ein schöner Ort ist das.« Sie streifte die Statue des Anubis und die Nischen in den Wänden, in denen allerhand Gefäße und Werkzeuge lagen, mit einem Seitenblick. »Ein Ort, an dem man Tote für ihre letzte Reise vorbereitet – ist dies auch das Schicksal, das Ihr mir zugedacht habt?«

Der Priester atmete tief ein und aus und verschränkte dann die schwarz verhüllten Arme vor der Brust. »Es kommt darauf an«, eröffnete er.

»Worauf?«

Statt etwas zu erwidern, streckte Trebata die rechte Hand aus und flüsterte leise Worte. Eine in hellem Purpur leuchtende Flamme erschien daraufhin auf seiner Handfläche. Einige Augenblicke lang ließ er sie lodern, dann erstickte er sie, indem er die Hand zur Faust schloss.

Sibylla hob eine Braue. »Erwartet Ihr, dass ich beeindruckt

bin? Jeder Feuerspucker auf dem Forum brächte das vermutlich fertig.«

»Das bezweifle ich«, entgegnete er – und öffnete die andere Hand, wo die Flamme nun ebenfalls erschien. Als er sich ihr damit näherte, stellte sie fest, dass keinerlei Hitze davon ausging. Und im nächsten Moment begannen auch die Augen hinter den Sehschlitzen der Maske plötzlich in jenem kalten Licht zu lodern …

Sibylla gab sich Mühe, sich die Bestürzung nicht anmerken zu lassen, jedoch hatte sie dergleichen noch nie gesehen. Und, was noch schlimmer war, sie konnte es sich auch nicht erklären.

»Sucht nicht erst nach einer Erklärung, die *ratio* wird Euch dabei nicht weiterhelfen«, sagte der Priester der Semiramis. »Auch wenn Ihr Stoiker wohl niemals müde werdet, danach zu suchen.«

»Was wisst Ihr schon von der Lehre der Stoa?«, stieß sie hervor, während sie sich gleichzeitig fragte, woher er all diese Dinge über sie wusste.

»Vermutlich fragt Ihr Euch, woher ich all diese Dinge über euch weiß, Sibylla«, fuhr er fort, als wären ihre Gedanken für ihn ein offenes Buch, in dem er nur zu lesen brauchte. »Die Antwort ist, dass ich Euch beobachte, schon eine sehr lange Zeit. Zuerst Eure Mutter … und dann Euch.«

»Meine Mutter?« Sie sah ihn zweifelnd an. »Ihr … habt sie gekannt?«

»Das habe ich. Und deshalb weiß ich, dass sie den alten Künsten sehr viel aufgeschlossener gegenüberstand als Euer Vater, der es zeit seines Lebens vorgezogen hat, sich hinter Zenons Lehren zu verstecken, statt sich dem gesamten Wissen des Kosmos zu öffnen!«

»Ihr … sprecht wie jemand, der den Verstand verloren hat.«

»Ich spreche wie jemand, dessen Verstand nicht länger von

kleingeistigen Gesetzen und moralischen Konventionen gehalten wird. Nur das Wissen zählt, die reine Lehre.«

»Wer seid Ihr?«, fragte sie zum wiederholten Mal. »Und *was* seid Ihr …?«

Er lachte, leise und kehlig. »Wie ich schon sagte, ich bin Semiramis' ergebener Diener – doch bin ich wohl auch das, was man in Babylon einst einen *mog* nannte, und was Herodot in seinen Büchern als *magos* beschreibt …«

»Ein *magus*, ein Zauberer«, drückte Sibylla es in ihrer Sprache aus.

»Ich würde mich eher als einen Wissenden beschreiben – als jemanden, der Geheimnisse bewahrt, die aus alter, aus uralter Zeit zu uns gekommen sind …«

»Verbotene Geheimnisse«, verbesserte Sibylla. »Und das aus gutem Grund!«

»Die Verbote, von denen Ihr sprecht, wurden von kleinmütigen Geistern verhängt, von Menschen, die irdische Macht in ihren sterblichen Händen hielten, jedoch niemals eine Ahnung davon hatten, was wahre Macht bedeutet. Aus diesem Grund wollen sie auch alle anderen davon abhalten, jene Macht zu erlangen – anders als die Eine, die will, dass ihre Diener auf dieser Welt stark und mächtig werden. Was mich betrifft, so habe ich gerade erst damit begonnen, mir jenes alte Wissen zu erschließen, doch siehe, wohin es mich bereits gebracht hat.«

Sibylla schüttelte den Kopf. Trotzige Wut überwog inzwischen ihre Furcht. »Alles, was ich sehe, ist eine vermummte Gestalt, die von Geheimnissen flüstert und ihr Gesicht hinter einer Maske verbirgt.«

»Ihr wollt mehr über mich erfahren? So öffnet Euch meinen Geheimnissen. Schließt Euch der Sache der Einen an, und ich werde mit Freuden diese Maske abnehmen und mich Euch offenbaren …«

»Ist das Euer Ernst?«

»Allerdings. Dasselbe wurde einst auch Eurer Mutter angeboten, Sibylla …«

»Was ist geschehen?« Sie hob eine Braue. »Hat sie Euer Angebot ausgeschlagen?«

»Nein.« Trebata schüttelte den Kopf. »Sie starb, noch ehe sie sich entscheiden konnte. Aber in Euch fühle ich dieselbe Stärke, Sibylla. Dieselbe Neugier, die auch Eure Mutter bewegte. Dieselben Fähigkeiten.«

»Was für Fähigkeiten?«

Der Vermummte lachte leise. »Ihr seid eine Seherin, Sibylla. Genau wie Eure Mutter es einst war.«

»Natürlich.« Sie lachte freudlos auf. »Wenigstens weiß ich jetzt, dass Ihr lügt.«

»Tue ich das? Was glaubt Ihr, weshalb Euer Vater versucht hat, Euch zu einer strengen Stoikerin zu erziehen? Oder denkt Ihr, Eure Mutter hätte Euch Euren Namen nur zufällig gegeben? Ihr seid eine Seherin, nicht mehr und nicht weniger als jene, deren Sprüche das mächtige Rom so eifersüchtig hütet und bis zum heutigen Tag befragt, wenn es um Entscheidungen geht, die die Zukunft betreffen … aber so sind sie, diese stolzen, einfältigen Römer. Stets halten sie sich an der Vergangenheit fest, errichten ihr steinerne Monumente in Form von Triumphbögen und Säulen – denn tief in ihrem Inneren wissen sie, dass auch ihr mächtiges Reich nur einen Wimpernschlag lang bestehen wird. Bald wird es untergehen, und die Herrschaft der Einen wird anbrechen. Ihr solltet das einzig Wahre und Richtige tun und ihr folgen, Sibylla …«

»Ich soll ihr folgen? Mich Verschwörern und Mördern anschließen? An Euren Händen klebt das Blut vieler Menschen, Trebata – und nicht zuletzt das meines Vaters!«

»Er war so unklug, sich uns entgegenzustellen – begeht nicht denselben Fehler.«

»Wollt Ihr mir drohen? Nur zu«, zischte Sibylla wütend.

»Doch schon bald wird Euer Treiben ein Ende haben, denn man ist Euch auf der Spur!«

»Man? Von wem sprichst du? Etwa von diesem Gladiator, dessen Herz größer ist als sein Verstand? Oder gar von Caligula? Zweifellos hast du bemerkt, dass sein Geist dabei ist, sich zu verdunkeln ... nicht mehr lange, und ein dem Wahnsinn Verfallener wird über das Römische Reich gebieten. Er wird sich als Gott verehren und huldigen lassen, bis seine eigenen Leute gegen ihn aufbegehren ...«

»Woher wollt Ihr das alles wissen?«

»Ich weiß es, weil ich es gesehen habe, Sibylla – in Visionen wie jener, die Ihr selbst hattet, ehe Ihr an diesem Ort aufgewacht seid. Falls Ihr denkt, dass es nur ein Traum gewesen ist, muss ich Euch enttäuschen. Es war die Zukunft, die Ihr gesehen habt, dank jener von Kräuterduft durchsetzten Dämpfe, die den Begabten die Kraft der Hellsicht verleihen.«

»Das ... ist nicht wahr«, hielt sie dagegen, aber es klang nicht mehr ganz so überzeugt wie zuvor.

»Euer Vater hat es immer gewusst, aber er hat Euch dieses Wissen vorenthalten – ich hingegen biete Euch die Wahrheit, Sibylla. Schließt Euch der Sache der Einen an«, forderte Trebata sie auf, »und stellt Euch endlich der Verantwortung, die das Schicksal für Euch vorgesehen hat. Eure Mutter hat nie daran gezweifelt!«

Sibylla starrte ihn an.

Ihre anfängliche Furcht und ihre Wut waren inzwischen reiner Verwirrung gewichen. Fragen über Fragen bestürmten sie, auf die sie keine Antwort wusste. Wer war dieser Mann, der so viel über sie zu wissen schien? Der ihren Vater und offenbar auch ihre Mutter gekannt hatte und alles infrage stellte, was sie sicher zu wissen glaubte? Es wäre leicht gewesen, die Worte des Maskierten als sinnloses Gewäsch abzutun, wäre da nicht jener Albtraum, den sie vorhin gehabt hatte und der sich so wirklich angefühlt hatte wie kein anderer zuvor, noch immer stand ihr alles ganz deutlich vor Augen. War es womöglich tatsächlich mehr gewesen …?

Der Gedanke erschreckte sie derart, dass sie laut aufschrie. »Nein, niemals!«, rief sie so laut, das ihre Stimme sich überschlug, Tränen der Hilflosigkeit schossen ihr in die Augen. »Niemals werde ich mich Euch anschließen, ganz gleich, wer Ihr seid und was Ihr tut!«

Der Priester der Semiramis stand nur da und betrachtete sie.

»Nun gut«, flüsterte Trebata, während er bedächtig nickte. »Ganz, wie Ihr wollt …«

VII

Der Wein war kein leichter gallischer Landwein und ganz sicher auch kein edler Falerner. Schwer und ölig rann er Lucius' Kehle hinab und verfehlte seine Wirkung nicht.

Auf einer der Bänke unter dem Vordach der Taverne sitzend, schüttete der Prätorianer das Zeug in seinen Schlund, Becher um Becher. Die Gespräche der anderen Gäste, die um ihn herum an den Tischen saßen, wurden leise und dumpf, seine Gedanken kreisten schwer und träge um sich selbst.

Warum nur, fragte er sich immer wieder, war er nicht bei ihr geblieben? Wieso hatte er den Plan der Verschwörer nicht durchschaut? Mit trübem Blick starrte er in den Weinbecher, als wären dort alle Antworten verborgen. Doch sosehr er auch danach suchte, er fand sie nicht – dafür wurde er selbst gefunden …

»Lucius!«

Ein Schatten kam aus dem Halbdunkel.

»Freund, endlich finde ich dich …«

Der Schatten setzte sich ungefragt neben ihn. Schwerfällig wandte Lucius das Haupt, erkannte mit trübem Blick keinen anderen als Marcus Furius. »Du«, brummte er nur.

»Ich«, bestätigte dieser. »Wo hast du nur gesteckt? Wir suchen dich schon die halbe Nacht lang!«

»Es ist vorbei«, gab Lucius die einzige Antwort, die ihm erwähnenswert schien. »Alles ist vorbei …«

»Was?« Der Freund sah ihn zweifelnd an. »Wovon redest du?« Er nahm den Becher und roch daran, verzog angewidert das Gesicht. »Wie viel davon hattest du?«

»Genug.«

»Sieht ganz so aus.« Furius schnaubte. »Hör zu, du musst mit mir kommen, zurück zum Schiff!«

»Wozu? Damit der alte Xenodamos mir Vorhaltungen macht?« Lucius merkte, dass seine Zunge sich schwertat, seinen Gedanken zu folgen. Sein Versagen jedoch stand ihm auch in diesem Zustand noch immer deutlich vor Augen. »Und er hätte recht damit, weißt du … ich hatte nur die eine Aufgabe, auf das Mädchen aufzupassen, und nicht einmal das habe ich geschafft. Chaerea hat recht, ich bin es nicht wert, diese Rüstung zu tragen …«

»Bei Vulcanus' mächtigem Hammer – willst du dir das jetzt einreden?«

»Sie haben sie entführt, Marcus«, erklärte Lucius mit glasigem Blick. »Es war meine verdammte Pflicht, sie zu beschützen …«

Der andere sah ihn an, mit einer Mischung aus Bestürzung und Spott. »Und du bist sicher, dass es hier nur um deine Pflicht geht?«

»Worum wohl sonst?«

»Wüsste ich es nicht besser, würde ich sagen, dass du ein Auge auf die Kleine geworfen hast. Aber das solltest du dir rasch aus dem Kopf schlagen. Dieses Mädchen – denk an meine Worte – hat nichts im Kopf außer Büchern und Wissenschaften. Ebenso gut könntest du dich nach einer Vestalin verzehren, es ist sinnlos und schafft nur Verdruss.«

»Willst du mich verhöhnen?«, brauste Lucius auf.

»Nein, mein Freund – aber ich habe recht«, beharrte der andere mit breitem Grinsen. »Amors Pfeil hat dich getroffen – bedauerlicherweise hat er dabei auch deinen Verstand durchlöchert. Statt hier zu sitzen und Trübsal zu blasen, solltest du tun, was jeder halbwegs vernünftige Soldat an deiner Stelle tun würde, und dein Geld ins nächste Bordell tragen. Liebe, für die du mit klingender Münze bezahlst, wird dich wenigstens nicht enttäuschen. Und wenn du eine Dirne willst, die dir griechische Hexameter vorträgt, während du sie vögelst, lässt sich auch das sicher finden …«

»Du bist ein Idiot, Marcus«, beschied ihm Lucius mit vom Alkohol schwerer Zunge. »Ein jämmerlicher, dämlicher Idiot.«

»Schon immer gewesen.« Furios grinste schief. »Vergiss nicht, ich habe mich freiwillig zur Legion verpflichtet, da sollte klar sein, wie dämlich ich tatsächlich bin.«

»Spielt keine Rolle mehr.« Mit einer fahrigen Bewegung winkte Lucius ab. »Sibylla ist verloren, die Maskierten haben sie verschleppt. Inzwischen ist sie vermutlich tot.«

»Was?« Furius sah ihn verständnislos an. »Wovon, beim Merkur, redest du?«

»Ich bin ihren Entführern gefolgt, Marcus. Ich habe sie gesucht, überall, aber ich konnte sie nicht finden …«

»Dann danke den Göttern.« Der Freund grinste breit.

»Wofür?« Lucius starrte ihn verständnislos an – nur um zu bemerken, dass sich hinter Furius eine weitere Gestalt aus dem Dunkel der Nacht schälte …

Er traute seinen Augen nicht.

»Si…Sibylla …«

Sie trat an seinen Tisch, in ihren Umhang gehüllt, lebend und offenbar unverletzt. Ihr Mienenspiel verriet blanke Missbilligung. »Hier finden wir dich also … in einer gewöhnlichen Straßenschenke bei Wein und Gesang.«

Furius feixte. »Fehlte nur noch ein Weib.«

»Du … Ihr … seid am Leben«, stieß Lucius hervor, der noch immer nicht fassen konnte, was er sah. Mit weit aufgerissenen Augen starrte er auf die junge Frau, die wie eine Erscheinung vor ihm aufgetaucht war.

»Allerdings – und ich verdanke es nicht Euch, sondern dem Wohlwollen meiner Entführer.«

»Was ... ist geschehen?«, wollte Lucius wissen. So erleichtert er war, so schockiert war er auch. Beides riss ihn aus der Lethargie, die der Wein über ihn gebreitet hatte. Nur ein hämmernder Schmerz in seinem Schädel blieb davon zurück. »Ich bin Euch gefolgt, aber ...«

»Man hat mich in ein geheimes Gewölbe gebracht und mir dort Fragen gestellt«, berichtete sie mit einer Unerschrockenheit, die ihn überraschte.

»Wer?«, wollte er wissen.

»Ihr Priester ... der vermutlich auch ihr Anführer ist.«

»Ihr habt ihn gesehen?«

»Er stand vor mir, doch wegen der geschwärzten Maske, die er trug, konnte ich sein Gesicht nicht sehen. Aber ich kenne jetzt seinen Namen – Trebata.«

»Trebata«, wiederholte Lucius. Sein umnebelter Verstand hatte immer noch ein wenig Mühe, mit den Entwicklungen Schritt zu halten, aber unwillkürlich fragte er sich, ob dieser Maskierte derselbe Kerl war, der ihm in Rom entkommen war ... Vermutlich nicht, sagte er sich. Wenn die Kultisten bereits in verschiedenen Städten des Reiches Fuß gefasst hatten, gab es womöglich auch mehrere Priester ... »Und?«, wollte er wissen. »Was hat er gesagt? Ich meine, was wollte er von Euch? Warum hat er Euch entführt?«

Einen Augenblick lang schien Sibylla ihm antworten zu wollen, aber dann entschied sie wohl, dass dies weder der passende Ort noch der rechte Zeitpunkt dafür sei. »Später«, sagte sie nur. »Kehren wir lieber zurück zum Schiff.«

»Moment noch«, beharrte Lucius. »Wenn sie Euch entführt haben und gefangen hielten, wieso seid Ihr dann jetzt hier? Ich meine ...«

»Ich konnte fliehen«, erwiderte sie. »Irgendwann hatte Trebata es satt, mir Fragen zu stellen, und verließ das Gewölbe.

Und da es nicht bewacht wurde und man mir keine Fesseln angelegt hatte, nutzte ich die Gelegenheit. Ich stahl mich an den Wachen vorbei und entkam in die Nacht.«

Lucius warf Marcus einen Blick zu. Er konnte sehen, dass dieser dasselbe dachte, aber keiner von beiden sprach es aus.

»Und nun kommt endlich«, forderte Sibylla ihn ungeduldig auf. »Bei Tagesanbruch stechen wir in See.«

»Was?« Lucius' fragender Blick ging zu seinem Freund Furius. »Wer hat den Befehl dazu gegeben?«

»Ich«, eröffnete sie schlicht.

»Aha – und wohin soll es gehen?«

»Seleucia Pieria.«

»Antiochia«, folgerte Lucius. »Nun also doch.«

»Nun«, konterte sie, »wissen wir ja auch genau, wo das Ziel unserer Reise liegt. Der Kapitän wurde bereits darüber in Kenntnis gesetzt.«

»Schön für ihn. Und wann hattet Ihr vor, mich darüber in Kenntnis zu setzen?«

»Das tue ich gerade. Hättest du es nicht vorgezogen, in diesem ...« Sie brach ab und unterzog die Taverne einem despektierlichen Blick. »... Loch einzukehren, hättest du längst davon erfahren.«

»Weib!« In einem Ausbruch jähen Zorns schlug Lucius mit der Faust auf den Tisch und sprang auf. »Ich habe die halbe Nacht nach dir gesucht ...«

»... und mich nicht gefunden«, beschied sie ihm kühl. Dass er eineinhalb Köpfe größer war als sie, schien sie nicht zu kümmern. Er hatte den Eindruck, dass sie auf ihn herabblickte, während sie gleichzeitig zu ihm aufsehen musste.

»Das ... ist wahr«, musste er zugeben. »Dann wisst Ihr jetzt, wohin die Reise gehen soll?«

»Allerdings.« Sie nickte. »Weißt du noch, die Karte, die wir in der Bibliothek gefunden haben? Glücklicherweise hatte ich sie Xenodamos gegeben. In meiner Abwesenheit hat er sie studiert und denkt, dass sie tatsächlich zu jenem geheimen Tempel führt, der Semiramis errichtet wurde. Dort, wo der Kult einst seinen Anfang nahm.«

»Nun, dann … sollte der Alte vielleicht mit uns kommen«, schlug Lucius vor. »Womöglich …«

»Ich habe ihn bereits gefragt. Er ist soeben dabei, seine Sachen zu packen – seine Habe und auch seine Bücher, soweit er sie benötigt.«

»Na…natürlich«, meinte Lucius nur.

»Im Morgengrauen laufen wir Richtung Syria aus«, fuhr Sibylla fort, und trotz der Schrecken, die sie in dieser Nacht durchstanden hatte, huschte ein verwegenes Lächeln über ihr von den Flammen beleuchtetes, fein geschnittenes Gesicht. »Unsere Reise, Lucius Murmillo, hat gerade erst begonnen!«

»Und?«, erkundigte sich Trebata durch die Maske. »Ist sie entkommen?«

»Ja, Herr«, bestätigte der Gefolgsmann, der in ehrerbietiger Haltung vor ihm stand, das verhüllte Haupt demütig gebeugt. »Die Wachen haben sich an die Anweisungen gehalten, die Ihr ihnen gegeben habt, und Varros Tochter entwischen lassen.«

»Gut so.« Der Priester nickte zufrieden, während er unter der rußgeschwärzten Decke des *weryt* auf und ab ging. Unwillkürlich fragte er sich, wie viele aus dem Leben Geschiedene in diesem Gewölbe schon auf ihre Reise ins Jenseits vorbereitet worden sein mochten, wie viele Seelen verschwendet und verloren ... »Die gute Sibylla soll wohlbehalten zu den Ihren zurückkehren.«

Er erwartete, dass der andere sich verbeugte und das Gewölbe wieder verließ. Doch der Gefolgsmann blieb, wenn auch weiter tief gebeugt. »Darf ... ich Euch etwas fragen, Herr?«

»Was willst du?«

»Den Vater haben wir getötet, die Tochter lassen wir am Leben ... das verstehe ich nicht.«

Trebata lachte leise. »Und? Begreift ein Wurm den Sinn des Apfels?«

»Verzeiht, Herr, ich wollte nicht vermessen erscheinen. Es ist nur, einige von uns verstehen nicht ...«

»Der Vater war verloren«, erklärte der Priester kurzerhand. »Er war gegen uns, mit allem, wofür er stand und woran er glaubte.«

»Und ... seine Tochter?«

Trebata blieb stehen. Das Gesicht hinter der Maske lächelte. »Mit ihr ist es anders ... sie *ist* anders. Bei ihr besteht noch Hoffnung.«

»Hoffnung, Herr? Aber ... sie wird unseren Feinden alles verraten, was sie über uns erfahren hat.«

»Was hat sie denn schon erfahren?« Trebata schnaubte. »Sie ist nicht dumm, den Scharfsinn hat sie von ihrem Vater geerbt. Das meiste hat sie ohnehin schon vorher gewusst oder es zumindest geahnt ... dennoch glaube ich nicht, dass sie den Ihren alles erzählen wird, was ich ihr offenbart habe.«

»Warum nicht, Herr?« Der andere hob ein wenig den Kopf, die Augen hinter den Sehschlitzen glänzten in schierer Verwirrung.

»Weil das Gift, das ich ihr verabreicht habe, sicher bereits zu wirken beginnt.«

»Das ... Gift, Herr? Ihr habt sie vergiftet?«

»Allerdings – mit dem stärksten Gift, das dem Menschen bekannt ist. Es wirkt langsam, aber hat es erst seine volle Kraft entfaltet, ist es stärker und bisweilen auch verderblicher als selbst der Stachel des Mantikors.«

»Ich wusste nicht, dass die Söhne der Semiramis im Besitz einer solchen Waffe sind, Herr«, gestand der Maskierte offen. »Was für ein Gift ist es, von dem Ihr sprecht?«

»Ich spreche von der Neugier, mein unbedarfter Freund«, entgegnete Trebata, und erneut dehnten sich seine Gesichtszüge unter der Maske zu einem triumphierenden Lächeln. »Für jene, die nach Wissen und Wahrheit dürsten, ist sie das stärkste aller Gifte.«

IX

Noch in der Nacht hatte Cnaeus Valerius, der *trierarchus* der Liburne, Frischwasser und Proviant an Bord nehmen lassen. Bei Sonnenaufgang war das Schiff, wie von Sibylla angeordnet, in See gestochen und hatte Kurs auf die syrische Küste genommen.

Mit kräftigen Ruderschlägen hatten die *remiges* das leichte Kampfschiff, das über ein gewölbtes Achterzelt und einen Bugsporn zum Rammen verfügte, aus dem Hafen gesteuert. Jetzt, auf offener See, blähte der Wind das große Segel und trieb die *liburna* voran. Sich auf die hölzerne Reling stützend, stand Lucius Murmillo auf dem Vordeck und streckte den noch immer dröhnenden Schädel in die salzige Morgenbrise.

So verblüfft er zunächst über den überstürzten Aufbruch gewesen war, so erleichtert war er auch darüber, dass seine Nachlässigkeit folgenlos geblieben und Sibylla Varro nichts zugestoßen war. Zwar wollte ihm nicht recht in den Kopf, wie ihr die Flucht aus der Gewalt ihrer Entführer gelungen sein konnte, doch wollte er sich darüber nicht den vom billigen Wein ohnehin noch schmerzenden Kopf zerbrechen. Zumal er sich um andere Dinge zu kümmern hatte.

Die Befehlsgewalt über das Schiff sowie seine Ruderer und Seeleute oblag dem Trierarchen, die Prätorianer jedoch blieben auch an Bord Lucius selbst unterstellt. Drei von ihnen, die bei dem nächtlichen Überfall der Sektierer von Pfeilen oder Steinen verwundet worden waren, hatte er in Alexandria zurücklassen müssen. Ein griechischer Arzt, den der alte Xenodamos vermittelt hatte, kümmerte sich um sie, nach ihrer Genesung würden sie sich dann bei der benachbarten Garnison von Nikopolis melden und dort Bericht erstatten. Tanacos hatte die Stunden vor der Abreise zudem genutzt, um einen Brief an seinen Herrn zu verfassen … Was genau darin stand, wie er die Ereignisse der vergangenen Nacht schilderte und in welchem Licht er Lucius dabei erscheinen ließ, entzog sich dessen Kenntnis. Er versuchte, gar nicht erst daran zu denken und sich lieber auf das zu konzentrieren, was vor ihnen lag.

Antiochia.

Das armenische Grenzland.

Und jenseits davon die Gebiete, in die nie zuvor ein Römer seinen Fuß gesetzt hatte, und das aus gutem Grund …

Lucius merkte, dass jemand neben ihn trat, und wandte den Blick. Es war Sibylla. Ihren Umhang hatte sie eng um die Schultern gezogen, um sich vor der morgendlichen Kühle zu schützen. Ihr schwarzes Haar, nicht nach römischer Art geflochten, sondern nur zu einem Schweif gebunden, flatterte wie ein Banner im Wind.

»Habe ich nicht gesagt, dass Ihr lieber im Zelt bleiben solltet?«, fragte Lucius.

»Auch dir einen guten Morgen«, erwiderte sie und lächelte, doch der grimmige Ausdruck in seinem Gesicht blieb bestehen. »Wozu?«, ging sie auf seine Frage ein. »Die Männer hatten mehrere Tage Landgang. Man würde doch annehmen, dass ihr Begehren so weit besänftigt wurde, dass sie den Anblick einer noch dazu vollständig bekleideten Frau inzwischen wieder halbwegs ertragen können?«

»Wenn Ihr meint.« Lucius richtete den Blick erneut auf den fernen Horizont. »Wo ist Xenodamos?«

»Unter Deck. Kersas kümmert sich um ihn.«

»Wieso das?«

»Er ist wohl nicht für das Reisen zur See geschaffen – er und die Erbsen, die er zum Frühstück verzehrt hat, gingen getrennte Wege.«

Lucius musste grinsen. »Er ist ein komischer alter Kauz.«

»Er ist ein großer Gelehrter.«

»Das meine ich ja.«

Sie trat ganz vor, beugte sich ein Stück weit über die Reling und sah ihn von der Seite an. »Du hältst wohl nicht allzu viel von Gelehrsamkeit? Von Büchern und Wissenschaften?«

Abermals wandte er den Blick und sah sie an. Eine kampflustige Zornesfalte hatte sich auf ihrer Stirn gebildet. »Das würde ich nicht sagen«, erwiderte er. »Aber in der Arena habe ich sehr kluge Männer elend sterben sehen und solche mit dem Verstand eines Amboss triumphieren. Bildung ist ein Privileg, Sibylla, das Ihr zu Eurem Glück genießen durftet – aber es hilft einem nicht, zu überleben.«

»Du musst es wissen«, schnaubte sie. »Du hast schließlich alle deine Kämpfe überlebt.«

»Sonst wäre ich nicht hier.«

»Bist du so auch zu deinem Namen gekommen? Murmillo Pertinax?«

Lucius zuckte mit den breiten Schultern. »Nicht jeder hat einen Vater, der ihm einen guten Namen vererbt. Manche von uns müssen dafür selbst sorgen.«

»Was fällt dir ein?« Sie holte scharf Luft. »Du weißt nichts über mich, gar nichts … und trotzdem urteilst du!«

»Und? Wollt Ihr sagen, Ihr hättet nicht auch schon längst Euer Urteil über mich gefällt?«

»Und es vergangene Nacht bestätigt gefunden«, gab sie ohne Zögern zu. »Du hast dich in dieser Taverne betrunken, dich volllaufen lassen wie ein hergelaufener Söldner!«

»Weil ich genau das bin«, entgegnete Lucius barsch. »Ich kämpfe für Geld, Sibylla, schon mein ganzes Leben lang. Ob in der Arena oder in der Rüstung eines Prätorianers – für den elenden Kerl, der das Eisen zwischen die Rippen bekommt, macht es nicht mehr viel Unterschied, wofür er gekämpft hat. Das ist es, was ich bin, und es tut mir leid, wenn ich Euren Ansprüchen nicht genüge – aber«, fügte er leiser und etwas sanfter hinzu, »ich bin froh, dass Ihr unversehrt zurückgekehrt seid und es Euch gut geht.«

Sie erwiderte nichts darauf, ihr Blick war starr auf den östlichen Horizont gerichtet, über dem die Sonne bereits eine Handbreit hoch stand.

»Ich habe Euch noch nicht gefragt, wie es dort gewesen ist. Ich meine, als Ihr gefangen wart …«

»Nein. Hast du nicht.«

»Wollt Ihr … darüber reden?« Ein wenig unbeholfen sah er sie von der Seite an, und einen endlos scheinenden Augenblick lang hoffte er, sie würde ihren Stolz bezwingen und ihr Schweigen brechen. Schon deshalb, weil sein Instinkt ihm sagte, dass vergangene Nacht etwas geschehen war … etwas, das seither auf ihr lastete und sie seltsam verändert hatte …

»Nein«, erklärte sie nur.

Damit wandte sie sich ab und verließ das Vordeck, kehrte nach achtern unter das Zelt zurück, das ihr allein als Quartier diente. Und für die restliche Überfahrt verließ sie es nicht mehr.

X

Vier Tage später erreichten sie Seleucia Pieria.

In der Hafenstadt, die seit der Neuordnung der östlichen Provinzen durch Pompeius römisch war und sich in ihrem Erscheinungsbild kaum von den Häfen Italiens unterschied, gingen sie für eine Nacht vor Anker; am Morgen des nächsten Tages bestiegen diejenigen, die an der Expedition gen Osten teilnehmen sollten, ein leichteres Flussschiff, das sie den Orontes hinauf nach Antiochia bringen sollte: Neben Lucius und Sibylla waren dies ihr Diener Kersas, der stets misstrauische Tanacos, Marcus Furius und die zwanzig verbliebenen Prätorianer sowie der von der tagelangen Seereise sichtlich gebeutelte Xenodamos.

Die Flussschifffahrt immerhin schien dem Gelehrten aus Alexandria mehr zu liegen. Seine Mahlzeiten behielt er bei sich, und anders als bei der Überfahrt von Alexandria war er auf Deck anzutreffen, zwischen den Prätorianern, die auf ihren Schilden und ihren *sarcinae* lagerten, die ihr weniges Gepäck enthielten.

Die Landschaft, die an ihnen vorbeizog, war weit und karg; zu beiden Seiten des Flusses säumten grüne Felder das Ufer, jenseits davon jedoch waren die Hügel steinig und kahl. Weite Bogen beschreibend, wand sich der Orontes gen Nordosten, und je näher sie Antiochia kamen, desto mehr wuchs die gespannte Stimmung an Bord. Sie alle hatten schon viel von der

Perle des Ostens gehört, jener Stadt, in der das Abendland und das alte Persien mit all seinen Rätseln und Wundern zusammentrafen; Antiochia besucht hatte jedoch noch keiner von ihnen, mit Ausnahme von Xenodamos, der sich darin gefiel, den Soldaten abenteuerliche Geschichten zu erzählen, deren Wahrheitsgehalt zumindest Lucius bezweifelte – die Prätorianer hingegen hingen ihm an den Lippen, vor allem dann, wenn der Gelehrte die Schönheit der dortigen Frauen pries und sie in allen Einzelheiten schilderte.

»Fürwahr, es ist schade, dass seine Leidenschaft nur alten Büchern gilt«, meinte Marcus Furius, der mit Lucius auf dem Achterdeck stand und dem Alten zusah. »Er hätte auch einen trefflichen Zuhälter abgegeben.«

»Behalte deine Meinung für dich, Optio«, beschied Sibylla ihm kühl, die am Achtersteven lehnte. »Aus jedem einzelnen von Xenodamos' Worten spricht mehr Verstand, als du in einem Leben jemals haben wirst.«

»Da hast du's«, meinte Lucius.

»Vermutlich stimmt das, mit dem Verstand ist es bei mir nie recht weit her gewesen«, gab Furius ohne Zögern zu. »Doch wenn wir die Grenzen des Reiches erst hinter uns gelassen haben und uns hinaus ins große Unbekannte begeben, wenn uns wilde Tiere und blutrünstige Parther nach dem Leben trachten – was glaubt Ihr, wird Euch dann von größerem Nutzen sein? Ein scharfer Verstand oder ein scharfes Schwert?«

Was sie erwiderte, war nicht zu verstehen, denn sie wandte sich ab und sah nach achtern. Die blaue Fläche des Meeres war dort längst dem Blick entschwunden, nur noch das gewundene Band des Flusses war zu sehen, das in der Sonne glitzerte.

Je näher sie Antiochia kamen, desto gebirgiger wurde die Landschaft. Schmale, von Bäumen bestandene Bergrücken säumten den Wasserlauf, bis sich das Flusstal endlich wieder weitete und die Türme einer Stadt auftauchten. Eine aus mächtigen Quadern gefügte Mauer erhob sich am rechten Ufer, links waren jetzt weite Felder zu erkennen. Und schließlich teilte sich der Orontes vor einer Insel, die ebenfalls von einer mächtigen Mauer umgeben war; jenseits davon ragten im Sonnenlicht gleißende Dächer und Säulen auf.

»Seht, meine Freunde!«, rief Xenodamos aufgeregt. »Die Palastinsel mit ihren Bädern und Theatern! Seleukos selbst hat hier einst residiert und den Ruhm seines Hauses begründet. Heute«, fügte er ein wenig leiser und mit entschuldigendem Lächeln hinzu, »ist es natürlich der Sitz des kaiserlichen Statthalters ...«

Der *gubernator* des Schiffes steuerte es den rechten Flussarm hinauf, wo es ein gewaltiges, das Wasser überspannende Tor passierte, das zugleich auch eine Brücke war. Da es die achte Stunde war, herrschte ein reges Treiben auf der Brücke, nicht nur Fußgänger, auch Reiter und Fuhrwerke verkehrten darauf, dazu Maultiere und mit Lasten beladene Kamele. Noch eine weitere Brücke passierten sie, dann ließ der Kapitän die Kaimauer auf der Steuerbordseite ansteuern. Zwischen weiteren Flussschiffen, die dort bereits vor Anker lagen, ließ er festmachen. Lucius bezahlte für die Passage und wollte von Bord gehen – als er die zwei Dutzend römischen Legionäre erblickte, die am Ufer aufmarschiert waren.

»Lucius Murmillo, kaiserlicher *indagator?*«, scholl es ihm entgegen.

»In der Tat«, bestätigte er. »Wer will das wissen?«

Der Anführer der Kolonne, ein Zenturio wie er selbst, hob die Hand. »Lucius Vitellius, Legat des Kaisers und Statthalter von Syria, entbietet dir seinen Gruß. Ich habe Order, dich und deine Begleiter in den Palast zu eskortieren.«

»Aus welchem Grund?«

»Der Statthalter hat Eure Ankunft schon vor Tagen erwartet. Er wurde über Eure Unternehmung in Kenntnis gesetzt und lädt Euch ein, als seine Gäste im Palast zu weilen.«

»Er lädt *mich* ein?« Lucius deutete ungläubig auf sich selbst.

»Nun – eigentlich gilt sein Interesse vor allem der Tochter Claudius Varros, aber ihren Begleitern steht es frei, sie zu begleiten. Eure Leute können so lange in der örtlichen Kaserne unterkommen.«

Verblüfft sah sich Lucius nach den anderen um. Die Reaktionen fielen unterschiedlich aus. Im Gesicht des verwöhnten Tanacos war helle Freude zu erkennen, der alte Xenodamos fühlte sich erkennbar geschmeichelt. Sibylla selbst nahm die Einladung mit einem zufriedenen Lächeln zur Kenntnis.

»Offenbar«, raunte sie Lucius zu, »bin ich nicht die Einzige weit und breit, die das Gespräch mit gelehrten Menschen zu schätzen weiß.«

Damit huschte sie an ihm vorbei und ging von Bord.

XI

Der Palast von Antiochia, dessen Grundmauern tatsächlich auf den ersten Seleukos zurückgingen, hatte diesen Namen mehr als verdient.

Einer kleinen Festung gleich erhob er sich im Norden der Insel, die inmitten der grün schimmernden Wasser des Orontes lag. Eine Seite war dem Fluss zugewandt und bildete einen Teil der gewaltigen Mauer, die das Eiland umgab; die anderen vier Seiten der quadratischen Anlage grenzten den Palast und seine Innenhöfe zur Stadt hin ab. Letztere stellten mit ihren zahlreichen Thermen und dem großen *stadium* eine eindrucksvolle Manifestation römischer Macht und Baukunst dar.

Lucius Vitellius, den Caligula zum Verwalter der Provinz bestellt hatte, hatte schon zuvor als Senator in Rom großen Einfluss besessen. Der Posten in Antiochia hatte ihm nun auch noch beträchtlichen Reichtum eingetragen, sodass Lucius und seine Begleiter das Gefühl hatten, keinen Statthalter, sondern einen König zu besuchen.

Er empfing seine Gäste in einem prunkvollen Audienzraum und begrüßte sie wie kaiserliche Gesandte. Ob er offiziell über ihr Eintreffen informiert worden war oder auf andere Weise davon erfahren hatte, ließ er im Unklaren, doch beteuerte er, dem *indagator* und seiner Expedition jede gewünschte Unterstützung zukommen lassen zu wollen.

Man wies den Besuchern Quartiere im Palast des Statthalters an, wo sie sich waschen und ein wenig erholen konnten, sogar frische Kleidung ließ er ihnen bringen. Bei Einbruch der Dunkelheit lud er sie zum abendlichen Gastmahl.

Nach den dramatischen Ereignissen von Alexandria und den beengten Verhältnissen an Bord der Liburne kam es Lucius und seinen Begleitern vor, als hätten sie eine andere Welt betreten. Doch während der alte Xenodamos und der verzärtelte Tanacos die Annehmlichkeiten in vollen Zügen genossen, stießen sie bei Lucius auf Argwohn. Vielleicht, sagte er sich, lag es ja nur daran, dass er seine schlichte Kammer in den *castra Praetoria* gewohnt war und ihm der Überfluss des Palasts von Antiochien unnötig und geradezu anmaßend erschien; vielleicht steckte aber auch noch mehr dahinter. Eine seltsame Unruhe ergriff von ihm Besitz, doch den Grund dafür vermochte er nicht, näher zu bestimmen.

Er verzichtete darauf, in das weite griechische Gewand zu schlüpfen, das Vitellius ihm hatte schicken lassen; stattdessen legte er nur eine frische Tunika an, darüber trug er den ledernen Harnisch, der ihn als Prätorianer auswies. So verließ er sein Quartier und trat hinaus auf den Gang, wo er Sibylla begegnete.

Der Anblick verschlug ihm die Sprache.

Anders als er hatte sie das Angebot des Statthalters angenommen und trug ein weißes Kleid, das ebenfalls nach griechischer Art geschnitten war und sie in Lucius' Augen wie eine Göttin aussehen ließ. Eine goldene Borte zierte den Saum, ihr schwarz gelocktes Haar trug sie hochgesteckt, ein glitzerndes Band hielt es zusammen.

»Du bist kein Fisch, Zenturio Murmillo«, wies sie ihn zurecht. »Mach den Mund also wieder zu.«

»Verzeiht«, erwiderte er, »es ist nur …« Er verstummte und suchte nach geeigneten Worten.

»Das soll doch nicht etwa ein Kompliment werden?«

»Natürlich nicht«, log er, »das steht mir nicht zu.«

»Genauso ist es.« Ein Sklave kam und führte sie den von Statuen gesäumten Gang hinab. »Macht lieber diesem Ort ein Kompliment, er ist wunderschön.«

»Wie man es nimmt«, meinte Lucius.

»Du bist nicht meiner Meinung?« Sie sah ihn von der Seite an. »Wie überraschend.«

»Ich habe gelernt, dem Offensichtlichen zu misstrauen«, brummte Lucius nur.

»Und was bedeutet das in diesem Fall? Statthalter Vitellius ist ein Mann von hoher Bildung und ausgezeichnetem Geschmack. Er hat diesen Ort den Musen und der Schönheit gewidmet – aber davon versteht ein ehemaliger Gladiator vermutlich nichts.«

»Vermutlich nichts, nein«, gab Lucius unumwunden zu. »Aber ich weiß, dass diese Schönheit« – er deutete auf die den Gang säumenden Statuen – »mit den Steuergeldern eines unterdrückten Volkes erkauft worden ist. Syria ist eine Schlangengrube, Sibylla – der Friede mit den Parthern ist brüchig, der Süden ein einziger Unruheherd … wir sollten uns vorsehen.«

»Warum?« Erneut sah sie ihn fragend an, diesmal allerdings nicht im Spott. Sie hatte wohl die Besorgnis in seiner Stimme gehört.

»Ich kann es Euch nicht sagen, es ist nur ein Gefühl«, erwiderte er. »Aber wir sollten vorsichtig sein bei allem, was wir hier tun.«

Sie erreichten den Speisesaal.

Es war ein länglicher Raum, nach einer Seite hin offen. Zwischen den Säulen hingen Vorhänge, die hauchdünn waren und in der Abendbrise wehten, sodass man auf die dahinterliegende Stadt hinabblicken konnte, über die sich allmählich Dunkelheit senkte. Feuer wurden auf den Mauern entzündet und spiegelten sich im schwarzen Wasser des Flusses.

Über den Saal verteilt waren kleine Inseln von jeweils drei seidenbezogenen Liegen, die sich so um quadratische Tische gruppierten, dass sie einander zugewandt waren und die Gäste sich unterhalten konnten. Auf den Tischen wurden bereits die Speisen aufgetragen – andere als im kaiserlichen Palast zu Rom, aber im Hinblick auf Menge und Auswahl brauchten sie den Vergleich nicht zu scheuen.

»Da sind ja meine geschätzten Gäste!«

Lucius Vitellius kam auf sie zu. Anders als beim nachmittäglichen Empfang trug er jetzt nicht mehr die weite Toga seines Standes, sondern ein weniger offizielles, dafür sehr viel bequemeres Gewand, das seine kräftige Gestalt umwallte. Trotz aller Pflichterfüllung schien der kaiserliche Statthalter auch ein Genussmensch zu sein, den schönen Seiten des Lebens zugeneigt. Das Alter seines Namensvetters schätzte Lucius auf vielleicht fünfzig Lenze … die Schläfen waren grau, und die Art, wie Vitellius sprach und agierte, zeigten, dass seine Macht ihm zur Gewohnheit geworden war.

»Geschätzte Sibylla! Wie schön, dass Ihr es einrichten konntet«, sagte er mit der Beflissenheit eines routinierten Politikers. »Ich fühle mich geehrt, die Tochter Claudius Varros in meinem Haus zu begrüßen!«

»Die Ehre ist ganz meinerseits«, versicherte Sibylla wortgewandt. »Habt Ihr meinen Vater gekannt?«

»Nicht so gut, wie ich ihn gerne gekannt hätte. Aber ich weiß, dass er ein Mann von großem Wissen gewesen ist – und von Ehre.«

»Ich danke Euch«, sagte Sibylla und lächelte, wobei sie dem Statthalter das Haupt zuneigte – ein wenig zu sehr, wie Lucius fand. Hatte er ihr nicht gesagt, dass sie vorsichtig sein, dass sie sich nicht vom schönen Schein blenden lassen sollte?

»Und Ihr seid Zenturio Murmillo, der vom Kaiser ernannte *indagator*«, wandte sich Vitellius an ihn. »*Caesar* spricht nur in den höchsten Tönen von Euch«, fügte er hinzu und bestätigte damit, was Lucius bislang nur vermutet hatte, nämlich dass er wohl auf offiziellem Wege durch einen kaiserlichen Boten über ihr Eintreffen informiert worden war. Was wiederum bedeutete, dass es Caligula wichtiger war, mit dieser Unternehmung zu prahlen, als sie geheim zu halten und so zur Sicherheit ihrer Teilnehmer beizutragen. Schon der pompöse Empfang am Hafen war Lucius aus diesem Grund zuwider gewesen.

Weitere Gäste gesellten sich hinzu, Gastfreunde des Statthalters mit ihren bunt gekleideten Frauen, dazu der Tribun der örtlichen Garnison. Und schließlich stieß auch Xenodamos zu ihnen – Tanacos hingegen war nicht zum Gastmahl geladen. Der kleine Phrygier mochte der Lieblingssklave des Kaisers sein, dennoch war er nur ein Sklave. Wie die anderen Diener hielt er sich folglich im Hintergrund, doch Lucius hatte den Eindruck, dass seinen ebenso kleinen wie scharfen Augen nichts entging.

Die Diener wiesen ihnen ihre Plätze zu, wobei es sich so traf, dass Sibylla in unmittelbarer Nachbarschaft des Statthalters speiste, wohingegen sich Lucius' Liege am anderen Ende des Saales befand. Eine bleich geschminkte und mit Goldschmuck beladene Patrizierin war seine Nachbarin und überzog ihn unverhohlen mit begehrlichen Blicken, was ihr Ehemann, der die dritte Liege einnahm, geflissentlich ignorierte. Lucius war erleichtert, als der Statthalter endlich das Mahl eröffnete und die Gäste sich von den Speisen bedienen durften, die Vitellius' Köche zubereitet hatten – von verschiedensten Meeresfrüchten und in Fischsoße eingelegten Eiern über Schinken und Dörrfisch bis hin zu Hammelfleisch, das mit Erbsen und Lauch serviert wurde.

Zum Nachtisch wurden frische Feigen und eine neue Sorte von Nüssen gereicht, die mit ihrer grünen Färbung reichlich unreif aussahen, aber vorzüglich schmeckten – Vitellius selbst, der sie pausenlos knabberte, nannte sie »Pistazien«.

Mit Wein, den sie in schmalen Amphoren auf den Schultern trugen, sorgten die Sklaven dafür, dass die Kelche niemals leer wurden, und so stellte sich schon sehr bald eine gelöste Stimmung ein – auch bei Sibylla, die sich angeregt mit Vitellius unterhielt und dabei eifrig dem Wein zusprach, auch wenn dies nicht recht zu ihrer stoischen Erziehung passte. Lucius, der sich nach seiner Eskapade in Alexandria bewusst zurückhielt, kam es vor, als wollte sie ihn damit ärgern ... oder vielleicht ging es ihr auch nur darum, zu zeigen, dass sie nicht die wohlbehütete Tochter war, für die er sie hielt.

»Nun sagt, liebe Gäste aus dem fernen Rom«, rief Vitellius irgendwann in seiner Weinlaune, »was Euch in diesen Teil des Reiches geführt hat! Sucht Ihr nach Hitze, Staub und Ärger, werdet Ihr in unserer schönen Provinz reichlich davon finden – aber ich mag nicht glauben, dass Ihr dafür so weit gereist seid. Wie ich höre, habt Ihr den Umweg über Alexandria genommen ...«

»Das ist wahr«, pflichtete Xenodamos bei, der sich beim Wein ähnlich zurückgehalten hatte wie Lucius. Allerdings schienen nur wenige Schlucke bereits zu genügen, um die Zunge des alten Gelehrten zu lösen. »Dieser Tatsache ist es zu verdanken, dass ich mich der Gesellschaft anschließen durfte, wenn ich es so sagen darf.«

»Euer Eintreffen wurde mir nicht angekündigt«, räumte Vitellius ein. »Um so mehr würde es mich freuen, etwas über Euch zu erfahren.«

Der geschmeichelte Gelehrte ließ sich nicht lange bitten. Mit erstaunlicher Behändigkeit sprang er von seiner Liege und grüßte in die Runde. »Xenodamos von Alexandrien ist mein Name, Mitglied des ehrwürdigen Museions, das einst von den Vorfahren Königin Cleopatras errichtet wurde!«

Ein Raunen machte die Runde. Vermutlich waren die wenigsten, die um die Tische lagerten, schon einmal in Alexandria gewesen; doch der Name Cleopatra war allen ein Begriff, und auch vom berühmten Museion als einer Stätte der Wissenschaft hatten die meisten wohl schon gehört.

»So seid Ihr zweifellos ein kluger Mann, denn am Museion verkehren nur die weisesten Gelehrten unserer Zeit«, räumte Vitellius ein. »Doch sagt mir, was ist Euer Fach? Die Philosophie? Die Astronomie? Gar die Mathematik?«

»Das Studium alter Schriften und Kulturen«, eröffnete der Alte ohne Zögern und mit vor Eifer – oder war es der Wein? – fieberndem Blick. »Denn bevor Rom den Erdkreis beherrschte, waren es die Griechen, und vor ihnen die Perser, die nach den Babyloniern und Assyrern kamen. Kultur folgt auf Kultur, Zeitalter auf Zeitalter – nach ihren Spuren zu suchen, habe ich mir zur Aufgabe gemacht.«

»Wozu?«, wandte der Ehemann der goldgeschmückten Dame ein, der seiner vornehmen Kleidung nach entweder ein hohes Amt bekleidete oder sehr wohlhabend war, vermutlich beides. »Das ist doch völlig sinnlos! Die Vergangenheit ist längst geschehen, wir können sie nicht mehr ändern!«

»Richtig, hoher Herr«, konterte Xenodamos, der diesen Einwand wohl nicht zum ersten Mal hörte, »doch mit der Zeit verhält es sich ein wenig wie mit einem Marsch durch die trockene Wüste: Wie wollt Ihr sagen, in welche Richtung die Reise gehen soll, wenn Ihr nicht wisst, aus welcher Ihr gekommen seid?«

Einige, unter ihnen auch der Statthalter selbst, lachten, worauf sich das Gesicht des Mannes zusammenzog, als hätte er unverdünnten Essig getrunken. Seine Gattin versuchte, die Niederlage ihres Mannes mit einem Lächeln zu überspielen.

»Sag, weiser Mann aus Alexandrien«, ergriff der Militärtribun nun das Wort, »willst du damit andeuten, dass auch die Macht von Rom einst enden wird?«

»Alles menschliche Wirken ist begrenzt, mein Freund«, entgegnete der Gelehrte, der vor lauter Wein nicht zu bemerken schien, auf welch gefährliches Gelände er sich begab. »Und da auch Rom einst von Menschen erbaut wurde ...«

Man konnte sehen, wie dem Tribun, dessen Züge bereits vom Weingenuss gefärbt waren, nun auch noch die Zornesröte ins Gesicht trat. Doch noch ehe er etwas erwidern konnte, ergriff erneut Lucius Vitellius das Wort. »Darüber«, erklärte er feierlich, »wollen wir nun nicht sprechen, verehrte Gäste! Sagt uns lieber, was Ihr auf Eurer Expedition zu finden hofft!«

»Antworten«, entgegnete Sibylla ausweichend. Doch wenn sie gehofft hatte, Xenodamos damit zuvorzukommen, so hatte sie sich geirrt.

»Es geht um einen Mysterienkult, der in Rom sein Unwesen treibt und dessen Wurzeln bis ins alte Babylon reichen«, gab der geschwätzige Gelehrte bereitwillig Auskunft.

»Ein Mysterienkult?« Der Statthalter sah ihn wissbegierig an. »Nun macht Ihr mich aber neugierig.«

»Vielleicht habt Ihr ja von ihm gehört, es ist der Kult der Semiramis ...«

Im Saal wurde es schlagartig so leise, dass man eine Nadel fallen gehört hätte. Aller Augen waren jäh auf den Mann aus Alexandria gerichtet.

»Das bedeutet dann wohl Ja«, knurrte Lucius.

»Es gab einige Zwischenfälle mit einer Bruderschaft religiöser Fanatiker, die sich ›Söhne der Semiramis‹ nennen«, räumte Statthalter Vitellius mit einer wegwerfenden Handbewegung ein. »Allerdings nichts, was uns Sorge bereiten würde ...«

»Ist das Euer Ernst?«, rief jemand von der anderen Seite des Saals. »Mein eigen Fleisch und Blut habe ich an diese verdammten Sektierer verloren! Und dazu jede Hoffnung, dass meine Familie und ihr guter Name fortleben!«

»Tullius Aurelius«, raunte die goldene Dame Lucius zu. Was Klatsch und Tratsch betraf, schien sie auf dem neuesten Stand zu sein. »Sein Sohn gehörte dem Kult an und hat sich ...« Sie sprach nicht weiter, dafür wanderte ihr Blick an Lucius herab und blieb auf seiner Leibesmitte haften.

»Verstehe«, sagte er nur.

»Wir alle wissen von deinem Verlust und bedauern ihn sehr, guter Aurelius«, versicherte der Statthalter. »Doch wollen wir nicht vergessen, dass es dieser Tage viele Mysterienkulte gibt, die um den Glauben der Menschen buhlen ... Tribun, wie nennen sich doch gleich diese Unruhestifter unten in Iudaea?«

»Nazarener«, entgegnete dieser.

»Ja, richtig ... glaubt mir, meine Freunde – Rom hat schon vielen Widrigkeiten getrotzt, auch diese Fanatiker wird es gewiss überdauern. Insofern verwundert es mich, dass der Kaiser einen *indagator* eingesetzt hat, um diesen Dingen auf den Grund zu gehen.«

»Ihr wärt nicht so verwundert«, plapperte Xenodamos weiter, »wenn Ihr den eigentlichen Anlass ...«

»Der dürfte hier schwerlich jemanden interessieren«, fiel Lucius dem Alten energisch ins Wort, ehe er sich um Kopf und Kragen reden konnte. Ganz offenbar hatte Caligula seinen Statthalter nicht über alle Details der Expedition in Kenntnis gesetzt. Von dem *manticorus*, der in Rom sein Unwesen getrieben hatte, und von der Gefahr, die von diesen Kreaturen ausging, schien er nichts zu wissen. Und Lucius sah keinen Grund, warum sie dies ändern sollten ...

»Unsere Reise wird uns nach Osten führen«, sprang Sibylla ihm bei, »zumindest so viel ist gewiss.«

»Wie weit nach Osten?«, wollte der Tribun wissen. »Auch in die Gebiete jenseits des Euphrates?«

»Davon gehe ich aus«, entgegnete Sibylla.

Allgemeines Gelächter war die Folge.

»Mein liebes Kind«, meinte Lucius Vitellius gönnerhaft, »ich kann mir vorstellen, dass Euch als Tochter Eures Vaters großer Forscherdrang innewohnt, aber Ihr solltet es nicht übertreiben. Innerhalb der Grenzen meiner Provinz grabt im Sand und sucht nach den Hinterlassenschaften der Vergangenheit, so viel Ihr wollt – doch ich kann Euch nur davon abraten, den Fluss zu überschreiten. Denn jenseits des Euphrates ist Partherland, dort ist ein römisches Leben wenig genug wert.«

»Dessen bin ich mir bewusst«, versicherte Sibylla.

»Ich bezweifle, dass Ihr Euch dessen bewusst seid«, wandte der Tribun ein. »Habt Ihr die Parther schon einmal kämpfen sehen? Wie der Wind fegen sie auf ihren Pferden heran, mit denen sie wie verschmolzen scheinen, als wären sie leibhaftige Centauren. Und sie sind wahre Meister im Umgang mit dem Bogen. Eure Leute und Ihr werdet mit Pfeilen gespickt sein, noch ehe Ihr es selbst bemerkt.«

»So werden wir sie meiden«, erwiderte Sibylla ruhig.

»Tut, was Ihr tun müsst«, meinte Lucius Vitellius, »aber bedenkt, dass ich Euch dort nicht helfen kann, ganz gleich, was geschieht. Den Streit um die Besetzung des Throns von Armenien konnten wir damals für uns entscheiden, da mit Artabanos ein schwacher Herrscher auf dem parthischen Thron saß. Doch sein Nachfolger Bagayas, Erster seines Namens, ist voller Rachsucht und sinnt auf Krieg, und ich will und darf ihm keinen Anlass dazu geben. Wenn es stimmt, was mir zugetragen wurde, wimmelt es in Antiochia bereits von parthischen Spionen und Attentätern.«

»Das verstehen wir«, versicherte Sibylla. »Seid unbesorgt.«

»Was ich Euch an Ausrüstung und Verpflegung geben kann, das will ich gerne tun«, bekräftigte der Statthalter, »doch darüber hinaus sind mir die Hände gebunden. Das Land, in das Ihr Euch begeben wollt, ist unwegsam und feindselig. Mehrmals habe ich Kundschafter entsandt, um mir ein Bild von den Landen jenseits des Euphrates zu machen – keiner von ihnen ist je zurückgekehrt.«

»Die Parther?«, fragte Lucius in die betretene Stille.

»Vermutlich … oder etwas anderes. Es heißt, dass die Lande im Osten uralte, tödliche Geheimnisse bergen, die seit den Tagen Alexanders niemand mehr gesehen hat.«

»Genauso ist es«, bestätigte Xenodamos aufgeregt. Noch immer stand er auf den Beinen, der Wein schien alle Bedrückung von ihm fernzuhalten, »und diese Geheimnisse sind der Grund unserer Reise. Auf das große Unbekannte!«, rief er, ließ sich abermals seinen Becher füllen und erhob ihn.

Die Gäste zögerten, ihre fragenden Blicke richteten sich auf Vitellius.

»Auf das Unbekannte!«, stimmte der Statthalter schließlich zu und erhob ebenfalls seinen Kelch. »Möge es uns Weisheit und Erkenntnis bringen!«

Wie ein Echo hallte der Trinkspruch im Saal wider, dann tranken sie.

Und verstohlene Blicke wurden getauscht.

XII

Gegen Mitternacht war das Gastmahl zu Ende gewesen.

Statthalter Vitellius hatte die Tafel aufgelöst, und die Gesellschaft hatte sich zur Nachtruhe begeben – doch so geräumig das Quartier auch sein mochte, das man ihm zugewiesen hatte, und so bequem das Lager, auf das er sein müdes Haupt betten konnte – Lucius fand keinen Schlaf.

Zu viel ging ihm im Kopf herum.

Zu viel, das nicht zusammenpasste und ihn noch argwöhnischer machte als zuvor … oder war es nur seine Sorge um Sibylla, die ihn so empfinden ließ? Sosehr sie seine Geduld bisweilen auf die Probe stellte und so herablassend sie ihn mitunter auch behandeln mochte, war ihm doch viel an ihr gelegen. Natürlich nicht in dem Sinn, wie Marcus Furius vermutete – dass ausgerechnet derjenige, der für jedes bisschen Zuneigung in seinem Leben mit barer Münze bezahlte, ihn in Liebesdingen belehren wollte, war geradezu lächer …

Plötzlich weckte etwas seine Aufmerksamkeit.

Was genau es war, hätte er nicht zu beschreiben vermocht. Es war keine Bewegung und auch kein Geräusch, mehr eine allgemeine Veränderung … Auch in der Arena war es bisweilen so gewesen, dass er die Attacke eines Gegners erahnt hatte, noch ehe dieser sie hatte ausführen können. Diese Momente, oft nur Bruchteile von Augenblicken, hatten manches Mal den Unterschied zwischen Leben und Tod bedeutet und ihn als Sieger aus seinen Kämpfen hervorgehen lassen ... und dieses Gefühl, dieser Instinkt, warnte ihn auch jetzt.

Lucius fühlte, wie sich sein Herzschlag beschleunigte.

Rasch schwang er sich von der Liege. Die Tunika hatte er anbehalten, im Halbdunkel griff er nach dem Schwert und zog es aus der Scheide. Durch den Schaft hellen Mondlichts, der durch das vergitterte Oberlicht fiel, huschte er zur Tür und öffnete sie, spähte hinaus auf den Gang. Auch hier fiel fahler Mondschein ein und übergoss die Standbilder griechischer Heroen mit blauem Licht. Sonst war niemand zu sehen.

Keine Diener ... und keine Wachen.

Für einen Augenblick horchte er in sich hinein – hatte er sich womöglich geirrt? Nein, die innere Unruhe blieb bestehen. Hier stimmte etwas nicht.

Lautlos schlüpfte er auf den Gang, huschte zur nächsten Tür, hinter der er Sibyllas Quartier wusste. Sein Herzschlag wollte aussetzen, als er im Halbdunkel die zusammengesunkene Gestalt bemerkte, die in der Türnische kauerte.

Kersas!

Sofort war Lucius bei ihm. Der Freigelassene blutete aus einer Wunde am Kopf. Er war ohne Bewusstsein, aber am Leben – offenbar hatte ihn jemand niedergeschlagen. Jemand, der sich Zutritt zu Sibyllas Quartier verschafft hatte ...

Lucius zögerte keinen Augenblick. Mit der ganzen Wucht seines in der Arena gestählten Körpers warf er sich gegen die Tür. Sie war von innen verschlossen worden, doch der Riegel gab nach und brach aus dem Mauerwerk. Nur einen Lidschlag später stand Lucius in der Kammer, die seiner eigenen glich, mit einem breiten Lager in der Mitte, auf dem Sibylla lag – und über ihr erhob sich drohend eine dunkle Gestalt!

Sibyllas weit aufgerissene Augen schrien um Hilfe, während sie mit der Gestalt rang, die mit einer Hand ihren Mund versiegelte, während sie ihr mit der anderen ein Messer ins Herz zu treiben suchte. Die Klinge blitzte gefährlich im einfallenden Mondlicht und hätte im nächsten Moment Haut und Fleisch durchstoßen – doch da war Lucius bereits zur Stelle.

Schon war er am Lager, packte die Messerhand des anderen und riss ihn daran zurück, schleuderte ihn gegen die Wand. Der Fremde keuchte. In einer Sprache, die Lucius nicht verstand, spie er einige Worte aus, vermutlich eine Verwünschung. Kalte Mörderaugen leuchteten im Mondlicht, dann schnellte die Hand mit dem Messer wieder vor, blitzschnell und auf Lucius' Eingeweide zielend.

Mit einem Schwerthieb wehrte er die Attacke ab, verletzte dabei die Hand des Attentäters. Erneut fluchte der Meuchelmörder, wirbelte herum und griff erneut an. Diesmal führte er die Klinge in einem mörderischen Halbkreis von oben, um sie Lucius in die Halsbeuge zu rammen, doch erneut war der Prätorianer schneller. Mit der Linken fing er die Attacke ab, während die Rechte gleichzeitig zustieß – und das Schwert in der Kehle des anderen versenkte.

Der Schrei, den der Fremde ausstoßen wollte, ging in einem Gurgeln unter. Das Messer entrang sich seinem Griff und fiel klirrend zu Boden. Als Lucius das Schwert wieder zurückriss, brach ein Blutschwall aus der Wunde hervor, in dem der Attentäter keuchend zusammenbrach.

Lucius wandte sich zu Sibylla um. »Alles in Ordnung?«

Sie hatte sich im Bett aufgesetzt und nickte krampfhaft. Ihre Tunika war von Angstschweiß getränkt, ihre Miene war schreckensbleich, die Augen noch immer geweitet. »Er … war plötzlich da …«, stieß sie atemlos hervor.

»Ja«, knurrte Lucius, »und sonst niemand. Nicht eine einzige Wache ist draußen postiert.«

»Was ist mit Kersas? Ist er …?«

»Er hat einen Schlag auf den Kopf bekommen, aber er wird wieder«, versicherte Lucius, während er sich zu dem Eindringling hinabbeugte.

Das Leben hatte den Mann bereits verlassen. In grotesker Verrenkung lag er in einer glänzenden Blutlache, die sich über den marmornen Boden ausbreitete. Dem Aussehen nach war er Syrer, seine blutbesudelte Kleidung die eines Palastdieners.

»Bei allen Göttern des Olymp, was ist hier los?« Xenodamos stand auf der Schwelle, im weißen Untergewand, eine Öllampe in der Hand, das graue Haar wirr in alle Richtungen stehend. »Ich hörte Geräusche …«

»Ein Attentäter«, sagte Lucius nur, während er seine Klinge an der Tunika des Toten säuberte. »Nicht viel hätte gefehlt, und er wäre erfolgreich gewesen.«

»Es geht mir gut«, versicherte Sibylla. Ihren Worten zum Trotz zitterte sie am ganzen Körper, presste die Bettdecke Schutz suchend an sich.

»Ein Attentäter?« Xenodamos sah Lucius zweifelnd an. »Ihr meint … den Kult?«

»Wohl eher nicht.« Lucius schüttelte den Kopf. »Dieser hier trägt keine Maske. Und er hat sich als Sklave verkleidet.«

»Wie wir wissen, gibt es noch andere Wege, die Söhne der Semiramis zu erkennen«, meinte der Gelehrte. Er trat ein und stellte seine Öllampe in der Wandnische ab. Für einen Moment schien er zu überlegen, von welcher Seite er sich dem Toten nähern könnte, ohne seine Sandalen mit Blut zu besudeln, dann bückte er sich ächzend und unterzog den Unterleib des Attentäters einer kurzen Untersuchung. »Ihr habt recht, Zenturio«, sagte er dann. »Dieser hier ist keiner von ihnen.«

»Aber … wer trachtet mir dann nach dem Leben?«, fragte Sibylla.

»Womöglich die Parther«, schlug Xenodamos vor. »Statthalter Vitellius sagte, dass es in Antiochia von Spionen und Attentätern wimmeln würde. Wir sollten sofort die Wachen alarmieren …«

»… von denen keine einzige hier gewesen ist, als Sibylla angegriffen wurde«, knurrte Lucius.

»Das hast du vorhin schon erwähnt«, hauchte sie. »Was willst du damit sagen? Doch nicht, dass der Statthalter …?«

»Ich weiß nicht, was ich glauben soll«, gestand Lucius, auf den Leichnam deutend. »Ich weiß nur, dass dieser da Euren Tod wollte und dass jener« – und damit wandte er sich Xenodamos zu – »beim Gastmahl geredet hat wie ein Wasserfall.«

»Verzeiht«, sagte der Gelehrte kleinlaut und raufte sich das wirre Haar. »Ich fürchte, das habe ich tatsächlich …«

»… und damit womöglich Feinde auf den Plan gerufen«, fuhr Lucius unbeirrt fort.

»Aber wieso?«, fragte Sibylla. »Warum sollte mir jemand nach dem Leben trachten? Ich bedrohe niemanden, noch habe ich irgendetwas getan, das …«

»Vielleicht brauchtet Ihr das gar nicht. Womöglich geht es nur darum, dass Ihr Claudius Varros Tochter seid. Euer Vater hatte viele Feinde, wie Ihr wisst.«

»Oder es geht um etwas, das Ihr *noch nicht* getan habt«, fügte Xenodamos nachdenklich hinzu. »Vielleicht möchte jemand diese Expedition verhindern – oder vielmehr das, was sie ans Licht bringen könnte.«

»Was meint Ihr?«

»Die Wahrheit, mein Kind«, entgegnete der alte Gelehrte, und ein seltsames Funkeln lag dabei in seinen Augen. »Sie ist es, die die Mächtigen mehr fürchten als alles andere.«

»Wie auch immer, eine zweite Gelegenheit werden wir ihnen nicht geben.« Lucius stieß ein Schnauben aus und machte eine Handbewegung, die nicht nur Sibyllas *cubiculum*, sondern den Palast und im Grunde ganz Antiochia einzuschließen schien. »Das alles hier gefällt mir nicht. Je früher wir verschwinden, desto besser. Morgen brechen wir auf.«

»Schon morgen?«, fragte Xenodamos. »Aber …«

»Kleide dich rasch an«, wies Lucius ihn an, »dann geh hinunter in die Garnison und informiere Furius und die anderen. Sie sollen sich zum Aufbruch rüsten.«

»Ich?« Mit einer Mischung aus Furchtsamkeit und Zweifel sah der alte Gelehrte ihn an. Der Gedanke, den Palast bei Nacht zu verlassen, missfiel ihm sichtlich. »Sollte ich nicht lieber bei Sibylla bleiben?«

»Und wenn ein weiterer Attentäter kommt? Willst du dich ihm entgegenstellen?«

»Warum schickt Ihr nicht Tanacos?«

»Weil ich ihm nicht trauen kann. Der Phrygier ist Caligulas Sklave und nicht der unsere, und ich weiß nicht, was für ein Spiel er spielt.«

»Verstanden«, erklärte Xenodamos sich bereit.

»Nehmt eins der Nebentore, wo weniger Wachen sind. Und kein Wort mehr zu irgendjemandem!«

Der Alte nickte, dann holte er sich seine Öllampe zurück und huschte hinaus. Lucius lud sich unterdessen den noch immer halb bewusstlosen Kersas auf die Arme und trug ihn nach nebenan in sein eigenes Quartier, wo er ihn auf sein Lager bettete. Sibylla folgte ihm, voller Sorge um ihren Diener.

Indem sie Stoffstreifen von ihrer Tunika riss, verband sie dessen Kopfwunde. Für einen Moment kam der Freigelassene zu sich und lächelte ihr dankbar zu. Dann verlor er erneut das Bewusstsein.

»Er erholt sich wieder«, war Lucius überzeugt. »Ich habe Leute mit weit schlimmeren Wunden wieder gesunden sehen. Geht jetzt zurück in Euer Quartier und ruht Euch aus, Sibylla. Ich werde vor der Tür Wache halten, Ihr braucht Euch also nicht zu sorgen.«

»Danke.« Ihr Blick traf ihn im Halbdunkel, der Schrecken war ihr noch immer anzusehen.

Er nickte und wandte sich zum Gehen. Er war schon auf der Schwelle, als sie ihn noch einmal zurückrief.

»Lucius?«

Er sah über die Schulter. »Ja?«

»Es …« Sie wich seinem Blick aus und sah zu Boden. »… es tut mir leid, was ich auf dem Schiff gesagt habe«, gestand sie. »Manchmal ist ein Schwert doch nützlicher als Wissen.«

»Das stimmt.« Er nickte. »Aber so sollte es nicht sein. Mir tut es auch leid, Sibylla. Wir beide kommen aus unterschiedlichen Welten – und Eure ist die bessere.«

Sie schürzte die Lippen und holte Luft, und für einen Moment hatte er das Gefühl, dass sie ihm noch etwas sagen wollte … etwas, das sie offenbar beschäftigte und das ihr auf dem Herzen lag. Aber sie zögerte, und einen Herzschlag später war der Moment bereits wieder vorüber.

»Gute Nacht, Zenturio Murmillo!«, sagte sie nur.

»Gute Nacht, Sibylla Varro!«

XIII

Sie verließen Antiochia, noch ehe die Sonne am nächsten Tag ihren höchsten Stand erreichte.

Noch in der Nacht hatte Xenodamos Marcus Furius über die Ereignisse im Palast in Kenntnis gesetzt, worauf dieser die Prätorianer geweckt und in Alarmbereitschaft versetzt hatte. Bei Tagesanbruch hatten sie die Kaserne verlassen und waren zum Palast gezogen, um dort mit Lucius, Sibylla und den anderen zusammenzutreffen.

Statthalter Vitellius reagierte aufgebracht, als er von dem gescheiterten Attentat erfuhr – noch aufgebrachter allerdings reagierte er auf das offenkundige Misstrauen, das Lucius und die übrigen Teilnehmer der Expedition ihm nun entgegenbrachten. Ihren Entschluss zum sofortigen Aufbruch nahm er persönlich, weder traf er noch einmal mit ihnen zusammen, noch erwies er ihnen die sonst üblichen Ehren. Dass er ihnen für die Weiterführung der Expedition Pferde, Kamele und Treiber sowie einen einheimischen Führer zur Verfügung stellte, war einzig der kaiserlichen Vollmacht zu verdanken, die Lucius als *indagator* innehatte; vom Zeugmeister des örtlichen Armeelagers ließ er darüber hinaus Vorräte und Lagerausrüstung beschaffen und auf die Packtiere verladen.

Die Prätorianer marschierten zu Fuß, die Pferde blieben den Offizieren sowie den zivilen Teilnehmern der Expedition vorbehalten. Überrascht nahm Lucius zur Kenntnis, dass

Sibylla eine geübte Reiterin zu sein schien, und selbst der alte Xenodamos saß einigermaßen sicher im Sattel; offenbar hatte er nicht sein ganzes Leben in lichtlosen Bücherhöhlen verbracht. Kersas war immerhin so weit genesen, dass er sich auf einem Pferd halten konnte – Furius ließ ihn bei sich aufsitzen. Tanacos hingegen, der kaiserliche Sklave und Spitzel, hatte Mühe, den Schweif des Tieres vom Haupt zu unterscheiden – Lucius ließ ihn kurzerhand auf ein Kamel setzen, wo er auf hohem Sitz schwankend kauerte und lautstark lamentierte.

Sie verließen Antiochia durch das nördliche, auf der rechten Flussseite gelegene Tor und folgten zunächst der Straße nach Berea, ehe sie nach Süden abbogen. Seine anerzogene Vorsicht riet Lucius dazu, sich von großen Ansiedlungen fernzuhalten und sich eher an Stützpunkte der römischen Legion zu halten, wo ihnen durch die kaiserliche Vollmacht jede benötigte Unterstützung zuteilwürde. Zwar bedeutete dies, die fruchtbaren Täler zu verlassen und sich in die karge Steppe hinauszubegeben, doch der einheimische Führer, der auf den Namen Pakoris hörte, kannte sämtliche Brunnen der Gegend sowie geeignete Lagerplätze für die Nacht.

Nach vier Tagesmärschen erreichten sie Chalcis, eine kleine Siedlung inmitten einer fruchtbaren Senke. Die aus Sandstein errichteten Häuser erinnerten mehr an Höhlen als an tatsächliche Gebäude, die Einwohner starrten die Besucher an, als wären es die ersten Fremden, die sie in ihrem Leben zu sehen bekämen.

»Was für ein trauriges Kaff«, kommentierte Marcus Furius geringschätzig. Zum Schutz vor der Sonne hatte er den *cucullus* hochgeschlagen, ein dunkler Bart spross in seinem Gesicht.

»Dieses Kaff, wie du es nennst, wurde einst vom ersten Seleukos gegründet, einem der Heerführer des großen Alexander«, klärte Xenodamos ihn auf. »Aber das ist nicht das Außergewöhnlichste daran.«

»Nein?« Von unter der Kapuze schickte Furius ihm einen

zweifelnden Blick. »Was ist es dann? Sollte es hier Thermen geben, in denen ein zivilisierter römischer Mann baden und sich erfrischen kann?«

»Kaum«, erwiderte der andere, den Spott geflissentlich überhörend. »Es ist der Name dieses Ortes – Pakoris, unser Führer, hat ihn mir genannt.«

»Wie lautet er?«

»Die Griechen haben ihm den Namen ›Chalkis‹ gegeben, aber die Einheimischen nennen ihn in ihrer Sprache ›Nest‹.«

»Nest?« Furius schüttelte verständnislos den Kopf. »Wieso das? Ein Nest wovon? Für wen?«

Xenodamos lächelte milde. »Eben das ist die Frage, nicht wahr? Vielleicht werden wir die Antwort ja schon bald erfahren.«

Diese Hoffnung des Gelehrten blieb unerfüllt. Doch zwei Tage später, auf dem Weg zur befestigten Garnison Barbalissus, der nächsten Station ihrer Reise, gab es einen merkwürdigen Zwischenfall.

Die Expedition hatte gerade ihr Nachtlager aufgeschlagen; die Teilnehmer waren müde vom langen Marsch und der Hitze und dem Staub des Tages, als einer der Wächter plötzlich Alarm schlug und behauptete, in der Dämmerung etwas erspäht zu haben.

»E...es war eine grässliche Kreatur, Zenturio! Anders als jedes Tier, das ich je gesehen habe«, meldete er stammelnd, verstört von dem, was er erblickt hatte.

Lucius merkte, wie sich etwas in ihm verkrampfte. »Wo genau hast du dieses ... Tier gesehen?«

»Dort am Himmel«, berichtete der Soldat, auf das dunkelblaue Firmament deutend, an dem bereits die ersten Sterne funkelten. »Es flog wie ein Vogel, und doch war es keiner.«

»Bist du dir sicher?«

»So wahr ich vor dir stehe, Zenturio! Ich habe es nur für einen Moment gesehen, aber es war da. Und seine Augen ...«

»Was ist mit ihnen?«, hakte Lucius nach, als der andere schaudernd verstummte.

»Sie haben geleuchtet ... wie glühende Kohlen.«

»Derartige Dinge sind hier nicht weiter ungewöhnlich, Herr«, berichtete Pakoris, ihr einheimischer Führer. Er war ein drahtiger kleiner Mann, der fließend ihre Sprache beherrschte. »Die Hirten in dieser Gegend haben früher öfter über seltsame Kreaturen berichtet, die sie am Himmel beobachteten. Und manchmal fehlten anderntags auch Schafe aus ihren Herden.«

»Ich verstehe.« Lucius tauschte Blicke mit Sibylla und Xenodamos, die beide betroffen dabeistanden. Genau wie er schienen auch sie nicht zu wissen, was sie von der Sache halten oder wie sie darauf reagieren sollten. War es ein erster konkreter Hinweis darauf, dass sie auf der richtigen Spur waren? Oder ließ es eher darauf schließen, dass die Männer nervös wurden?

Inzwischen war auch dem Letzten von ihnen klar geworden, dass dies keine gewöhnliche militärische Expedition war ... Nicht alle von ihnen waren in jener Nacht am Tiber dabei gewesen, aber natürlich hatten ihre Kameraden ihnen davon berichtet, gab es Gerede, das für Unruhe sorgte. Hinzu kam die Erschöpfung vom tagelangen Marsch bei sengender Hitze ... Lucius beschloss, seinen Leuten in Barbalissus zwei Tage Ruhe zu gönnen, ehe sie wieder aufbrechen würden.

»Kein Wort darüber«, schärfte er dem Posten ein. »Ich will nicht, dass irgendwelche Gerüchte im Lager die Runde machen.«

Dennoch verdoppelte er von dieser Nacht an die Wachen – und ertappte sich dabei, dass auch er selbst immer wieder argwöhnisch zum Himmel hochblickte.

Ohne weitere Zwischenfälle erreichten sie zwei Tage später Barbalissus und den Euphrates, dessen Lauf sie nach einer Unterbrechung von zwei weiteren Tagen folgten; hier stießen sie auch wieder auf fruchtbares, von Äckern und Palmenhainen durchzogenes Land. Die weite Ödnis der Steppe lag hinter ihnen, die Schrecken der Nacht waren beinahe vergessen. Ihr letztes Ziel, ehe sie den Fluss überschritten und sich auf unbekannten, feindlichen Boden begaben, würde nun Sura sein, die letzte römische Bastion am Euphrates, wo sie noch einmal ihre Vorräte ergänzen konnten.

Pakoris versicherte, dass sie die Grenzstadt innerhalb weniger Tage erreichen würden, und angesichts der grünenden Umgebung und der Tatsache, dass sie sich noch auf römischem Boden befanden, stellte sich bei allen das Gefühl ein, vergleichsweise sicher zu sein …

Ein Irrtum, wie sich zeigen sollte.

Einmal mehr hatten sie in einer von Wind geschützten Senke ihr Lager aufgeschlagen. Über dem Feuer, das die Prätorianer entzündet hatten, bereitete Kersas eine sättigende Mahlzeit aus Getreide und Erbsen zu, auf den umliegenden Hügeln verteilte Marcus Furius die üblichen Posten.

Die Nacht brach herein, und jenseits des orangeroten Feuerscheins erschien ein beinahe voller Mond am Himmel, umgeben von funkelnden Sternen. Und hin und wieder war für Augenblicke ein heller Streif am dunklen Firmament zu sehen.

»Es ist seltsam«, meinte Xenodamos nachdenklich, der mit Tanacos und Sibylla am Feuer saß.

»Was?«, fragte Lucius, der soeben von seiner Inspektionsrunde zurückkehrte und sich ebenfalls zu ihnen setzte. Kersas reichte ihm eine Schüssel mit Brei, die er dankend annahm.

»Fast alle bekannten Kulturen sehen in einem fallenden Stern ein Zeichen der Götter – nur über seine Bedeutung sind sie sich nicht einig. Die einen wollen darin ein gutes Omen erkennen, die anderen glauben, dass sich unheilvolle Dinge darin ankündigen.«

»Und Ihr?«, wollte Sibylla wissen. »Was glaubt Ihr?«

»Nun …« Der Gelehrte schürzte die Lippen, schien seine Worte sorgfältig abzuwägen. »… ich denke, dass wir in Zeiten leben, in denen …«

Weiter kam er nicht.

Ein Schrei zerriss die Ruhe, die sich über das Lager gebreitet hatte.

Lucius war sofort wieder in der Höhe, die Hand am Schwertgriff. Erneut ein Schrei …

»Das ist Furius«, stieß er hervor – dann war er schon in die Richtung unterwegs, aus der der heisere Ruf gedrungen war. Mehrere Prätorianer eilten herbei, die meisten nur in ihrer Tunika, der Schrei hatte sie aus dem Schlaf gerissen.

Sie brauchten nicht lange zu suchen. Marcus Furius kam ihnen aus der Dunkelheit entgegen. Neben sich her schleppte er den zappelnden Pakoris, den er am Kragen seines Mantels gepackt hatte und festhielt.

»Bitte nicht, Herr!«, rief der Syrer immer wieder in seinem fließenden Latein. »Verschont mich! Lasst Gnade walten!«

»Du willst Gnade?« Furius ließ ihn los, trat ihn stattdessen noch mit dem Fuß. »Dann sag mir, was du da oben getrieben hast, du Hund, oder ich schwöre, ich werde dir …«

»Was ist hier los?« Lucius kam dazu, blickte streng von einem zum anderen.

»Frag das lieber den da«, knurrte Furius und trat noch einmal zu. Pakoris heulte auf, ob vor Schmerz oder Scham über die Demütigung, war nicht festzustellen. Der Syrer hatte eigentlich angekündigt, wie an jedem Abend nach den Tieren sehen und dann bei den Treibern nächtigen zu wollen …

»Was ist passiert?«, wollte Lucius wissen. »Was hast du getan, Pakoris?«

»Nichts! Nichts!«, beteuerte der Führer.

»Von wegen«, widersprach Furius. »Ich wollte nur rasch außerhalb des Lagers pissen, da habe ich ihn erwischt, wie er im hohen Gras lag und das hier benutzte …« Er streckte die Hand aus und gab Lucius einen Gegenstand.

Es war ein kleiner Spiegel aus blank poliertem Metall.

»Der Scheißer hat das Ding benutzt, um jemandem verborgene Signale zu geben. Der Mond heute Nacht ist wie gemacht dafür.«

»Das … ist nicht wahr!«

»Lügner! Ich habe sogar gesehen, wie sie dir geantwortet haben, irgendwo dort in den Hügeln …« Furius wollte ihn abermals treten, aber in diesem Moment kam Sibylla dazu, gefolgt von Xenodamos und Tanacos.

»Schluss damit, sofort aufhören!«, verlangte sie. »Warum schlägst du diesen Mann?«

»Weil er ein elender Verräter ist«, erklärte Lucius anstelle des wütenden Furius und händigte ihr den Spiegel aus. Mehr brauchte er nicht zu sagen – ihr Blick ging hinauf zum fast vollen Mond, den Rest konnte sie sich denken.

»Ist das wahr?«, wollte sie von Pakoris wissen.

»Nein, Herrin! Kein Wort davon, das schwöre ich!«

»Was hast du dann mit dem Ding getrieben?«, blaffte Marcus Furius ihn an. »Wolltest du dir mitten in der Nacht deine hässliche Visage ansehen?«

Sibyllas Gesichtsausdruck verriet, dass ihr die Wortwahl des Prätorianers zwar nicht gefiel, dass sie jedoch ebenfalls erhebliche Zweifel an Pakoris' Unschuld hatte …

»Du hast gesehen, dass jemand geantwortet hat?«, fragte Lucius den Freund.

»Allerdings. Zweimal hintereinander.«

»Also ist es kein Zufall gewesen.« Lucius bückte sich, packte den unglücklichen Führer am Kragen seines Mantels und riss ihn zu sich hoch. »Wem hast du diese Signale geschickt?«, wollte er wissen. »Und was hast du ihnen gesagt?«

Einen Augenblick lang sah es noch so aus, als wollte Pakoris weiter den Unwissenden spielen und seine Unschuld beteuern, doch dann sah er wohl ein, dass dies keinen Sinn gehabt hätte. Denn schlagartig änderte sich sein Mienenspiel, und aus den eben noch so verzweifelt wirkenden Zügen sprach von einem Moment zum anderen nackter Hass. »Möge die Unterwelt dich verschlingen, Römer«, spie er keuchend hervor.

»Zeigst du jetzt dein wahres Gesicht?«

»Endlich.« Er bleckte sein lückenhaftes Gebiss zu einem Grinsen.

»Wer ist dort in den Hügeln?«, fragte Lucius noch einmal. »Und was hast du ihnen zu verstehen gegeben?«

»Das würdest du gerne wissen, nicht wahr?« Pakoris lachte leise in sich hinein. »Natürlich würdest du das.«

»Der Attentäter im Palast des Statthalters … seid das auch ihr gewesen?«

Der Syrer lachte nur einfach weiter.

Lucius verzog keine Miene. »Wir werden erfahren, was wir von dir wissen wollen«, kündigte er an. »Die Frage ist, wie die Sache für dich ausgehen wird, Pakoris. Wir kennen Mittel und Wege, deine Zunge zu lösen.«

»Ganz sicher … und wenn ihr sie mir dafür herausreißen müsst, nicht wahr?« Er lachte wieder, voller Spott und Abscheu. Unwillkürlich fragte sich Lucius, was Rom diesem Mann angetan haben musste, dass er bereit war, so weit in seinem Hass zu gehen.

»Dazu muss es nicht kommen«, versicherte er. »Rede, und du wirst deine Zunge behalten – und am Leben bleiben.«

Der Führer spuckte aus – Lucius ins Gesicht, der ihn daraufhin einfach fallen ließ.

»Befehle?«, fragte Marcus Furius.

»Befragen«, knurrte Lucius, während er sich den Speichel des Verräters aus dem Gesicht wischte. Dann wandte er sich um und kehrte ans Feuer zurück, wütend und frustriert zugleich. Sibylla sowie der Gelehrte und der Sklave folgten ihm, sagten jedoch kein Wort. Schweigend saßen sie da und starrten in die Flammen – auch dann noch, als aus dem Halbdunkel jenseits des Feuerscheins jämmerliches Geschrei erklang.

Lucius merkte, wie Sibylla ihn von der Seite ansah, und hörte, wie sie mehrmals Luft holte, um etwas zu sagen. Als Patrizierin, die noch dazu der stoischen Lehre folgte, konnte sie ein solches Vorgehen nicht anders als unmenschlich und barbarisch empfinden, ihrer unwürdig ... doch sie schwieg.

Denn sosehr ihr Herz auch dagegen sein mochte, ihr Verstand sagte ihr, dass ihrer aller Leben davon abhängen mochte, dass sie das Schweigen des Verräters brachen.

Irgendwann endeten die Schreie.

Lucius wartete noch einen Moment. Dann stand er auf und kehrte zu seinen Leuten zurück. Die anderen folgten ihm, auch Sibylla, einen entschlossenen Ausdruck im Gesicht.

Sie fanden Pakoris am Boden liegend, Furius und einige weitere Prätorianer umringten ihn.

Der Syrer sah fürchterlich aus.

Den Mantel hatten sie ihm abgenommen, er trug nur noch den Lendenschurz und blutete aus zahllosen Wunden. Sein Gesicht war verschwollen und kaum mehr wiederzuerkennen. An seiner linken Hand, die nur noch eine blutig verkrampfte Klaue war, fehlten zwei Finger.

Sibylla presste sich die Hand auf den Mund, sagte aber nichts. Über Tanacos' Gesichtszüge huschte ein schadenfrohes Grinsen. Xenodamos machte beim Anblick des Gefangenen kehrt und schlug sich in die Büsche. Einmal mehr gingen sein Essen und er getrennte Wege.

Lucius warf Marcus Furius einen fragenden Blick zu und erntete ein kaum merkliches Nicken. »Du willst also reden?«, erkundigte er sich bei Pakoris.

»Habe ich ... eine Wahl?« Die Stimme des Syrers war nur noch wenig mehr als ein Keuchen.

»Nein.«

»Was ... willst du wissen?«

»Alles. Für wen arbeitest du? Bist du ein parthischer Spion?«

Aus seinen fast zur Gänze zugeschwollenen Augen sah Pakoris ihn an. »Du denkst, es wäre ... so einfach?«

»Nichts ist hier einfach. Syria ist eine einzige Schlangengrube, voll von Intriganten und Fanatikern. Ich will wissen, was von beidem du bist.«

»Nichts davon.«

»Und das soll ich dir glauben?«

»Glaub, was du willst, römischer Narr«, fuhr der Gefangene Lucius an. Sein Atem ging dabei schwer und rasselnd. »Ob römischer Kaiser oder parthischer König – meinem Volk ist es einerlei. Aber wir fürchten die Rückkehr der Zauberin.«

»Was soll das heißen?« Lucius runzelte die Stirn.

»Das sagt er schon die ganze Zeit«, meinte Marcus Furius halblaut. »Faselt irgendetwas von einer Zauberin, die ...«

»Diese da!«, schrie Pakoris und riss die verschwollenen Augen auf, so weit es ging, während er mit der blutigen Hand auf Sibylla zeigte. »Von ihr rede ich! Sie ist es!«

»Was?« Sibylla wich erschrocken zurück ...

»Du bist es, du kannst dich nicht verstecken«, versicherte der Gefangene. Auf allen vieren kroch er über den Boden auf sie zu und spuckte dabei Blut. »Wir wussten, dass du eines

Tages zurückkehren würdest ... und wir wissen, was du vorhast!«

»Aber ich ... ich habe nicht ...« Sibylla schüttelte krampfhaft den Kopf, Grauen ließ sie erbeben.

»Warum sonst hättest du hierherkommen sollen?«, fragte Pakoris, zischend wie eine Schlange. »Du suchst deinen alten Tempel, willst deinen alten Thron!«

»Er spricht von Semiramis«, stieß Tanacos hervor.

»So nannte sie sich einst – heute hat sie einen anderen Namen. Doch noch immer ist es die Eine, und wie damals will sie mein Volk quälen und unterdrücken!«

»Aber nein, du irrst dich«, widersprach Sibylla kopfschüttelnd. »Ich bin nicht ...«

»Wie kannst du von etwas sprechen, das du selbst noch nicht weißt?«, fiel der Gefangene ihr aufgebracht ins Wort. Er streckte die verstümmelte Hand aus, um nach ihr zu greifen, doch plötzlich hatte er Lucius' Fuß im Rücken, der ihn zu Boden drückte.

»Schluss damit«, knurrte der Zenturio. »Warum hast du diese Signale gegeben?«

»Warum wohl? Weil diese da sterben muss«, stieß Pakoris hervor. »Aber du sollst nicht denken, dass ihr uns entkommen könnt ... meine Freunde haben meine Nachricht erhalten, sie werden in Sura auf euch warten!«

»Also hast du uns in eine Falle geführt.« Lucius schnaubte. »Und das im Palast? Seid ihr das auch gewesen?«

»Wir sind viele«, lautete die Antwort, »und wir sind überall. Dies ist unser Land, Römer, vergiss das nicht. Sobald ihr nach Sura kommt, wird ein Aufstand losbrechen und euch alle verschlingen.« Trotz der Schmerzen, die ihn quälen mussten, brachte er es fertig, schadenfroh zu lachen.

Lucius hatte den Fuß wieder von ihm genommen und dachte einen Moment nach. »Dann werden wir nicht nach Sura gehen«, entschied er.

»Aber es ist der letzte römische Außenposten!«, wandte Tanacos ein. »Die äußerste Grenze der Zivilisation …«

»Und wennschon.« Lucius schüttelte unwillig den Kopf. »Wir gehen direkt nach Süden und suchen uns einen anderen Weg über den Fluss. Marcus, sag den Männern, dass wir noch vor Sonnenaufgang aufbrechen werden. Noch bevor es hell wird, sind wir von hier verschwunden.«

»Verstanden.« Furius nickte.

»Und was wird aus mir?«, fragte Pakoris spöttisch.

»Wir sollten ihn töten«, schlug Tanacos vor.

»So steht ihr Römer zu eurem Wort?« Pakoris ließ ein gurgelndes Gelächter vernehmen.

»Keine Sorge, du wirst leben«, versicherte Lucius.

»Aber, Zenturio!«, widersprach Tanacos entschieden. »Wenn du ihn freilässt, wird er die nächste Gelegenheit nutzen, uns erneut zu verraten!«

»Ganz sicher«, pflichtete Furius bei, »der Sklave des Kaisers hat recht.«

»Von Freilassen habe ich nichts gesagt«, stellte Lucius klar. »Wir werden ihn an eine der Palmen dort binden und ihm mit einem Knebel das Maul verschließen. Wenn seine Kumpane auf den Gedanken kommen, nach ihm zu suchen, sind wir längst weg – unsere Spuren werden wir verwischen.«

»Und wenn sie mich nicht finden, werde ich elend zugrunde gehen«, wandte Pakoris ein.

»Dasselbe Schicksal, das du auch uns zugedacht hattest.« Lucius nickte. »Mit dem Unterschied, dass wir dir noch eine Chance lassen. Die Götter werden entscheiden, was mit dir geschieht«, fügte er hinzu und wandte sich ab.

»Das wirst du bereuen, Zenturio!«, rief der Geschundene ihm nach. »Der Tag wird kommen, da du begreifen wirst, dass ich recht hatte – doch dann wird es zu spät sein! Der Sand der Wüste wird dich verschlingen, und die Eine wird zurückkehren und alles zerstören!«

XV

Dem Entschluss folgend, den Lucius in der Nacht gefasst hatte, zogen sie in südlicher Richtung weiter, fort von den Wassern und den fruchtbaren Niederungen des Euphrates und wieder hinaus in die steinige Leere.

Noch vor dem ersten Tageslicht brachen sie auf, und Lucius beauftragte Marcus Furius und drei weitere Prätorianer damit, die Nachhut zu bilden und die wenigen Spuren zu beseitigen, die ihre kleine Karawane auf dem kargen Boden hinterließ; im Zwielicht der zurückweichenden Nacht verwischten sie die Fußspuren der Soldaten und die Hufabdrücke der Tiere, wobei sie Palmzweige benutzten, die sie von den Bäumen abgeschnitten hatten. Zudem hatte man darauf verzichtet, die Pferde und Kamele vor dem Abmarsch noch fressen und saufen zu lassen; und wenn sie doch einmal etwas fallen ließen, lasen die Soldaten es vom Boden auf.

Und noch eine weitere Spur beseitigte Marcus Furius …

Nachdem sie das Lager bereits verlassen hatten, kehrte der Prätorianer noch einmal dorthin zurück – und stieß Pakoris, den sie gefesselt und geknebelt zurückgelassen hatten, sein Schwert bis zum Heft ins Herz.

Er war nicht stolz darauf, und ihm war klar, dass er damit das Wort brach, das Lucius Murmillo dem Syrer gegeben hatte. Dennoch fühlte er kein Bedauern. Lucius war nicht nur sein Zenturio, sondern auch sein bester Freund. Ihm war klar, dass dieser die Arena einst mit dem Wunsch verlassen hatte, ein anderer, besserer Mensch zu werden und das Blut und das sinnlose Morden hinter sich zu lassen – doch verspürte Furius auch kein Verlangen danach, aus dem Hinterhalt überfallen und massakriert zu werden, nur weil sein Vorgesetzter besser sein wollte, als diese Welt es war. Also tat er an seiner Stelle, was getan werden musste.

»Sei verflucht, Römer«, gab Pakoris ihm mit auf den Weg, während ihn das Leben in pulsierenden Blutstößen verließ. »Eines Tages wird es dir ebenso ergehen …«

Furius spuckte verächtlich aus, um zu verbergen, dass ihn die Worte des Syrers trafen. Er reinigte sein *gladius* im Sand und schob es in die Scheide zurück, dann wandte er sich ab und ließ den Sterbenden zurück.

Obwohl das Verwischen der Spuren Zeit in Anspruch nahm, legten sie am ersten Tag eine Strecke von annähernd einhundertfünzig Stadien zurück. Die Gebirgskette, die sie am späten Nachmittag erreichten, war karg und unwegsam, barg mit ihren Felsen und Schluchten aber auch den Vorteil, sie den Blicken eventueller Verfolger zu entziehen. Sie folgten den Ausläufern des Gebirges, in der Ferne konnten sie in der vor Hitze flimmernden Ferne das sich windende Band des Euphrates sehen.

Unter einem Überhang aus Felsgestein, der sowohl Schutz vor dem Wind als auch vor Blicken versprach, schlugen sie schließlich ihr Nachtlager auf.

Sie verzichteten darauf, ein Feuer zu entfachen, und untersagten dies auch den einheimischen Treibern. Zwar gehörten diese wohl nicht zu jenen Aufständischen, zu denen Pakoris und seine Kumpane zählten, ihre wachsende Unruhe war jedoch nicht zu übersehen. Irgendetwas an diesem Gebirge, an dieser Gegend schien ihnen Angst zu machen. Sibyllas und Xenodamos' Versuche, den Ursprung dieser Furcht zu ergründen, blieben erfolglos. Da das Latein der Männer nur bruchstückhaft war, vermochten sie nicht zu beschreiben, was in ihnen vor sich ging … und vielleicht wollten sie das auch gar nicht.

Denn am nächsten Tag waren sie verschwunden.

Die Kamele und das Gepäck hatten sie zurückgelassen, die Treiber selbst jedoch waren über Nacht geflohen. Wie ihnen das trotz der doppelten Wachen gelungen sein mochte, konnten die Prätorianer sich nicht erklären, es war ein weiteres Rätsel … nur eins von den vielen, die dieses karge Land zu bergen schien.

»Sollen wir sie verfolgen?«, fragte Marcus Furius.

»Nein.« Lucius schüttelte den Kopf. »Was wäre damit gewonnen? Bei nächster Gelegenheit würden sie wieder fliehen.«

»Die Frage dürfte eher sein, warum sie Hals über Kopf geflüchtet sind«, wandte Sibylla ein. »Was hat ihnen solche Angst gemacht? Die Aufständischen? Die Nähe der Parther? Oder etwas ganz anderes?«

Lucius schüttelte den Kopf, er verspürte kein Verlangen danach, sich an Spekulationen zu beteiligen. »Ziehen wir weiter«, schlug er grimmig vor. »Früher oder später werden wir es wissen.«

In Ermangelung der Treiber mussten einige der Prätorianer die Kamele am Zügel führen, Furius suchte ein paar Männer aus, die ihm dafür geeignet schienen. Vier Mann wurden zudem als Kundschafter vorausgeschickt, um die weitere Strecke zu sondieren. So setzten sie ihren Weg fort.

Gegen Mittag wurde das Gelände steiler. Loses Geröll übersäte den Boden, das unter den Sandalen der Männer nachgab. Auch die Pferde hatten Mühe, Tritt zu fassen, nur die Kamele gingen weiter, als hätte sich nichts geändert.

Im selben Maß, wie das Gelände anstieg, wurden die Klüfte tiefer. Die Karawane zog durch ein Labyrinth sich verzweigender Schluchten; wäre nicht die Sonne am Himmel gewesen, an deren Stand sie sich orientieren konnten, hätten sie sich rettungslos verirrt. So jedoch gelang es ihnen, weiter auf südlichem Kurs zu bleiben, auch wenn sie weite Umwege in Kauf nehmen mussten.

Sie kamen langsamer voran, als Lucius es gehofft hatte, zudem ging ihr Vorrat an Wasser allmählich zur Neige. Als sie am Abend des zweiten Tages auf ein Wasserloch stießen, schöpften sie zunächst Hoffnung, doch die Tiere weigerten sich, daraus zu saufen. Lucius verbot seinen Leuten daraufhin, ihre Feldflaschen und Wasserschläuche zu füllen; zwei Soldaten, die es dennoch taten und das giftige Wasser tranken, bekamen noch während der Nacht heftige Schmerzen in den Eingeweiden. Es gab keine Abhilfe dagegen, ihr Geschrei hallte schaurig durch die Schlucht.

Am Morgen waren beide tot.

Sie begruben ihre Körper unter Steinen, damit die Aasfresser sie nicht bekommen sollten, dann zogen sie weiter. Die Stimmung war gedrückt, nicht nur des Verlusts zweier Kameraden wegen, sondern auch, weil während der Nacht niemand ein Auge zugetan hatte. Müde und erschöpft erreichten sie gegen Mittag des dritten Tages den Ausgang aus dem Labyrinth der Felsen – und erlebten eine weitere Überraschung.

Denn dort vor ihnen, auf einem Felsplateau, das nach Osten hin steil abfiel, erhob sich ein Kastell.

Es war nicht sehr groß und verfügte nur über einen einzigen, aus Natursteinen gemauerten Turm. Aber sowohl die Bauweise als auch die Rüstungen der Wachsoldaten, die auf den Wehrgängen ihren Dienst versahen, ließen nur den Schluss zu, dass es sich um ein römisches Lager handelte …

»Wie kann das sein?«, fragte Sibylla. »Hieß es nicht, dass Sura der letzte Außenposten der Legion sei?«

»Allerdings«, stimmte Lucius zu. Er wechselte einen Blick mit Furius, der sich darauf auch keinen Reim zu machen wusste. Dann trieb er sein Pferd auf den schmalen Pfad hinaus, der sich zu der kleinen Festung emporwand.

Die anderen folgten.

Als die Posten auf dem Turm sie erblickten, gaben sie Alarm. Noch mehr Legionäre tauchten auf den Wehrgängen auf – doch je näher sie dem Kastell kamen, desto deutlicher ging Lucius und den Seinen auf, in welch schlechtem Zustand sich die Mauern befanden. Und auch die Soldaten, die sich dahinter verschanzten und argwöhnisch auf sie herabspähten, machten einen abgerissenen, verbrauchten Eindruck.

»Die sind wohl schon seit einer ganzen Weile hier«, meinte Marcus Furius trocken.

»Halt, nicht weiter!«, scholl es ihnen vom Wehrgang über dem Tor entgegen. Lucius hob die Rechte und ließ den Zug anhalten.

»*Centurio Lucius Murmillo, Caesaris indagator*«, stellte Lucius sich vor. »Wir benötigen Wasser und Verpflegung sowie ein Quartier für die Nacht.«

»Seid ... ihr die Ablösung?«

»Sag ich's doch«, murmelte Furius.

»Nein«, rief Lucius laut zurück. »Wir sind hier auf einer Sondermission. Dieser Siegelring beweist es und sichert mir jedwede Unterstützung zu!« Er hob die Faust mit dem Ring, den Caligula ihm gegeben hatte. »Wer ist der Kommandant dieses Außenpostens?«

»Livius Vacerra, unser Zenturio.«

»Dann hol ihn her, ich verlange, ihn zu sprechen!«

Zwei der Posten verschwanden daraufhin von der Mauer, und eine halbe Ewigkeit verstrich, in der die verbliebenen Legionäre in, so schien es, stummem Vorwurf auf die Neuankömmlinge blickten.

Lucius hatte keine Ahnung, was diesen Männern widerfahren war, aber selbst auf die Distanz konnte er die Hoffnungslosigkeit sehen, die aus ihren Gesichtern sprach. Es waren die

Mienen von Männern, die längst schon nicht mehr wussten, wofür sie kämpften …

Dann wurde unvermittelt das Tor geöffnet.

»Zenturio Vacerra erwartet euch«, hieß es.

Und unter den leeren Blicken der Legionäre zog die Karawane in das von tristen Mauern umgebene Geviert des Kastells ein.

XVI

Der volle Name des Befehlshabers dieses entlegenen Außenpostens lautete Quintus Livius Vacerra. Er war ein altgedienter Veteran, der im Dienste des römischen Adlers schon zahlreiche Schlachten geschlagen zu haben schien – bei wenigstens einer davon hatte es ihn wohl übel erwischt, denn sein kantiger Schädel war auf der rechten Seite unbehaart und wies tiefe Narben auf, sein rechtes Auge war milchig weiß.

Im unteren Stockwerk des Wachturmes hatte er seine Kommandantur eingerichtet, wo er nun hinter einem grob gezimmerten Tisch hockte und das Schreiben las, das Lucius ihm vorgelegt hatte.

»Hm«, machte er schließlich, wobei der prüfende Blick seines verbliebenen Auges von Lucius über Sibylla zu Xenodamos und Tanacos und schließlich wieder zurück wanderte. »Wenn *Caesar* es wünscht, werde ich euch natürlich alle benötigte Unterstützung zukommen lassen.«

»*Caesar* wünscht es«, versicherte Lucius.

»Verstehe.« Vacerra nickte. »Dann ist er jetzt wohl der neue mächtige Mann in Rom und hat nach Crassus' Tod den Oberbefehl im Osten? Hängt vermutlich mit der Niederlage zusammen, nicht wahr? Ich dachte mir, dass der Senat das nicht einfach hinnehmen würde. War ein übles Massaker damals, zwanzigtausend der Unseren fanden den Tod. Dieses Ding hier …«, er deutete auf sein Auge und die Narbe am

Kopf, »… habe ich als Andenken behalten, und dabei hatte ich noch Glück.« In leiser Verzweiflung lachte er in sich hinein.

»Was genau … meinst du?« Lucius und seine Begleiter tauschten verwirrte Blicke.

»Schon gut, es geht mich nichts an«, meinte Vacerra und machte eine beschwichtigende Handbewegung. »Ihr sollt bekommen, was ihr braucht. Es ist nur … meine Leute und ich sind schon eine ziemlich lange Zeit hier oben. Als ihr aufgetaucht seid, kam Hoffnung auf, dass wir vielleicht abgelöst werden, aber das war wohl ein Irrtum, wie es aussieht.« Er nickte gedankenverloren, auch sein sehendes Auge starrte in diesem Moment blicklos vor sich hin. »Manchmal fürchte ich, dass wir niemals abgelöst werden und man uns längst vergessen hat …«

»Wie lange besetzt ihr diesen Außenposten schon?«, wollte Sibylla wissen.

»Seit dem Jahr der Niederlage. Anfangs dachten wir, wir hätten das große Los gezogen – weg von den Kämpfen und von den verdammten Parthern, deren einziges Vergnügen darin zu bestehen scheint, römische Körper mit Pfeilen zu spicken. Aber nun harren wir schon verdammt lange hier oben aus … anfangs war es leicht, doch je länger man hier ist, desto mehr begreift man, dass der Berg des Amurrum seine eigenen Gesetze hat.«

»Was genau bedeutet das?«, fragte Xenodamos, ganz der Wissenschaftler.

Wieder lachte Vacerra auf. »Es bedeutet, dass das Land verflucht ist. Von heute auf morgen verändert es sich, lässt Schluchten entstehen, wo zuvor noch keine waren, und vergiftet das Wasser in den Brunnen. Wisst ihr, wie viele Männer ich seit unserer Ankunft hier verloren habe? Beinahe vierzig, fast die Hälfte meines Zuges. Vergiftet, verdurstet, zu Tode gestürzt … und manche, die ich auf Erkundung schickte, kamen einfach nicht mehr wieder, und wir haben niemals auch nur eine Spur von ihnen gefunden.«

»Wir bedauern euren Verlust«, versicherte Lucius. »Auch wir haben unterwegs zwei Männer durch vergiftetes Wasser verloren.«

»Und so wird es weitergehen, glaub mir.« Vacerras verbliebenes Auge starrte Lucius durchdringend an. »Ein Fluch lastet auf diesem Land, schon seit alter Zeit, die Einheimischen meiden es deshalb. Sie haben uns damals gewarnt, haben etwas von dunklen Vorzeichen gemurmelt, aber natürlich haben wir nicht auf sie gehört. Die glorreiche römische Legion gibt schließlich nichts auf den Aberglauben irgendwelcher dahergelaufener Kameltreiber, nicht wahr?«

Wieder lachte er, und Lucius und seine Begleiter wechselten abermals Blicke. Das war wohl auch der Grund für die Furcht ihrer Treiber gewesen – und dafür, dass sie über Nacht geflohen waren …

»Es hieß, wir sollten den Posten hier oben ausbauen und besetzen, und das haben wir getan«, versicherte Vacerra grimmig. »Wir haben unsere Pflicht erfüllt wie echte Römer … aber es ist nicht einfach, unter diesen Voraussetzungen die Disziplin aufrechtzuerhalten, das könnt ihr mir glauben. Meine Leute sind tapfere Männer, aber sie sind dabei, die Hoffnung zu verlieren, und wir alle finden keinen Schlaf, schon lange nicht mehr … wir würden uns so gerne ausruhen und schlafen, endlich einmal …«

»Das … kann ich gut verstehen«, versicherte Lucius, der plötzlich das Gefühl hatte, dass sie nicht länger in diesem Stützpunkt bleiben sollten, als es unbedingt nötig war … diesem Außenposten, der auf keiner Karte verzeichnet war und von dem offenbar niemand mehr etwas wusste. »Dann können wir mit deiner Unterstützung rechnen, Zenturio Vacerra?«

Der andere sah Lucius seltsam an, schien einen Moment zu brauchen, um aus der Welt seiner Gedanken ins Hier und

Jetzt zurückzufinden. »Natürlich«, versicherte er dann. »Meldet euch bei meinem Optio, er wird sich um alles kümmern.«

»Danke«, erwiderte Lucius, und sie verließen den Wachturm wieder. Er verspürte Erleichterung, als er aus der Düsternis des alten Gemäuers wieder ins helle Tageslicht und in die Geschäftigkeit trat, die auf dem Innenhof des Kastells herrschte. Die Prätorianer wurden bereits mit Wasser und Proviant versorgt, Keras kümmerte sich um die Tiere.

»Was für eine seltsame Unterredung«, sagte Tanacos, der als Erster die Sprache wiederfand.

»Allerdings«, stimmte Lucius zu. »Offen gestanden, frage ich mich, ob unser geschätzter Kamerad Vacerra noch ganz bei Verstand ist.«

»Diese Frage scheint mir nicht unangemessen angesichts seines Geredes«, pflichtete Xenodamos bei. »Schließlich hat jene Niederlage des Crassus gegen die Parther vor beinahe einhundert Jahren stattgefunden ...«

»Die lange Einsamkeit hier oben hat ihn sicher seltsam werden lassen«, vermutete Sibylla, »oder vielleicht ist es auch eine Folge der schweren Verwundung, die er davongetragen hat – aber in einer Hinsicht hat er hoffentlich die Wahrheit gesagt.«

»In welcher?«, fragte Lucius.

»Er hat diese Gegend den ›Berg des Amurrum‹ genannt.«

»Und?«

»Amurrum ist ein anderer Name für Martu, den obersten Gott der Sumerer«, erklärte Sibylla. »Und erinnern wir uns daran, was in jener Schriftrolle geschrieben stand ...«

»Es hieß dort, der Tempel der Semiramis befinde sich ›in den Tiefen der Welt, weit jenseits des Flusses und des Berges von Martu‹«, zitierte Xenodamos wörtlich. Seine Stimme bebte dabei vor Aufregung.

»Soll das heißen, dass ... dieser Berg hier gemeint ist?«, hakte Lucius nach.

»Das wäre sehr gut möglich.« Sibylla nickte.

»Dann wäre dies auch die Gegend, die auf der Karte beschrieben wird«, folgerte Xenodamos.

»Zweifelsohne«, bestätigte sie. »Wären wir wie geplant nach Sura gegangen, hätten wir davon wohl nie erfahren – so jedoch hat uns ein glücklicher Zufall hergeführt.«

»Kein Zufall«, war der Gelehrte überzeugt, und in seinen kleinen Augen blitzte es wissend dabei. »Wenn derlei Dinge geschehen, hat stets die Vorsehung ihre Hand im Spiel.«

»Zufall oder Vorsehung, mir ist es einerlei«, gestand Lucius, während er seinen Blick über den Innenhof schweifen ließ. Nicht nur die Wehrgänge und Zinnen, auch die an die Mauern gebauten Baracken erweckten den Eindruck, vor langer Zeit errichtet und seither nicht mehr instand gesetzt worden zu sein. Der Mörtel war brüchig, der Sandstein bröckelte allenthalben. Und mit den Legionären verhielt es sich nicht viel anders – ihre Rüstungen waren rostig, alt und abgetragen, die Umhänge und Tuniken teils nur noch Fetzen. »Hauptsache, wir sind hier bald wieder weg«, fügte er hinzu.

»Ihr da!« Einer von Vacerras Leuten kam auf sie zu. Ein Bart wucherte in seinem Gesicht, sodass sein Alter unmöglich zu schätzen war. Kleidung und Rüstung waren zerschlissen und abgetragen wie bei den anderen. Der Blick seiner dunklen Augen hatte etwas Gehetztes. »Ihr seid von draußen, nicht wahr? Woher seid ihr gekommen?«

»Aus Barbalissus«, erwiderte Lucius bereitwillig.

»Barbalissus.« Der andere wiederholte es wie eine Zauberformel. »Wie ist es dort? Ihr müsst wissen, wir sind lange nicht draußen gewesen, sehr lange …«

»Es ist alles in Ordnung«, versicherte Lucius – was hätte er auch sonst sagen sollen?

Der Legionär nickte und sah sie dabei an. »Habt ihr sie gesehen?«, wollte er wissen.

»Wen meinst du? Die Parther?«

»Nein«, erwiderte der Mann kopfschüttelnd, wobei sein seltsamer Blick durch Lucius hindurch und in weite Ferne zu reichen schien, »nicht die Parther … Da draußen ist noch etwas anderes … etwas, das noch viel schlimmer ist.«

XVII

Den Rest des Tages nutzten sie, um ihre Vorräte aufzufüllen, die Ausrüstung auszubessern und sich ein wenig auszuruhen. Nach dem anstrengenden Marsch der letzten Tage hätte Lucius sowohl seinen Männern als auch den Tieren gerne eine etwas ausgedehntere Rast verschafft, doch er wollte nicht länger bleiben, als es unbedingt notwendig war. Irgendetwas an diesem alten Kastell und seiner Besatzung stimmte nicht, das sagte ihm sein Gefühl.

Zwar schien Vacerra nichts gegen sie im Schilde zu führen, und soweit Lucius es sagen konnte, hegten die Legionäre auch keinen Argwohn gegen die Neuankömmlinge. Im Gegenteil schienen sie alles mit Gleichmut hinzunehmen. Noch nicht einmal Sibylla, die sicher die erste Frau war, die sie in einem langen Zeitraum zu sehen bekamen, erregte besondere Aufmerksamkeit. Ein wenig war es, als hätte die Besatzung des Kastells den Bedürfnissen sterblicher Männer längst entsagt, als hätten die Sonne und der ständige Wind, der um die Gipfel der Berge strich, sie ausgetrocknet und in lebende Mumien verwandelt, die weiter ihren Dienst versahen, ohne zurückzublicken oder Fragen zu stellen, wahre Soldaten im römischen Geist. Und dennoch – oder vielleicht auch gerade deswegen – haftete ihnen etwas Unheimliches an.

Da Lucius ohnehin keinen Schlaf gefunden hätte, hatte er sich selbst zum Wachdienst eingeteilt.

Auf dem Wehrgang oberhalb der Baracke stehend, in der Sibylla und die anderen schliefen, ließ er den Blick abwechselnd über den Innenhof des Kastells und dann wieder über die mondbeschienene Weite schweifen. Das *sagum* um die Schultern, um sich vor der Kühle der Nacht zu schützen, blickte er auf das Tal und das Band des Euphrates hinab, den sie in Kürze überschreiten und damit die Grenzen des Römischen Reiches hinter sich lassen würden. Auf der anderen Seite des Flusses würden der Siegelring und die kaiserliche Vollmacht keine Gültigkeit mehr besitzen, im Gegenteil: Was ihnen bislang zum Vorteil gereicht hatte, konnte, wenn es in falsche Hände geriet, nunmehr ihr Todesurteil bedeuten.

Doch die Parther, die dort jenseits des Wassers lauerten, das zäh und glitzernd durch das karge Land floss, schienen bei Weitem nicht die einzige Gefahr zu sein ... Natürlich hatte Lucius den Legionär gefragt, wovon er denn sprach, hatte von ihm erfahren wollen, was angeblich dort draußen wäre, das so überaus gefährlich sei ... doch der Mann hatte keine Antwort mehr gegeben und sich wieder seiner Arbeit zugewandt, mit demselben Gleichmut, mit dem jeder hier seiner Arbeit nachzugehen schien, und nicht zum ersten Mal fragte sich Lucius, was mit Vacerra und seinen Leuten los war.

Warum erinnerten sie sich an eine Schlacht, die einhundert Jahre in der Vergangenheit lag? Warum wussten sie weder, wer in Rom Kaiser war, noch, dass es überhaupt einen Kaiser gab?

Voll innerer Unruhe sah Lucius hinaus auf die zerklüftete Landschaft, die sich südöstlich vom Kastell erstreckte und die jäh in Dunkelheit versank, als eine Wolke vor die volle Scheibe des Mondes kroch ... und in diesem Moment, kurz bevor der blaue Schein verblasste, sah er sie.

Römische Legionäre.

Lucius hatte sie das Lager nicht verlassen sehen, aber sie schienen zu Vacerras Leuten zu gehören – ein kleiner Zug, der den schmalen, sich zwischen den Felsen windenden Pfad hinunterstieg. Bei sich führten die Männer zwei Bahren, auf denen tote Kameraden lagen.

Lucius runzelte die Stirn. Er hatte nicht mitbekommen, dass die Legionäre erneut zwei Tote zu beklagen hatten, und Vacerra hatte auch nichts davon erwähnt. Doch ganz offenbar war es ein Leichenzug, dem er dort zusah.

Das Ziel der Männer schien ein von Sand und losem Geröll bedecktes Becken zu sein, wo das Gelände verflachte, ehe es nach Osten hin erneut steil abfiel. Erst jetzt bemerkte Lucius die Steinhaufen, die dort aufgeschichtet waren, und ihm wurde klar, dass dies ein Friedhof war. Prompt hielt der Zug inmitten des Beckens an. Die Toten wurden von den Bahren geladen, auf den Boden gelegt und unter Steinen begraben, bis nichts mehr von ihnen zu sehen war.

Eine Zeremonie, ein Gebet an die Götter oder auch nur Worte des Gedenkens gab es nicht. Mit derselben Gleichgültigkeit, mit der sie tagsüber ihren Dienst versahen, gingen die Legionäre auch dieser Tätigkeit nach und bestatteten die leblosen Körper ihrer Kameraden. Erst nachdem sie ihr Werk verrichtet hatten, versammelten sie sich für einen Moment unter der Standarte, die der *aquilifer* dem Trupp vorangetragen hatte – und Lucius erstarrte innerlich.

Das Tier, das auf dem Feldzeichen dargestellt war, war nicht der sonst übliche Adler der Legion.

Es war ein Mantikor.

Legio X. Carnivora stand auf dem Schild darunter.

In diesem Augenblick erwachte Lucius aus dem Schlaf.

Zu seiner eigenen Überraschung fand er sich nicht auf dem Wehrgang wieder, sondern auf dem kargen Lager in der Baracke, die man ihm zugeteilt hatte.

Dämmriges Zwielicht fiel durch das schmale Fenster.

Der neue Tag zog herauf.

XVIII

Lucius verspürte Erleichterung, als er das Zeichen zum Aufbruch geben konnte.

An der Spitze des Zuges ritt er zum Tor hinaus, dicht gefolgt von Marcus Furius und einem weiteren berittenen Kundschafter, die sogleich an ihm vorbeisprengten, um das vor ihnen liegende Gelände zu sondieren. Es folgten Sibylla und ihr treuer Diener Kersas, dann Xenodamos und Tanacos, schließlich die Kamele und endlich die verbliebenen Prätorianer, denen man ihre Herkunft jedoch nicht mehr angesehen hätte.

Lucius hatte befohlen, alles zurückzulassen, das sie auf den ersten Blick entlarvte, dazu gehörten Helme, Schilde und alles andere, was sie in feindlichen Augen wie römische Soldaten aussehen ließ. Die Männer trugen ihre Tuniken und Rüstungsteile aus Leder, die leichter und weniger auffällig waren, dazu weite Mäntel, wie die Einheimischen sie benutzten, und hochgeschlagene *cuculli* zum Schutz vor der Sonne. Als Bewaffnung waren ihnen ihre Schwerter sowie Pfeil und Bogen geblieben, einige hatten auch ihre *pila* behalten, die sie wie Wanderstäbe benutzten.

»Ist das klug?«, hatte Tanacos ihn kritisch gefragt. »Soldaten der glorreichen Prätorianergarde wie hergelaufenes Gesindel aussehen zu lassen?«

»Um gegen eine feindliche Streitmacht zu bestehen, sind

wir zu wenige«, hatte Lucius ihm erklärt, »also sollten wir dafür sorgen, dass man uns gar nicht erst bemerkt. Nicht ich habe mir das ausgedacht, sondern die Natur – ein Käfer, den man nicht sehen kann, weil er sich seiner Umgebung anpasst, wird nicht so rasch gefressen.«

Der Vergleich mit einem Insekt schien dem kaiserlichen Spitzel nicht sehr zu behagen, aber er hatte auch nicht widersprochen. Nun zog die kleine Karawane den Pfad hinab, der sich über die östlichen Hänge zum Flusstal erstreckte. Loses Gestein rieselte unter Füßen und Hufen, und graubrauner Staub stieg auf, der sich zwischen den Zug und das Kastell schob. Vacerra und seine Mannen, die am Tor und auf den Wehrgängen standen und ihnen nachblickten, verschwanden darin wie in einem dichten Nebel, der plötzlich aufzog und das Sonnenlicht in hellen Schäften flirren ließ.

Lucius hing düsteren Gedanken nach.

So erleichtert er einerseits war, weiterzuziehen und diesen Ort zu verlassen, sosehr scheute er sich auch davor, den Fluss zu überschreiten und das Land des Feindes zu betreten. Die vage Hoffnung keimte in ihm, dass, wenn dies tatsächlich der Berg wäre, von dem in den alten Schriften die Rede war, sie mit Hilfe der Karte möglichst rasch jenen verborgenen Tempel finden und wieder umkehren könnten. Etwas an diesem Landstrich stimmte nicht, die Worte Livius Vacerras klangen ihm noch deutlich im Ohr … doch etwas anderes verstörte ihn noch ungleich mehr.

Als sie dem Pfad nämlich ein Stück weit gefolgt waren, verflachte das Gelände wieder – und die Karawane fand sich inmitten eines von Felsen umgebenen Beckens wieder, dessen Grund mit Sand und losem Gestein übersät war, das man zu mannslangen Haufen aufgeworfen hatte.

Der Friedhof!

Schon der Anblick erschreckte Lucius, denn alles sah genauso aus wie in dem seltsamen Traum, den er gehabt hatte.

Geradezu entsetzt war er jedoch, als er erkannte, dass zwei der Gräber offenbar erst frisch aufgeschüttet worden waren!

War das, was er gesehen hatte ... womöglich doch kein Traum gewesen? Hatte er jenes schweigsame Begräbnis tatsächlich mit eigenen Augen beobachtet? Aber was war danach geschehen? Wie war er in sein Quartier und auf sein Lager gelangt?

Sosehr er auch versuchte, sich daran zu erinnern, es gelang ihm nicht – und das machte ihm noch mehr Angst als alle Parther und selbst der leibhaftige Mantikor, der dort jenseits des Flusses lauern mochte ...

»Was ist?« Sibylla hatte ihr Pferd an seine Seite gelenkt und blickte fragend zu ihm hoch. Sie sah ihm wohl an, dass etwas nicht stimmte. »Erschreckt den furchtlosen Lucius Murmillo der Anblick eines Friedhofs denn so sehr?«

»Nein«, versicherte er. Für einen Moment erwog er, ihr davon zu erzählen, entschied sich aber dagegen. »Dafür habe ich schon zu viele begraben«, fügte er stattdessen hinzu.

»Du meinst Kameraden?«, fragte sie. »Freunde, die du in der Arena verloren hast?«

»Gladiatoren haben keine Freunde«, entgegnete er, »wusstet Ihr das nicht?«

»So geht das Gerücht.« Sie nickte. »Aber ich kann mir nicht vorstellen, dass das stimmt. Jeder braucht einen Freund – ganz besonders dann, wenn sein Leben jederzeit enden könnte. Mein Vater war davon überzeugt, dass das Gerücht nur deshalb in die Welt gesetzt wurde, damit die Zuschauer bei den Spielen nicht auf den Gedanken kommen, dass Gladiatoren menschliche Wesen sind, die genau wie wir alle empfinden, die ihre Freunde lieben und den Tod fürchten. Sie sollen sie als ein Ding sehen, als ein Mittel, das ihrer Unterhaltung dient.«

Sie hatten das Ende des Friedhofs erreicht. Furius saß dort auf seinem Pferd und zeigte an, welchen Pfad sie wählen sollten. Er war nicht sehr steil und breit genug, dass zwei Reittiere nebeneinandergehen konnten.

»Euer Vater war ein kluger Mann«, stellte Lucius fest.

»Das war er«, stimmte sie zu. »Er fehlt mir.«

»Das kann ich gut verstehen. Ich habe ihn weder besonders lange noch besonders gut gekannt, aber sein Mut und seine Weisheit haben mich tief beeindruckt.«

»Inwiefern?«

Er sandte ihr einen Seitenblick und beschloss, ihr die Geschichte zu erzählen. »An jenem Abend, da Euer Vater in den kaiserlichen Palast kam, um von seiner Entdeckung den Kult betreffend zu berichten, da war dort auch eine Frau ... Apulia, eine einäugige Hure, die die Begegnung mit dem *manticorus* mit knapper Not überlebt hatte. Obwohl sie Schreckliches durchgemacht hatte, machte Caligula sich über sie lustig und befahl am Ende gar, sie zu töten, damit niemand erfahren solle, was sie gesehen hatte.«

»Und?« Sibyllas Blick verfinsterte sich.

»Euer Vater kam und machte dem Kaiser durch seine Enthüllungen klar, dass das, was die Frau gesehen hatte, nicht mehr von Bedeutung war – auf diese Weise rettete er ihr das Leben, während alle anderen nur dabeistanden und es ohne Widerspruch hätten geschehen lassen ... ich ebenso.«

»Es gehört auch Mut dazu, sich das einzugestehen«, sagte Sibylla mit nachsichtigem Lächeln. »Kaum jemand wagt es, in Caligulas Gegenwart Widerworte zu geben.«

»Euer Vater hat es getan.«

»Er hat nie viel auf die Meinung anderer gegeben. Er meinte, er wäre zu alt, um die Wahrheit zu verschweigen – deshalb ist er vermutlich tot.«

Sie sagte es ohne Bitterkeit oder Trauer, es war nur eine Feststellung – und vermutlich hatte sie recht damit.

Lucius nickte nur und erwiderte nichts darauf, und sie ließ sich wieder zurückfallen, um bei Xenodamos und den anderen zu sein, während Lucius vorn an der Spitze des Zuges blieb.

Über ein weites Geröllfeld, das den Pferden nur unsicheren Tritt bot, führte der Weg sie weiter nach Osten. Durch zerklüftetes Gelände, durch das sich Schluchten wie tiefe Narben schnitten, ging es schließlich auf das Flusstal zu. Der Euphrates, der von der Festung aus als fernes glitzerndes Band erschienen war, lag nun breit und mächtig vor ihnen, und nach Tagen in karger Ödnis erreichten sie am späten Nachmittag endlich wieder fruchtbares Land.

Noch einmal lagerten sie an diesem Abend auf der römischen Seite des Flusses. Dann, am Morgen des nächsten Tages, ließen sie sich von einheimischen Fischern zur anderen Flussseite bringen und setzten erstmals ihren Fuß auf das Land, über das einst Königin Semiramis geherrscht hatte.

Das Land des Mantikors.

VOLUMEN TERTIUM: IN UNGUIBUS MANTICORI

I

Drei Tage waren sie marschiert, stets in Richtung der aufgehenden Sonne. Das fruchtbare Tal des Euphrates hatten sie bald hinter sich gelassen, nun hielt sie von Sand und Stein beherrschte Ödnis umfangen, die von einem Horizont zum anderen reichte und über die pausenlos ein warmer, trockener Wind strich, der Haut und Kehlen ausdörren ließ.

Obwohl sie diesmal über genügend Wasser und Proviant verfügten, sodass sie Entbehrung zunächst nicht zu fürchten brauchten, hatte Lucius die Vorräte rationieren lassen. Die Weite des Landes setzte ihnen zu, förderte bei ihnen das Gefühl, darin verloren zu sein – doch es gab auch Hoffnung.

In manchen der Felsformationen, die der Wind aus dem Gestein gemeißelt hatte, erkannten sie jene wieder, die auf dem alten Pergament verzeichnet waren, sodass sie immerhin wussten, dass sie auf dem richtigen Weg waren. Was sie nicht wussten, war, wohin er sie führte und wie weit sie ins Land des Feindes vorstoßen mussten, um ihr Ziel zu erreichen.

Lucius ließ Vorsicht walten.

Längst hatte er Furius und Sibylla zu seinen Beratern gemacht – den einen, weil er schon länger Soldat war als er selbst und Erfahrung darin hatte, sich auf feindlichem Gebiet zu bewegen; die andere, weil sie die geografischen und klimatischen Bedingungen dieses Landes zumindest aus den Büchern ihres Vaters kannte. Stets schickte Lucius eine Vorhut voraus, die das vor ihnen liegende Gelände erkunden sollte, und befahl einer kleinen Nachhut, die Karawane nach hinten zu sichern. Zudem stellte er zwei Männer dazu ab, stets den Himmel im Auge zu behalten – doch außer einzelnen Raubvögeln, die hin und wieder im fahlen Blau kreisten, war bislang nichts gesichtet worden.

Bei Nacht fanden sie in Mulden Zuflucht, die einen gewissen Schutz vor Entdeckung boten und sich im Notfall nach allen Seiten verteidigen ließen; die doppelten Wachen behielt Lucius bei und verkürzte dafür die Schichten. Ein Feuer entzündeten sie nur dann, wenn sie sicherzustellen vermochten, dass es nicht weithin gesehen wurde und ihnen womöglich Aufmerksamkeit eintrug, die tödlich enden konnte. Lucius war klar, dass das Heer der Parther anders organisiert war als das römische, mit weit größerem Augenmerk auf der Reiterei, was angesichts der Größe und Weite ihres Reiches auch nicht verwunderlich war; aber er nahm an, dass auch sie ihre Grenzen durch Patrouillen sicherten, und er wollte keiner davon begegnen ... und auch nicht den Aasfressern, den tierischen wie den menschlichen, die es hier wie in jeder Ödnis gab. Von Schlangen, Skorpionen und anderen Schrecken der Wüste ganz zu schweigen.

Erneut hatte sich der Mantel der Nacht über die karge Landschaft gebreitet. In einer beinahe kreisrunden, kraterförmigen Senke, deren Boden von Sand und feinem Geröll bedeckt war, schlugen sie ihr Lager auf. Ein Feuer zu entzünden, wagten sie allerdings auch in dieser Nacht nicht, der Schein der Flammen würde über viele Stadien hinweg zu sehen sein, und dieses Risiko wollte Lucius nicht eingehen. Einmal mehr bestanden die Rationen, die die Teilnehmer der Expedition verzehrten, aus trockenem Zwieback und Dörrobst.

Gesprochen wurde kaum, alle waren erschöpft von der Hitze und der Strapaze des langen Marsches. Wer nicht zur Wache eingeteilt war oder sich um die Tiere zu kümmern hatte, der hockte auf dem Grund der Senke und kaute an seiner Ration, die Zivilisten ebenso wie die Prätorianer. Lucius hatte angeboten, dass Sibylla und Xenodamos üppigere Rationen und auch etwas mehr Wasser erhalten sollten als die Soldaten, aber Claudius Varros Tochter hatte dies abgelehnt. Sie wollte, so hatte sie beteuert, keinen Vorteil gegenüber den anderen Teilnehmern der Expedition, und nahm alle Entbehrungen klaglos hin; anders als ihr väterlicher Begleiter aus Alexandria, der sich zwar ebenfalls nicht beklagte, gegen ein wenig zusätzliche Verpflegung allerdings nichts einzuwenden hatte.

Die Soldaten waren nicht begeistert darüber, ließen es aber bei Blicken bewenden. Aufgrund seines Alters gestanden sie dem Alexandriner die Extraration zu. Seine Begleiterin hingegen, auf die sie zu Beginn ihrer Reise mit einer gewissen Geringschätzung geblickt hatten, respektierten sie inzwischen, und das war allein Sibyllas Verdienst. Auch Lucius war überrascht darüber, wie Varros Tochter die Strapazen der Reise meisterte, und immer mehr ging ihm auf, dass er sie noch nicht einmal annähernd kennengelernt hatte.

Die Nacht war dunkel. Graue Wolken schoben sich immer wieder vor die abnehmende Scheibe des Mondes und stürzten die zerklüftete Landschaft in tiefe Finsternis, nur um sie im nächsten Moment mit fahlen Schäften von Mondlicht zu durchbohren. In einem dieser Schäfte regte sich plötzlich einer der Soldaten …

»Was ist denn das?«, rief er und begann, neben sich im Sand zu buddeln, wo er offenbar auf etwas gestoßen war. Nur Augenblicke später zog er einen Gegenstand hervor und hielt ihn in die Höhe. Es war, im Mondschein unschwer zu erkennen, der Helm eines römischen Legionärs … »Ich dachte, wir wären alleine hier, Zenturio?«, fragte der Mann und schickte Lucius einen fragenden Blick.

»Lass sehen«, verlangte der und hob die Hände, worauf ihm der Soldat den Helm zuwarf.

Es war aus Bronze gefertigt und hatte wohl eine ganze Weile im Sand gelegen; die Form war anders als bei den *galeae* der Prätorianer, aber der Wangenschutz und der verlängerte Nacken ließen deutlich erkennen, dass es sich um einen römischen Helm handelte, wenn wohl auch um ein älteres Modell. Unwillkürlich musste Lucius an die Rüstungen von Vacerras Leuten denken. Auch sie hatten alt und abgetragen gewirkt, wie aus einer anderen Zeit …

»Hier ist noch etwas!« Auf der anderen Seite der Senke zog einer der Soldaten ein Stück schwarzen Metalls aus dem Sand, das wohl einmal ein *gladius* gewesen war. »Wie kann das sein?«

»Ich nehme an, wir sind nicht allzu weit von Carrhae entfernt«, erwiderte Sibylla. Auf einem Felsbrocken kauernd, aß sie ihre Ration wie alle anderen.

»Carrhae?«, fragte der Soldat.

»Das war der Ort, wo die römischen Legionen unter Licinius Crassus eine verheerende Niederlage gegen die Parther erlitten haben«, führte Sibylla aus. »Seither ist der Euphrates als Grenze zwischen den Reichen festgeschrieben.«

»Es war ein schwarzer Tag für Rom«, fügte Xenodamos hinzu. »Fünftausend römische Legionäre fanden am Ort der Schlacht den Tod, weitere fünfzehntausend starben, als sich das Heer in Auflösung befand und in alle Winde zerstreute. Offenbar gelangten einige von ihnen bis hierher, wo sie zwar nicht die Pfeile der Parther, aber Hunger und Durst ereilten.«

»Bei Mars!«, rief der Soldat aus, der den Helm im Sand gefunden hatte. »Soll das heißen, wir … wir sitzen auf einem verdammten Friedhof?«

Er sprang auf, als hätte ihn eine giftige Natter gebissen, einige seiner Kameraden taten es ihm gleich. Argwöhnisch sahen sie sich um, einige stocherten im Sand, ob sie noch mehr Hinterlassenschaften fanden.

»Kein Grund zur Beunruhigung«, versicherte Sibylla. »Das alles ist vor langer Zeit geschehen, wir …«

Sie verstummte, denn in diesem Augenblick versank der Mond erneut hinter dichten Wolken, und schlagartig stülpte sich die Dunkelheit wieder wie ein schwarzer Sack über das Land. Einige der Soldaten stießen Verwünschungen aus, Lucius konnte ihre Furcht beinahe fühlen. So unerschrocken sie auch im Kampf sein mochten, so sehr fürchteten die Prätorianer alles Übernatürliche. Nicht nur in den Stunden vor einer Schlacht war Aberglaube in der Armee weit verbreitet …

Er wollte den Männern gerade sagen, dass sie sich nicht lächerlich machen und gefälligst wieder hinlegen und beruhigen sollten, als er es spürte … einen Luftzug in seinem Rücken, kalt und dunkel wie die Unterwelt selbst.

Blitzschnell fuhr er herum – und seine Augen, die sich gerade erst an die Dunkelheit gewöhnt hatten, erblickten eine wahre Schreckensgestalt, die vor ihm aus Sand und losem Geröll emporwuchs!

Sie war von menschlicher Kontur und auch wieder nicht … graues, fauliges Fleisch überzog ihren Körper, schien dabei aber nicht von fester Form zu sein, denn bald entblößte es die Knochen, und bald bedeckte es sie wieder, vom dürren Hals bis hinab zu den grässlichen Klauen. Das Haupt des Schemens war eine Maske des Entsetzens, ein zum Schrei geöffneter, zahnloser Mund und Augen, die nichts als schwarze Höhlen waren. Der Gestank, der der Gestalt anhaftete, roch nach Tod und Verwesung und tausend dunklen Grüften, doch noch ungleich mehr entsetzte Lucius die Tatsache, dass hier und dort noch Fetzen römischer Ausrüstung an ihr hingen …

Nun geschah alles gleichzeitig.

Tanacos stieß einen gellenden Schrei aus, der die Soldaten herumfahren ließ – während Lucius selbst in einem jähen Reflex ein Bein hochriss und die Gestalt von sich stieß. Der grässliche Schemen keuchte und sackte zusammen, richtete sich jedoch sogleich wieder auf und wollte nach Lucius greifen. Der hatte inzwischen sein Schwert in den Händen und hieb nach den Armen des Angreifers, durchtrennte die morschen Knochen knapp unterhalb der Ellbogen. Die Klauen flogen davon und landeten im Sand, was das Monstrum mit einem heiseren Zischen quittierte. Mit den Stümpfen wollte es Lucius erneut attackieren, doch dieser hatte die Klinge mit beiden Händen gepackt und stieß sie dorthin, wo sich bei einem lebenden, atmenden Menschen das Herz befunden hätte – doch das Ding, das vor langer Zeit einmal ein Mensch, ein römischer Legionär gewesen sein mochte, zeigte sich unbeeindruckt.

Statt leblos zu Boden zu sinken, warf es sein grässliches Haupt vor, die Kiefer auf groteske Weise aufgerissen, als wollte es Lucius zur Gänze verschlingen. Dass es nicht dazu kam, war der zweiten Klinge zu verdanken, die aus der Dunkelheit heranschnitt – und den Kopf des Schemens von seinen knochigen Schultern trennte. Ein schauriges Heulen ausstoßend, fiel das Haupt zu Boden, der es sogleich verschlang – und im nächsten Moment versank auch der Rest der Schreckensgestalt im Sand, dem sie eben erst entstiegen war. Hinter ihr stand Marcus Furius, sein Schwert in den Händen.

»Alles in Ordnung?«

Lucius nickte krampfhaft, auf seine eigene Klinge starrend, die noch mit grauem Eiter besudelt war. Dann wandte er sich zu den anderen um, die mit vor Entsetzen weit aufgerissenen Augen auf ihn und Furius blickten.

»Bei allen Schatten des Tartarus«, knurrte er.

»Dieses Ding«, stieß Sibylla hervor, tonlos und am ganzen Körper bebend, »trug Reste einer Legionärsrüstung! Bedeutet das etwa …?«

»I… ich fürchte ja«, bestätigte Xenodamos. »Ich habe von Wesen wie diesen gelesen, in alten persischen Schriften … dort werden sie *ghulan* genannt …«

»Was sind sie?«, fragte Lucius.

»Die Körper Erschlagener, von dunkler Magie zu einem Dasein im Schatten gebannt. Die Seelen der Lebenden sind ihre Nahrung.«

»Dann können wir doch ziemlich froh sein, dass wir den Bastard dorthin zurückgeschickt haben, woher er gekommen ist«, meinte Furius, auf den sandbedeckten Boden blickend – der sich im nächsten Moment zu bewegen begann!

Der Sand begann, zu rieseln, Vertiefungen bildeten sich darin. Nicht nur dort, wo der Ghul aus dem Boden aufgetaucht war, sondern überall in der Senke – und nur einen Lidschlag später erhoben sich weitere grauenhafte Gestalten aus dem Boden, die alle grässliche Klauen und keine Augen hatten, und an deren verfallenen Körpern noch letzte Überreste römischer Kleidung und Rüstung hingen.

»Prätorianer, Achtung!«, brüllte Furius aus Leibeskräften – und war schon dabei, mit blanker Klinge auf den nächsten Schatten loszugehen.

Auch zwischen Lucius und Sibylla war eines der furchterregenden Wesen aus dem Boden gebrochen, für einen Augenblick unschlüssig, auf wen von beiden es sich stürzen sollte – der ehemalige Gladiator nutzte die Gunst des Augenblicks und hieb mit dem Schwert in dessen Halsbeuge. Die Wucht des Hiebes ließ den Ghul zur Seite taumeln, ein schreckliches Ächzen drang aus seinem fauligen Inneren. Ein zweiter, noch kräftigerer Hieb traf seinen Hals von der anderen Seite und trennte Rumpf und Schädel.

Ein anderer Prätorianer hatte weniger Glück – die Klaue des Ghuls ereilte ihn, noch ehe er sein Schwert erheben konnte, zerfetzte seine Tunika und wühlte sich in seine Eingeweide. Der Mann brach schreiend zusammen, und sogleich waren zwei Ghule bei ihm und machten sich über ihn her, zogen ihn in den Boden, der sich wie Treibsand über ihm schloss. Sibylla schrie entsetzt auf und wich zurück, doch in der Senke gab es keine Zuflucht. Überall wurde gekämpft, setzten sich Prätorianer mit dem Mut der Verzweiflung gegen unirdische Gegner zur Wehr. Hier und dort wurde ein Ghul von Schwerthieben getroffen, gelang es, einen der unheimlichen Angreifer zu enthaupten und zurück in die Unterwelt zu schicken, der er entstiegen war.

Doch der Blutzoll unter den Prätorianern war hoch.

Zwar hatten die Wachen auf den Alarmruf reagiert und kamen ihren Kameraden von allen Seiten zu Hilfe, doch musste Lucius mit ansehen, wie gleich mehrere von ihnen unter den Klauen des grausigen Feindes ein schreckliches Ende fanden. Einem jungen Soldaten sprang er bei, indem er sein Schwert in den Rücken eines Ghuls rammte – und noch im selben Moment, in dem das Schattenwesen zurücktaumelte, setzte der junge Prätorianer nach und enthauptete es.

Gehetzt blickte Lucius sich in der Senke um, sah seine Leute kämpfen und fallen. Wieder starb ein Soldat eines grausamen Todes, während Marcus Furius und zwei andere wie von Sinnen um sich hieben und sich die Ghule auf diese Weise vom Leib hielten – doch immer noch mehr der grässlichen Wesen stiegen aus Sand und Tiefe! Gleich mehrere von ihnen krochen aus der Mitte der Senke und schleppten sich geifernd auf Sibylla und ihre Begleiter zu. Lucius wollte zu ihnen, doch plötzlich bewegte sich der Boden vor ihm, und eine graue Gestalt versperrte ihm den Weg. Er spaltete ihr den Schädel, der förmlich auseinanderzufließen schien, doch war der Ghul noch nicht tot. Mit einem heiseren Kampfschrei rannte Lucius ihn einfach über den Haufen und kam Sibylla zu Hilfe, die sich zusammen mit Xenodamos und Tanacos in Bedrängnis sah. Kersas, ihr treuer Diener, hatte das Schwert eines gefallenen Prätorianers aufgelesen und fuchtelte damit herum, doch die unheimlichen Wesen ließen sich davon nicht beeindrucken. Schon hatte eines den Freigelassenen gepackt und riss ihn empor.

»Kersas!«, schrie Sibylla entsetzt und wollte ihrem Diener beistehen, was glattem Selbstmord gleichgekommen wäre – im letzten Moment war Lucius zur Stelle und riss sie zurück, fällte einen der grausigen Angreifer und verstümmelte einen zweiten.

Kersas, der sich noch immer im Würgegriff des Ghuls befand, wand und wehrte sich nach Kräften. Lucius sprang auf ihn zu, um ihm zu helfen – als der Ghul grünen, stinkenden Pestatem auf sein Opfer spie. Das Geschrei des Dieners erstarb jäh, und er erschlaffte im Griff seines Gegners, der ihn im nächsten Moment in die Tiefe zog.

»Kersas! Nein!«

Lucius, der wusste, wie viel der Freigelassene Sibylla bedeutete, sprang vor und versuchte, ihn festzuhalten – doch schon einen Herzschlag später war Kersas verschwunden!

Lucius wich zu Sibylla und ihren verbliebenen Begleitern zurück, die nun ebenfalls herrenlose Schwerter aufgelesen hatten und nach dem grauen Feind schwangen. Doch schon war abzusehen, wie der ungleiche Kampf ausgehen würde. Nachdem sie so weit gekommen waren, nachdem sie so große Entfernungen überbrückt und so vielen Gefahren getrotzt hatten …

»Rückzug!«, befahl Lucius heiser. »Alle Mann an den Rand der Senke! Sofort!«

Die Prätorianer, soweit sie noch dazu in der Lage waren, gehorchten augenblicklich. Mit dem Mut der Verzweiflung versuchten sie, sich von ihren Gegnern zu lösen und den Rand der Mulde zu erklimmen, die unvermittelt zur Todesfalle geworden war. Doch beim Versuch wurden einige an den Beinen gepackt und ebenfalls in die Tiefe gezogen.

Lucius, Furius und einer Handvoll weiterer Prätorianer gelang es immerhin, den Zivilisten die Flucht zu ermöglichen. Sibylla und Xenodamos waren bereits oben, Tanacos kroch unter hysterischem Geschrei hinterher.

»Los, Männer!«, brüllte Lucius und hielt mit Furius die Stellung, damit ihre Untergebenen entkommen konnten. Gemeinsam enthaupteten sie einen weiteren Ghul und schickten ihn in die Unterwelt zurück, dann war die Reihe an Furius. »Verschwinde!«, schrie Lucius und postierte sich breitbeinig zwischen ihm und einem ganzen Knäuel herankriechender Ghule.

Für einen Moment wollte der Freund widersprechen, dann besann er sich anders und stieg aus der Senke, helfende Hände streckten sich ihm vom Kraterrand entgegen.

»Lucius! Jetzt!«, drang es von oben.

Lucius biss die Zähne zusammen. Indem er mit dem Schwert ausholte und es den Angreifern entgegenschleuderte – einem von ihnen bohrte sich die Klinge geradewegs in den weit aufgerissenen Schlund –, fuhr er herum und eilte den anderen hinterher. Sibylla und Furius waren oben und reichten ihm die Hände, er wollte danach greifen – doch der weiche Sand gab unter seinen Sandalen nach, und er fiel auf die Knie, rutschte wieder ein Stück hinab.

In diesem Moment konnte er abermals die tödliche Kälte fühlen. Sibylla schrie eine Warnung – da spürte er bereits, wie eisig kalte Klauen ihn packten und in die Mulde zurückzogen. Er schrie ebenfalls, konnte nicht anders, als seinen Zorn und seine Frustration laut hinauszubrüllen – und sein namenloses Grauen.

Er warf sich herum, sah das scheußlich graue Antlitz eines Ghuls über sich und wusste, dass dies das Ende war. Tödliche Kälte erfasste ihn, das Letzte, was er hörte, war ein helles, zischendes Geräusch.

Dann hatte er das Gefühl, in tiefe Dunkelheit zu sinken.

II

Er war zurück in Rom.

Wie er hierhergekommen war, entzog sich seiner Kenntnis, doch jetzt saß er auf dem Rücken eines Pferdes, das ihn über die *via Ostiensis* dem südwestlichen Stadttor entgegentrug.

Die Schritte des Tieres waren kraftlos und langsam. Es war müde und abgemagert, ausgezehrt wie er selbst von der langen Reise und der Strapaze, die hinter ihm lag. Doch es war nicht nur die Erschöpfung, die ihn müde und zusammengesunken im Sattel kauern ließ … es war auch tiefe Scham.

Seine Mission war gescheitert, seine Kameraden waren tot, hingemordet von Kreaturen der Unterwelt. Einen nach dem anderen hatten sie geholt und in die Tiefe gezerrt. Marcus Furius, Tanacos, den alten Xenodamos …

Und zuletzt auch Sibylla.

Nur er war am Leben geblieben, doch es war kein Glück, das ihm damit widerfahren war, sondern nur Schmerz und Schande. Nach Rom zurückzukehren und zu berichten, was geschehen war, war seine letzte Aufgabe … sein Fluch.

Es war später Nachmittag, die tiefe Sonne tauchte den Himmel in blutiges Rot. Die Straße war leer und verlassen, ein schweigender Wald von grausigen Staffagen säumte sie, leblose Körper, die an Pfählen hingen, oft zur Unkenntlichkeit verstümmelt. Etwas war über sie hergefallen, hatte ihnen Gliedmaßen abgerissen und sie auf bestialische Weise ausgeweidet, ein Bild des Schreckens, über dem der beißende Gestank der Verwesung hing.

Entsetzen schüttelte Lucius. Ein Teil von ihm wollte umkehren, wollte diesem grässlichen Ort den Rücken kehren … doch ein anderer Teil zwang ihn weiter auf das Stadttor zu, das weit offen stand, so als hätten die Bewohner die Stadt fluchtartig verlassen. Die leeren Straßen und verwüsteten Läden, die er jenseits des Tores vorfand, verstärkten diesen Eindruck. Trümmer und Scherben übersäten das alte Pflaster, und überall war Blut … Es besudelte die Mauern der Häuser und sammelte sich in den Rinnsteinen, färbte die Straßen der Stadt, sodass sie rot wie der Himmel waren, der sich darüberspannte – und als Lucius schließlich das Forum erreichte, sah er den Grund dafür.

Ein weiter Ausblick über das einst so pulsierende und jetzt menschenleere Herz der Stadt eröffnete sich ihm. Er sah die Säulenhallen und Tempel in Trümmern liegen, sah schwelende Überreste, wo sich einst stolze Bauten erhoben hatten.

Und er sah die geflügelten Kreaturen am tiefroten Himmel.

Halb Löwe und halb Skorpion.

Wahres Grauen jedoch traf ihn, als er die Statue erblickte, die auf dem Forum errichtet worden war. Aus makellosem Marmor gemeißelt, war sie von der Zerstörung unbehelligt geblieben, wenigstens zehn Klafter hoch erhob sie sich und blickte mit kalter Gleichgültigkeit auf die einstmals stolze Stadt, über die ein schrecklicher Tod gekommen war.

Wie von einem schweren Schlag getroffen, konnte sich Lucius nicht länger im Sattel halten. Er glitt zu Boden und sank auf die Knie, von heller Verzweiflung umfangen – denn er kannte das Gesicht, das die Kunst der Bildhauer dem Gestein entlockt hatte und das riesenhaft und reglos auf ihn herabblickte.

Es gehörte Sibylla Claudia Varro …

III

Das Erste, was Lucius Murmillo wahrnahm, war ein Stöhnen.

Ein dumpfer, heiserer Laut, der ihn aus dem Dunkel der Ohnmacht holte und wieder zu Bewusstsein brachte … erst dann ging ihm auf, dass es sein eigenes Stöhnen war, von dem er erwacht war … und von seinem eigenen rasselnden Atem.

Er überwand sich, die Augen aufzuschlagen, unsicher, was sie ihm zeigen würden.

Das Letzte, woran er sich erinnerte, waren scheußliche Kreaturen gewesen, die seine Männer massakriert und in die Tiefen der Unterwelt gezerrt hatten. Das Bild einer entstellten Fratze mit leeren Augenhöhlen hatte sich unauslöschlich in sein Gedächtnis eingebrannt, und halb erwartete er, sich tatsächlich in den Höhlen des Tartarus wiederzufinden, umgeben von den Schatten jener, die vor ihm diesen Weg gegangen waren.

Doch das war nicht der Fall.

Sibyllas Gesicht war über ihm.

Nicht aus Marmor gehauen und von kalter Unnahbarkeit, sondern lebend und aus Fleisch und Blut. Was er gesehen hatte, jene verstörende Vision von Blut und Untergang, war wohl nur ein Albtraum gewesen – doch in was für einer seltsamen Wirklichkeit war er nun erwacht?

Ein flaches, rußgeschwärztes Dach aus Lehm erstreckte sich über ihm, er selbst lag auf einem Lager aus getrocknetem

Gras. Spärliches Licht fiel durch schmale Wandschlitze ein, und es war warm, ja beinahe unerträglich heiß. Schweiß rann ihm von der Stirn, Durst brannte auf seinen rissigen Lippen … und doch fühlte er tief in seinem Inneren noch immer die tödliche Kälte, die er in Gegenwart jener Kreaturen aus dem Sand empfunden hatte …

»Endlich«, sagte Sibylla leise. Ihre Stirn war von Sorgenfalten zerfurcht. »Ich fürchtete schon, du würdest überhaupt nicht mehr erwachen.«

»Durst«, stieß er krächzend hervor, worauf sie ihm aus einem irdenen Becher zu trinken gab. Das Wasser war frisch und kühl und brannte zunächst wie Feuer in seiner ausgedörrten Kehle. Aber es half auch, seine Lebensgeister wieder zurückkehren zu lassen. Er nickte dankbar und ließ den Kopf wieder auf das karge Lager sinken.

»Wie geht es dir?«

»Wo?«, wollte er wissen, ohne die Frage zu beantworten.

»In Sicherheit«, erwiderte sie.

»Mei…meine Leute?«

»Elf sind verloren, einige weitere verletzt wie du«, lautete die niederschmetternde Antwort. »Xenodamos und Tanacos sind davongekommen, genau wie ich … dank deiner Hilfe.«

»Furius?«

»Er hat es ebenfalls geschafft.«

Lucius atmete innerlich auf. Den Freund am Leben zu wissen, beruhigte ihn ein wenig, gleichzeitig fühlte er Bedrückung über den Tod so vieler Kameraden, deren Leben ihm anvertraut worden waren. Die meisten hatten sich freiwillig zu dieser Mission gemeldet und darauf vertraut, dass ihr Zenturio sie nach getaner Arbeit wieder zurück nach Hause führen würde …

»Muss … zu ihnen …«

»Das kommt gar nicht infrage«, erwiderte sie. »Du musst dich schonen. Du hast noch immer Fieber. Urud sagt, das kommt von den *ghulan* …«

»Urud?« Er versuchte, sich zu erinnern – hatte er diesen Namen schon einmal gehört?

»Er ist der Vorsteher des Dorfes, in dem wir uns befinden.«

»Ein parthisches Dorf?« Lucius fuhr hoch, worauf sie ihn sanft wieder niederdrückte.

»Urud und seinen Leuten haben wir unsere Rettung zu verdanken«, erläuterte sie. »Sie sind im letzten Augenblick aufgetaucht und haben die Ghule vertrieben.«

Lucius sah sie an. Das Allerletzte, woran er sich erinnerte, war ein zischendes Geräusch – war das womöglich ein Pfeil gewesen, der den Ghul getroffen und ihm, Lucius Murmillo, das Leben gerettet hatte? Hatten sie es tatsächlich Parthern zu verdanken, dass sie noch atmeten?

Lucius war dennoch misstrauisch, nicht zuletzt wegen des fürchterlichen Traumes, den er während seiner Ohnmacht gehabt hatte und der noch immer nachwirkte.

Vor seinem inneren Auge sah er das Gesicht aus Marmor, das steinern auf ihn herabstarrte.

Sibyllas Gesicht …

»Aber die Parther sind unsere Erzfeinde«, hörte er sich selbst sagen. »Man kann ihnen nicht trauen!«

Sie lächelte dünn. »Du bist genau wie Furius. Wäre es nach ihm gegangen, hättest du den Trank gar nicht erst bekommen.«

»Welchen Trank?«

»Der dir das Leben gerettet hat, Lucius Murmillo«, erwiderte eine Stimme auf der anderen Seite seines Lagers in gut verständlichem Latein. Lucius warf den Kopf herum und sah an einem Mann empor, der in weite parthische Kleidung gehüllt war. Sein schwarzes Haar war schulterlang, seine Augen schwarz wie Kohlen. Dies musste Urud sein, der Dorfvorsteher, von dem Sibylla gesprochen hatte …

»Als wir dich fanden, warst du so gut wie tot«, erklärte der

Parther. »Der Ghul hatte dich verwundet, und sein Gift war bereits auf dem Weg zu deinem Herzen.«

Ungläubig sah Lucius zu dem Mann auf, der groß war und dessen Alter man unmöglich schätzen konnte. »Die Kälte, die ich gespürt habe ...«, stieß er leise hervor.

»Ganz recht.« Der andere nickte. »Ich habe dir einen Trank gebraut, der die Wirkung des Gifts zu bekämpfen vermag, aber deine Männer wollten nicht, dass ich ihn dir verabreiche. Wäre Sibylla nicht gewesen, wärst du bereits tot.«

Lucius wandte den Kopf erneut, blickte verblüfft zwischen Sibylla und dem Parther hin und her. »Mir ist immer noch kalt«, gestand er. »Eisig kalt ...«

»Noch bist du nicht genesen«, schränkte Urud ein. »Du hast Fieber, und dein Körper kämpft noch immer gegen das Gift. Schon bald wirst du wieder das Bewusstsein verlieren ... und du wirst wieder Albträume haben.«

»Was ... weißt du von meinen Träumen?«

»Unsere Träume, Römer, sind meist nur ein Blick in unsere Seelen ... doch unter dem Gift eines Ghuls vermögen sie auch zu enthüllen, was einst geschehen wird.«

»Zukünftige Dinge«, murmelte Lucius in Erinnerung an die Bilder, die er gesehen hatte.

»Zukünftige Dinge«, bestätigte der andere.

»Du ... bist ein *magus*«, stellte Lucius fest, während er spürte, wie sich der dunkle Schlaf der Ohnmacht bereits wieder über ihn senkte. Zu der Kälte, die er in seinem Inneren spürte, gesellte sich bleierne Müdigkeit, die seinen Blick verschwimmen und seine Augenlider flattern ließ.

»Schlaf jetzt, Römer«, hörte er den Parther sagen, ohne dass dieser auf den Vorwurf eingegangen wäre. »Wir reden, wenn du das nächste Mal erwachst.«

»Falls ...«, konnte Lucius nur noch leise erwidern.

Dann verlor er erneut das Bewusstsein.

IV

Lucius hätte nicht zu sagen vermocht, wie viel Zeit vergangen war, als er das nächste Mal erwachte. Als man ihm sagte, dass es fünf Tage gewesen seien, konnte er es kaum glauben. Doch hatte es den Anschein, dass die Medizin, die man ihm eingeflößt hatte, den Kampf gegen das Gift gewonnen hatte.

Er fühlte sich besser.

Die Benommenheit, die ihn bei seinem letzten Erwachen noch umfangen hatte, war verschwunden, ebenso wie die Schmerzen in seinen Gliedern. Und auch jene eisige Kälte war endlich von ihm gewichen. Geblieben war hingegen die Beklemmung, die er wegen all der Männer verspürte, die unter seinem Kommando ihr Leben verloren hatten. Und jene, die es geschafft hatten, den unheimlichen Ghulen zu entgehen, waren nun Gefangene der Parther.

Wie Lucius erfuhr, befanden sie sich in einem befestigten Dorf, das zahlreiche Stadien östlich von jenem Krater lag, der ihnen beinahe zum Verhängnis geworden wäre. Nicht nur Sibylla besuchte ihn in seiner Hütte, auch Xenodamos sah immer wieder bei ihm vorbei, und sogar Caligulas ergebener Diener Tanacos … wenn auch vermutlich nur, um dem Kaiser bei nächster sich bietender Gelegenheit über seinen Gesundheitszustand Bericht zu erstatten.

Und auch Urud, der Vorsteher des Dorfes, machte die Ankündigung wahr und kehrte täglich zurück.

Nach mehr als einem halben Mond, den sie nun schon im Dorf der Parther weilten, fühlte sich Lucius kräftig genug, um aufzustehen. Zum ersten Mal – wenn auch noch auf unsicheren Beinen – verließ er die Hütte, in der er die letzten beiden Wochen gelegen und mit dem Fieber gerungen hatte, und trat hinaus ins helle Sonnenlicht. Entsprechend blendete es ihn, er musste die Augen schirmen, bis sie sich einigermaßen daran gewöhnt hatten. Dann folgte er Urud über den Platz, der sich in der Mitte des Dorfes befand und um den sich die in Lehmbauweise errichteten und mit Matten aus Bast gedeckten Häuser scharten.

Die Menschen, die vor ihren Hütten ihrer Arbeit nachgingen, starrten ihn an, Unglaube lag in ihren Blicken. Entweder, weil er ein Fremder war, noch dazu ein Römer ... oder aber weil keiner von ihnen geglaubt hätte, dass er sein Krankenlager noch einmal verlassen würde.

Urud geleitete ihn zu einer anderen Hütte, die größer als die übrigen war und als einzige zwei Stockwerke hatte – das Haus des Dorfvorstehers. Dorthinein führte er Lucius und bot ihm an, sich auf einen der im Kreis angeordneten Schemel zu setzen. Lucius, dessen Beine noch immer weich wie *butyrum* waren, nahm das Angebot dankbar an.

Auf den ersten Blick unterschied sich das Haus des Parthers nicht sehr von anderen Häusern, in denen Lucius gewesen war: Hocker um einen Tisch, eine gemauerte Feuerstelle und eine Treppe, die nach oben führte. Anders waren nur der Geruch, der seltsam süßlich war, sowie die unzähligen kleinen Behältnisse aus Ton, die sich in einem Regal aneinanderreihten und wohl die Quelle der seltsamen Duftnote waren.

»Es geht dir also besser?«, fragte der Parther und setzte sich Lucius gegenüber auf die andere Seite des Tisches.

»Wie du siehst.«

»Du traust mir noch immer nicht, Römer?« Der Dorfvorsteher hob die Brauen. »Ist dir klar, wie oft ich dich seit deiner Ankunft bereits hätte töten können, wenn ich es gewollt hätte? Ich hätte nur einfach nichts zu tun brauchen, und das Gift des Ghuls hätte dich dahingerafft.«

Lucius nickte – zweifellos hatte der andere recht. Dennoch war es nicht leicht, eine Feindseligkeit zu überwinden, die ihm eingeredet worden war, seit er denken konnte …

»Danke«, sagte er leise.

Auf Uruds von der Sonne gegerbten Gesichtszügen erschien ein Lächeln. »Ich wette, es ist dir schwergefallen, das zu sagen.« Das Lächeln verschwand wieder, und er nickte. »Ich habe dir gerne geholfen, und deinen Kameraden ebenso. Sicher hast du viele Fragen an mich.«

»Ein paar«, gab Lucius zu. »Bist du ein *magus?«*

»Das ist es, was dich mehr als alles andere interessiert?« Urud lachte auf. »Wieso das? Weil du nicht an Zauberkräfte glaubst? Weil es unrömisch ist? Der größte Teil der Welt ist unrömisch … ihr Barbaren wisst es nur nicht besser.«

»Du nennst mich einen Barbaren?«

»Nennt nicht auch ihr all jene so, die ihr für roh und ungebildet haltet?«

Lucius sah ihn zweifelnd an. »Hast du mir das Leben gerettet, nur um mich zu beleidigen?«

»Nein – aber es macht mir Freude«, gab sein Gegenüber lächelnd zu. »Ihr Römer begreift euch als die Herren der Welt, dabei ist diese Welt um so vieles größer, als ihr es wisst oder auch nur erahnt. Aber ihr verschließt davor die Augen.«

»Was genau meinst du? Zauberei?«

»Immerhin hat sie dir das Leben gerettet.«

»Das heißt nicht, dass ich daran glaube.«

»Das brauchst du nicht.« Urud lächelte erneut – ein überlegenes Lächeln, das Lucius ärgerte. So dankbar er dem Parther einerseits für seine Rettung sein musste, so argwöhnisch war er auch. Warum hatte der Dorfvorsteher sein Leben gerettet, welchen Anlass hatte er dazu gehabt? Was, bei allen Göttern, führte er im Schilde?

»An den dunklen Feind, der dich und deine Männer überfallen hat, hast du ebenso wenig geglaubt, nicht wahr?«, fuhr Urud fort. »Dennoch war er so wirklich wie du und ich ...«

»Was waren das für Kreaturen?«, wollte Lucius wissen, allein die Erinnerung ließ ihn noch immer erschaudern.

»Keine Kreaturen.« Urud schüttelte das Haupt, das ein Turban aus kunstvoll gewickelten Stoffbahnen krönte. »Sie sind entartete Wesen ... Menschen, die ein jahrtausendealter Fluch in etwas verwandelt hat, das in ständigem Zerfall begriffen ist und sich von Seelen Sterblicher ernährt, ein wahr gewordener Albtraum.«

Lucius unterdrückte den Schauder, der ihn durchrieseln wollte. »Warum habt ihr uns geholfen? Ihr hättet uns ihnen auch einfach überlassen können, schließlich sind wir Römer – und auch sie sind einst Römer gewesen, oder nicht?«

»Es sind auch andere darunter – Griechen, Makedonen, Perser und Parther ... der Dunkelheit ist es gleichgültig, welche Seelen sie verschlingt. Hätten wir euch ihnen überlassen, wie du sagst, hätten sich ihre Reihen dadurch nur verstärkt – denn wer immer ihnen in die Klauen fällt, wird zu einem der Ihren. Aber erst, nachdem sie seine Seele und seine Eingeweide gefressen haben.«

»Vielleicht sollte ich mich noch einmal bedanken«, meinte Lucius.

»Vielleicht.« Urud nickte. »Aber niemand, noch nicht einmal ein römischer Zenturio, hat ein solches Ende verdient. Zumal wenn Unkenntnis sein einziges Vergehen war.«

»Wie meinst du das?«

»Allein, dass du mir diese Frage stellst, beweist, dass ich recht habe. Ihr Römer seid so damit beschäftigt, immer neue Länder zu erobern und euch zu deren Herren zu erklären, dass ihr in eurem Hochmut ganz vergesst, dass eure Welt nicht die einzige ist, die existiert … Jedenfalls habt ihr eure Augen davor verschlossen, solange es möglich war. Doch nun geht das nicht mehr. Die Wirklichkeit hat Rom und seinen Kaiser eingeholt, in Gestalt einer Kreatur, die unsere Ahnen einst *martiyaxvara* nannten …«

Lucius biss sich auf die Lippen, denn ihm war sofort klar, dass der Parther nur auf eine Weise vom Zweck ihrer Expedition und vom Mantikor erfahren haben konnte – durch Verrat.

Was Furius und seine Prätorianer betraf, hegte Lucius nicht den geringsten Zweifel an ihrer Loyalität, auch nicht unter diesen Voraussetzungen. Bei Xenodamos und Tanacos verhielt es sich schon anders – der eine war ein alter Narr, der sich zu gerne reden hörte, der andere hätte so ziemlich alles getan, wenn er sich dadurch einen Vorteil für sich versprach, was vermutlich der Grund dafür war, dass der verschlagene Caligula ihn so schätzte. Beide hatten bei ihren letzten Besuchen an Lucius' Krankenlager nicht mehr ihre Reisemäntel, sondern parthische Kleidung getragen, Hosen mit weit geschnittenen Beinen, die man in Rom als primitiv empfunden hätte, und lange Kutten. Und soweit es den Alexandriner betraf, schien er sich auch schon Brocken ihrer Sprache angeeignet zu haben. Hatten zwei Wochen genügt, um einen halben Parther aus ihm zu machen? Oder war es – und Lucius ertappte sich dabei, dass ihm diese Möglichkeit als die wahrscheinlichste erschien – Sibylla gewesen, die ihr Schweigen gebrochen und Urud ins Vertrauen gezogen hatte? Obwohl dieser nicht nur Vorsteher eines parthischen Dorfes, sondern offenbar auch ein *magus* war?

Was, bei allen Schatten der Unterwelt, war in den Tagen geschehen, da er ohne Bewusstsein gewesen war?

Unwillkürlich musste er wieder an seinen Traum denken, an die schreckliche Vision vom Untergang, an den Flügelschlag der Mantikore und das Blut, das die Straßen von Rom besudelte – und an das Gesicht der Statue …

»Sie hat dich nicht verraten, Lucius Murmillo«, versicherte Urud, als wären Lucius' Gedanken für ihn ein Buch, in dem er nur zu lesen brauchte. »Als meine Leute euer Gepäck durchsuchten, fanden wir die Karte. Ihr sucht nach dem Tempel … dem Heiligtum der Semiramis.«

»Du hast davon gehört?«

Urud nickte nur.

»Weißt du auch, wo er sich befindet? Bist du womöglich schon dort gewesen?«

»Sollte ich das ausgerechnet dir erzählen?«, hielt der Parther dagegen. »Einem erklärten Feind?«

Lucius schnaubte. Er kam sich überlistet und auch ein wenig töricht vor, nun, da sein eigenes Argument gegen ihn verwendet wurde.

»Vielleicht«, schlug Urud vor, »sollten wir unsere Vorurteile beide überdenken. Vielleicht sind wir in dieser Situation keine gegenseitige Bedrohung. Vielleicht … sollten wir aufhören, einander zu misstrauen.«

»Vielleicht«, bestätigte Lucius. Im Halbdunkel der Hütte sah er den anderen durchdringend an. »Dann lass meine Männer frei – sozusagen als Vertrauen fördernde Maßnahme.«

»Das kann ich nicht.« Der Parther schüttelte den Kopf.

»Natürlich. Und warum nicht?«

»Weil sie Gefangene sein müssten, damit ich sie freilassen kann. Und das sind sie nicht.«

»Aber sie dürfen sich auch nicht frei bewegen«, hielt Lucius dagegen. »Sibylla hat es mir erzählt.«

»Und das wundert dich? Sie sind Soldaten, einer wie der andere – und ich bin der Vorsteher dieses Dorfes. Meine oberste Pflicht ist es, seine Bewohner zu schützen. Wir haben Familien hier, Frauen und Kinder – was hättest du getan, wenn du zu entscheiden hättest?«

»Wir sind Prätorianer«, erwiderte Lucius. »Wir kämpfen nicht gegen Frauen und Kinder.«

»Deine Worte und deine Haltung ehren dich, Lucius Murmillo – aber die Geschichte hat mein Volk etwas anderes gelehrt, und die Erinnerung daran ist tief in seinem Gedächtnis verwurzelt. Vertrauen ist etwas, das verdient sein will.«

»Gleichfalls«, konterte Lucius – und brachte den anderen damit tatsächlich zum Nachdenken.

»Also gut, du hast recht«, entgegnete Urud schließlich. »Ich werde anordnen, dass deine Leute ihre Hütte verlassen dürfen. Und wenn sich erweisen sollte, dass sie auf der richtigen Seite stehen, werden sie auch ihre Waffen zurückerhalten.«

»Und welche ist die richtige Seite?« Lucius lachte spöttisch. »Die eures Großkönigs? Du bist ein Narr, wenn du denkst, dass kaiserliche Prätorianer …«

»Das ist nicht der Kampf, von dem ich spreche«, widersprach Urud ihm entschieden.

»Welcher dann?«

»Der größte aller Konflikte und gleichzeitig der letzte«, sagte der Parther mit leiser und beinahe beschwörender Stimme. Seine kohlschwarzen Augen starrten Lucius dabei durchdringend an. »Der, in dem wir gemeinsam kämpfen, Seite an Seite.«

»Was für ein Konflikt soll das sein?«

»Da ist sie wieder, die römische Blindheit … Ist dir denn noch nicht aufgegangen, Lucius Murmillo, dass das, was ihr gesehen habt und was euch widerfahren ist, Teil eines größeren Ganzen sein könnte? Der Mantikor ist nicht die Seuche, er ist nur ein erstes Anzeichen davon – und die Ghule handeln nicht aus eigener Kraft, noch stehen sie für sich allein.«

Lucius sah ihn zweifelnd an. »Was meinst du damit?«

»Damit meine ich, Zenturio, dass die Welt am Scheideweg steht – nicht nur jene Welt, die Rom sein Eigen nennt, sondern auch die wahre, wirkliche Welt, die noch um so vieles größer ist. Eine Dunkelheit, die die Menschheit von Anbeginn begleitet, ist dabei, zurückzukehren. Einst, am Anbeginn der Zeit, wurde sie in einer gewaltigen Schlacht von den Göttern besiegt und in die Unterwelt verbannt …«

»Du sprichst von Titanen«, vermutete Lucius, »von Riesen und Ungeheuern …«

»Jedes Volk auf dieser Erde«, entgegnete Urud, »hat seine eigene Version von dieser Geschichte, aber sie existiert überall – weil sie wahr ist. Einst wurde die Finsternis besiegt und gebannt, doch sie ist dabei, in unsere Welt zurückzukehren. Wir leben in einer Zeit der Veränderung, Zenturio! Die alten Götter werden bereits angezweifelt, eure Kaiser tragen dazu bei, indem sie sich selbst zu Göttern erklären und als ihre Abkömmlinge verehren lassen. Die alte Ordnung wankt, Lucius Murmillo. Das Volk ist dabei, den Glauben zu verlieren. Es fühlt sich alleingelassen und verloren wie ein Verdurstender in der Wüste – und wie ein Verdurstender sehnt es sich nach neuer Hoffnung und wird anfällig für die Dunkelheit, die all die Jahrhunderte überdauert und gewartet hat …«

»Der Kult der Semiramis«, sagte Lucius leise.

»Nicht nur in euren Städten, auch bei uns hat der Kult an Bedeutung gewonnen«, bestätigte der *magus*, »und ich fürchte, dies ist noch längst nicht alles. Was in Rom geschehen ist, ist auch andernorts passiert, Lucius, Kreaturen aus grauer Vorzeit, aus der Zeit der Mythen, die es längst nicht mehr geben dürfte, treiben ihr Unwesen.«

»Wenn das so ist«, hielt Lucius dagegen, »warum haben wir dann noch nie etwas davon erfahren?«

»Du willst sagen, ihr hättet auf dem Weg hierher keine Gerüchte gehört? Nicht die Angst der Menschen gespürt? Nicht heimlich den Himmel beobachtet?« Urud lachte wissend, als würde er die Antwort bereits kennen. »Komm mit mir«, sagte er dann und erhob sich.

»Wohin?«

Statt zu antworten, bedeutete der Parther nur, ihm zu folgen, und stieg dann die schmalen Stufen der an die Lehmwand gebauten Treppe hinauf in den ersten Stock. Lucius zögerte einen Moment angesichts seiner weichen Knie, überwand sich dann aber und folgte ihm.

Im oberen Stockwerk war es noch wärmer als unten, Sonnenlicht sickerte in schmalen Streifen durch den geflochtenen Bast. Der Raum selbst war durch einen Vorhang unterteilt. Davor standen ein Lager und eine Truhe. Was sich jenseits des Vorhangs befand, war nicht zu sehen.

»Und nun?«, fragte Lucius ungeduldig.

Urud nickte bereitwillig, dann trat er an den Vorhang und zog ihn beiseite. Lucius holte scharf Luft, als er das knöcherne Haupt erblickte, das auf einem aus Lehmziegeln errichteten Sockel lag.

Lucius hatte ähnliche Schädel wie diesen gesehen – nach vorn gewölbt und mit eindrucksvollen Reißzähnen versehen, hätte man ihn für den eines Löwen halten mögen ... doch die Größe stimmte nicht, denn dieses Haupt war größer als das eines gewöhnlichen Raubtiers. Und auch die beiden Hörner, die sich auf der knochenbleichen Stirn erhoben, verrieten, dass es sich um eine andere Kreatur handeln musste.

»Ist das ...?«, begann Lucius leise.

»... der Schädel eines Mantikors, ganz recht«, bestätigte Urud. »Damals bei Carrhae waren es nicht nur die parthischen Bogenschützen, die den römischen Legionen jene vernichtende Niederlage beibrachten. Dieses Exemplar starb, nachdem es beinahe einhundert Legionäre getötet hatte.«

»Aber ... warum haben wir nie davon erfahren?«

Der *magus* lächelte schwach. »Ich sagte es dir schon, Rom ist blind gegenüber allem, was es nicht erkennen will. Mein Urgroßvater ist damals dabei gewesen und war Zeuge jener Ereignisse. Seither befindet sich dieser Schädel im Besitz meiner Familie und erinnert uns stets daran, dass das Zeitalter der Mythen niemals zu Ende gegangen ist – und dass es uns erneut in eine dunkle Ära reißen kann, in der der Tod regiert und die Finsternis das Licht beherrscht.«

Lucius nickte, während er weiter auf den Schädel starrte. Nach allem, was in Rom geschehen war, gehörte nicht viel dazu, sich vorzustellen, was für ein lebender, atmender Albtraum diese Bestie einst gewesen sein musste … »Woher ist dieser Mantikor damals gekommen?«, wollte er wissen.

»Das vermögen wir nicht zu sagen. Die einen behaupteten, er stammte aus der Tiefe der Wüste, andere wollten ihn in den Bergen gesehen haben. Aber dieser war der Erste seiner Art, der nach langer Zeit gesichtet wurde. Es muss einen Ort geben, wo diese Kreaturen ein ganzes Zeitalter lang überdauert haben.«

»Du meinst den Tempel?«

Urud nickte. »Ich weiß nicht, ob du an Fügung oder an das Schicksal glaubst, Römer – aber es kann kein Zufall sein, dass sich unsere Wege gekreuzt haben. Schon seit den Tagen von Carrhae sucht meine Familie nach den Ursprüngen der Bestie …«

»Um was zu tun? Sie wieder als lebende Waffen einzusetzen? Gegen römische Soldaten?«

»Nein.« Der Parther schüttelte den Kopf. »Eine Bestie wie diese kann niemandem gehören. Sie kämpft stets nur für sich selbst und für das Böse, das sie hervorgebracht hat.« Er überlegte einen Moment, dann wandte er sich wieder Lucius zu. »Sibylla hat mir gesagt, warum ihr hier seid und worin der Auftrag besteht, den der Kaiser euch erteilt hat.«

»Ist das so?« Etwas in Lucius verkrampfte sich.

»Sie hat mir gesagt, dass er euch ausgesandt hat, den Ursprung jener Bestie zu erkunden und sie alle zu töten, sollten dort noch mehr von ihnen sein.«

Lucius' Zögern währte nur einen Augenblick. »Das … ist wahr«, bestätigte er dann Sibyllas Lüge, von der der Parther freilich nichts ahnte. Hätte er von der wahren Natur ihres

Auftrags gewusst, wäre er ihnen vermutlich sehr viel weniger freundlich begegnet …

Urud nickte. »Ich biete euch meine Hilfe an, Römer.«

»Was?«

»Du hast schon einmal gegen einen Mantikor gekämpft, und du weißt, dass er kein Raubtier wie andere ist. Mit den wenigen Männern, die dir jetzt noch zur Verfügung stehen, hast du kaum Aussichten, auch nur gegen einen einzigen von ihnen zu bestehen, geschweige denn gegen mehrere.«

»Und?«, fragte Lucius.

»Der Mantikor entstammt der alten Welt – genau wie die Zauberkräfte, die ich zu wirken vermag. Wenn du ihn – oder gar mehrere davon – besiegen willst, brauchst du meine Hilfe.«

»Und wenn ich ablehne?«

Urud lächelte. »Sibylla ahnte, dass du das sagen und dein römischer Stolz dir im Weg stehen würde.«

»Ist das so.« Lucius schnaubte.

»In diesem Fall«, sagte eine Stimme hinter ihm, »würde ich die Suche nach dem Tempel nicht fortsetzen und unverrichteter Dinge nach Rom zurückkehren.«

Lucius wandte sich um.

Sibylla stand auf der obersten Stufe der Treppe, offenbar war sie über den Inhalt des Gesprächs unterrichtet gewesen oder hatte es gar belauscht. Lucius sah sie zweifelnd an, doch in ihren makellosen Zügen, die nicht mehr patrizisch blass, sondern von der Wüstensonne gezeichnet waren, stand eiserne Entschlossenheit zu lesen.

»Nun, Lucius Murmillo?«, erkundigte sich Urud. »Wie lautet deine Entscheidung?«

Lucius ließ sich mit der Antwort Zeit.

»Wir gehen gemeinsam«, sagte er dann, mehr an Sibylla als an den Parther gewandt. »Schließlich wollen wir alle dasselbe, nicht wahr?«

V

Nach einer weiteren Woche, in der sie sie ihre Wunden leckten und neue Kräfte sammelten, verließ die Expedition das am Rand einer Hügelkette liegende Dorf der Parther und setzte ihre Reise fort.

Von den zwei Dutzend Prätorianern, die die Unternehmung ursprünglich begleitet hatten, waren ganze acht geblieben. Die Verwundeten, zu denen auch Lucius gehört hatte, waren dank der Hilfe Uruds wieder geheilt worden, doch herrschte eine niedergeschlagene Stimmung. Die Begegnung mit den *ghulan* hatte auch noch dem letzten der Soldaten klargemacht, dass dies keine Expedition wie andere war; dies war keine gewöhnliche Mission im Feindesgebiet, und obwohl sie auch weiterhin vor Patrouillen der Parther auf der Hut sein mussten, war ihr wahrer Gegner doch ein anderer, der noch ungleich mächtiger war … und sehr viel schwieriger zu bekämpfen.

Dass sie fortan ein parthischer *magus* auf ihrer Reise begleiten würde, nahmen Furius und die anderen mit viel weniger Skepsis auf, als Lucius befürchtet hatte; das Wissen, mehr als die Hälfte ihrer Kameraden verloren zu haben und weit von der Heimat entfernt zu sein, ängstigte die Männer ungleich mehr.

Außer Urud selbst hatten sich auch noch zwei seiner Leute als Führer hinzugesellt; Lucius teilte sie abwechselnd den

Spähtrupps zu, die er vorausschickte, um die nach Osten immer flacher werdende Steppe zu erkunden.

In den frühen Nachmittagsstunden, wenn die Sonne in ihrem Zenit stand, wurde es beinahe unerträglich heiß, dennoch setzten sie ihren Weg fort; solange es noch nicht Hochsommer war, stieß man noch auf genügend Wasserlöcher, aus denen sie schöpfen konnten, und die Tiere fanden ausreichend Gras in den Senken. Da es im Dorf der Parther reichlich Pferde gab und sich die Zahl der Prätorianer zudem verringert hatte, brauchte inzwischen niemand aus der Expedition mehr zu Fuß zu gehen, entsprechend rasch kamen sie voran.

Mit Claudius Varros Tochter hatte Lucius seit ihrer unerwarteten Begegnung in der Hütte des Dorfvorstehers kaum ein Wort gewechselt. Woran das lag, konnte er selbst nicht eindeutig benennen. Zürnte er ihr insgeheim noch immer, weil sie ihn übervorteilt und hinter seinem Rücken Absprachen mit den Feinden von Rom getroffen hatte? Lag es daran, dass er, wann immer er ihr ins Gesicht sah, an die unbewegten, mitleidlosen Züge jener Statue denken musste? Oder war in Wahrheit sie es, die sich von ihm fernhielt, dafür aber umso mehr Zeit mit Urud verbrachte?

Dass sie bei allen Unterschieden, die es geben mochte, auch viel mit dem Parther verband, war offensichtlich: Beider Interesse gehörte der Vergangenheit, deren Geheimnisse sie ans Licht bringen wollten; und beide scheuten sie sich nicht, dafür Grenzen zu überschreiten und Bündnisse einzugehen, die – vorsichtig ausgedrückt – zerbrechlich waren. Claudius Varro hatte seine Tochter dazu erzogen, ein freier und unabhängiger Geist zu sein, der stets für sich selbst nach Antworten suchte … und im Zweifel wohl auch nach Verbündeten.

Selbst Xenodamos, der als einstiger Freund ihres Vaters so etwas wie die letzte Verbindung zu diesem darstellte, wurde von Sibylla angesichts ihres Interesses für den *magus* vernachlässigt, sodass sich Lucius unwillkürlich fragte, ob es tatsächlich nur wissenschaftlicher Forscherdrang war, der sie so viel Zeit mit dem Parther verbringen ließ, oder ob in Wahrheit noch mehr dahintersteckte. Hatte Urud womöglich den Schlüssel zu ihrem Herzen gefunden? War er dabei, sie auf seine Seite zu ziehen, die Lucius voll von Aberglauben, dunklen Geheimnissen und verbotenen Künsten zu sein schien?

Im warmen Licht des späten Nachmittags war die Karawane dabei, eine weite Senke zu durchqueren. Furius war mit der Vorhut vorausgeeilt, Lucius ritt mit zweien seiner Prätorianer an der Spitze des Zuges. Ihnen folgten Xenodamos und Tanacos sowie die Parther, bei denen sich Sibylla aufhielt, hinter ihnen kamen die Packtiere und schließlich die Nachhut.

Die Unsicherheit war den Männern anzumerken. Ihnen war klar, dass sie wachsam sein mussten, doch wohin sollten sie ihre Augen richten? Auf den Horizont, um zu sehen, ob dort parthische Reiter auftauchten? Auf den Himmel, auf der Suche nach einer geflügelten, menschenverschlingenden Bestie? Oder lieber auf den Boden, der sich jederzeit wie Treibsand vor ihnen öffnen und untote Monstren ausspeien mochte?

Zwar hatte Urud versichert, dass ihnen gegenwärtig keine Gefahr drohte, doch war Lucius nicht bereit, einem *magus*, der noch dazu Parther war, so weit zu vertrauen – anders als Sibylla, die damit kein Problem zu haben schien …

»Meine Augen mögen alt sein, aber noch dienen sie mir recht brauchbar«, meinte Xenodamos, während er sein Pferd an Lucius' Seite lenkte, »und ich kann erkennen, dass du dich sorgst, Zenturio. Und wenn ich sehe, dass du dich sorgst, dann sorge auch ich mich …«

Unter dem Tuch, das er sich nach Art der Einheimischen um den Kopf gewickelt hatte, streiften Lucius' Augen den Alten mit einem Seitenblick. Einmal mehr fragte er sich, ob der Gelehrte aus Alexandria womöglich doch in der Lage war, die Gedanken anderer Menschen zu lesen … oder er war einfach nur schon lange genug auf dieser Welt, um die Menschen sehr gut zu kennen.

»Du scheinst allerhand zu sehen, alter Mann«, beschied ihm Lucius. »Was siehst du noch?«

»Eine junge Frau, die einem gefährlichen Pfad folgt«, eröffnete Xenodamos offen, wenn auch mit gedämpfter Stimme, damit die hinter ihnen Reitenden ihn nicht hören konnten.

»Wir alle folgen hier einem gefährlichen Pfad.«

»Du weißt, wie ich es meine.«

Lucius nickte. Er wusste es – und es bereitete ihm Unbehagen, dass ein Mann, der sehr viel klüger und weiser war als er, ganz offenbar dasselbe dachte. »Was genau befürchtest du?«, wollte er wissen.

»Nun – das, was jeder Meister befürchtet, dessen Schüler unter den Einfluss eines anderen Lehrers gerät …«

»Sibylla war nie deine Schülerin.«

»Das ist wahr«, gab der alte Alexandriner zu. »Aber ihr Vater und ich waren Freunde, und ich kenne sie seit ihrer Geburt. Nenn mich einen sentimentalen Narren, aber ich hatte den Eindruck, dass ich daher eine gewisse … Verantwortung für sie habe. Als ihr Mentor, wenn du verstehst.«

»Durchaus, und das ehrt dich.« Lucius nickte. »Was genau ist damals eigentlich mit ihrer Mutter passiert?«, wollte er unvermittelt wissen.

»Hat sie es dir nie erzählt?«

Lucius schüttelte den Kopf.

»Was genau geschehen ist, weiß auch ich nicht«, gestand der Gelehrte daraufhin, seine Stimme wiederum senkend. »Ich weiß nur, dass Sibyllas Mutter eines jähen Todes starb – und dass sie keine gewöhnliche Frau war, um es so zu sagen.«

»Was bedeutet das?«

»Hast du dich nie gefragt, warum mein lieber Freund Varro einer der *quindecim viri* wurde?«

»Nun, ich dachte, es läge an seinem Gelehrtenstand, am guten Namen seiner Familie oder …«

»All das hat sicher mit dazu beigetragen – doch der Hauptgrund war wohl, dass er mehr über Frauen mit hellseherischen Fähigkeiten wusste als jeder andere, hatte er doch eine von ihnen geehelicht.«

»Willst du damit sagen …?«

»Sibyllas Mutter war eine Seherin, Zenturio – so jedenfalls hat der gute Marcus es mir einst unter dem Siegel der Verschwiegenheit anvertraut, und ich würde meinen Eid nicht brechen, sähe ich seine Tochter jetzt nicht in solcher Gefahr.«

Lucius warf ihm erneut einen fragenden Blick zu, war sich nicht sicher, ob er richtig verstand, was der Gelehrte ihm damit sagen wollte. »Soll das heißen … dass auch Sibylla eine Seherin ist?«

»Diese Hoffnung hegte ihre Mutter jedenfalls, sonst hätte sie ihr nicht ausgerechnet diesen Namen gegeben, der auf die Sibyllen verweist, die hellsichtigen Frauen des alten Griechenlands … ob es nur eitle Hoffnung war, wie viele Eltern sie bezüglich ihrer Kinder hegen, oder ob mehr dahintersteht, vermag ich dir nicht zu sagen. Denn wie schon erwähnt, starb Sibyllas Mutter eines unerwarteten Todes und ließ ihre Tochter zurück, ohne ihr mehr über ihre Kräfte verraten oder sie den Umgang damit lehren zu können.«

»Wie ist sie gestorben?«, wollte Lucius wissen.

»Ich sagte es schon, ich weiß es nicht«, beteuerte Xenodamos, »doch entnehme ich deiner Frage, dass du einen Verdacht hegst … nämlich den, dass ihr Tod mit ihrer Gabe in Verbindung stehen könnte. Auch ich hege diesen Verdacht seit jenen Tagen, und ich weiß, dass auch ihr Vater in diese Richtung dachte. Denn um zu verhindern, dass Sibylla dasselbe Schicksal erleiden könnte wie ihre Mutter, hat er sie in strengem römischem Geist erzogen und sie zu einer wahren Stoikerin gemacht – doch mag auch jene andere Seite in ihr schlummern. Und jemand, der um solche Dinge weiß, könnte sie womöglich zum Leben erwecken …«

»Wie zum Beispiel ein parthischer Zauberer«, ergänzte Lucius schnaubend. Ohne Zweifel verdankte er Urud sein Leben, sodass er selbst nicht recht begriff, warum er dem *magus* nicht ein wenig mehr vertraute. Doch schon sein ganzes Leben lang empfand er ein tiefes Misstrauen, ja Abscheu gegen alles Obskure und Übernatürliche, und der Gedanke, Sibylla an so etwas zu verlieren, brachte ihn fast um den Verstand.

Es war mehr als kindische, selbstsüchtige Eifersucht, die er verspürte.

Er hatte Angst um sie …

Unwillkürlich drehte sich Lucius im Sattel um, sah Sibylla neben dem Parther im Sattel sitzen, und einmal mehr unterhielten sie sich, schien sie fasziniert, ja geradezu verzaubert zu sein von dem, was er ihr erzählte.

»Ich weiß, was du denkst, mein Freund«, raunte Xenodamos Lucius im Vertrauen zu, »und ich empfinde ebenso. Uns sorgt nicht das, was Sibylla ist, nicht wahr? Es geht um das, was womöglich aus ihr werden könnte. Schon jetzt ist sie dabei, sich zu verändern, hast du es bemerkt?«

Lucius erwiderte nichts darauf.

Doch wieder musste er an den Traum denken, den er gehabt hatte, an die riesenhafte Statue … und wessen Züge sie getragen hatte.

VI

Die Nacht verbrachten sie an einem Wassergraben, der vor vielen Jahren wohl von Menschenhand angelegt worden war. Die Felder, die er einst bewässert hatte, waren irgendwann aufgelassen worden, der Graben geblieben – und mit ihm auch das Wasser, das träge hindurchfloss und in dem sich das Licht des Mondes glitzernd spiegelte.

Die Teilnehmer der Expedition füllten ihre Feldflaschen und Wasserschläuche, dann schlugen sie in unmittelbarer Nähe im Schutz eines sichelförmigen Hügels ihr Nachtlager auf. Lucius teilte seine Männer zu Wachschichten ein, doch es war nicht mehr daran zu denken, diese doppelt zu besetzen. Zudem musste inzwischen jeder eine Schicht übernehmen, auch die Offiziere und die Zivilisten. Denn Lucius konnte sich noch immer nicht dazu durchringen, auch ihren parthischen Begleitern die Sicherheit des Lagers anzuvertrauen. Genauso wenig wie dazu, ein Feuer zu entzünden, obschon Urud ihm versichert hatte, dass sie bei Weitem nicht die Einzigen in weitem Umkreis wären, die sich an lodernden Flammen wärmten, und allenfalls für Viehhirten oder auf ihren Feldern lagernde Bauern gehalten würden. Doch Lucius bestand darauf, dass sie gänzlich ungesehen blieben, und so saßen sie einmal mehr im mondbeschienenen Halbdunkel und kauten an ihren Rationen, die nicht länger aus römischem Dörrfleisch und getrockneten Früchten bestanden, sondern aus einem seltsamen Getreide aus weißen Körnern, das die Römer noch nie zuvor gesehen oder gekostet hatten, das jedoch wohlschmeckend war und mit Bohnen vermischt auch rasch sättigte.

»Bin ich voll«, seufzte ein Prätorianer, der an einen Felsen gelehnt auf dem Boden hockte, und stellte die Schale beiseite, die er mit den bloßen Fingern ausgelöffelt hatte.

»Dir geschmeckt, Römer?«, fragte einer der parthischen Führer, der unweit von ihm am Stamm eines Saxauls kauerte. Wie der andere Führer sprach auch er gebrochenes Latein, was wohl der Grund dafür war, dass Urud sich für diese beiden entschieden hatte.

»Nicht schlecht«, gab der Prätorianer zu, ein altgedienter Veteran, der auf den Namen Urbiscus hörte. »Wie nennt ihr das Zeug noch mal?«

»Pilav.«

»Wirklich nicht schlecht. Fehlt nur noch ein Krug Wein aus meiner Heimat Etrurien.«

»Davon gehört.« Der Parther nickte und lächelte dünn. »Römer lieben Vergorenes.«

»Pass auf, was du sagst, Bursche. Für einen einzigen Schluck Wein aus meiner Heimat würde ich dein *pilavum* glatt stehen lassen!«

»Nur zu, Römer«, meinte der andere und nickte ihm auffordernd zu. »Niemand dich eingeladen. Geh ruhig nach Hause. Und nimm Freunde gleich mit.«

»Glaubst du, das möchte ich nicht, Parther? Glaub mir, ich würde liebend gern nach Hause gehen, statt auf diesem Stück getrocknetem Mist zu sitzen, den deinesgleichen Land nennt.«

»Du deshalb gekommen, Römer? Um zu beleidigen?« Man konnte sehen, wie die Hand des Mannes langsam nach dem Dolch wanderte, der in seiner Schärpe steckte.

»Warum nicht?« Urbiscus griff ebenfalls nach seinem *pugio*, während es feindselig in seinen Augen blitzte. »Schließlich hätten wir gar nicht zu kommen brauchen, hätte deinesgleichen uns nicht diese Ausgeburt der Unterwelt gesch …«

»Schluss damit!«

Sibylla war aufgesprungen und ging dazwischen, noch ehe Lucius oder Urud eingreifen und die Streithähne zur Ordnung rufen konnten. Auch in ihren Augen blitzte es, als sie ins fahle Mondlicht trat, allerdings nicht vor Arglist, sondern vor nur mühsam zurückgehaltenem Zorn. »Habt ihr Narren denn noch immer nicht begriffen, worum es geht? Was hier auf dem Spiel steht? Obwohl so viele unserer Kameraden dafür schon mit dem Leben bezahlt haben?«

»Deine Kameraden sind es nicht gewesen«, entgegnete der Prätorianer lauernd, die Hand noch immer am Griff des Dolchs. »Es waren meine Freunde, Patrizierin! Meine Waffenbrüder, mein eigenes Fleisch und Blut …«

»… und wenn sie nicht vergeblich gestorben sein sollen, muss diese Expedition ihr Ziel erreichen und ihre Mission erfüllen«, vervollständigte die junge Frau, die in diesem Augenblick nur noch wenig mit jener gemein zu haben schien, die einst in Misenum ein Kriegsschiff bestiegen hatte.

Zuvor hatte Lucius sie sowohl für ihre Klugheit als auch für ihre Beharrlichkeit bewundert, doch inzwischen hatte sich eine Härte hinzugesellt, die neu an Claudius Varros Tochter war. Sicherlich war es eine Folge des Verlusts, den sie erlitten hatte … doch nicht allein. Sibylla Varro hatte Dinge gesehen und Wissen erworben, die schwer auf ihr lasteten. Nur zu gerne hätte Lucius dem Parther Urud die alleinige Schuld daran gegeben. Doch ein Gefühl sagte ihm, dass das nicht die ganze Wahrheit wäre.

Etwas ging mit Claudius Varros Tochter vor sich. Etwas, das sie vermutlich selbst nicht einmal bemerkte …

»Schweig, Weib«, erwiderte Urbiscus und spie voller Verachtung aus. »Das Letzte, was ich brauche, sind Belehrungen von einer verdammten *maga!*«

»Das reicht jetzt«, wies Lucius ihn zurecht. »Kein Wort mehr, verstanden?«

»Aber, Zenturio«, stieß der andere hervor, »sind wir so weit von Rom entfernt, dass es nicht mehr erlaubt ist, die Dinge beim Namen zu …?«

Er brach ab, als im Mondlicht eine Gestalt sichtbar wurde, die von dem Sichelhügel stieg. Lucius erkannte seinen Freund Furius – der eine Last über den Schultern trug.

Es war der reglose Körper eines Mannes.

Geröll knirschte unter den Sohlen seiner *caligae*, als Furius zu ihnen trat und die Gestalt zu Boden bettete.

Es war der andere parthische Führer.

Und er war tot.

Der lebende Parther brach in seiner eigenen Sprache in einen heiseren Wortschwall aus, der erst endete, als Urud ihn mit einem knappen Befehl zum Schweigen brachte. Der *magus* wirkte tief betroffen, sagte aber nichts und erhob auch keine Anschuldigungen. Stattdessen gesellte er sich zu Lucius, Sibylla und Xenodamos, die bereits dabei waren, den Leichnam zu untersuchen.

»Er wurde erstochen, offenbar mitten ins Herz«, stellte Lucius mit Blick auf den auf Brusthöhe blutgetränkten Mantel des Toten fest. »Wo hast du ihn gefunden?«, wollte er von Furius wissen.

»Bei den Tieren. Ich wollte gerade nach ihnen sehen, da …«

Er verstummte, als sich Urud zu dem Toten herabbeugte, jedoch nicht, um ihn zu untersuchen, sondern, um ihm die Augen zu schließen und einige leise Worte zu murmeln. Vermutlich ein Gebet, dachte Lucius.

Oder eine Zauberformel …

»Kannst du …?«, wollte Sibylla wissen, sprach den Satz jedoch nicht zu Ende.

»Nein.« Er schüttelte den Kopf. »Die Macht, Tote ins

Leben zurückzurufen, ist mir nicht gegeben. Mir bleibt nur, um ihn zu trauern.«

»Hast du ihn gut gekannt?«, fragte Lucius.

»Er war der Sohn meines Bruders. Als mein Bruder starb, habe ich ihn als mein eigenes Kind angenommen.«

»Ich bedaure deinen Verlust«, versicherte Lucius. »Aber ich kann dir versichern, dass keiner meiner Leute ...«

»Ich weiß dein Mitgefühl zu schätzen, Zenturio – aber ich bezweifle, dass du mir das versichern kannst«, erwiderte er dann und streifte sowohl seinen verbliebenen Landsmann als auch den streitsüchtigen Urbiscus mit einem Seitenblick. »Vielleicht brauchen wir den Kult der Semiramis gar nicht«, fügte er leise und mit bebender Stimme hinzu. »Man muss uns nur genügend Zeit geben, dann werden wir Menschen uns gegenseitig umbringen, bis keiner von uns mehr übrig ist.«

»Das hier«, verschaffte sich Furius wieder Gehör, »habe ich neben dem Leichnam im Sand gefunden. Offenbar konnte er es noch herausziehen, aber dann ...«

Er sprach nicht weiter, händigte Lucius stattdessen den Gegenstand aus, den er gefunden hatte.

Es war ein Messer.

Der Griff war schmal, mit einer Öse anstelle des Knaufs. Die kurze, aber spitze Klinge war blutbesudelt und in der Mitte mit einer Rinne zum Ablauf versehen.

»Eine skythische Klinge«, stellte Lucius fest. Er sah zu Sibylla und konnte die Betroffenheit in ihrem Gesicht sehen.

»Eine solche Waffe ist euch bereits untergekommen?«, fragte Urud, der ihre Blicke richtig deutete.

»Mein Vater wurde mit einer solchen Klinge ermordet«, eröffnete Sibylla leise, aber gefasst. »Es scheint die bevorzugte Waffe von Semiramis' Söhnen zu sein, hinterhältig und feige«, fügte sie voller Abscheu hinzu.

»Also ist der Feind bereits hier«, folgerte der Parther tonlos, dessen Blicke zwischen dem blutigen Messer und seinem toten Neffen hin- und herhuschten.

»Entweder das«, räumte Lucius ein, »oder es ist sogar noch schlimmer.«

Urud sah ihn seltsam an. »Mein Neffe, der wie ein Sohn für mich war, ist tot. Was könnte denn noch schlimmer sein?«

Lucius schnaubte. »Wenn es doch einer von uns gewesen wäre«, gab er gepresst zurück.

Sibylla sah ihn betroffen an. »Du willst sagen …«

»Genau das.« Er nickte und ließ den Blick über die im Mondlicht Versammelten schweifen. »Einer von uns treibt ein falsches Spiel.«

VII

Der Verdacht, dass ein Verräter unter ihnen weilte, der auch vor Mord nicht zurückschreckte, trug nicht gerade dazu bei, die Stimmung zu verbessern.

Waren es zuvor nur Römer und Parther gewesen, die einander argwöhnisch beäugten, begann nun jeder, jedem zu misstrauen. Und Lucius wurde das Gefühl nicht los, dass es genau das gewesen war, was der Mörder bezweckt hatte.

Natürlich versuchte er, durch Befragung herauszufinden, wer als Täter infrage kam; doch wie sich zeigte, hatten sich fast alle Mitglieder der Expedition im betreffenden Zeitraum vom Lager entfernt, sei es, um ihren Wachdienst anzutreten oder um ihre Notdurft zu verrichten. Und da sich der Zeitpunkt, da der Parther den Tod gefunden hatte, nicht feststellen ließ, hätte so ziemlich jeder der Täter sein können.

Natürlich drängte Lucius eine innere Stimme dazu, den Verräter in Urud zu sehen, dem er gleich aus mehreren Gründen misstraute, aber sein Verstand sagte ihm, dass das keinen Sinn ergab. Schließlich betrachtete der *magus* den Kult ebenso als Bedrohung wie er selbst und wollte der Gefahr begegnen, die der Welt durch die Söhne der Semiramis drohte … oder war auch das eine Täuschung gewesen? Waren Lucius und seine Prätorianer in einem Gespinst von Lüge und Intrige gefangen, so wie sie in diesem fremden und unerträglich heißen Land gefangen waren, in dem es kaum Schatten gab und die

Sonne unbarmherzig von einem fahlen Himmel auf sie herabbrannte?

Was Sibylla betraf, so war sie offenbar nicht weniger ratlos, doch schien sie Urud bedingungslos zu vertrauen. Und Lucius wiederum wusste nicht, ob das, was ihn quälte, tatsächlich berechtigter Zweifel an der Lauterkeit des Parthers war – oder nur schlichte, törichte Eifersucht.

Gegenüber seinen Männern, den wenigen, die noch verblieben waren, erwähnte er nichts von seinen Bedenken. Noch nicht einmal Furius erzählte er davon, obwohl dieser es vermutlich ahnte. Trotz allem, was geschehen war, waren sie noch immer römische Soldaten, die im Auftrag ihres *Caesar* eine Mission zu erfüllen hatten ... auch wenn die ausgezehrten, bärtigen Gestalten, die in staubigen, ausgeschossenen Mänteln auf ihren Reittieren kauerten, längst nicht mehr danach aussahen.

Den Hinweisen auf der alten Karte folgend, drangen sie immer weiter nach Nordwesten vor, Tag für Tag.

Sie durchquerten die weite Steppe des nördlichen Mesopotamien und überschritten auch noch den anderen Fluss, den die Römer Diglitus und die Parther Tigra nannten, und stießen in das unbekannte Land vor, das sich jenseits davon erstreckte. Je weiter sie nach Nordosten kamen, desto karger und steiniger wurde es, und am nördlichen Horizont begann sich ein gewaltiges Gebirge abzuzeichnen, zunächst noch als eine vage Ahnung, dann immer massiver.

Der Anblick der schroffen Berge war geradezu entmutigend, es kostete Lucius Mühe, seine Leute bei der Stange zu halten. Nicht nur, dass das steinige, vor Hitze glühende Ödland die einstmals stolzen Prätorianer schon äußerlich in Schatten ihrer selbst verwandelt hatte; auch ihr Mut und die Hoffnung, jemals zu finden, wonach sie suchten, waren den Soldaten irgendwann abhandengekommen. Noch wagte keiner, es offen auszusprechen, aber die Männer zweifelten von

Tag zu Tag mehr an einem erfolgreichen Ausgang der Expedition.

Folgten sie noch dem rechten Pfad? Oder hatten sie sich in dieser gewaltigen, hitzedurchglühten Leere längst rettungslos verirrt? Sicher, sie hatten die Karte, aber je weiter sie nach Nordosten gelangten, desto spärlicher wurden die Hinweise. Die Befürchtungen der Männer waren also nur zu berechtigt, auch Lucius hegte sie, doch er ließ es sich nicht anmerken.

Alles, was seine Leute durchhalten ließ, war ihre anerzogene Disziplin und ihr Respekt, vermutlich nicht einmal vor Lucius selbst, sondern vor dem Rang, den er bekleidete, und vor der Macht, die er repräsentierte. Selbst in den Augen seines Freundes Furius sah er zunehmend Verzweiflung, als hätte die Ödnis des Landes auch sein Herz erfasst – und mit der Verzweiflung und der Furcht, das wusste Lucius aus Erfahrung, kam der Wille zum Widerstand.

Auch unter den Gladiatoren hatte es bisweilen Aufstände gegeben. Lucius hatte gesehen, wie sie sich anbahnten, wie eins zum anderen kam, bis die Männer irgendwann keine andere Möglichkeit mehr für sich sahen, als zu meutern – und er erkannte deutlich, dass der Tag nicht mehr fern war, da genau dies geschehen würde.

Und dass er nichts dagegen würde tun können …

Der Mord an Uruds Brudersohn lag beinahe einen Mond zurück, als sie das Gebirge erreichten. Und hier, an den Überresten einer uralten, von der Zeit vergessenen Straße, stießen sie auf einen unmissverständlichen Hinweis darauf, dass sie nach wie vor der richtigen Spur folgten.

Es war eine Statue.

Ein flüchtiger, unwissender Beobachter hätte sie womöglich nur für einen Felsen gehalten, den Wetter und Wind auf eigenartige Weise geformt hatten. Doch wer genauer hinsah, der erkannte einen von Menschenhand bearbeiteten Sockel und eine Figur, die darauf thronte. Der Sand, den der Wind beständig dagegenblies, hatte sie abgeschliffen und ihre Gestalt verwischt; einer der Vorderläufe fehlte, und von den einstmals stolz gespreizten Flügeln waren nur noch Stümpfe übrig.

Doch für den Eingeweihten war nur zu deutlich zu erkennen, was jene steinerne Gestalt, die seit Hunderten von Jahren dort auf jenem Sockel thronte, einst dargestellt hatte …

»Ein Mantikor!«, rief Xenodamos laut, worauf der Name wie ein Echo durch die Reihen der Prätorianer geisterte.

»Also doch!«, rief Urud aus und ballte triumphierend die Rechte zur Faust.

»Wir sind auf dem richtigen Weg.« Lucius griff nach der Feldflasche, die er umhängen hatte, und nahm einen Schluck von der lauwarmen Brühe, die sich darin befand. »Den Göttern sei Dank.«

»Mit den Göttern hat es nichts zu tun«, stellte Sibylla klar und schwang sich aus dem Sattel ihres Pferdes. »Wissensdurst und Beharrlichkeit haben uns hierhergebracht – und die Aufzeichnungen, die vor langer Zeit ein Mensch gemacht hat.«

Auch Urud stieg ab, und gemeinsam schickten sie sich an, den Sockel zu untersuchen. Wenn man genau hinsah, waren hier und dort Vertiefungen zu erkennen, die vor Urzeiten in den Stein gemeißelte Schriftzeichen gewesen sein mochten. Auch Xenodamos' Aufmerksamkeit war geweckt. Von wissenschaftlichem Eifer getrieben, den ihm auch viele Tage Hitze und Entbehrung nicht hatten austreiben können, gesellte er sich zu den anderen.

Lucius sah zum Himmel und beschloss, dass es keinen Sinn mehr hatte, den Marsch vor Einbruch der Dunkelheit fortzusetzen. Ohnehin war es bereits später Nachmittag, und er kannte seine gelehrten Begleiter inzwischen gut genug, um zu wissen, dass ihre Untersuchung der Statue einige Stunden in Anspruch nehmen würde. Und da er nicht auf freier Fläche lag, sondern zumindest nach zwei Seiten hin durch Felsen vom Wind geschützt wurde, war dieser Platz nicht schlechter als andere, um hier das Nachtlager aufzuschlagen.

Lucius ließ die Männer absitzen, worauf sein Optio Furius wie üblich die Aufgaben verteilte – das Zelt für Sibylla musste aufgebaut, ein Graben um die Schlafplätze gezogen werden, um Schlangen und anderes Ungeziefer fernzuhalten, die Wachtposten mussten besetzt und die Rationen ausgegeben werden.

Nachdem Lucius sein Pferd versorgt hatte, ging er zur Statue, deren Sockel Sibylla und Xenodamos inzwischen von Sand und Staub gereinigt hatten, während Urud und Tanacos ihnen dabei zusahen – der eine mit dem Auge eines *magus*, der andere im Auftrag eines Kaisers, der im fernen Rom regierte und dessen Macht hier keine Gültigkeit hatte.

»Babylonische Keilschrift«, stellte Xenodamos fest, indem er seine Finger über die teils arg verwitterten Vertiefungen gleiten ließ.

»Kannst du sie lesen, Alexandriner?«, fragte Urud.

»Das will ich meinen«, erwiderte der Gelehrte in eifrigem Stolz. »Dieses Zeichen hier bedeutet beispielsweise ›Festung‹ – und jenes dort ›König‹ ... nein, ›Königin‹«, verbesserte er sich rasch.

»Damit könnte Semiramis gemeint sein«, vermutete Sibylla.

»Davon sollten wir angesichts dessen, was diese Statue einst dargestellt hat, ausgehen«, meinte Xenodamos. Schon lange hatte Lucius den alten Gelehrten nicht mehr derart agil erlebt, geradeso, als hätte diese Entdeckung ihn um Jahre verjüngt. »Es ist ein Wegweiser, genau wie wir dachten«, gab sich der Mann aus Alexandria überzeugt. »Ein Hinweis auf Semiramis' unterirdische Stadt.«

»Eine unterirdische Stadt?« Sibylla sah ihn zweifelnd an.

»Es ist wahr«, stimmte Urud zu, der mit vor der Brust verschränkten Armen näher trat, »in der Überlieferung meines Volkes gibt es Geschichten über eine geheimnisvolle Stadt in der Wüste, die tief unter der Oberfläche der Erde liegt – doch habe ich nie darüber gesprochen. Woher also weißt du davon, Alexandriner?«

»Ja, woher?«, wollte auch Sibylla wissen. »In den alten Schriften war ebenfalls nicht davon die Rede.«

Xenodamos sah sie an – und irrte sich Lucius, oder war da für einen Moment Unsicherheit in seiner faltigen, von der Sonne und dem trockenen Wind gegerbten Miene zu lesen? »Du irrst dich, mein Kind«, eröffnete der Gelehrte dann lächelnd und gab sich bereits im nächsten Moment wieder ganz wie gewohnt, »in Ktesias' Schriften war durchaus davon die Rede, dass Semiramis' Tempel ›in den Tiefen der Welt‹ verborgen sei – mit anderen Worten …«

In diesem Moment erscholl in unmittelbarer Nähe ein heiserer Schrei.

Es war Urbiscus.

Der Veteran, der zusammen mit zwei Kameraden dabei gewesen war, mit dem *rutrum* einen Graben um das Lager zu ziehen, kauerte vornübergebeugt im Sand. Der Spaten lag neben ihm, Urbiscus presste die rechte Hand auf eine Stelle an seinem linken Unterarm, sein Gesicht war von Schmerz und Verzweiflung verzerrt.

»Was ist passiert?«, wollte Lucius wissen.

»Skorpion«, stieß der Prätorianer zwischen zusammengebissenen Zähnen hervor. Seine Augen waren gerötet und seine Züge aufgedunsen, seine Gliedmaßen bereits dabei, sich zu verkrampfen.

Urud, der ebenfalls rasch herbeigeeilt war, untersuchte Urbiscus' Unterarm, wo ein blutiger Einstich zu erkennen war. »Gadima«, stellte er fest, worauf sein Landsmann, der verbliebene Führer, sich kopfschüttelnd abwandte.

»Was bedeutet das?«, wollte Sibylla wissen.

»Von allen Skorpionen der Wüste ist Gadima der gefährlichste«, antwortete der Parther. »Sein Stich ist tödlich.«

»Kannst du nichts für ihn tun?«, fragte Lucius.

»Du bist ein *magus,* oder nicht?«, fügte Marcus Furius hinzu.

Urud schüttelte den Kopf. »Das Gift ist bereits in seinem Körper. Wären wir in unserem Dorf, könnte ich eine Salbe aus Flechten zubereiten, dann hätte er vielleicht eine Möglichkeit, zu überleben, aber so ...« Er verstummte.

»Wie ... lange?«, fragte Urbiscus, dessen Körper bereits dabei war, in Zuckungen zu verfallen. Schweiß stand ihm auf der Stirn, seine Haut wurde feuerrot.

»Ein paar Tage, vielleicht eine Woche.« Der Parther, der bei ihm am Boden kniete, sah ihn direkt an. »Das Gift wird nach und nach von deinem Körper Besitz ergreifen, und du wirst unsägliche Qualen leiden und dabei den Verstand verlieren. Eine Medizin dagegen gibt es nicht, aber ...« Er legte die Hand auf den Griff seines Dolchs. »... ich kann deinen Schmerz verkürzen.«

Urbiscus starrte ihn an, seine Gesichtszüge jetzt eine schmerzvolle Fratze. »Pack dich fort, Parther!«, zischte er. »Lieber ersticke ich an meinem eigenen Blut, als dass ich mich von dir ins Jenseits befördern lasse.«

»Genau das wird geschehen«, stellte Urud sachlich fest und erhob sich. »Es ist deine Entscheidung, Römer.«

»Scher dich weg, Zauberer«, gab Urbiscus ihm mit auf den Weg, »und deine *maga* nimm gleich mit!« Am Boden kauernd und sich vor Schmerzen krümmend, starrte er auf Sibylla. Seine aufgedunsenen Züge waren von Hass und Furcht grotesk verzerrt. »Du bist das gewesen«, stieß er zischend hervor, wobei ihm Blut aus dem Mundwinkel rann. »Du hast mir das angetan!«

»Aber nein, ich ...«, wollte Sibylla widersprechen, doch sie verstummte, wohl, weil ihr klar war, dass sie den Sterbenden nicht vom Gegenteil würde überzeugen können.

Für Urbiscus und seine verbliebenen Kameraden war ihr

Schweigen gleichbedeutend mit dem Eingeständnis von Schuld.

»Du bist ... das gewesen«, stieß er feindselig hervor. »Du falsche Zauberin ... du wirst erst Ruhe geben, wenn wir alle tot sind ... wir alle, hört ihr?«, rief er den anderen Prätorianern zu, die mit vor Entsetzen geweiteten Augen auf ihn starrten.

Dann schrie er seinen Schmerz und die Angst vor dem sicheren Ende laut hinaus.

VIII

Bis weit nach Mitternacht hatte Urbiscus seinen letzten Kampf gekämpft.

Dann hatte der Veteran, unter Tränen und von Wahnvorstellungen gepeinigt, darum gefleht, dass seinen Qualen ein Ende bereitet würde. Lucius selbst hatte ihm diesen letzten Dienst erwiesen, während Furius ihn festhielt – mit einem Stich in die Halsbeuge, der die Schlagader durchbohrte und Urbiscus zu seinen Ahnen schickte.

Danach war Stille im Lager eingekehrt.

Bleischwer hatte sie sich über die steinige Ödnis gebreitet, durchbrochen nur vom gelegentlichen Schrei einer Hyäne, der schaurig am Fuß der Berge verhallte.

Bei Tagesanbruch begruben sie den Körper des toten Kameraden unter Steinen, damit die Aasfresser ihn nicht bekommen sollten, die vierbeinigen so wenig wie die geflügelten. Dann brachen sie ihr Lager ab und setzten die Reise fort. Anders als noch am Vortag, wussten sie nun, dass sie der richtigen Spur folgten, doch Lucius war dennoch nicht von Zuversicht erfüllt.

Urbiscus' Tod hatte in ihm eine tiefe Leere hinterlassen. Nicht weil er erneut einen seiner Männer verloren hatte – jeder, der an dieser Expedition teilnahm, hatte damit rechnen müssen, nicht heimzukehren. Sondern weil er nichts dabei empfunden hatte, als er den Kameraden tötete.

Keine Reue.

Keine Trauer.

Noch nicht einmal Mitgefühl.

Diese Expedition, dieses ganze weite und so düstere Land, bewirkte etwas bei ihnen, war dabei, jeden Einzelnen in etwas zu verwandeln, was sie niemals hatten sein wollen.

Sibylla war die Erste gewesen, die sich verändert hatte, und irgendwann – ohne dass Lucius den genauen Zeitpunkt hätte benennen können – war Xenodamos ihr gefolgt. Beide waren verbissen auf das Ziel der Reise bedacht, schienen geradezu besessen davon zu sein, den Tempel der Semiramis zu finden und ihm seine jahrtausendealten Geheimnisse zu entlocken ... Vermutlich, so nahm Lucius an, hatte die Veränderung inzwischen auch auf ihn selbst übergegriffen, ohne dass er in der Lage war, etwas dagegen zu unternehmen.

Im Angesicht des nahen Todes hatte Urbiscus diese Verwandlung wohl ebenfalls bemerkt und sich dagegen aufgelehnt, allerdings hatte er nicht ihre wahre Ursache erkannt. Denn so unbarmherzig Sibylla auch darauf bedacht sein mochte, dass diese Expedition ihr Ziel erreichte, die Veränderung war nicht ihre Schuld, noch war es die Schuld Uruds oder der Parther, auch das war Lucius inzwischen klar geworden. Die wahre Ursache war etwas anderes ...

Etwas, das älter und sehr viel mächtiger war, als ein Mensch es jemals sein konnte. Es war jenes uralte, archaische Böse, von dem der *magus* gesprochen hatte und das seit grauer Vorzeit in dieser Wüste lauerte. Womöglich war auch Königin Semiramis damals nur ein Opfer gewesen, ebenso wie jene, die ihrem Kult verfallen waren. Dieses wahre Übel hatte seine Wurzel irgendwo in den Bergen, die dort vor ihnen aufragten, trutzig wie eine feindliche Festung.

Und anscheinend ebenso uneinnehmbar ...

Nur ihren parthischen Begleitern war es zu verdanken, dass sie überhaupt einen Weg hinein fanden: Zunächst durch schmale, steil aufwärts führende Schluchten, die vor Urzeiten das Wasser längst vertrockneter Flüsse in den Fels gegraben hatte; dann über Hänge, die nach Westen hin steil abfielen und für Tier und Reiter eine tödliche Gefahr darstellten; und schließlich über schmale Abbrüche, die sich an die rötlich braunen, beinahe senkrecht aufragenden Felswände schmiegten und auf diese Weise natürliche Pfade bildeten.

In der Vergangenheit waren diese wohl schon öfter von Reisenden beschritten worden, deren Hinterlassenschaften sie hin und wieder am Wegesrand und in Felsnischen entdeckten – hier ein Haufen Unrat, dort ein rostiges Stück Metall; und schließlich ein bleicher Schädel, dessen leere Augenhöhlen sie spöttisch anzustarren schienen.

So ging es immer weiter hinauf.

Das Tal versank in ihrem Rücken im grauen Dunst, ehe es schließlich ganz hinter den Felsen verschwand, um die der schmale Pfad sich wand. Ein kalter und steiler Abgrund klaffte jenseits des Weges und zwang sie, aus den Sätteln zu steigen und ihre Tiere an den Zügeln zu führen. Auch so war es noch ein lebensgefährliches Unterfangen, sich auf den mitunter nur eineinhalb Fuß breiten Vorsprüngen fortzubewegen, deren Gestein noch dazu rissig und spröde war – Uruds parthischem Begleiter wurde es zum Verhängnis.

Einmal mehr war der Mann vorausgegangen, um die vor ihnen liegende Wegstrecke zu erkunden. Er führte sein Kamel den schmalen Pfad entlang um einen hoch aufragenden Felsenturm – von dem sich plötzlich ein Steinschlag löste. Die roten Brocken, die lotrecht herabpolterten, erfassten den Parther und rissen nicht nur ihn in die Tiefe, sondern auch sein Reittier. Die anderen konnten nur dabeistehen und hilflos zusehen, wie Mann und Kamel schreiend im Abgrund verschwanden.

Danach, als wäre ihnen mehr Verstand gegeben als den Menschen, die sie führten, weigerten sich die Kamele, weiterzugehen, und die Pferde wurden so unruhig, dass es nur zusätzliche Gefahr bedeutet hätte, sie mitzunehmen.

Auf einem Plateau, das sich zwischen zwei Felswänden erstreckte, ließ Lucius daraufhin ein Lager aufschlagen, und sie kamen überein, die Tiere hier zurückzulassen. Marcus Furius, der die Männer am besten kannte, teilte einen der Prätorianer dazu ein, zurückzubleiben und sich um die Tiere zu kümmern, sodass sie ihnen auf dem Rückweg wieder zur Verfügung stehen würden.

Vorausgesetzt, sie kehrten jemals zurück …

In der Nacht, die im Labyrinth der Felswände rasch hereinbrach, gab es ein Gewitter. Regen fiel kaum aus dem mondlos grauen Himmel, doch erhellten gleißende Blitze die Nacht, und von jenseits der schroffen Gipfel war dumpfer Donner zu hören. Offenbar tobte jenseits des Gebirges ein heftiger Sturm.

»Iupiter scheint mächtig unzufrieden«, kommentierte Furius, der zusammen mit Lucius die erste Wachschicht innehatte. Gemeinsam kauerten sie am Rand der Plattform und blickten in den Wald der Felsentürme, der sich zu ihren Füßen in ungeahnte Tiefen erstreckte und bald taghell erleuchtet wurde, bald wieder in teeriger Schwärze versank.

»Da ist er nicht der Einzige«, knurrte Lucius. Über die Schulter warf er einen Blick zum Lager, wo die Prätorianer trockenes Wurzel- und Buschwerk gesammelt und ein Feuer entzündet hatten, das sich lodernd und knisternd dem heulenden Wind widersetzte. Wieder zerteilte ein Blitz den Himmel, als wollte er ihn zerreißen, und ein fernes Donnergrollen folgte.

»Glaubst du, dass wir diesen Tempel finden werden?«, fragte Furius ihn. Der Feuerschein, der am Rand des Plateaus seine Kraft fast verloren hatte, beleuchtete eine Hälfte seines bärtigen Gesichts. »Und wenn ja, was werden wir dort vorfinden? Glaubst du, dass es dort noch mehr von diesen Bestien gibt? Und wenn ja, was werden wir dann tun?«

Lucius nickte nur, ohne seinen Blick vom Abgrund zu wenden – das alles waren gute und nur zu berechtigte Fragen, die auch er selbst sich immer wieder stellte ... ohne auch nur den Ansatz einer Antwort zu kennen.

Sibylla konnte er nicht nach ihrer Meinung fragen, er kam nicht mehr an sie heran. Urud und der alte Xenodamos hatten sie in Beschlag genommen, so wie auch jetzt wieder – gemeinsam hockten sie am Feuer, und die beiden Männer redeten pausenlos auf die junge Frau ein, als wären sie Schatten der Unterwelt, die um ihre Seele feilschten ... wobei nicht zu erkennen war, welcher der beiden Sibylla ins Verderben ziehen wollte und welcher in Elysische Gefilde.

Immerzu hörte er ihre Stimmen, sah, wie sie am Feuer verstohlene Blicke wechselten, als hüteten sie zusammen eifersüchtig ein Geheimnis, das sie mit niemandem teilen wollten, auch nicht mit ihm. Im Geheimen tuschelten sie, trafen heimliche Absprachen und schmiedeten hinter seinem Rücken Bündnisse ... oder bildete er sich das nur ein?

Verlor er allmählich den Verstand?

War es die Erschöpfung, die ihm so zusetzte?

Oder das Böse, das diese Gegend zu durchtränken schien?

Er wurde den Gedanken nicht mehr los, nicht während seiner Wachschicht und auch später nicht, als er auf dem harten steinernen Boden lag und trotz des fernen Donners etwas Schlaf zu finden suchte. Traum und Wirklichkeit verschwammen und ließen Menschen und Dinge lebendig werden, die längst entschwunden waren ... und über allem kreisten mit rauschenden Flügelschlägen grausame Kreaturen aus längst vergangener Zeit ... oder war er in Wahrheit noch in seinem grässlichen Albtraum gefangen? Lag er womöglich noch immer in jener Hütte im Dorf der Parther und kämpfte gegen das Gift des Ghuls ...?

Jäh erwachte er.

Etwas hatte sich verändert.

Der Donner war verstummt, Dunkelheit umgab ihn, auch dann noch, als er die Augen längst geöffnet hatte. Unweit von ihm war die noch schwelende Glut des Feuers, von der noch ein wenig Wärme ausging … und über ihm ein dunkler Schatten!

Als Lucius die Klinge blitzen sah, war er von einem Augenblick zum anderen hellwach – doch es war zu spät! Die vermummte Gestalt, die über seinem Lager kauerte, stach in diesem Moment bereits zu!

In einem Reflex riss er den Arm empor, schaffte es, die Attacke abzublocken. Der Angreifer stieß eine zischende Verwünschung aus, dann beugte er sich mit dem ganzen Gewicht seines Oberkörpers über ihn, um ihm trotz seiner Abwehr die Spitze der Klinge in die Kehle zu treiben …

Lucius biss die Zähne zusammen, seine Muskeln und Sehnen spannten sich zum Zerreißen an. Doch die Klinge, die kurz und spitz war und eine Blutrinne hatte, kam unaufhaltsam näher – bis plötzlich eine zweite Gestalt heranhuschte.

Ein dumpfes Geräusch erfolgte, der Schatten über ihm bäumte sich auf, der Griff hinter der Klinge erschlaffte. Im nächsten Moment fiel der Angreifer zur Seite und blieb reglos auf dem Boden liegen. Im spärlichen Schein der Glut konnte Lucius sehen, wie etwas langsam und zäh über den Boden kroch.

Blut …

Inzwischen waren auch die anderen erwacht. Fackeln wurden an der Glut entzündet, vertrieben die Dunkelheit – und Lucius, der sich keuchend aufrichtete, sah, was geschehen war.

Der Angreifer, der neben ihm lag, leblos und mit zerschmettertem Schädel, war kein anderer als Tanacos, Caligulas ergebener Diener. Und vor ihm stand der alte Xenodamos, einen blutigen Stein in der Hand …

»Ist er …?«, fragte er mit bebender Stimme.

Lucius nickte nur.

»Da…das wollte ich nicht«, stammelte der Gelehrte. »Ich bin nur erwacht und habe gesehen, dass dich jemand angreift, Zenturio, und da habe ich nach diesem Stein gegriffen und …«

»Du hast mir das Leben gerettet«, knurrte Lucius, der sich schnaubend herumwälzte und auf die Knie raffte. »Danke!«

»Keine … Ursache«, erwiderte der andere stockend. Im Halbdunkel war sein Blick starr auf den Toten gerichtet. »E… es ist das erste Mal, dass ich … ich meine, ich habe noch nie …«

»Alles passiert irgendwann zum ersten Mal, alter Mann«, meinte Marcus Furius, der atemlos hinzutrat. »Bist du in Ordnung?«, erkundigte er sich bei Lucius.

Dieser knurrte eine Bestätigung, während er dabei war, nach der Waffe zu suchen, mit der Tanacos ihn hatte erstechen wollen. Er fand die Klinge und hielt sie Furius hin.

Die Augen des Freundes weiteten sich, als er die Form erkannte. »Caligulas verdammter Speichellecker … hat auch zu ihnen gehört? Zu den Söhnen der Semiramis?«

»Jedenfalls sieht es ganz danach aus«, erwiderte Lucius leise. Sibylla hatte ihr Zelt verlassen und kam ebenfalls herbei, mit einer Mischung aus Respekt und Furcht machten die Prätorianer ihr Platz.

»Was ist geschehen?«, wollte Sibylla mit einem verblüfften Blick auf Tanacos' Leichnam wissen.

»Offenbar war *Caesar* nicht der einzige Herr, dem der Phrygier diente«, entgegnete Lucius. Er stand auf und ließ auch sie die Klinge sehen.

Sibyllas Augen weiteten sich. »Mit einer solchen Klinge wurde mein Vater ermordet«, stellte sie fest.

»Allerdings.«

»Glaubst du, dass …?« Sie sah auf den leblosen Tanacos.

»Wer weiß!« Lucius zuckte mit den Schultern. »Durch seine Arbeit bei Hofe war er in jedem Fall informiert darüber, dass der Kaiser Euren Vater um Hilfe gebeten hatte ... und als Caligulas Lieblingssklave durfte er sich überall in der Stadt frei bewegen.«

»Er ist es gewesen«, flüsterte Sibylla. Ihr Blick veränderte sich. Zuvor hatte sie noch mit Mitleid auf den Toten geblickt, jetzt verriet ihr Mienenspiel nur noch Abscheu.

»Dann haben wir den Verräter wohl gefunden«, meinte Furius mit grimmiger Genugtuung.

»Und es ist kein Parther gewesen«, fügte Urud hinzu, der sich ebenfalls zu ihnen gesellt hatte. Es lag keine Häme in seinen Worten und keine Besserwisserei, es war nur eine Feststellung.

»Nein«, musste Lucius zugeben und sagte sich, dass er in Sachen Menschenkenntnis wohl noch viel zu lernen hatte.

»Aber warum hat der Phrygier das getan?«, wandte Furius ein. »Ich meine, zuerst bringt er einen unserer Führer um, dann verhält er sich über Wochen hinweg still – und nun greift er ausgerechnet dich an?« Er schüttelte den Kopf. »Das ergibt für mich keinen Sinn.«

»Für mich auch nicht«, gab Lucius zu und sah zuerst Sibylla und dann Urud fragend an. »Vielleicht haben wir den Pfad, auf dem die Dinge noch einen Sinn ergaben, ja schon lange verlassen. Vielleicht verlieren wir in diesem verdammten Gebirge ja alle nacheinander den Verstand.«

»Hältst du das wirklich für möglich?«, fragte Sibylla. »Dass Tanacos einfach verrückt geworden ist?«

»Oder aber, er wusste, dass wir im Begriff sind, etwas zu entdecken, das verborgen bleiben soll«, wandte Xenodamos ein, der sich von seinem Schrecken wieder halbwegs erholt zu haben schien. Den blutigen Stein, den er bislang krampfhaft umklammert hatte, ließ er fallen. »Es wäre nicht zum ersten Mal in der Geschichte, dass aus diesem Anlass gemordet wird«, fügte er leise hinzu.

IX

Bei Tagesanbruch setzten sie ihren Marsch fort – abzüglich des Prätorianers, den Lucius dazu bestimmte, auf dem Plateau zurückzubleiben und die Tiere zu bewachen, waren sie gerade noch zehn Seelen, der letzte Überrest der Expedition.

Es gab keine Beisetzung für Tanacos.

Furius schleppte den Leichnam zur Abbruchkante und beförderte ihn kurzerhand in die Tiefe. Danach schulterten sie ihr Gepäck und brachen auf.

Da sie keine Lasttiere mehr hatten, mussten die verbliebenen Teilnehmer der Expedition ihre *sacrinae* selbst tragen. Vieles, das ihnen bisher noch Annehmlichkeit bereitet hatte, blieb auf dem Plateau zurück, dazu gehörte auch das Zelt, in dem Sibylla bislang übernachtet hatte. Sie nahm es gleichmütig hin, und um zu demonstrieren, dass sie keine Sonderbehandlung mehr wünschte, bestand sie darauf, ihr Wasser und ihre Proviantrationen selbst zu schleppen.

So setzten sie ihren Weg fort, wie an den Vortagen schmalen Pfaden folgend, die sich schlangengleich um rote Felsen schmiegten. Je höher sie gelangten, desto schmaler wurden die Vorsprünge, und je schmaler die Vorsprünge wurden, desto brüchiger wurden sie auch. Mehrmals entgingen Prätorianer nur knapp dem Sturz in die Tiefe, als der Fels unter ihren Füßen plötzlich nachgab. Selbst Urud, der mit dem Gelände sicher noch besser vertraut war, hätte um ein Haar das

Gleichgewicht verloren und wäre in den bodenlosen Abgrund gestürzt.

Alle waren erleichtert, als sie am zweiten Tag ihres Marschs endlich ein Joch erreichten, das eine Verbindung zur anderen Seite des Berges schlug. Und dort stießen sie, als wollte Fortuna selbst ihnen den Weg weisen, auf eine weitere Statue – oder auf das, was noch davon übrig war.

Sie mochte einst von ähnlicher Form gewesen sein wie jene, die sie am Fuß der Berge gefunden hatten, doch hier, auf der Höhe des Jochs, hatten Wind und Wetter noch ungleich mehr an ihr genagt. Wie ein Wächter erhob sie sich vor dem Durchgang, stumm und drohend, als wollte sie die Teilnehmer der Expedition zur Umkehr bewegen. Doch Lucius und die Seinen gingen weiter.

Jenseits des Sattels führte der Pfad stetig bergab.

Der Fels war auf dieser Seite der Berge weniger schroff, die Pfade weniger schmal. Hätten sie ihre Reittiere noch dabeigehabt, hätten sie ab hier sogar wieder in die Sättel steigen können, doch diese Möglichkeit hatten sie nicht, entsprechend beschwerlich war das Vorankommen. Betrachtete man die Karte, konnte man jedoch auch erkennen, dass sie dem Ziel ihrer Reise nicht mehr fern waren. Bis zum Tempel der Semiramis, der irgendwo in diesen felsigen Klüften verborgen sein musste, konnte es nun nicht mehr weit sein.

Sie nächtigten in einer Schlucht, die sie neugierigen Blicken entzog. Auf ein Feuer verzichteten sie jedoch infolge der Fuß- und Hufabdrücke, die sie am Abend gefunden hatten – ganz offenbar waren sie nicht die Einzigen, die sich in diesem Gebirge herumtrieben. Es mochten nur Ziegenhirten sein oder aber fanatische Kultisten, Anhänger der Semiramis, die den Tempel ebenso suchten wie sie selbst, oder ihn womöglich schon gefunden hatten, und zu einer bewaffneten Auseinandersetzung war die Expedition nicht mehr in der Lage. Nicht nur, dass sich ihre Anzahl seit ihrem Aufbruch aus Antiochia dramatisch verringert hatte, auch die Moral war auf dem Tiefpunkt, sowohl bei den verbliebenen Prätorianern als auch bei ihren Offizieren. Einzig Sibylla und ihre gelehrten Begleiter schienen dem Aufenthalt in diesem verlassenen Land noch etwas abgewinnen zu können, schienen weiterhin von Forscherdrang getrieben, der sogar noch zunahm, je näher sie dem Ziel der Expedition zu kommen schienen.

Die Nacht über blieb alles ruhig, doch hatte Lucius, der wiederum eine Wachschicht übernahm, allenthalben das Gefühl, beobachtet zu werden. Wann immer er hinaus in das von Mondlicht beschienene Halbdunkel blickte, hatte er das Gefühl, dass etwas von dort zurückstarrte.

Feindselig …

Lauernd …

Jeden ihrer Schritte verfolgend.

Es war ein hässliches Gefühl, und er wurde es nicht los, auch dann nicht, als der neue Tag anbrach und sie sich wieder auf den Weg machten.

Immer weiter ging es nun hinab. Die Schluchten wurden breiter, und hier und dort sprudelten Wasserläufe in die Tiefe und sorgten dafür, dass sich frisches Grün auf dem roten Gestein zeigte. Die Gefährten füllten ihre Wasservorräte auf und zogen weiter, und eigentlich hätte der Anblick des Lebens, das in diese trostlose Landschaft zurückzukehren schien, Lucius neue Kraft und ein wenig Zuversicht geben sollen, aber das war nicht der Fall. Das hässliche Gefühl in seinem Inneren blieb bestehen, seine in der Arena auf Leben und Tod geschulten Instinkte hörten nicht auf, ihn zu warnen – und am späten Nachmittag dieses Tages erkannte er den Grund dafür.

Sie hatten eine enge Passage überwunden, die zwischen beinahe senkrecht aufragenden, von grauen Flechten bewachsenen Felswänden steil in die Tiefe führte; auf der linken Seite endete der Fels in einem jähen Abbruch und gewährte einen weiten Ausblick gen Norden, auf schroffe Bergspitzen und schmale Grate, auf die sie von hohem Posten heruntersahen – sowie auf trutzige, aus Lehm und rotem Sandstein errichtete Türme, die eindeutig nicht die Natur geschaffen hatte.

Lucius, der an der Spitze gegangen war, prallte zurück und bedeutete den anderen, im Schutz der Felswand zu bleiben. Er selbst warf sich zu Boden, damit er von unten nicht gesehen werden konnte. Sein Herz pochte heftig ob der unerwarteten Entdeckung, während er vorsichtig über die Abbruchkante in die Tiefe spähte.

Vier rote, sich nach oben verjüngende Türme waren es, zu einem Quadrat angeordnet. Ähnlich wie bei der Statue hatten Zeit und Witterung auch ihnen zugesetzt, das Mauerwerk war narbig, von einem der Türme ein Stück abgebrochen. Die hohe Mauer jedoch, die die vier Türme zu einer Zitadelle verband, war noch weitgehend erhalten, ebenso wie die würfelförmigen Gebäude, die sich den von grünenden Büschen übersäten Hang hinab erstreckten. Die niedrige, von dreieckigen Zinnen gekrönte Ringmauer, die das Areal umgab, schien neueren Ursprungs zu sein, Wachsoldaten versahen darauf ihren Dienst.

Lucius erkannte die bunten Tuniken und haubenförmigen Helme auf den ersten Blick – *Parther!*

Er spie eine Verwünschung aus. Mit manchem hatte er gerechnet, aber sicher nicht damit, inmitten des unwegsamen Nirgendwo auf eine feindliche Garnison zu treffen.

Er hörte hinter sich das Rieseln von Gestein und wandte sich um. Furius huschte in gebückter Haltung zu ihm, das letzte Stück legte er bäuchlings über den Boden kriechend zurück. Sein Kommentar den Ausblick betreffend fiel ebenso kurz wie eindeutig aus.

»Verdammte Scheiße!« Von der Seite warf er Lucius einen fragenden Blick zu. »Und jetzt?«

»Ich habe zwölf Wachen auf den Wehrgängen gezählt und acht auf dem Turm, dazu ein paar Mann unten bei den Hütten. Die tatsächliche Stärke der Besatzung dürfte damit bei etwa achtzig Mann liegen …«

»Scheiße!«, sagte Furius noch einmal.

Lucius versuchte, sich die Lage der Festung am Berg genau einzuprägen. Dann zog er sich vorsichtig wieder zurück. Furius blieb auf vorgeschobenem Posten, um weiter zu beobachten.

»Was gibt es?«, wollte Xenodamos wissen. Die kleinen Augen des Gelehrten glänzten nervös.

»Vielleicht solltest du das lieber unseren parthischen Begleiter fragen«, knurrte Lucius mit einem Seitenblick auf Urud.

»Soldaten?«, fragte der, anscheinend nicht weniger überrascht.

»Du hast es nicht gewusst?«

»Wie sollte ich? Ich bin nie zuvor so weit im Norden gewesen. Und auf der Karte ist nichts über eine parthische Garnison vermerkt.«

»Wie auch?«, fragte Sibylla. »Diese Karte wurde lange vor der Zeit der Großkönige gezeichnet.«

»Die Zitadelle scheint schon sehr alt zu sein«, meinte Lucius, »vermutlich hatte sie früher andere Herren. Vielleicht haben Semiramis' Soldaten sie einst errichtet.«

»Das würde belegen, dass sie hier gewesen sind«, bestätigte Xenodamos aufgeregt. »Wir müssen kurz vor dem Ziel sein …«

»Vielleicht, nur ist uns der Weg versperrt«, räumte Lucius ein. »Der Pfad, den wir benutzen, fügt geradewegs auf die Festung zu.«

»Was können wir tun?«, fragte der Alexandriner.

»Wir könnten versuchen, zu verhandeln«, schlug Sibylla vor. »Immerhin ist Urud bei uns …«

»Und womit sollen wir verhandeln?«, fragte Lucius. »Wir haben nichts zu bieten, womit sich handeln ließe, und wären ganz und gar der Gnade des Kommandanten ausgeliefert.«

»Ich gebe dir recht«, pflichtete der *magus* bei.

»Also was?«, fragte Xenodamos, zweifelnd von einem zum anderen blickend. »Wollt ihr etwa umkehren? Nach allem, was wir getan haben, um hierherzukommen? Nach allen Opfern, die wir gebracht haben?«

»Nein«, versicherte Sibylla entschlossen. »Wir werden nicht so kurz vor dem Ziel aufgeben.« Sie wandte sich Lucius zu und sah ihn fragend an, und erstmals seit Tagen hatte er das Gefühl, wieder etwas von Claudius Varros Tochter in ihrem Blick zu erkennen. Doch anders als damals an jenem Tag im Haus ihres Vaters, der unendlich lange zurückzuliegen schien, lag weder Spott noch Geringschätzung in ihrem Blick. Sie wollte seine Hilfe, brauchte sie in diesem Moment mehr denn je …

»Eine andere Möglichkeit gibt es vielleicht noch, aber sie ist riskant«, erwiderte er leise. »Am Fuß der Festung, jenseits des Pfades, fällt das Gelände steil ab, sodass es – außer von den Wachtürmen aus – nicht eingesehen werden kann. Zudem gibt es dort zahlreiche Büsche, die Schutz vor Entdeckung bieten …«

»Und?«, fragte Xenodamos.

»Wir könnten bis zum Einbruch der Dunkelheit hier abwarten und dann versuchen, uns unterhalb der Festung an den Soldaten vorbeizustehlen«, schlug Lucius vor. »Den Wolken nach zu urteilen …«, er sah flüchtig zum Himmel, »… wird es kaum Mondschein geben, unsere Chancen stehen also nicht schlecht.«

»Aber wenn wir entdeckt werden«, wandte Urud ein, »hat keiner von uns Gnade zu erwarten. Ihr Römer nicht – und ich, der ich euch geholfen habe, ebenfalls nicht.«

»Wie sieht es mit Alexandrinern aus?«, fragte Xenodamos, auf sich selbst deutend.

»Ihr seid alt«, entgegnete der *magus*, »und mein Volk achtet das Alter als eine Gunst der Götter. Sie werden Euch nicht töten, sondern zu den Euren zurückschicken – allerdings barfuß und nackt, sodass Ihr den Steinen und der Sonne ausgesetzt seid. Schon nach wenigen Stadien werdet Ihr auf blutigen Stümpfen gehen und schreckliche Qualen leiden, und Ihr werdet tot sein, noch ehe ihr den Pass erreicht. Beantwortet das Eure Frage?«

»Ich … wünschte, ich hätte sie nicht gestellt«, erwiderte der Gelehrte, der merklich blass geworden war.

»Also?«, fragte Lucius und sah fragend von einem zum anderen. Hätte er allein zu entscheiden gehabt, hätte er keinen Augenblick gezögert, den Weg fortzusetzen – nicht weil er vom Sinn der Mission noch immer überzeugt gewesen wäre, sondern einfach deshalb, weil er das Gefühl hatte, es all seinen Soldaten, die er auf dem langen Weg hierher verloren hatte, schuldig zu sein.

Und weil ein tieferer innerer Drang, dessen Ursprung er sich selbst nicht erklären konnte, ihn dazu drängte …

Sibylla wechselte Blicke mit den anderen.

»Wir warten, bis es dunkel ist«, erklärte sie dann mit bitterer Entschlossenheit. »Dann suchen wir uns einen Weg um die Festung herum.«

X

Lucius behielt recht.

Die dichten Wolken sorgten dafür, dass kaum Mondlicht hindurchdrang, und wo es doch in vereinzelten, verirrten blauen Schäften zu Boden fiel, war es leicht zu umgehen.

Sie warteten, bis in der Zitadelle Ruhe eingekehrt war und auf den Wehrgängen Fackeln entzündet wurden.

Dann brachen sie auf.

Ein Zeit lang folgten sie noch dem Felsenpfad, der vom Ausgang der Schlucht zur Festung hinunterführte, dann wichen sie vom Weg ab und hielten sich unterhalb des Abbruchs. Von den Mauern aus konnten sie so nicht mehr gesehen werden, vor den Posten auf den Türmen hingegen mussten Lucius und seine Begleiter sich weiterhin in Acht nehmen.

Ohnehin schon hatten sie den größten Teil ihres Gepäcks oben auf dem Joch zurückgelassen, nun hatten sie es abermals eingeschränkt und nur noch das Allernotwendigste mitgenommen. Auf dem abschüssigen Gelände, das in der Dunkelheit kaum zu sehen war, mochte man allzu leicht das Gleichgewicht verlieren und in die Tiefe stürzen – oder sich durch ein unbedachtes Geräusch verraten.

Vorsichtig setzten die verbliebenen Teilnehmer der Expedition einen Fuß vor den anderen. Immer wieder rieselte loses Gestein unter ihren Tritten, sie konnten nur hoffen, dass die Wachen der Parther es nicht hörten.

Lucius war erleichtert, als sie auf dem abschüssigen Hang die ersten Büsche erreichten, hinter denen sie in Deckung gehen und sich für einen Moment ausruhen konnten. Lautlos verharrten sie, lauschten hinaus in die dunkle Stille, ob die Wachen womöglich Verdacht geschöpft und Alarm geschlagen hatten …

Aber alles blieb still.

In kleinen Gruppen gingen sie von nun an weiter, sich von einer Deckung zur nächsten arbeitend. Dann waren sie endlich außer Sichtweite der Türme. Auf der Hut sein mussten die Teilnehmer der Expedition nach wie vor, schon weil sie nicht wussten, was sie in der vor ihnen liegenden Dunkelheit erwartete; aber sie konnten wieder auf den Pfad zurückkehren, dem sie mit leisen Schritten weiter bergab folgten.

Mehrmals wand sich der Pfad, der nun eher Straße war und auf dem hier und dort auch Hufabdrücke zu erkennen waren, um enge Kurven, dann teilte er sich: Zur linken Seite wand er sich weiter den Berg hinab; zwischen Felsen, die sich nur blau und schemenhaft im Dunkel der Nacht abzeichneten, führte er in unergründliche Tiefe. Der rechte Pfad hingegen schien geradewegs in den Berg hineinzuführen, in eine schmale Schlucht, die so aussah, als hätte Iupiter selbst das Gestein mit einem gewaltigen Blitz gespalten.

»›In den Tiefen der Welt‹«, zitierte Sibylla flüsternd die Worte des Ktesias. »Dorthinein müssen wir.«

»Ganz sicher?«, fragte Furius wenig begeistert.

»Die Karte endet hier«, erwiderte sie – und ihnen allen war klar, was dies bedeutete.

Lucius sah in den vielleicht zwei Klafter breiten Spalt. Undurchdringliche Schwärze starrte ihnen daraus entgegen, als wäre es das Maul einer gewaltigen Bestie, die sie alle verschlingen wollte. Niemand, weder Zauberer noch Gelehrte, vermochte, zu sagen, was sie in jener Dunkelheit erwarten würde – Lucius' Instinkte allerdings ahnten voraus, dass dort

Unheil lauerte. Vorsichtshalber zog er sein Schwert, worauf Furius und die verbliebenen fünf Prätorianer es ihm gleichtaten.

»Wogegen wollt ihr kämpfen?«, fragte Sibylla nicht ohne Spott. »Gegen die Dunkelheit?«

An Lucius vorbei wollte sie als Erste in die undurchdringliche Schwärze treten, doch er hielt sie zurück, winkte stattdessen einen seiner Männer zu sich, mit dem zusammen er selbst die Vorhut bildete. Vorsichtig näherten sie sich der Öffnung, die wie eine schwärende Wunde in dem Berg klaffte, spürten die Kälte, die ihnen daraus entgegenschlug und nach Moder und Fäulnis roch ... und nach Tod.

In dem Augenblick, in dem Lucius zwischen die gewaltigen, sich nach oben einander zuneigenden Felswände trat, wurde das Ziehen in seiner Magengegend zu einem schmerzhaften Krampf, steigerte sich seine Unruhe in einen Anfall von Panik, die er mit aller Kraft niederkämpfen musste.

Er blieb stehen, sein Schwert in der Hand, und wartete, bis seine Augen sich an die spärlichen Lichtverhältnisse gewöhnt hatten. Dann ging er ein Stück weiter, der Prätorianer folgte ihm. Soweit er es im Halbdunkel beurteilen konnte, wurde die Schlucht vor ihnen nicht enger, sondern erweiterte sich stetig. Ein dumpfes Rauschen drang ihnen aus der Tiefe entgegen, und der modrige Geruch war hier weit weniger stechend – oder hatten sie sich bereits daran gewöhnt?

Lucius hielt abermals an. Am Eingang der Kluft verharren konnten sie nicht, die Gefahr der Entdeckung wäre zu groß. Ein Stück weit würde die Expedition noch in der Nacht ins Innere des Berges vordringen müssen.

Sie kehrten um und gingen zu den anderen zurück. Lucius wies seine Leute an, die mitgebrachten Fackeln bereitzuhalten, sie jedoch noch nicht zu entzünden. Erst als sie ein gutes Stück in die Kluft eingedrungen waren, ließ er die Männer Feuerstein und Zunder zur Hand nehmen. Zaghafter Lichtschein flackerte in der Finsternis auf, als die ersten Funken flogen, kurz darauf hatte der Zunder Feuer gefangen, und die erste Fackel wurde angesteckt. Ihr gelber Schein vertrieb die Finsternis ringsum und schälte aus der Dunkelheit, was zuvor verborgen geblieben war. Kleines Getier huschte über die Felswände und verschwand in Spalten und Ritzen.

Im flackernden Feuerschein, der unstete Schatten auf die umliegenden Felswände warf, gingen sie weiter. Lucius hatte wiederum die Führung übernommen, Sibylla und Urud folgten ihm jedoch dichtauf. Hinter ihnen kam Xenodamos, aus dessen faltiger Miene das Staunen und die Wissbegier eines Kindes sprachen, und schließlich Furius und die verbliebenen Prätorianer, die Schwerter in der einen und Fackeln in der anderen Hand.

Je weiter sie vordrangen, desto lauter wurde das Tosen – und desto deutlicher ging ihnen auf, von welch gewaltigen Ausmaßen diese Felskluft war. Von anfänglich zwei Klaftern hatte sie sich schon bald auf das Zehnfache verbreitert. Schließlich erweiterte sie sich an einer Abbruchkante, von der an der Pfad in engen Windungen in die Tiefe führte, zu einem Tal, dessen tatsächliche Ausmaße sie im Lichtkreis ihrer Fackeln nur erahnen konnten, während einhundert Klafter über ihnen die steil aufragenden Felswände einander fast berührten und eine Art Dach bildeten. Nur ein schmaler Streifen Himmel war dazwischen zu erkennen, und auch nur dann, wenn die Wolken für einen Moment aufrissen und der Mond die Nacht erhellte.

Nach einer Weile fiel ihnen auf, dass das Gestein unter ihren Füßen längst nicht mehr nur von der Natur geformt war; an vielen Stellen war es glatt behauen, an anderen waren Stufen in den Fels geschlagen. Und zu beiden Seiten tauchten, vom Lichtschein der Fackeln nur noch zaghaft berührt, dunkle Öffnungen in den Felswänden auf …

»Seht, dort sind Höhlen im Gestein«, stellte Furius fest.

»Das sind nicht nur einfach Höhlen, das waren einst Behausungen«, verbesserte Xenodamos, der auf der anderen Seite des Pfades noch mehr davon entdeckte. Der Gelehrte wich einige Schritte vom Pfad ab, sodass der Schein seiner Fackel auf die Felswand fiel. Tatsächlich konnte man nun deutlich erkennen, dass die Öffnungen nicht durch bloßen Zufall entstanden waren, sondern dass jemand mit Werkzeugen Hand angelegt und Stollen in das vergleichsweise weiche Gestein getrieben hatte.

Und nicht nur das.

Je weiter die Expedition vordrang, desto mehr Öffnungen im Stein waren zu sehen, nicht nur Türen, auch Fenster und Nischen und Ornamente im Fels; und schließlich zweigten Treppen vom Hauptweg ab und führten nach oben, erschlossen ins Gestein gehauene Erker und Balustraden, auf die wiederum weitere Eingänge mündeten. Je tiefer die Straße in den Berg führte, desto mehr wurden es, und als die Wolkendecke endlich wieder einmal aufbrach und heller Mondschein in die Kluft fiel, da beleuchtete er ein wahres Labyrinth aus über- und nebeneinander angeordneten Behausungen und Stollen, die durch kreuz und quer verlaufende Treppen und kühn aus dem Fels ragende Vorsprünge zu erreichen waren; und hin und wieder gab es sogar steinerne Brücken, die sich über Felslücken spannten. Aus der Höhe herab stürzte ein Katarakt, der die Quelle des tosenden Geräuschs war und im Mondschein blau zu leuchten schien.

»Ich muss mich verbessern«, kommentierte der alte Xenodamos den unwirklichen Anblick, »das sind nicht nur ein paar in den Fels gehauene Behausungen – das ist eine ganze Siedlung.«

»Jene Stadt, die Semiramis einst für ihre Soldaten errichten ließ«, folgerte Sibylla, »verborgen in den Tiefen der Welt.«

»Ktesias von Knidos hatte recht«, bestätigte der Alexandriner, lächelnd wie jemand, dem ein Geschenk von unermesslichem Wert zuteilgeworden war. »Dieser Ort muss einst Tausenden von Menschen eine Heimat geboten haben …«

»Tausenden fanatischer Sektierer«, drückte Furius es anders aus. Genau wie Lucius schien auch er die Gefahr zu fühlen, die von diesem Ort ausging.

»Das ist nicht mehr von Belang«, war Xenodamos überzeugt. »Dieser Ort ist voller Geheimnisse, die erforscht werden müssen!«

»Allerdings«, stimmte Sibylla zu, in deren Augen es nicht weniger wissbegierig glänzte. »Wir scheinen seit Jahrhunderten die Ersten zu sein, die diese Schlucht betreten.«

»Und ich frage mich, warum das so ist«, meinte Lucius und blickte sich argwöhnisch um. Noch immer hatte er das Gefühl, dass irgendwo dort draußen eine Bedrohung lauerte … »Weißt du darauf eine Antwort, *magus?*«

Urud hatte bislang geschwiegen, und auch jetzt machte der Parther keine Anstalten, zu reden. Als wäre er zu einer Statue geworden, stand er da und starrte auf die unterirdische Stadt, die allmählich wieder in Dunkelheit sank, je mehr die Wolken am nächtlichen Himmel sich verdichteten.

»*Magus?*«, hakte Lucius nach.

Der Parther schien wie aus einem Traum zu erwachen. »Verzeih«, sagte er und fasste sich an die Schläfen. »Es ist nur, dieser Ort …«

»Ich weiß, ich fühle es auch«, versicherte Furius.

»Was meint ihr?« Xenodamos sah von einem zum anderen.

»Gefahr«, sagte Lucius nur. »Es muss einen Grund dafür geben, dass dieser Ort all die Jahrhunderte unberührt geblieben ist. Die Soldaten in der Festung wissen vermutlich davon, dennoch halten sie sich fern.«

Sibylla sandte ihm einen Blick, und sie beide dachten in diesem Moment dasselbe. Angesichts der Strapazen des Marsches, der Furcht vor Entdeckung und schließlich der Faszination, die von diesem von der Zeit vergessenen Ort ausging, hatten sie den eigentlichen Grund ihrer Anwesenheit hier beinahe aus dem Blick verloren.

Den Mantikor …

In diesem Moment war aus einem der in den Fels gehauenen Häuser ein Geräusch zu vernehmen, ein Schaben und Rascheln. Lucius und seine Leute fuhren herum, die Waffen kampfbereit erhoben – doch nichts regte sich mehr.

»Wa…was war das?«, fragte Xenodamos erschrocken.

Lucius blieb eine Antwort schuldig. Es mochte nichts gewesen sein, nur ein kleines Tier oder ein Windhauch. Doch es machte ihm klar, wie angreifbar sie waren, zumal die Schlucht inzwischen wieder vollständig in Dunkelheit versunken war und ihre Fackeln sie weithin sichtbar verrieten …

»Wir werden eine der Behausungen aufsuchen«, verkündete er seinen Entschluss. »Dort werden wir die Fackeln löschen und bis Tagesanbruch abwarten. Erst dann gehen wir weiter.«

»Aber …«, wollte Xenodamos einwenden, als erneut Geräusche zu hören waren – das Klickern von losem Gestein auf nacktem Fels, gefolgt von einem hohlen Rieseln. »Einverstanden«, erklärte er nur.

Lucius sandte Furius und zwei Prätorianer aus, um nach einem geeigneten Unterschlupf für die Nacht Ausschau zu halten. Infolge der reichen Auswahl dauerte es nicht lange, bis sie etwas gefunden hatten.

Unter dem niedrigen Türsturz hindurch betraten die Teilnehmer der Expedition eine geräumige Kammer, die einst in den Sandstein getrieben, doch wohl schon sehr lange nicht mehr bewohnt worden war.

Fingerdicker Staub bedeckte den Boden, Ungeziefer flüchtete sich verschreckt ins Dunkel, als das Licht der Fackeln es erfasste. Von der Einrichtung war nicht viel geblieben, die Trümmer eines Tisches, dazu einige Gegenstände, die herrenlos herumlagen. Lucius bückte sich und hob ein rostiges, krummes Ding vom Boden auf, das wohl einst ein Schwert mit Bogenklinge gewesen sein mochte, wie manche Völker des Ostens sie benutzten. Auch Sibylla und Xenodamos hatten sich, von Entdeckerdrang getrieben, sogleich darangemacht, den staubigen Boden abzusuchen. Ein metallisches Klimpern verriet, dass sie etwas gefunden hatten …

»Das … sind Münzen«, stellte Sibylla fest. Sie hob einige der kleinen, im Fackelschein glänzenden Metallscheiben auf und betrachtete sie, gab sie dann an die anderen weiter.

Auf der einen Seite war eine Frau abgebildet, auf einem Thron sitzend und mit dem Stab des Heerführers in der Hand – Semiramis, so war zu vermuten.

Auf der Kehrseite jedoch, und dieser Anblick jagte nicht nur Lucius, sondern auch allen anderen Anwesenden eisige Schauer über den Rücken, war eine grotesk gestaltete Klaue eingeprägt.

Die Kralle eines Mantikors.

»Abbildungen auf Münzen geben von alters her eine Aussage darüber, was in einer Kultur verehrt wird – und wovor sie sich fürchtet«, sagte Xenodamos dazu.

Lucius hatte genug gesehen.

Nicht nur an der Tür, auch an jedem der beiden Fenster postierte er eine Wache.

Dann ließ er die Fackeln löschen, und in fast völliger Dunkelheit harrten sie aus, bis der neue Tag anbrach.

Sie ahnten nicht, dass sie längst entdeckt worden waren.

XI

Die Zeit bis zum Einsetzen der Dämmerung kam ihnen endlos vor – und nicht nur, weil es lange dauerte, bis die Sonne am Himmel hoch genug gestiegen war, dass ihre Strahlen durch die schmale Öffnung der Kluft fielen und ihr Inneres in ein unwirkliches rotes Zwielicht tauchten; sondern auch, weil die Teilnehmer der Expedition ahnten, dass ihre lange Reise kurz vor dem Ende stand – und weil niemand zu sagen vermochte, wie dieses Ende aussehen würde.

Was mochte dort in der Tiefe der Schlucht auf sie warten? Was für ein Geheimnis mochten diese alten Gewölbe bergen, das so schrecklich war, dass nicht einmal die Parther sich hierherwagten, obwohl sie doch die Herren dieses Landes waren?

Auf dem Pfad, den sie schon in der Nacht zuvor beschritten hatten, setzten sie ihren Weg fort. Doch jetzt, da die Kluft von fahlem Tageslicht erhellt wurde, konnten sie sehen, dass dieser Pfad, der der linken Felswand folgte, nicht der einzige war: Eine Vielzahl von Wegen führte auf beiden Seiten der Schlucht in die Tiefe, schlang sich über Balustraden und Felsvorsprünge, verlief in kühnen Windungen und über steile Treppen. Und hin und wieder ermöglichten steinerne, die Kluft überspannende Brücken den Wechsel von der einen auf die andere Seite.

Etwas Vergleichbares hatte Lucius nie zuvor gesehen, weder in seiner gallischen Heimat noch in Italien. Es war die

Baukunst eines anderen Zeitalters, von dem die meisten Menschen annahmen, dass es längst vorüber sei.

Die Teilnehmer der Expedition wussten es besser.

Hin und wieder waren Vorsprünge abgebrochen oder Brücken eingestürzt, dann waren sie gezwungen, Umwege zu nehmen; auch waren die Treppenstufen mitunter von Sprüngen durchzogen und gaben nach, sobald man den Fuß darauf setzte – doch unbeirrt stiegen die Teilnehmer der Expedition weiter in die Tiefe. Jetzt, bei Tageslicht, konnten sie auch den von Geröll übersäten Grund der Schlucht erkennen. Kaum ein Sonnenstrahl drang je dort hinab, entsprechend wurde es kälter, je tiefer sie kamen. Selbst jetzt, am hellen Tag, herrschte dort unten nur schummriges Halbdunkel, dennoch verzichteten sie darauf, die Fackeln erneut zu entzünden. Ein mieses Gefühl begleitete Lucius auf Schritt und Tritt, brachte ihn immer wieder dazu, sich argwöhnisch umzusehen. Aber wohin er im grauen Dämmerlicht auch blickte, er konnte nichts Verdächtiges erkennen. Und endlich erreichten sie den Grund der Schlucht.

Hier rückten die Felswände wieder enger zusammen, sodass die Breite nur noch an die zehn Klafter betrug. Auf beiden Seiten gab es eine Galerie dunkler Öffnungen, die vor Urzeiten Läden und Tavernen gewesen sein mochten, nun jedoch starrten sie den Besuchern wie die dunklen, leeren Augen eines Totenschädels entgegen. Im Fels unter ihren Füßen rumorte das Wasser, das vom Rand der Schlucht herabstürzte, sich offenbar in der Tiefe sammelte und auf verschlungenen unterirdischen Pfaden einen Weg ins Freie suchte. Da ein Ende der Kluft nicht zu erkennen war, folgten sie einfach dem Rauschen, das immer lauter wurde und sich schließlich zu einem infernalischen Tosen steigerte – als der Weg vor einer glatten Felswand unvermittelt endete.

Die Gelehrten tauschten Blicke, kamen jedoch nicht dazu, sich auszutauschen – denn nun ging plötzlich alles ganz schnell.

Da das Rauschen des Wassers unter ihnen jedes andere Geräusch übertönte, hörten Lucius und seine verbliebenen Männer nicht das verräterische Zischen, das sie andernfalls gewarnt und dazu genötigt hätte, in Deckung zu gehen – so bemerkten sie das Verderben erst, als es über sie hereinbrach.

Der Prätorianer, der links von Lucius stand, zuckte zusammen, sein Körper verkrampfte sich. Dann fiel er auch schon vornüber – und noch ehe Lucius den Pfeil sah, der in seinem Rücken steckte, sank bereits ein zweiter Prätorianer tödlich getroffen nieder. Ihn hatte der gefiederte Tod in den Hals getroffen, mit derartiger Wucht, dass er auf der anderen Seite wieder austrat. Noch während der Mann, an seinem eigenen Blut würgend und mit vor Entsetzen weit aufgerissenen Augen, zu Boden ging, war Lucius klar, was die Stunde geschlagen hatte …

»Die Parther!«, brüllte er aus Leibeskräften. »Sie haben uns entdeckt! Sie sind hier!«

Wie um ihn zu bestätigen, zuckten aus dem schummrigen Grau über ihnen weitere Pfeile herab, mörderische Geschosse mit harten Schäften, wie sie von kurzen, aus Holz und Horn gefertigten Bogen geschossen wurden.

»Geht in Deckung!«, rief Furius – aber es war mehr Wunsch als rettender Gedanke, denn die Felswände zu beiden Seiten des Pfades waren zu glatt, um ausreichend Schutz zu gewähren. Einzig Urud fand hinter einem vorgelagerten Felsen Zuflucht, doch ihnen allen war der Weg versperrt.

Sie saßen in der Falle!

Sich zu beiden Seiten eng an die Felswand pressend, von der unentwegt Pfeile abprallten oder daran zersplitterten, versuchten Sibylla und Xenodamos, den tödlichen Geschossen zu entgehen. Lucius und seine letzten verbliebenen Prätorianer unterdessen legten Pfeile auf die Sehnen ihrer eigenen Bogen und versuchten, den Beschuss zu erwidern, was ihnen jedoch kaum gelang – schon deshalb nicht, weil sie ihre

Gegner bislang noch nicht einmal zu sehen bekommen hatten.

»So viel dazu, dass sich diese Mistkerle nicht in die Schlucht trauen«, stieß Furius hervor und schickte ein gefiedertes Geschoss auf Reisen, irgendwo in das dunkle Grau über ihnen.

»Sie müssen uns beobachtet haben, schon die ganze Zeit über«, erwiderte Lucius – und prallte zurück, als unmittelbar neben ihm ein Pfeil einschlug und splitternd zu Bruch ging. Zumindest wusste er jetzt, woher das miese Gefühl gekommen war, aber es war kein besonderer Trost.

»Wir sitzen wie die Hasen in der Falle!«, rief einer der Prätorianer. Er wandte das Haupt und warf Lucius einen panischen Blick zu – nur einen Lidschlag später wurde er von einem Pfeil getroffen. Und noch ehe Lucius nach ihm greifen und ihn in den Schutz der Felswand ziehen konnte, hatten ihn bereits zwei weitere Geschosse ereilt und sich in Brustkorb und Unterleib gebohrt. Leblos blieb der Soldat liegen – und Lucius wurde bewusst, dass dies das Ende war.

Es entbehrte nicht einer gewissen Ironie, dass sie so weit gekommen waren, dass sie so vielen Gefahren getrotzt und so viele Entbehrungen auf sich genommen hatten, nur um jetzt, beinahe am Ziel ihrer Reise, von schnöden parthischen Pfeilen ereilt zu werden. Dafür, dachte er bitter, hätten sie in jener Nacht nicht vor den Verrätern zu flüchten brauchen, sondern hätten auch ebenso gut in Sura ihr Ende finden können. Das Ergebnis blieb dasselbe, und Lucius stellte sich vor, dass irgendwo ein Gott auf seinem luftigen Thron saß und über sie lachte, über das erbärmliche Bemühen der Menschen, die Geheimnisse des Kosmos zu erforschen, und ihr kleinliches Streben nach Wissen, das letztlich immer scheitern musste.

Mit antrainierter Routine legte er den nächsten Pfeil auf die Sehne, wissend, dass es keinen Unterschied machen würde, ob er ihn abschoss oder nicht. Er rechnete damit, dass jeden

Augenblick ein parthisches Geschoss niederfahren und ihn ins Jenseits schicken würde.

Er verspürte den Drang, sich noch einmal zu Sibylla umzuwenden, ihr zu sagen, wie sehr er bedauerte, dass er nicht in der Lage gewesen war, sie zu beschützen, dass er, Pertinax der Unbesiegte, auf ganzer Linie versagt hatte … doch als er sich dazu überwand, einen Blick über die Schulter zu werfen, erlebte er eine Überraschung.

Die steinerne Wand, die die Kluft nach hinten verschloss, war dabei, sich zu heben!

Infolge des Tosens und der Schreie seiner Leute hatte er es nicht mitbekommen – doch, den bekannten Naturgesetzen trotzend, hob sich der schwere Fels und öffnete den Weg zu einem Stollen, der sich dahinter befand und weiter in den Berg zu führen schien!

Wie das möglich war, ob es sich auf natürliche Weise erklären ließ oder ob Zauberei dabei im Spiel war, darüber dachte Lucius nicht nach. Mit Erleichterung sah er, wie Sibylla unter der halb geöffneten Pforte hindurchhuschte und sich in Sicherheit brachte, ein ganzes Rudel Pfeile, das ihr zugedacht gewesen war, zerbarst splitternd am Gestein. Xenodamos folgte ihr, und in diesem Moment begann sich der Torstein bereits wieder, wie von Geisterhand zu senken!

»Los, verschwindet!«, rief Lucius seinen beiden verbliebenen Soldaten zu. Nur Furius und er harrten noch aus – und Urud. Der Parther kauerte noch immer hinter dem Felsen, der zwar Schutz vor den Pfeilen bot, jedoch gut zehn, zwölf Schritte von der sich schließenden Pforte entfernt war.

»Magus!«, brüllte Lucius. »Worauf wartest du?«

Über die Schulter sah Urud zur Pforte – und schüttelte nur den Kopf. »Geht!«, rief er nur.

Lucius biss die Zähne zusammen. Den Pfeil, den er bereits auf der Sehne hatte, schoss er noch ab, dann fuhr er herum und wandte sich zur Flucht, gemeinsam mit Furius, der von der anderen Seite kam. Beide warfen sich zu Boden, rollten sich seitlich durch die nur mehr hüfthohe Öffnung, während rings um sie die Geschosse des Feindes einschlugen.

Lucius hörte ein hässliches Fauchen und bekam noch mit, dass ihn etwas nur um Haaresbreite verfehlte – dann schloss sich das steinerne Tor bereits mit einem dumpfen Schlag, der so laut und durchdringend war, dass er den ganzen Berg zu erschüttern schien.

Danach wurde es still.

XII

Einen Moment lang hatte Lucius das Gefühl, dass es stockdunkel geworden war. Dann nahm er den zaghaften Fackelschein wahr, der sie umgab …

»Bist du in Ordnung, Zenturio?«, fragte einer der verbliebenen Prätorianer.

Lucius nickte nur. Eine Hand streckte sich ihm entgegen und zog ihn auf die Beine.

»Wo … ist Urud?«, fragte Sibylla.

Er sah sie an. Ihr Mantel war zerschlissen, ihr Haar hing in wirren Strähnen herab, der Schrecken stand ihr ins Gesicht geschrieben. Doch zumindest schien sie unverletzt zu sein.

»Er … ist draußen geblieben«, gestand Lucius.

»Aber …?« Sie sah ihn verzweifelt an. »Du hättest auf ihn warten müssen, er …«

»Dann wären Furius und ich jetzt tot. Außerdem ist der *magus* Parther … wenn überhaupt, hat er noch die besten Aussichten, zu überl …«

Er brach ab, als Furius ein heiseres Stöhnen entfuhr. Der Freund lag auf dem Boden, zur Seite gedreht und nach vorn gekrümmt. Und jetzt erst sah Lucius den gefiederten Schaft, der den Mantel und den ledernen Schutz durchdrungen hatte und in seinem Rücken steckte …

»Marcus! Verdammt!« Lucius war sofort bei ihm. Das also war es gewesen, was er im letzten Moment gespürt hatte, ehe sich die steinerne Pforte schloss. Der Pfeil hatte ihn knapp verfehlt und Furius getroffen …

»Hilf mir … will sitzen …«

Lucius tat dem Freund den Gefallen. Er schob einen Arm unter Marcus' Rücken und hob seinen Oberkörper etwas an. Ein weiteres Stöhnen kam Furius dabei über die Lippen, und ein dünner Blutfaden rann aus seinem Mundwinkel.

»Schöne … Scheiße!«

Sibylla war dazugekommen. Ihrem Gesichtsausdruck konnte Lucius entnehmen, dass ihr klar war, was eine Wunde wie diese zu bedeuten hatte.

Und Furius wusste es auch …

»Zieht … das verdammte Ding raus«, knurrte er.

»Dann wirst du verbluten«, sagte Sibylla voraus.

Er lachte keuchend, worauf nur noch mehr klebrig roter Lebenssaft über seine Lippen kam. »Lieber das … als langsam krepieren. Habe gesehen …« Weiter kam er nicht, eine Welle von Schmerz durchflutete seinen sehnigen, von der langen Reise ausgezehrten Körper.

Sibylla sandte Lucius einen fragenden Blick, und er nickte ihr grimmig zu. Daraufhin packte sie den Schaft des Pfeils mit beiden Händen, während Lucius seinen Arm fest um den Brustkorb des Freundes schlang.

Dann, ohne Vorwarnung, zog sie den Pfeil mit einem Ruck heraus. Furius bäumte sich auf, ein gurgelnder Schrei drang aus seiner Kehle.

Die Spitze des Pfeils war so beschaffen, dass sie die Wunde beim Herausziehen noch vergrößerte. In kurzen, regelmäßigen Stößen quoll das Blut jetzt aus Furius' gepeinigtem Körper, Lucius konnte bereits fühlen, wie die Kräfte des Freundes ermatteten.

»Hat … es mir gesagt«, flüsterte er und brachte irgendwie noch etwas wie ein Lachen zustande.

»Wer?«, wollte Lucius wissen.

»Pa…Pakoris …«

»Der Syrer?«, hakte Lucius nach.

»Du … hast befohlen, ihn zurückzulassen, aber der Mistkerl … hätte uns verraten«, stieß der Sterbende zwischen keuchenden Atemzügen hervor.

»Was hast du getan, Marcus?«

»Ihn getötet … aber vorher … vorausgesagt … dass mir genau das passieren …« Er wollte erneut lachen, aber heftiger Husten schüttelte ihn, und noch mehr Blut trat hervor. »Dieses verdammte, elende Land …«, würgte er hervor, ehe sich sein geschundener Körper noch einmal aufbäumte und verkrampfte – dann war der letzte Kampf von Marcus Furius, Optio der prätorianischen Legion, zu Ende.

Sein Kopf fiel zur Seite, und indem Lucius ihm die Augen schloss, nahm er Abschied.

»Danke, mein Freund«, sagte er leise und bettete ihn langsam und beinahe sanft zurück auf das harte, blutige Gestein.

»Ich … bedaure deinen Verlust, und es liegt mir fern, dich zu drängen, Zenturio«, verschaffte sich Xenodamos säuselnd Gehör, »aber ich fürchte, die Gefahr ist für uns noch nicht gebannt.«

Damit hatte er natürlich recht.

Die Trauer um seinen Freund würde Lucius Murmillo auf später verschieben müssen. Wie so vieles andere …

Er riss sich vom Anblick des Toten los, hob seine herrenlose Fackel vom Boden auf und erhob sich, Mantel und Tunika von Blut besudelt. Erst jetzt nahm er wahr, dass sich der schmale Stollen, in den sie sich geflüchtet hatten, nach hinten wieder verbreiterte. Die Pforte – was auch immer genau sie sein mochte – hatte man offenbar bewusst an der engsten Stelle der Schlucht platziert, um sie gegebenenfalls besser verteidigen zu können.

Was Lucius im Lichtschein der Fackeln sah, war allerdings nicht sehr ermutigend – ebenso wenig wie die nackte Furcht, die er in den Augen seiner beiden verbliebenen Soldaten erblickte. Denn entlang der sich weitenden, mit fremdartigen Schriftzeichen versehenen Felswände lagen Schädel und Knochen verstreut, die sterblichen Überreste von Menschen.

Und der Geruch des Todes, den Lucius beim Betreten der Schlucht schon einmal wahrgenommen hatte, war plötzlich wieder allgegenwärtig ...

»Was ist das hier?«, fragte er grimmig, mit der Fackel um sich leuchtend. Wohin der Schein auch fiel, kamen noch mehr Knochen zum Vorschein. »Ein Friedhof?«

»Mit Verlaub, Zenturio – Leichname, die in Trauer zur letzten Ruhe gebettet werden, sehen anders aus.«

Auch damit hatte Xenodamos nur zu sehr recht.

Kaum eines der Skelette, die dort verstreut lagen, besaß noch einen Kopf. Vielen fehlten Glieder, die man anderswo finden konnte, zusammen mit den herrenlosen Schädeln. Es war ein bizarrer, erschütternder Anblick, der Marcus Furius' letzte Worte nur zu unterstreichen schien.

Es war ein verdammtes, elendes Land ...

»Dies hier ist babylonische Keilschrift«, stellte Sibylla fest, die im Licht einer Fackel die in den Fels gehauenen Zeichen in Augenschein nahm. »Leider bin ich nicht in der Lage, sie zu entziffern ... Xenodamos?«

»Ich weiß, ich habe sie gesehen«, entgegnete der Gelehrte. »Und ich fürchte, es ist eine Warnung.«

»Wovor?«, fragte Lucius.

»Die Ruhe dessen zu stören, was diesen Gewölben innewohnt«, lautete die ebenso schlichte wie beunruhigende Antwort. Lucius wollte etwas erwidern, als von der anderen Seite der steinernen Pforte dumpfe Schläge zu hören waren.

»Vielleicht solltest du das den Parthern sagen, alter Mann.

»Die versuchen, das Tor einzubrechen«, meldete einer der Prätorianer, der seine Hand auf das Gestein gelegt hatte. »Ich kann die Erschütterungen spüren.«

»Das wird ihnen so rasch nicht gelingen«, gab sich Lucius angesichts der Dicke des Felsblocks überzeugt.

»Da wäre ich mir nicht so sicher, Zenturio«, wandte Xenodamos ein.

»Warum nicht?«

»Nun – weil es einen verborgenen Mechanismus gibt«, entgegnete der Gelehrte achselzuckend.

»Also war es nicht nur Zufall, dass sich die Pforte im rechten Moment geöffnet hat?«, fragte Sibylla.

»Nein, mein Kind – ich habe lediglich die Zeichen im Gestein gelesen und nach ihrer Anweisung gehandelt. Offenbar war es doch zu etwas gut, dass ich euch den ganzen Weg begleitet habe.«

»Offenbar«, bestätigte Lucius grimmig. »Gute Arbeit.«

»Vermutlich wussten die parthischen Soldaten bis vor wenigen Augenblicken nicht einmal, dass es diese Pforte gibt«, mutmaßte der Alte. »Doch nun, da sie gesehen haben, dass sich der Fels öffnen lässt, werden sie nach dem *apparatus* suchen – und ihn womöglich auch finden.«

»Dann sollten wir uns tiefer in das Gewölbe zurückziehen«, folgerte Sibylla.

»Und die Warnung?«, fragte der Prätorianer am Tor.

»Willst du dein Glück lieber mit den Parthern versuchen?«, fragte Lucius dagegen. »Abrücken, sofort!«

»Du befiehlst, Zenturio.«

Ihre Bogen schussbereit in den Händen, eilten die beiden Prätorianer voraus, Sibylla und Xenodamos folgten ihnen. Lucius zögerte noch einen Moment, überlegte, sich den leblosen Körper seines Freundes Furius auf die Schultern zu laden, um ihn nicht dem Feind zu überlassen. Doch auf der Flucht wäre er ihm nur hinderlich gewesen, und er wusste nur zu genau, was Marcus Furius selbst dazu gesagt hätte.

Als von der anderen Seite erneut dumpfe Geräusche zu hören waren, fuhr Lucius herum und setzte den anderen hinterdrein. Die Fackel in seiner Rechten fauchte, das Gewölbe hinter ihm fiel in Dunkelheit. Mit ausgreifenden Schritten holte er zu den anderen auf, die in das dunkle Unbekannte rannten, der Skelette ungeachtet, die ihren Weg säumten. Was immer diesen Menschen widerfahren war, es war vor langer Zeit geschehen – die Bedrohung durch die Parther jedoch war wirklich, hier und jetzt.

Plötzlich war ein dumpfer, schwerer Schlag zu hören, Lucius merkte, wie der Boden unter seinen Füßen erbebte. Fast gleichzeitig erklang ein gellender, entsetzter Schrei, und dichter Staub quoll aus dem Tunnel.

»Sibylla!«

Lucius fühlte blankes Entsetzen. Atemlos rannte er weiter, lief in den Nebel aus Staub, in dem die Fackeln der anderen nur noch gelbe Flecken waren, nahm drei schemenhafte Gestalten wahr. Er atmete innerlich auf, als er in einer von ihnen Sibylla erkannte. Auch Xenodamos identifizierte er anhand seiner kleineren, leicht gebückten Gestalt, sowie einen der beiden Prätorianer. Alle drei schienen in blankem Entsetzen auf den Boden vor ihnen zu starren, und als Lucius näher trat, sah er, was geschehen war.

Ein mächtiger Felsblock war aus der Stollendecke herabgebrochen, und seine glatte Beschaffenheit ließ vermuten, dass auch dies nicht aus Zufall geschehen war, sondern dass es sich um eine Falle handelte, in die arglose Eindringlinge laufen sollten – und die blutige, grotesk verzerrte Hand, die unter dem Steinblock hervorragte, bewies, dass auch diese Vorrichtung nach all den Jahrtausenden noch funktionierte …

»I…im einen Moment war er noch hier, und dann …«, flüsterte Sibylla in das von Staub durchflirrte Halbdunkel. Entsetzen schüttelte sie dabei.

»Ich weiß«, sagte Lucius nur.

Dann zwängte er sich an dem Felsblock vorbei und übernahm selbst die Führung.

XIII

Der Mechanismus, der den Prätorianer das Leben gekostet hatte, war ebenso einfach wie wirkungsvoll.

Aus geflochtenen Sehnen bestehende Stolperseile waren in Knöchelhöhe über dem Boden gespannt. Wer im Halbdunkel nicht auf sie achtete oder gar darüberfiel, der löste die Halterung und sorgte dafür, dass mächtige Quadern niedergingen und ihr ahnungsloses Opfer zermalmten.

Allerdings waren längst nicht alle Vorrichtungen noch intakt, an einigen der Seile hatte der Zahn der Zeit genagt, sodass sie schließlich gerissen und ihre Quadern wirkungslos ins Leere gestürzt waren. Gefahr ging von ihnen nicht mehr aus, dennoch mussten Lucius, Sibylla, Xenodamos und der letzte noch verbliebene Prätorianer sich an ihnen vorbeizwängen, während sie weiter durch den Stollen hasteten – und sich dabei noch vorsehen, keine weiteren Fallen auszulösen.

Dann mündete der Gang endlich in ein schwarzes Gewölbe. Den Grundstein dazu mochte die Natur gelegt haben, den Rest hatte menschliches Handwerk vollbracht und eine gewaltige Kuppel aus dem Berg gehöhlt. Tropfsteine hingen von der gewölbten Decke, die so hoch war, dass der Schein der Fackeln ihren Zenit kaum erreichte. Darunter, in der Mitte des an die dreißig Klafter durchmessenden Runds, erhob sich die Statue einer riesigen Frauengestalt, zu ihren Füßen war ein steinerner Opfertisch.

Lucius erstarrte innerlich, denn er hatte diese Statue schon einmal gesehen, in jenem Fiebertraum, den er gehabt hatte ... Er erinnerte sich an jede Einzelheit, an die fremdartige Rüstung, die sie trug, den Faltenwurf ihres Gewandes – und er fürchtete sich beinahe davor, dem Standbild ins Antlitz zu sehen ... Doch zu seiner Erleichterung kannte er die in den Marmor gemeißelten Gesichtszüge nicht. Sie waren hart und streng, das Mienenspiel einer Regentin. Lucius zweifelte nicht daran, dass es Semiramis selbst war, die sie hier sahen, die Herrscherin von Babylon.

Um die Statue und den Opfertisch herum jedoch, zu einem weiten Kreis angeordnet und den Rand der Kuppel säumend, erhoben sich große steinerne Sockel, vierzehn an der Zahl, an die rostige Ketten geschmiedet waren ... und auf den Sockeln thronten steinerne Abbilder jener Bestie, die Lucius nur zu gut kannte, hatte er ihr am Ufer des Tiber doch Auge in Auge gegenübergestanden und gegen sie gekämpft.

Mantikore!

Er schauderte bei dem Anblick, so wirklich und lebensnah war die Darstellung des Untiers den Bildhauern gelungen, von den grässlichen Fängen und den ledrigen Flügeln bis hin zum Schwanz mit den mörderischen Giftstacheln.

Auch Sibylla und der Prätorianer waren von dem Anblick in Bann geschlagen, zumal das Material der Statuen nicht weniger unheimlich war als das, was sie darstellten. Seine Oberfläche war schwarz und glänzend, und trotz all der Jahrhunderte, die verstrichen sein mochten, seit zuletzt ein Mensch einen Fuß in dieses Gewölbe gesetzt hatte, lag nicht ein Körnchen Staub darauf, sodass es den Feuerschein der Fackeln zurückwarf. Weder war es Marmor noch sonst ein Gestein, das Lucius kannte, auch sah es nicht wirklich so aus, als wären die Statuen daraus gehauen worden ... vielmehr erweckten die Mantikore, von denen jeder eine andere Haltung und einen anderen Ausdruck aufwies, den Anschein, als wären es einstmals lebende Kreaturen gewesen, die durch einen dunklen Zauber erstarrt und dadurch erst zu jenen Standbildern geworden waren.

»Der Tempel der Semiramis«, stellte Sibylla fest. Ihre Züge waren bleich, das Licht der Fackeln flackerte in ihren Augen. »Wir haben ihn gefunden!«

»Also sind wir am Ziel«, knurrte Lucius.

»In der Tat … diesen Tempel haben ihre Anhänger ihr errichtet – und den Kreaturen, die in ihren Diensten standen«, fügte sie hinzu. »Vater hatte recht, die Bestien, von denen in den alten Schriften die Rede war, sind keine Elefanten gewesen, sondern Mantikore … auf diese Weise hat Semiramis Sieg um Sieg errungen, sodass ihre Soldaten sie schließlich für unfehlbar und unsterblich hielten. Daraus ist schließlich der Kult hervorgegangen.«

»Ich habe die Sockel gezählt«, rief der Prätorianer so laut, dass es von der Kuppeldecke widerhallte. »Es sind vierzehn …«

Sibylla nickte. »Vierzehn Ungeheuer, entsprechend den vierzehn Toren, die die Unterwelt nach den Vorstellungen der alten Babylonier hatte.«

»Dann haben sich die alten Babylonier bei der Anzahl der Tore ihrer Unterwelt vielleicht vertan«, meinte Lucius trocken. »Es sind nämlich nur dreizehn Mantikore.«

»Was?« Sibylla fuhr herum, folgte seinem Fingerzeig, mit dem er auf einen Sockel deutete, der sich im hinteren Bereich des weiten Rundes befand – und unbesetzt war.

Sibylla sandte Lucius einen unheilvollen Blick, dann ging sie hin, um sich den Sockel näher anzusehen. Tatsächlich fehlte die Statue darauf, doch da er im hinteren Bereich der Kuppel stand und die Figuren rabenschwarz waren, war es zunächst nicht aufgefallen.

»Wohin ist das Vieh verschwunden?«, fragte der Prätorianer, der ebenfalls herbeikam, seine Stimme verriet nur mühsam unterdrückte Panik. »Wurde es … gestohlen?«

»Oder zerstört«, überlegte Lucius und leuchtete den Boden rund um den Sockel ab. »Wobei es hier keine Trümmer gibt, oder andere …«

Er verstummte, als der Fackelschein einen grausigen Fund erfasste – die Knochenreste eines Menschen, der an den Sockel gekettet gewesen war. Anders als die übrigen Skelette, die sie gefunden hatten, war dieses noch vollständig, jedoch war der Schädel auf eigenartige Weise verformt und entstellt. Geradeso, als wäre er aus seinem Inneren heraus geborsten.

»Was mag ihm wohl widerfahren sein?«, fragte Lucius leise. Plötzlich nahm er wieder den Gestank des Todes wahr, so schwer und beißend, dass er alles zu durchdringen schien.

»Ich weiß es nicht«, entgegnete Sibylla flüsternd. Sie war kreidebleich, konnte sich jedoch nicht von dem grässlichen Anblick lösen. »Aber vermutlich hängt es mit …«

»Zenturio!«, gellte plötzlich der Warnruf des Prätorianers. »Sieh dort, der …«

Plötzlich schien die Hölle loszubrechen.

Sibylla schrie entsetzt auf, als der Soldat, der nicht weit von ihr entfernt stand, in purpurrot lodernden Flammen aufging. Der Prätorianer kreischte entsetzlich, gleichzeitig war heiseres, hämisches Gelächter zu hören. Lucius fuhr herum – nur um jemanden vorn am Altar stehen und wie von Sinnen gestikulieren zu sehen.

»Xenodamos!«, brüllte er.

Dann wurde auch er von Purpurflammen eingehüllt.

XIV

Eine Ewigkeit lang schien das Feuer zu lodern und ihn bei lebendigem Leib zu verzehren. Doch wann immer Lucius zu schreien versuchte, kam kein Laut über seine Lippen, als befände er sich in einem grausamen Albtraum, aus dem es kein Erwachen gab.

Dann erloschen die Flammen plötzlich.

Wie ein Vorhang lichteten sie sich um ihn, und verblüfft stellte er fest, dass er tatsächlich geträumt haben musste. Haut und Kleider waren unversehrt, den Flammen zum Trotz, die ihn geblendet, und dem Schmerz zum Trotz, den er gespürt hatte. Dennoch hatte sich etwas verändert …

Es war nicht mehr dunkel unter der Kuppel.

Fackeln waren ringsum entzündet worden, die das Gewölbe und die Statuen mit flackerndem Schein beleuchteten, lediglich der Zenit der Kuppel lag nach wie vor in unergründlicher Schwärze. Lucius selbst fand sich am Sockel eines der steinernen Mantikore wieder. Sein Gepäck hatte man ihm genommen, ebenso wie seine Waffen. Und als er sich zu bewegen versuchte, stellte er fest, dass seine Handgelenke in eisernen Schellen lagen. Erschrocken riss er daran, nur um festzustellen, dass er an eine der rostigen Ketten geschmiedet war, die die Sockel umliefen – genau wie das Skelett, dass sie gefunden hatten und dessen Schädel grässlich verformt gewesen war …

»Du bist erwacht«, sagte eine Stimme über ihm. »So wollen wir also unser Werk beginnen.«

Er sah auf und erblickte den alten Xenodamos – doch auch der Alexandriner hatte sich verändert.

Nicht länger war seine Körperhaltung vom Alter gebeugt, und von jener unterwürfigen Bescheidenheit, die der Gelehrte stets an den Tag gelegt hatte, war nichts mehr zu sehen. Stattdessen stand er aufrecht vor ihm, stolz und erhaben, und seine ehedem so milden Gesichtszüge waren hart und unnachgiebig. Alles Schalkhafte war aus seinen Augen gewichen, die jetzt in kaltem Hochmut auf Lucius blickten. Um seine Mundwinkel lag ein spöttisches, grausames Lächeln.

»Du …«, stieß Lucius in heilloser Verwirrung hervor. Er erinnerte sich an die purpurnen Flammen, das heisere Gelächter. »Du hast das getan …«

»Wie scharfsinnig du bist, Zenturio«, stieß der Alte hervor, in dessen Körper plötzlich ein anderer zu stecken schien. »Leider kommt deine Einsicht zu spät.«

»Du … du hast uns getäuscht«, knurrte Lucius, während ein Teil von ihm noch immer inständig hoffte, dass er sich irrte oder all dies nur ein finsterer Albtraum war. »In Wahrheit gehörst du … zu ihnen.«

»Ist das alles, was du dir vorzustellen vermagst? Dann, Zenturio Murmillo, bist du noch einfältiger, als ich dachte. Aber, offen gestanden, habe ich nie allzu große Stücke auf dich gehalten, anders als Varros Tochter.«

»Sibylla! Was hast du ihr angetan?«

Statt zu antworten, trat der Alte nur einen Schritt zur Seite und gab den Blick auf das Zentrum des Gewölbes frei, auf den Opfertisch zu den Füßen der Statue, wo die reglose Gestalt einer jungen Frau lag …

»Bastard!«, rief Lucius und wollte wütend nach dem Verräter greifen, der nur wenige Schritte von ihm entfernt stand, aber natürlich hielten die Fesseln ihn zurück.

»Sei unbesorgt, Zenturio, es geht ihr gut, und sie wird leben – wenn auch nicht mehr als die, die du kanntest. Aber das wird für dich nicht mehr von Interesse sein.«

»Was faselst du da, alter Mann?« Noch einmal riss er in hilfloser Wut an seinen klirrenden Fesseln, wissend, dass es nichts helfen würde.

Der andere lachte nur. »Und dabei warst du so misstrauisch, von Anfang an«, spottete er. »So ziemlich jeden von uns hast du irgendwann verdächtigt, für den Feind zu arbeiten – Statthalter Vitellius, unseren Führer Pakoris, den armen Tanacos, der dafür sogar mit dem Leben bezahlen musste –, doch die Wahrheit hast du nicht einmal auch nur erahnt.«

»Tanacos«, wiederholte Lucius und sah Xenodamos dabei durchdringend an. »Hat er von deinem Verrat gewusst? Stand er auf deiner Seite?«

»Und wieder sprichst du von Dingen, die du nicht annähernd verstehst«, beschied ihm der andere gönnerhaft. »Tanacos kannte nur einen Herrn, nämlich Caligula.«

»Aber er wollte mich töten ...«

»In der Tat.« Der Alte lächelte böse. »Mir war nicht entgangen, dass mein Wissen deinen Argwohn erregt hatte, also musste ich etwas tun, um mir wiederum dein Vertrauen zu sichern, und Caligulas Speichellecker gab ein bereitwilliges Opfer ab. Ich brauchte ihm nur einreden, dass du ihn insgeheim für einen Sektierer hieltest und vorhättest, ihn bei nächster Gelegenheit in den Abgrund zu stürzen ...«

»Verstehe«, sagte Lucius tonlos. »Deshalb hat er in jener Nacht versucht, mich zu ermorden ...«

»... und ich brauchte nur rechtzeitig dazuzukommen und ihn daran zu hindern, um wieder dein uneingeschränktes Vertrauen zu gewinnen«, fügte Xenodamos nickend hinzu.

»Du hast ihn getötet.«

»Ihn – und viele andere. Der Phrygier war nicht der Erste, der dem großen Plan weichen musste.«

»Welchem Plan?«

»Dem Plan der ewigen Herrschaft«, eröffnete der Alte, wobei er sich zur Hälfte umwandte und auf die Statue der Semiramis deutete. »Die Eine wird zurückkehren und herrschen – zunächst über ihr altes Reich und dann auch über Rom. Und ihre ergebenen Diener werden mit ihr herrschen, so wie schon einmal in den Tagen des alten Babylon!«

»Es stimmt also, du gehörst zu ihnen«, folgerte Lucius voller Bitterkeit, »zu den Söhnen der Semiramis …«

»Nein, du Narr, ich bin ihr Anführer! Derjenige, der in alten Aufzeichnungen auf das Erbe der Einen stieß und es wieder ins Leben gerufen hat, der Letzte des Ordens!« Er grinste und sah Lucius seltsam an. »Du und ich, wir sind uns schon einmal begegnet, weißt du nicht mehr? In jener Nacht am Ufer des Tiber, da du Semiramis' ergebenen Diener grausam getötet hast …«

Lucius starrte den Alten an – und jäh begriff er. »Diese Gestalt mit der Maske … das bist du gewesen, Xenodamos?«

»Trebata, Priester der Einen«, verbesserte dieser.

»A…aber wie …?«

»Durch Blendwerk bin ich dir und deinen Schergen in jener Nacht entkommen, doch meine Augen und Ohren reichen bis in den kaiserlichen Palast, und als ich von der Expedition erfuhr und davon, dass Caligula dich – ausgerechnet dich, meinen Erzfeind! – zum *indagator* ernannt hatte, da bestieg ich rasch ein Schiff nach Alexandria, denn mir war klar, dass Varros Tochter ihre Schritte zuerst dorthin lenken würde. Und so sind wir uns noch einmal begegnet, Lucius Murmillo – auch wenn du von unserer ersten Begegnung nicht das Geringste ahntest.«

»Dann … war alles nur gespielt?«, fragte Lucius verwirrt. »Du bist gar kein Freund ihres Vaters?«

»Doch – und ich bin meinem alten Freund Marcus Varro überaus dankbar, denn kein anderer als er ist es gewesen, der einst die alten Schriften entdeckt und mich auf Semiramis' Spur gebracht hat.«

»Und dafür hast du ihn ermorden lassen«, ergänzte Lucius bitter.

»Nicht nur ihn.« Trebata lächelte dünn. »Varros griechische Ehefrau verfügte über die Gabe der Hellsicht. Ich konnte nicht zulassen, dass sie meine Pläne gefährden würde.«

»Du ... hast sie ebenfalls getötet?«, rief Lucius wütend. »Du hast Sibylla Mutter *und* Vater genommen und es dann noch gewagt, dich als ihr Freund und Mentor aufzuspielen?«

»Ihre Neugier hat Sibyllas Mutter getötet«, verbesserte der Verräter gönnerhaft.

»Du mieser, unbegreiflicher Bastard! Alle meine Leute sind tot ...«

»Und ich weiß ihr Opfer zu schätzen, glaub mir – wie sonst hätte ich so rasch an diesen Ort gelangen sollen? Noch dazu zusammen mit ihr ...« Abermals wandte er sich um und deutete diesmal auf Sibylla, die noch immer auf dem steinernen Opfertisch lag, reglos und ohne Bewusstsein.

»Es ... ist dir um Sibylla gegangen?«

»Allerdings, denn auch wenn ihr Vater es stets zu leugnen suchte – Sibylla hat die Gabe ihrer Mutter. Sie ist eine Seherin, sie mag es wahrhaben wollen oder nicht. Und die Eine wird diese Fähigkeit zu schätzen wissen, wenn sie wiederkehrt.«

»Was soll das bedeuten?« Lucius verzog verächtlich das Gesicht. »Du bist ein verwirrter Narr, der seine Nase zu lange in alte Bücher gesteckt und darüber den Verstand verloren hat. Du redest wirres Zeug, alter Mann!«

»Denkst du?« Trebata lächelte wieder. »So höre, was ich dir zu sagen habe, Zenturio: Noch heute Nacht wird Semiramis wiederkehren – im Körper Sibylla Claudia Varros. Nur deshalb hat das Schicksal sie hierhergeführt, in diesen Tempel, der der Einen von ihren Anhängern errichtet wurde.«

»Nein!«, schrie Lucius und zerrte einmal mehr an seinen

Fesseln, die dadurch blutig in seine Handgelenke schnitten. »Du bist wahnsinnig!«

»Was erwartest du, Zenturio? Dass das Eisen plötzlich nachgeben wird? Ich bitte dich, verschwende deine Kraft nicht, sie wird noch gebraucht, wenn der Mantikor erwacht.«

»Was?«

»Einer der vierzehn wurde von treuen Dienern der Einen bereits ins Leben gerufen«, erläuterte der Priester mit Blick auf den leeren Sockel auf der anderen Seite des Runds. »Es war der, den du in Rom bekämpft hast.«

»Und besiegt«, knurrte Lucius trotzig.

»Ein eitler, unbedeutender Sieg, der nichts am Ausgang des Krieges ändern wird – denn deine Kraft und dein Fleisch werden einen neuen Mantikor zum Leben erwecken, und noch zwölf weitere werden ihm folgen. Genau wie der Geist der Einen wurden auch die Mantikore vor langer Zeit in dieses Gewölbe gebannt, um dereinst von ihrem ergebenen Diener wieder gerufen zu werden.«

»Von dir«, stieß Lucius hervor, angewidert von so viel Bosheit und Durchtriebenheit – aber auch erschüttert über das Ausmaß der Täuschung, dem sie alle erlegen waren. Nicht nur er selbst und seine Männer, die dafür mit dem Leben bezahlt hatten, sondern auch Sibylla und ihr Vater. Und nicht zuletzt der Kaiser und all seine Auguren und Berater ...

Trebata lachte nur.

Es war ein schallendes, hochmütiges Gelächter, das zur hohen Kuppeldecke aufstieg und von dort widerhallte, als wäre es nicht einer, sondern Hunderte, die Lucius verlachten, eine Arena unsichtbarer Zuschauer, deren Spott sich von allen Seiten über ihn, den stets siegreichen Gladiator, ergoss.

Lucius biss die Zähne zusammen, bis seine Kiefer schmerzten, ballte die Fäuste, dass die Knöchel weiß hervortraten. Er hatte das Gefühl, vor ohnmächtigem Zorn zu bersten, während er hilflos dabei zusehen musste, wie sich der Verräter von ihm abwandte und in die Mitte des weiten Runds zurückkehrte, dorthin, wo Sibylla reglos lag.

In diesem Moment ging Lucius auf, was für ein Narr er gewesen war. Die ganze Zeit über, seit er jene quälende Vision gehabt hatte, hatte ihn die Furcht verfolgt, dass Sibylla der Dunkelheit verfallen, dass dieses feindselige Land sie verändern, dass der Fluch der Vergangenheit von ihr Besitz ergreifen und sie zu einer anderen machen könnte; dass es das war, wovor jener Traum ihn hatte warnen wollen … doch jetzt erkannte er die grässliche Wahrheit.

Sibylla Claudia Varro würde nicht zur Zerstörerin werden, weil sie selbst es wollte. Sondern weil ein dunkler Zauber sie gegen ihren Willen dazu machte …

Schon im nächsten Moment begann das schaurige Ritual.

Vor dem Opfertisch stehend, sein Gesicht der Statue der Semiramis zugewandt, hob Trebata die Arme und begann, Formeln in einer alten Sprache zu murmeln, die Lucius weder verstand noch verstehen wollte. Gleichzeitig begannen sich purpurne Flammen um die faltigen Hände des Priesters zu bilden und loderten daran empor, ohne dass er irgendwelchen Schmerz zu verspüren schien. Im Gegenteil wurde seine Stimme fester und seine Worte lauter, schwollen zu einem monotonen Gesang an: »Semiramis … Semiramis …«

Das eine Wort hallte vielfach von der Kuppel wider, gab Lucius das Gefühl, sich tatsächlich inmitten einer Arena zu befinden, die von Hunderten, wenn nicht Tausenden von Kultisten angefüllt war. Konnte er sie im Dunkel jenseits der Fackeln nicht sogar erspähen? Waren dort nicht schemenhafte, in dunkle Roben gehüllte Gestalten zu erkennen, die alle bizarre Masken trugen?

In diesem Moment nahm er über sich eine Bewegung wahr.

Alarmiert sah er nach oben, nur um zu erkennen, dass der Mantikor auf dem Sockel sich bewegte! Oder war es nur eine flüchtige Täuschung, hervorgerufen vom flackernden Feuerschein? Lediglich ein kurzer Moment der Hoffnung blieb Lucius, dann bewegte die riesenhafte Gestalt sich erneut, und ihm wurde klar, dass sein erster Eindruck richtig gewesen war: Die Tiere waren nicht aus jenem fremdartigen Gestein geformt worden, sie waren dazu erstarrt, als ein Fluch sie getroffen hatte, vor Hunderten von Jahren – und nun waren sie dabei, wieder zum Leben zu erwachen …

Lucius schrie, brüllte sein Entsetzen und seinen ohnmächtigen Zorn hinaus, doch es ging im Singsang des Priesters unter, das in kreischendes Gelächter überging, als die Flammen an seinen Händen sich zu einer lodernden Feuersbrunst verstärkten. In einem flammenden Bogen griff sie auf den Opfertisch über und hüllte Sibylla ein.

In diesem Moment erwachte sie.

Sibylla schlug die Augen auf und erschrak, riss die Arme empor, um sich gegen das purpurne Feuer zu wehren, das sie umhüllte, doch eine unsichtbare Kraft schien sie festzuhalten. Und nur einen Lidschlag später, auf einen Befehl Trebatas hin, schoss ein purpurner Blitz zur Statue empor und teilte sich, traf die Augen der steinernen Semiramis und blieb zuckend und flirrend bestehen, während Sibylla im Inneren des magischen Feuers frenetisch zu zucken begann, ihre Augen nicht weniger leuchtend als die der Statue, als würde sie in diesem Moment eins mit dem Geist, der in den kalten Stein gebannt war.

Lucius schrie noch immer, brüllte, bis ihm die Stimme versagte – während er gleichzeitig spürte, wie er selbst von einer unsichtbaren Kraft gepackt und emporgerissen wurde. Entsetzt blickte er hinauf – nur um zu sehen, wie der Mantikor das gehörnte Haupt drehte und sich ihm zuwandte … und wie die vermeintlich leblose Kreatur die mörderischen Kiefer aufriss, um ihn zu verschlingen …

XV

Lucius schrie gequält auf, als er fühlte, wie dunkle, unheilvolle Kräfte an ihm zerrten, als wollten sie sein Innerstes nach außen kehren.

Unwillkürlich musste er an die menschlichen Überreste denken, die am Fuß des anderen Sockels gelegen hatten, an den grässlich verformten Schädel, und er begriff, dass er genauso enden würde! Zum ungezählten Mal riss er panisch an seinen Ketten, ohne dass es auch nur die geringste Wirkung gezeigt hätte, sah zu Sibylla hinüber, die in ihrem Flammengefängnis eingeschlossen war und von Augenblick zu Augenblick weniger sie selbst zu sein schien, während Xenodamos – oder Trebata, wie er in Wahrheit hieß – mit erhobenen Armen dabeistand und weiter jene dunkle Macht beschwor, die ins Leben zurückzuholen er sich vorgenommen hatte. Das Purpur der Flammen spiegelte sich in seinen weit aufgerissenen Augen, seine Miene war in fanatischer Entrückung verzerrt, das Antlitz eines Wahnsinnigen, der sich auf dem Gipfel des Triumphs wähnte, unaufhaltsam und unantastbar …

Der Pfeil, der durch die von purpurfarbenen Entladungen flirrende Luft zuckte, wusste nichts davon.

Das Geschoss scherte sich nicht um die Befindlichkeiten der Menschen, um ihre Ängste und Träume, unbeirrt flog es durch die Luft – und bohrte sich in Trebatas Brust.

Der Priester zuckte, blieb jedoch mit erhobenen Armen stehen und rezitierte weiter seine Formeln, als wähnte er sich unverwundbar oder als wollte er nicht wahrhaben, dass etwas so Profanes wie ein hölzerner Schaft mit einer eisernen Spitze seinem hochtrabenden Traum ein Ende bereiten könnte.

Die nächsten beiden Pfeile belehrten ihn eines Besseren.

Der eine fraß sich ebenfalls in die Brust, der andere in die Schulter. Jäh verstummte der monotone Gesang. Trebata wankte zurück und brach zusammen, verschwand hinter dem Opfertisch – und noch ehe Lucius wirklich begreifen konnte, was geschehen war, bekam er Gesellschaft.

In Schuppenpanzer gehüllte parthische Soldaten waren plötzlich bei ihm, und einen Augenblick lang wusste er nicht, ob er darüber erleichtert oder bestürzt sein sollte. Dann gewahrte er die vertrauten Züge Uruds inmitten all der finsteren, unbekannten Mienen.

»*Magus!*«, rief er. »Du lebst …«

»Ich konnte Bagayas, den Hauptmann jener Krieger, davon überzeugen, dass du nicht der wahre Feind bist«, entgegnete Urud nur. Dabei hob er die Hände in einer abwehrenden Bewegung – und von einem Moment zum anderen konnte Lucius spüren, wie der unheilvolle Sog, den er gespürt hatte, nachließ.

Nicht länger hatte er das Gefühl, dass alles, was in ihm war, nach außen drängte, die Pein endete schlagartig, ebenso wie die Verbindung zu dem Monstrum, das dort über ihm auf dem Sockel kauerte …

Während die einen Krieger den nur halb zum Leben erwachten Mantikor mit einem Hagel von Pfeilen überzogen, befreiten die anderen Lucius aus seinen Fesseln. Kaum war er frei, wandte er sich dem Zentrum der Kuppel zu und dem Opfertisch, der sich dort erhob.

»Sibylla«, stieß er nur hervor.

Er strauchelte bei den ersten Schritten, seine Beine waren

kraftlos und weich, aber er lief weiter, gefolgt von Urud, während immer noch mehr parthische Soldaten das unterirdische Gewölbe stürmten. Offenbar war es ihnen gelungen, den Öffnungsmechanismus zu finden, vermutlich mit der Hilfe des *magus* … Lucius war es gleichgültig, er wollte nur zu Sibylla.

Die purpurnen Flammen waren erloschen.

Fast im selben Moment, in dem Trebata von Pfeilen getroffen niedergesunken war, war der Strom aus purpurfarbenen Blitzen und Entladungen versiegt, die Flammenwand um den Opferstein verschwunden. Sibylla lag noch darauf, halb aufgerichtet und offenbar benommen.

»Sibylla!«

Atemlos langte Lucius bei ihr an, vergewisserte sich, dass sie zumindest äußerlich unverletzt war. Sie erwiderte seinen Blick, und er konnte die Verwirrung in ihren Augen sehen, vermutlich hatte sie gar nicht mitbekommen, was geschehen war.

Lucius griff unter ihre zarte Gestalt und hob sie von dem Opferblock, bedeutete Urud mit einem Blick, sich um sie zu kümmern. Er selbst wandte sich dem verwundeten Trebata zu, der zu Füßen der gewaltigen Statue lag, mit Pfeilen gespickt und sich vor Schmerzen krümmend. Blut troff in zähflüssigen Fäden aus seinem Mund, während er sich schwerfällig aufzurichten versuchte. Es gelang ihm nicht, und er brach wieder zusammen, blieb auf dem Rücken liegen.

»Es ist aus, Verräter!«, beschied Lucius ihm hart. »Deine Pläne sind gescheitert!«

»So? Denkst du?« Die faltigen Gesichtszüge des Priesters verzerrten sich zu einem Grinsen, und ein tonloses Gelächter entrang sich seiner durchbohrten Brust. »Du bist ein Narr, Zenturio … euch alle überlistet.«

»Den Tod wirst du nicht überlisten«, war Lucius überzeugt. »Er wird dich holen und deine Geheimnisse mit dir!«

Der Sterbende lachte nur noch mehr, schon das ein grotesker Anblick. »Getan … was ich wollte, von Anfang an … mir gebracht, was ich brauchte …«

»Was faselst du da, alter Mann?«

»Menschenfleisch«, stieß der andere hervor und starrte ihn aus glasigen Augen an. »Die Geschichte … nimmt ihren Lauf«, verkündete er, und dann verließ ein letzter dunkler Fluch seine Lippen, Worte einer uralten, längst vergessenen Sprache – und unter der Kuppel brach das Grauen los.

Der Pfeile ungeachtet, die in ihm steckten, sprang der erst halb erwachte Mantikor von seinem Sockel, stürzte sich auf einen der parthischen Bogenschützen und zerfleischte ihn. Was ihr an Kraft noch gefehlt hatte, schien die Bestie in diesem Augenblick zu gewinnen, denn indem sie die Schwingen ausbreitete, sprang sie vom Boden ab und schwebte flügelschlagend in der Luft, wobei sie mit dem keulenförmigen Schwanz peitschte und Giftstacheln schleuderte. Ein halbes Dutzend Krieger fielen ihnen zum Opfer, die anderen suchten hinter den Sockeln der anderen Statuen Deckung – doch sobald sie in Reichweite der schlafenden Mantikore gerieten, fingen diese an, an ihren Kräften zu saugen und zu zerren, wie sie es zuvor bei Lucius getan hatten. Und überall begannen sich die scheinbar leblosen Statuen zu regen …

»Was, bei den Winden der Steppe, geschieht hier, Römer?« Ein Parther, der seiner aufwendigeren Rüstung und den Goldspangen an seinen Handgelenken nach der Anführer zu sein schien, kam in Begleitung einiger Krieger herbeigeeilt. Ein pechschwarzer Bart wuchs von seiner Oberlippe, die dunklen Augen unter dem spitzen Helm blickten in schierer Panik. Vermutlich war dies jener Bagayas, den Urud erwähnt hatte. Grauen und Verwirrung sprachen aus seinen Zügen. »Was sind das für abscheuliche Bestien?«

»Verdammt, Priester«, blaffte Lucius den sterbenden Trebata an. »Hast du das etwa so geplant? Hast du die Parther absichtlich angelockt?«

Trebata lachte nur. »Was weißt du … von meinen Plänen … armer Narr? Die Hohepriesterin wartet … wird werden, was werden muss … kannst es nicht verhindern.«

Er lachte weiter, bis sein Gelächter in ein heiseres Zischen überging und er in Krämpfen zuckend verendete – doch das unheilvolle Werk, das er begonnen hatte, wirkte fort.

Im selben Maß, wie die parthischen Soldaten der Energie ihres Lebens beraubt wurden, erwachten die Mantikore zum Leben. Schon sprang der nächste von seinem Sockel, dann der übernächste … und alle labten sie sich am Fleisch der Krieger, die ihnen außer ihren Pfeilen nichts entgegenzusetzen hatten. Nur wenige Geschosse fanden noch ihr Ziel, den Blutdurst der nach Jahrhunderten wieder zum Leben erweckten Bestien konnten sie nicht aufhalten. In wilder Raserei stürzten sich die Mantikore auf die Parther, zerfetzten sie bei lebendigem Leib und labten sich an ihrem Fleisch, genau wie Trebata es offenbar geplant hatte.

»Raus hier!«, brüllte Lucius Bagayas zu, während er die apathische Sibylla an der Hand packte und mitzog. »Befehlt den Rückzug, Hauptmann, oder es wird hier niemand überleben!«

Einen Augenblick schien der Parther zu zögern, ob er Ratschläge von einem erklärten Feind annehmen sollte. Er sah zu Urud, der nur bekräftigend nickte – dann ließ Bagayas bereits das Signal zum Rückzug geben.

Von der Mitte des Gewölbes aus rannten sie durch das Inferno, das rings um sie tobte. Überall in der Kuppel herrschten Chaos und Geschrei, sah man Krieger einen aussichtslosen Kampf gegen die zum Leben erwachten Bestien führen – um schließlich von diesen zerfleischt zu werden.

Heisere Befehle erschollen, deren Wortlaut Lucius nicht verstand, aber er stellte fest, dass sich Panik in jeder Sprache gleich anhörte. Wo es den Männern möglich war, wandten sie sich von den Bestien ab und traten die Flucht an. Einige versuchten noch, verwundete und verstümmelte Kameraden davonzuschleppen, andere wurden auf der Flucht von Giftstacheln ereilt, und wieder andere blieben, um tapfer bis zum letzten Atemzug zu kämpfen und den anderen so die Flucht zu ermöglichen. Nur die tapfersten der Prätorianer hätten es ihnen gleichgetan, wie Lucius voller Respekt feststellte.

Anfangs vermochte Sibylla noch, mit ihnen Schritt zu halten, dann gaben ihre Beine nach, und sie wäre gestürzt, hätte Lucius sie nicht aufgefangen. Er wusste nicht, was genau ihr im Zuge des Rituals widerfahren war, das der verräterische Priester begonnen hatte – war es ihm tatsächlich gelungen, eine Verbindung herzustellen? Hatte Sibylla wirklich unter dem Einfluss einer dunklen Zauberin gestanden, einer Halbgöttin, die vor Jahrhunderten schon einmal versucht hatte, die Herrschaft über die Welt an sich zu reißen, und die nun dabei war, aus ferner Vergangenheit zurückzukehren?

Lucius lud sich die halb bewusstlose Frau auf die Arme und trug sie. Im Pulk der flüchtenden Parther eilte er dem Ausgang entgegen, der unendlich weit entfernt schien.

Er hätte nicht zu sagen vermocht, wie viele parthische Krieger in die Kuppel eingedrungen waren oder den Kampf gegen die Mantikore bereits mit dem Leben bezahlt hatten. Überall lagen leblose Körper, viele davon grausam verstümmelt, sodass er sich unwillkürlich an die Skelette erinnert fühlte, die sie gefunden hatten. Aus dem Augenwinkel konnte er sehen, wie einige der Mantikore mit den Flügeln schlugen und aufstiegen. Unter grässlichem Kreischen nahmen sie die Verfolgung der Flüchtenden auf, von denen jetzt die ersten den Ausgang erreichten ... doch schon waren die fliegenden Bestien herangekommen, bereit, ihre mörderischen Krallen in ihre beinahe wehrlosen Opfer zu schlagen!

Lucius zog den Kopf zwischen die Schultern und beugte sich schützend über Sibylla, wohl wissend, dass es letztlich nichts nützen würde. Schon konnte er den Pestatem der Kreatur im Nacken fühlen, hörte den dumpfen Flügelschlag über sich und wartete darauf, dass ihre Klauen ihn packen oder ein giftiger Stachel ihn treffen würde … doch nichts geschah.

Gehetzt sah Lucius über die Schulter, sah, wie sich der Mantikor wütend in der Luft gebärdete, als wäre er auf ein unsichtbares Hindernis gestoßen – tatsächlich stand Urud neben dem Felsspalt, der aus der Halle führte, und gestikulierte mit den Armen, als wäre er in der Lage, den Lüften zu gebieten. Der *magus* hielt die Augen geschlossen, und ihm war anzusehen, wie sehr ihn anstrengen musste, was er da tat, doch für den Augenblick schien es ihm gelungen zu sein, eine unsichtbare Barriere zu erreichten, die die Bestien nicht durchdringen konnten, einen schützenden Schild, der sich über Lucius und den flüchtenden Parthern wölbte …

Endlich erreichten sie den Ausgang!

Nacheinander drängten sie hinaus – Lucius, während er Sibylla an sich presste und weiter hoffte, dass es ihr gut ging und sie sich wieder erholen würde. Im Laufschritt stürmte er den von Skeletten gesäumten Felsengang hinauf, zusammen mit den Parthern, die um ihr Leben schrien und so schnell rannten, wie sie nur konnten.

Urud war der Letzte, der die Halle verließ, und er war es auch, der die Pforte wieder verschloss. Der Felsblock senkte sich herab, noch ehe der erste Mantikor hindurchschlüpfen konnte, und ließ die Bestien in ihrer unterirdischen Gruft zurück, wo sie sich noch eine Weile am Fleisch ihrer Opfer laben würden. Früher oder später jedoch würde die Quelle ihrer Nahrung versiegen, und wie jedes Raubtier würden sie anfangen, sich gegenseitig zu jagen und zu zerfleischen, wie Jäger das eben taten … jedenfalls war es das, was Lucius hoffte.

Dass diese Hoffnung vergeblich war, wurde ihm klar, als sie das Ende der Schlucht erreichten und hinaus ins Licht des neuen Tages traten, der im Osten heraufdämmerte.

Denn das Erste, was sie hörten, war grässliches, markerschütterndes Gebrüll, das ihnen allen durch Mark und Bein ging. Dann wandten sie sich um – und sahen die geflügelten Leiber, die dort über dem nahen Berggrat kreisten. Einige der Soldaten verfielen in panisches Geschrei, andere begannen bereits, zu laufen.

»Zur Zitadelle! Zur Zitadelle!«, rief Urud, und auch Lucius rannte weiter, obschon seine Beine Sibylla und ihn kaum noch trugen, den steinigen Pfad hinauf zu der Festung, die dort unterhalb des Passes thronte und vorübergehend Schutz versprach. Im Laufen wurde ihm bewusst, was geschehen sein musste …

Der Zenit der Kuppel!

Im Schein der Fackeln hatten sie ihn nie wirklich zu sehen bekommen – vermutlich hatte es dort eine Öffnung gegeben, einen Schacht oder Stollen, der sich nach draußen wand, groß genug, um die Mantikore entkommen zu lassen.

Nun waren die Bestien frei, zum ersten Mal nach Hunderten von Jahren, und diesmal war es nicht nur eine von ihnen, sondern dreizehn an der Zahl.

Und alle trachteten sie ihnen nach dem Leben …

XVI

Vorübergehend war Ruhe eingekehrt.

Im Laufschritt waren die Soldaten zur Zitadelle zurückgekehrt, hatten ihre schützenden Mauern und Türme erreicht, ohne von den Bestien der Semiramis attackiert zu werden. Vermutlich waren die Mantikore noch gesättigt von dem Massaker, das sie unter Bagayas' Kriegern angerichtet hatten. Doch bald schon, daran bestand kein Zweifel, würde ihr Blutdurst wieder erwachen.

In ihrem Inneren unterschied sich die parthische Festung kaum von einem römischen *castellum* vergleichbarer Größe. Die Bauart mochte eine andere sein, aber die Art und Weise, wie die Truppe organisiert war, deutete auf ähnliche Strukturen hin; es mochte keine Legionen oder Zenturionen geben, doch fiel Lucius auf, dass die Parther keineswegs jenes wilde Reitervolk waren, das man in Rom gerne in ihnen sah.

Ihre Kultur war uralt, reichte noch sehr viel weiter in die Vergangenheit als die römische, die doch erst mit der Flucht des Aeneas aus dem brennenden Troja begonnen hatte; und die Art und Weise, wie die parthischen Soldaten mit der Situation umgingen, mit dem Verlust ihrer Kameraden und mit der drohenden Todesangst, nötigte Lucius großen Respekt für seine ehemaligen Feinde ab. Furcht war eine natürliche Empfindung, er selbst hatte sie oft genug verspürt; doch während seiner Zeit in der Arena hatte er auch gelernt, Feiglinge von solchen zu unterscheiden, die sich ihrer Angst zu stellen vermochten. Und die meisten der Parther schienen dieser Sorte anzugehören, einschließlich ihres Hauptmanns.

Bagayas war ein besonnener Mann, der etwa in Lucius' Alter sein mochte. Sein Wuchs, seine Haltung und die Art, wie er sich bewegte, verrieten den Krieger, doch schien er nicht zu denen zu gehören, die den Kampf suchten oder ihre Leute sinnlos opferten. In seiner Kommandantur, einem schmucklosen quadratischen Raum in einem der hinteren Türme, ging er ruhelos auf und ab, während er Lucius' Bericht verfolgte.

In Anbetracht der Lage hielt Lucius mit Informationen nicht hinterm Berg. Soweit er es beurteilen konnte, war ihre Feindschaft in dem Moment gegenstandslos geworden, da die Mantikore zum Leben erwacht waren. So berichtete er freimütig von den blutigen Vorfällen, die sich in Rom ereignet hatten, und ihrem Kampf gegen den Mantikor; von ihrer Expedition und der Überfahrt nach Alexandria, und wie sie schließlich nach Antiochien gekommen waren und ihre Reise in unbekanntes Land angetreten hatten, um den Tempel der Semiramis zu finden und den Ursprüngen des Kultes auf den Grund zu gehen.

Nur eines ließ er aus – was ihre ursprüngliche Mission gewesen war und was der Wahnsinnige auf dem Kaiserthron ihnen aufgegeben hatte, nämlich, einen lebenden Mantikor zu fangen und zurück nach Rom zu bringen.

Nach allem, was sie gesehen und erlebt hatten, war das wohl so ziemlich das Letzte, was sie erstreben sollten …

Bagayas hörte aufmerksam zu. Er unterbrach Lucius nur dann, wenn er etwas nicht verstanden hatte, wobei sein Latein gut und flüssig war; doch sein Mienenspiel verfinsterte sich zusehends.

»Ihr hättet niemals kommen sollen«, sagte er, nachdem Lucius seinen Bericht beendet hatte.

»Es war nicht so, dass wir die Wahl gehabt hätten …«

»Du nicht«, räumte der Parther ein, während er weiter in der Kammer auf und ab ging, die nur durch ein schmales Oberlicht erhellt wurde. »Aber deine Begleiterin sehr wohl. Sie ist die Tochter eines Gelehrten und selbst vom Eifer nach Wissen getrieben ... Es kann nichts Gutes daraus erwachsen, wenn man der Vergangenheit ihre Geheimnisse zu entreißen sucht.«

»Das haben bereits andere getan«, brachte Lucius in Erinnerung, der auf einem Schemel hockte, während der andere ihn umkreiste. »Mein Auftrag war es, mehr über die Herkunft der Mantikore herauszufinden, mit dem Ziel, sie zu bekämpfen.«

Bagayas nickte und zwirbelte nachdenklich den schwarzen Bart. »Das ist die römische Art, nicht wahr? Sich die Dinge genau anzusehen und sie zu untersuchen, ihre Schwachstellen herauszufinden und sie dann zu bekämpfen.«

»Und diese Vorgehensweise ist sehr erfolgreich«, gab Lucius zu. »Mein Volk jedenfalls hat sich vergeblich dagegen gewehrt.«

»Du bist kein gebürtiger Römer?« Der Kommandant setzte ein schiefes Grinsen auf. »Du siehst nicht aus wie einer.«

»Ich bin Gallier.«

»Aus welcher Gegend?«

»Aus dem Süden von Aquitania. Ich bin bei Pflegeeltern aufgewachsen, im Gebiet der Gabalen.«

»Und dennoch hast du es geschafft, zum Zenturio aufzusteigen. Das ist eine erstaunliche Leistung.«

»Vor allen Dingen«, erwiderte Lucius leise, »ist es eine lange Geschichte.«

Bagayas blieb stehen. Mit vor der Brust verschränkten Armen sah er Lucius seltsam an. »Ich nehme an, wir alle haben lange Geschichten«, erwiderte er dann. »Es mag dir schwerfallen, es dir vorzustellen, Römer, aber ich entstamme einer vornehmen Familie, in meinen Adern fließt das Blut von Königen.«

»Kann ich von mir nicht behaupten.«

»Dann schätze dich glücklich – denn aufgrund meiner Herkunft habe ich meine Jugendjahre als römische Geisel in Antiochia verbracht.«

»Ich verstehe«, sagte Lucius leise. Um den nach Konflikten oft brüchigen Frieden zu garantieren, wurde mitunter die Stellung vornehmer Geiseln vereinbart. Deshalb also sprach der Parther so fließend Latein und schien das römische Wesen auch sonst sehr gut zu kennen, womöglich besser als Lucius selbst.

»Dann verstehst du auch, dass ich vielleicht besser als jeder andere hier weiß, was Pflichterfüllung ist. Womöglich hast du dich gefragt, was diese Zitadelle auf einem einsamen Bergpass zu bedeuten hat – ich will es dir sagen: Die Aufgabe, die mir und meinen Männern übertragen wurde, besteht darin, die Ruinenstadt zu sichern und darauf zu achten, dass niemand hineingelangt ...«

»... und nichts hinaus«, vermutete Lucius.

Bagayas nickte wieder. »Nur diese Aufgabe wurde mir gegeben, eine Möglichkeit, um mich zu bewähren und den Meinen zu beweisen, dass ich mehr bin als eine Geisel, mehr als der halbe Römer, den man in den Augen meines Volkes aus mir gemacht hat – und ich versage auf ganzer Linie. Und zwar deinetwegen«, fügte er bitter hinzu. »Über Jahrhunderte hinweg ist die Pforte verschlossen geblieben, doch nun wurde sie geöffnet, und es liegt in meiner Verantwortung.«

»Vor einiger Zeit«, wandte Lucius ein, »muss es Sektierern bereits einmal gelungen sein, in den Tempel einzudringen und einen der Mantikore ins Leben zu rufen. Wie es ihnen gelungen ist, ihn einzufangen und über das Meer nach Rom zu schicken, weiß ich nicht – aber es muss dasjenige Tier sein, welches in Subura gewütet und so viele Unschuldige getötet hat.«

Wieder sah der Parther ihn seltsam an. Dann ließ er sich mit einem Seufzen ebenfalls auf einem Schemel nieder. »Vor einiger Zeit«, begann er dann, zu berichten, »es mag ungefähr ein Jahr her sein, haben meine Leute Spuren gefunden, die auf Eindringlinge hindeuteten. Ich glaubte zunächst, dass es Schmuggler wären oder anderes lichtscheues Gesindel, das sich gelegentlich hier oben herumtreibt, zumal die Pforte stets verschlossen blieb. Aber dann wurde mir von Sichtungen berichtet, von Menschen, die eine geflügelte Kreatur am Abendhimmel gesehen haben wollten.«

»Der Schacht«, mutmaßte Lucius. »Der andere Weg, der ins Freie führt – vermutlich sind die Sektierer auf diesem Weg hineingelangt, doch kaum hatten sie den Mantikor zum Leben erweckt, hat er es ihnen schlecht gedankt und sie gefressen …«

»… oder sie haben sich freiwillig geopfert, damit die Bestie ins Leben zurückkehren konnte. In ihrem religiösen Wahn sind Fanatiker zu allem fähig, Beispiele dafür gibt es mehr als genug … aber ich fürchte, du hast recht. Von seinen Fesseln befreit, muss der Mantikor durch den geheimen Schacht entkommen sein – seither finden meine Männer und ich kaum noch Schlaf, und wenn doch, dann verfolgen uns finstere Albträume.«

»Die Legionäre eines römischen Grenzkastells haben Ähnliches berichtet«, bestätigte Lucius. »Einige von ihnen schienen kurz davor, verrückt zu werden«, fügte er hinzu – was er nicht sagte, war, was er in jener Vollmondnacht gesehen hatte und was ihn an seinem Verstand hatte zweifeln lassen …

In diesem Moment wurde der Vorhang zur Kammer beiseitegeschlagen, und Urud trat unter dem niederen Sturz hindurch.

»Sibylla?« Lucius sah ihn bange an.

»Sie ist erwacht«, bestätigte der *magus.* »Es geht ihr so weit gut, und sie wünscht, dich zu sehen.«

»Geh nur«, meinte Bagayas und nickte Lucius zu, der sich erhob und Urud nach draußen folgte.

Über aus Lehmziegeln geformte Stufen ging es hinauf in eine andere Kammer, die sich unmittelbar über der Kommandantur befand. Dort fand er Sibylla auf einem Lager aus Bastmatten liegend. Noch immer sah sie geschwächt aus, aber sie war wieder bei Bewusstsein. Und sie lächelte, als sie Lucius erblickte.

»*Salve*«, grüßte er und trat an ihr Lager. »Wie geht es Euch?«

Sie zuckte zusammen, schmerzvoll, wie es schien. »Findest du noch nicht einmal jetzt den Mut, mich wie eine vertraute Freundin anzusprechen, Zenturio? Nachdem du mir das Leben gerettet hast?«

»So wie Ihr ... wie du mir das meine«, verbesserte er sich und ließ sich an ihrem Lager nieder. »Wie fühlst du dich?«

»Als ob eine Halbgöttin versucht hätte, meinen Geist zu vernichten und meinen Körper zu stehlen«, erwiderte sie und rang sich erneut ein mattes Lächeln ab. »Urud hat mir alles berichtet – und auch, was du für mich getan hast. Ich selbst kann mich kaum an etwas erinnern.«

»Woran zuletzt?«

»Xenodamos ... seinen Verrat.« Sie schüttelte langsam den Kopf, während sich ihre Augen mit Tränen füllten. »Ich schwöre, ich habe es nicht gewusst, Lucius, es nicht einmal geahnt ... ich dachte, er sei ein Freund.«

»Das dachten wir alle.«

»Wie konnte ich mich nur derart irren?« Verzweiflung sprach aus ihren geröteten Augen, gepaart mit Reue.

»Wir alle haben gesehen, was er uns gezeigt hat – was wir sehen sollten«, entgegnete Lucius leise. »Einen zerstreuten Gelehrten, einen harmlosen alten Greis. Sich furchtsam und schwach zu geben und mitunter der Lächerlichkeit preiszugeben, hat ihm nichts ausgemacht, so lange sein Theaterspiel nur seinen Zweck erfüllte.«

»Ich … wir alle … waren ihm völlig gleichgültig«, flüsterte sie. »Er wollte, dass ich …«

»Ich weiß«, versicherte er, als ihr die Stimme plötzlich versagte. Es schien ihr schwerzufallen, darüber zu sprechen, blanker Schrecken stand in ihrer Miene zu lesen.

»Da waren Flammen … purpurne Flammen«, flüsterte sie. »Und ich konnte eine Stimme hören, die immerzu meinen Namen rief. Zuerst glaubte ich, es sei mein Vater, aber dann … war da nur Dunkelheit … und Kälte.«

»Semiramis«, sagte Lucius leise.

In diesem Moment erklangen im Treppenhaus des Turmes aufgeregtes Geschrei und hektische Befehle. Lucius sandte Urud einen fragenden Blick, der sich daraufhin nach draußen wandte und einen der auf die Turmplattform eilenden Soldaten befragte.

»Was ist los?«, wollte auch Sibylla wissen.

»Der Tag neigt sich dem Ende, die Dämmerung bricht herein«, entgegnete Urud atemlos. »Die Mantikore greifen an!«

XVII

Hektische Betriebsamkeit war in der Bergfestung ausgebrochen. Kriegshörner wurden geblasen und riefen die Männer auf die Türme.

Infolge der schweren Verluste, die die Besatzung der Zitadelle bereits erlitten hatte, und im Hinblick auf den schrecklichen Gegner, mit dem sie konfrontiert wurden, verzichtete Bagayas darauf, den äußeren Mauerring mit Kriegern zu bemannen. Stattdessen ließ er seine verbliebenen Männer – vielleicht fünfzig an der Zahl – lediglich die Türme der Zitadelle besetzen, deren Zinnen höher und massiver waren und von wo aus die Bogenschützen den Feind im Vorbeiflug unter Beschuss nehmen sollten.

Vorausgesetzt, die Mantikore ließen sich auf dieses Spiel ein … Lucius hatte Zweifel, was das betraf.

Im Vergleich zu dem Untier, welches er in Rom bekämpft und besiegt hatte, schienen diese Bestien noch stärker zu sein, was schon allein daran zu erkennen war, dass sie sich nicht mehr nur im Schutz der Nacht näherten, sondern auch das Zwielicht der Dämmerung nicht scheuten. Gelang es ihnen abermals, sich an Dutzenden menschlicher Leiber zu stärken, würde ihnen womöglich auch das helle Tageslicht nichts mehr anhaben können, und sie würden, wie einst zu den Zeiten ihrer dunklen Gebieterin, zu erbarmungslosen Kriegsmaschinen werden.

Zudem hatte Lucius, wie schon in Rom und auch in der Kuppel des Tempels, stets den Eindruck, dass die *manticori* keine bloßen Tiere waren, keine geistlosen Menschenfresser, sondern dass es einen unheilvollen, bösen Willen gab, der sie lenkte. Trebata hatte für seinen Verrat mit dem Leben bezahlt, doch fast war es, als würden seine Bosheit und Durchtriebenheit in den Kreaturen weiterexistieren, die er ins Leben gerufen hatte, als treuer Diener seiner Herrin ...

Von den Wölfen seiner gallischen Heimat wusste Lucius, dass sie in Rudeln jagten, dass sie Strategien verfolgten, um ihre Opfer zur Strecke zu bringen, und auch bei den Löwen in der Arena hatte er Ähnliches beobachtet ... was, wenn auch die Mantikore nicht einzeln agierten, sondern gezielt vorgingen? Wenn diese reißenden und mörderischen Bestien genau wussten, was sie taten?

Mit dem römischen *gladius* bewaffnet, jedoch mit einem parthischen Helm und Schuppenpanzer bewehrt, stand Lucius auf der Plattform des nördlichen Turmes und blickte nach Westen, wo die untergehende Sonne den Himmel rötlich färbte und über den schroffen Graten der Berge immer wieder bedrohliche Silhouetten auftauchten. Wer nur flüchtig hinsah, hätte ihre Größe auf die Entfernung verkennen und sie für Geier halten mögen, die dort kreisten – doch je näher sie kamen, desto deutlicher wurde, dass es keine *vulturi* waren ...

Bagayas gab einen heiseren Befehl, worauf die sich hinter die Zinnen duckenden Parther Pfeile auf die Sehnen ihrer Bogen legten. Ein kühler, trockener Wind fegte über die Türme, bauschte die Mäntel der Krieger auf und trug das grässliche Geschrei der fliegenden Bestien heran, die nun direkt auf die Zitadelle zuhielten und sich dabei zu einer breiten Front auffächerten.

»Warum?«, fragte Urud leise, der neben Lucius hinter der Zinne kauerte.

»Was meinst du?«

»Warum greifen sie uns an? Gewöhnliche Tiere würden so etwas niemals tun …«

»Weil das hier keine gewöhnlichen Tiere sind, sondern von Rachsucht getriebene Bestien«, gab Lucius tonlos zurück. »Alles, was sie wollen, ist fressen und töten.«

»Dessen bin ich mir bewusst«, versicherte der *magus.* »Und dennoch … es kommt mir vor, als würden sie … einen Plan verfolgen.«

Die Mantikore waren weiter herangekommen. Im Licht der Dämmerung konnte man jetzt Einzelheiten erkennen, die ledrigen Schwingen und die mörderischen Klauen, die grässlichen, gehörnten Häupter mit den tödlichen Fängen. Und die Augen, die in unheimlicher Glut leuchteten …

Wieder gab Bagayas einen Befehl.

Die kurzen Bogen der Männer knarrten, als die Sehnen sich spannten, doch nicht einer von ihnen entließ sein Geschoss vorzeitig. Einmal mehr rang die Disziplin der parthischen Soldaten Lucius Anerkennung ab, und es wunderte ihn nicht mehr, dass die Vorfahren dieser Männer den Römern bei Carrhae eine vernichtende Niederlage beigebracht hatten – während es in Rom gerne so dargestellt wurde, als wäre es nur ein ungünstiger Zufall gewesen.

Auch Lucius straffte sich innerlich. Das Schwert ließ er vorerst in der Scheide, beim Kampf auf die Distanz war es nutzlos. Stattdessen hatte er sich ein halbes Dutzend Speere geben lassen, mit denen er ungleich besser umzugehen verstand als mit Pfeil und Bogen, für die es in der Arena keine Verwendung gegeben hatte. Den hölzernen Schaft umklammernd und den Blick fest auf den herannahenden Feind gerichtet, wohl wissend, dass jeder Fehler, den er machte, sein letzter sein würde, fühlte sich Lucius tatsächlich ein wenig wie damals … mit dem Unterschied, dass es hier nicht um Trophäen ging oder darum, die blutrünstige Menge zu unterhalten.

Der Preis war allein das Überleben.

Das Kreischen der Bestien schwoll ohrenbetäubend an. Sie waren jetzt so weit herangeflogen, dass ein Steinwurf sie erreicht hätte, man konnte das Rauschen ihrer Schwingen hören.

»Viel Glück, Römer«, raunte Urud Lucius zu.

»Dir auch, *magus.*«

Dann bellte Bagayas einen weiteren knappen Befehl – und den fliegenden Angreifern schlug ein Hagel von Pfeilen entgegen, nicht nur vom Nordturm aus, sondern auch von seinem westlichen Nachbarn. Doch als wären die Bestien gewarnt worden oder als hätten sie gewusst, was geschehen würde, schlugen sie mit den Flügeln und stiegen höher in den Himmel – worauf die Pfeile, die in ihrer Flugbahn einen weiten Bogen beschrieben, unter ihnen hindurch ins Leere gingen. Und im nächsten Moment waren die Ungeheuer aus dem Reich der Mythen heran!

Alles schien gleichzeitig zu geschehen.

In dichtem Abstand, nur Armlängen vom Mauerwerk entfernt, zogen die Mantikore an den Turmkronen vorbei. Den Bogenschützen, die rasch neue Geschosse aufgelegt hatten, gelang es, einige ihrer Pfeile ins Ziel zu lenken, doch das schien die von Neuem erstarkten Bestien nicht zu beeindrucken. Nur einen Herzschlag später konterten sie mit ihren giftigen Stacheln, die wie ein mörderisches Gewitter über die Turmbesatzungen hereinbrachen.

Wer das Glück hatte, hinter einer Zinne zu stehen, der kam unbeschadet davon – diejenigen Krieger jedoch, die auf der anderen Seite der Turmplattform standen und im Rücken ungeschützt waren, wurden dutzendweise von den todbringenden Geschossen ereilt. Schreiend brachen sie zusammen, während ihre überlebenden Kameraden die Bogen fallen ließen und nach den entlang der Mauer aufgereihten Schilden griffen – und noch während sie das taten, stieß aus dem dunkelnden Himmel über ihnen das Verderben herab.

Lucius sah den dunklen Schemen aus dem Augenwinkel und fuhr herum, während er, einem plötzlichen Impuls gehorchend, gleichzeitig auswich. Dieser Instinkt rettete ihm das Leben, denn auf derselben Höhe, wo sich eben noch seine Kehle befunden hatte, stak ein dolchförmiger, gifttriefender Dorn im Mauerwerk. Lucius biss die Zähne zusammen und schleuderte eines seiner eigenen Geschosse, geradewegs in den drohenden Schatten über ihm. Ob er traf, wusste er nicht zu sagen, denn schon einen Lidschlag später war der Schatten wieder verschwunden, dafür griff auf der anderen Seite des Turmes ein weiterer Mantikor die Besatzung an.

Sich mit den Hinterläufen in das weiche Mauerwerk krallend und dabei weiter mit den Flügeln schlagend, beugte sich das furchterregende Untier über die Zinnen und schlug mit den Pranken zu, erwischte einen Parther, der noch vergeblich versuchte, sich mit dem Schild zu schützen. Der Mann wurde gegen die Mauer geschleudert und riss dabei mehrere seiner Kameraden von den Beinen. Dann zuckte blitzschnell der Kopf der Bestie vor, und die mörderischen Kiefer packten einen weiteren Krieger, schlossen sich um seinen Kopf, dem Helm zum Trotz. Der Mann brüllte entsetzlich, während er von unwiderstehlicher Kraft in die Höhe gerissen wurde, und schon im nächsten Moment war das *monstrum* bereits wieder im dunkelnden Himmel verschwunden – und sein Opfer mit ihm.

Bagayas und seine Krieger schrien auf vor Wut und Entsetzen – noch lauter allerdings schrien sie, als nur Augenblicke später der leblose Körper ihres Kameraden wieder auf die Turmplattform krachte. Der Kopf und ein Teil der linken Schulter fehlten.

Der Hauptmann brüllte etwas, das wie ein Racheschwur klang, und hob dazu drohend seine in hilflosem Zorn geballte Faust. Doch schon dieser erste Angriff hatte allen klargemacht, wie grausam und übermächtig der Gegner war – und wie wenig sie ihm entgegensetzen konnten.

Auf den anderen Türmen sah es kaum besser aus. Auch dort hatte die erste Angriffswelle der Mantikore zahlreiche Opfer gefordert. Männer waren bei lebendigem Leibe zerfetzt oder von den Plattformen gefegt worden und in die Tiefe gestürzt. Andere hatten Giftstacheln abbekommen und lagen verwundet, und Lucius bezweifelte, dass Urud sie alle würde heilen können.

Allein dieser erste Angriff hatte Bagayas' Besatzung beinahe halbiert – und schon erfolgte der nächste!

Der westliche Himmel war dunkel geworden, schwarze Nacht zog herauf. Fackeln wurden in der vagen Hoffnung entzündet, dass ihre leuchtend hellen Flammen die Bestien vielleicht fernhalten würden, doch dazu waren die Mantikore bereits zu stark geworden ... zudem behinderte der helle Schein des Feuers die Sicht der Männer, die nun kaum noch sehen konnten, was sich jenseits davon befand. Ihre schrecklichen Gegner erblickten sie erst, wenn tödliche Pranken oder geifernde Zähne aus der Finsternis auftauchten ...

Und dann war es zu spät.

Einen Soldaten, der unmittelbar neben Lucius auf der Turmplattform stand, ereilte jenes traurige Schicksal. Wie die Axt des Henkers fiel die Klaue des Mantikors aus der Schwärze herab und zerfetzte dem Mann das Gesicht, sodass er schreiend und blutüberströmt niederging. Als die Bestie nachsetzen wollte, um den Verwundeten zu packen, stieß Lucius mit dem Speer zu, den er beidhändig umklammert hielt, und rammte ihn mit aller Kraft in den linken Vorderlauf der Bestie. Das Untier brüllte auf und fuhr herum, schleuderte giftige Stacheln, die Lucius jedoch verfehlten. Er ließ den Schaft des Speers los, und so schnell, wie er aus dem Dunkel angegriffen hatte, war der Mantikor wieder darin verschwunden.

»Bagayas ...!«

Lucius hörte den Namen des Kommandanten und fuhr herum. Entsetzt sah er gleich zwei Mantikore gleichzeitig die andere Seite der Turmplattform attackieren, wo Bagayas mit ein paar seiner Leute stand. Schon ging einer von ihnen tödlich verwundet nieder, während die anderen Pfeil um Pfeil hinaufschickten und ihr Ziel auch trafen. Doch in ihrer Raserei schien die Bestien nichts mehr aufhalten zu können. Ihre Köpfe schnellten herab, und ihre Kiefer schnappten zu, und immer wieder gingen tödliche Giftstacheln nieder.

Hauptmann Bagayas, der mit leichtem Rundschild und einer langen, gebogenen Klinge bewaffnet war, setzte sich tapfer gegen die Attacken zur Wehr, doch eine Pranke wischte heran und riss ihm den Schild vom Arm. Der nächste Hieb hätte vermutlich das Ende des Kommandanten bedeutet, hätte Urud nicht einmal mehr eingegriffen und seine magischen Kräfte bemüht, obschon sie fast aufgezehrt schienen.

Die Pranke, die Bagayas beinahe niedergestreckt hätte, verharrte in der Luft, als wäre sie auf ein unsichtbares Hindernis gestoßen. Der Mantikor verfiel in wütendes Gebrüll.

Lucius war zur anderen Seite des Turmes unterwegs, in jeder Hand einen Speer. Den einen schleuderte er noch im Laufen, geradewegs in den weit aufgerissenen Schlund der Bestie, die daraufhin zurückfuhr und für einen Moment ihre ungeschützte Bauchseite darbot. Gleich mehrere parthische Bogenschützen erkannten ihre Chance und ließen Pfeile von den Sehnen schnellen, die sich in die Brust des Untiers bohrten.

Der Mantikor flatterte wild mit den ledrigen Flügeln, doch eine unsichtbare Hand schien ihn weiter festzuhalten – und im nächsten Moment war Lucius zur Stelle und rammte ihm den Speer in vollem Lauf in die Eingeweide. Das Untier schrie gequält auf, zumal Bagayas in diesem Moment nachsetzte. Beidhändig führte er seine Klinge und schlitzte den Bauch der Bestie auf, deren Gedärme sich daraufhin über die Turmplattform ergossen – und endlich lockerte Urud seinen unsichtbaren Griff.

Halb ohnmächtig vor Erschöpfung brach der Zauberer in die Knie, der Mantikor kippte zurück ins Leere und verschwand in der dunklen Tiefe, wobei er ein grässliches Heulen ausstieß – das vom heiseren Triumphgebrüll der Turmbesatzung beantwortet wurde.

Auch wenn es keinen Anlass zur Hoffnung gab, wenn ihnen allen längst bewusst geworden war, dass keiner von ihnen dieser tödlichen Falle entrinnen und sie früher oder später alle im Kampf gegen Semiramis' Bestien sterben würden – das Wissen, dass die Mantikore nicht unverwundbar waren, dass sie getötet werden konnten wie jede andere Kreatur, erfüllte die Männer wie einst auch Lucius' Prätorianer mit grimmiger Genugtuung und ließ sie den aussichtslosen Kampf weiterführen.

Bagayas, dessen Gesicht und Rüstung besudelt vom dunklen Blut des Mantikors waren, drehte sich zu Lucius um. Die Blicke der beiden Männer, die nach dem Willen ihrer Herrscher Todfeinde hätten sein sollen, begegneten sich in stillem Einvernehmen, und der Parther bedankte sich für die unverhoffte Hilfe ... als aus dem unergründlichen Dunkel über ihnen erneut etwas heranbrauste.

Es ging so schnell, dass nicht einmal Lucius' Instinkte reagierten: Ein Rauschen war zu hören, und ein Schatten schien auf die Turmbesatzung zu fallen. Dann packten zwei klauenbewährte Hinterläufe zu – und nur einen Lidschlag später wurde Hauptmann Bagayas samt Helm und Rüstung fast lotrecht emporgerissen.

Er schrie dabei aus Leibeskräften, und jene, die am nächsten bei ihm standen, unter ihnen auch Lucius, versuchten noch, nach ihm zu greifen – aber ihre Hände fassten nur in leere Luft. Entsetzt blickten sie hinauf, erheischten noch einen letzten Blick auf den Kommandanten und die schlagenden Schwingen über ihm, dann hatte das Dunkel der Nacht ihn verschlungen.

»Römer!«

Lucius hatte sein Entsetzen noch nicht verwunden, als Uruds heiserer Ruf ihn abermals herumfahren ließ. Sich an einer der spitzen Zinnen emporziehend, hatte sich der *magus* wieder auf die Beine gerafft. Dort stand er, schwer atmend, und deutete in die Tiefe jenseits der Zinnen. Sein Gesicht war dabei von namenlosem Entsetzen gezeichnet – und Lucius befiel eine schreckliche Ahnung ...

Hastig stürzte er zurück zur anderen Seite des Turmes, fiel dabei fast über die leblosen, blutigen Körper, die die Plattform übersäten, während ringsum blankes Chaos ausbrach. Ihres Anführers beraubt, verfielen die parthischen Krieger nun doch in Panik. Der letzte Rest von Ordnung brach zusammen, die Ersten ergriffen bereits die Flucht von der Plattform und drängten ins Innere des Turmes ...

Atemlos langte Lucius bei Urud an, beugte sich über die Zinne und sah hinab. Ein unartikulierter Laut des Entsetzens entfuhr ihm, als er die beiden Bestien sah, die sich dort unten an die Außenmauer des Turmes krallten und dabei waren, mit ihren Klauen große Stücke aus der aus Natursteinen und getrocknetem Lehm bestehenden Wand zu reißen, als wollten sie ins Innere des Turmes gelangen ...

»Sibylla«, stieß Lucius hervor – dann war er schon unterwegs ins Innere, die fliehenden Parther stieß er zur Seite. Und kaum hatte er seinen Fuß auf die steil in die Tiefe führende Treppe gesetzt, hörte er auch schon Sibyllas verzweifelten Ruf um Hilfe ...

XVIII

Die Treppe erschien ihm endlos.

Hals über Kopf stürmte Lucius die steilen Stufen hinab, die Parther dabei grob beiseitestoßend – der Gedanke, zu spät zu kommen, während er zugleich Sibyllas entsetzte Hilfeschreie hörte, brachte ihn fast um den Verstand.

Endlich erreichte er das erste Stockwerk und damit den Zugang zu Sibyllas Kammer. Der Vorhang im niederen Türrahmen wehte, als würde ein Sturm dahinter toben. Atemlos, das Schwert bereits in der Hand, platzte Lucius hinein.

Ein Bild des Grauens bot sich ihm!

Die beiden Wachen, die Bagayas abgestellt hatte, um Sibylla zu beschützen, lagen tot in ihrem Blut, Sibylla selbst kauerte hinter ihrem Lager aus Bastmatten am Boden, von Grauen geschüttelt und offenbar noch immer zu geschwächt, um aufzustehen und die Flucht zu ergreifen. Auf der anderen Seite der vielleicht fünf Schritte durchmessenden Turmkammer jedoch war es den Mantikoren inzwischen gelungen, ein mehrere Ellen großes Loch in die Mauer zu reißen, durch das die geifernden Bestien zu sehen waren. Die Öffnung war weit genug, dass sie mit ihren Klauen in die Kammer greifen konnten – auf diese Weise hatten die Wachen ihr Ende gefunden. Und es war nur noch eine Frage von Augenblicken, bis das Loch in der Wand so groß sein würde, dass auch das Haupt eines Mantikors hindurchpasste …

»Zurück, ihr Bestien!« Mit einem heiseren Kampfschrei stürmte Lucius auf die Maueröffnung zu. Noch im Laufen griff er nach dem Schild eines toten Parthers und schlüpfte in die ledernen Schlingen – und sah sich im nächsten Moment Auge in Auge mit einem Mantikor.

Das Gebrüll der Bestie und ihr elender Pesthauch drangen ihm entgegen, aber er wich nicht zurück. Stattdessen nahm er den Schild hoch, wie er es einst in der Arena getan hatte, um sich sowohl vor dem Gegner als auch vor dem Gezeter der Menge abzuschirmen. Mit der Erfahrung des Gladiators hielt er den Schild so, dass die Klaue des Mantikors daran keinen Widerstand fand und abglitt – und in einer einzigen fließenden Bewegung ging Lucius zum Gegenangriff über.

Wie eine Nadel stach das *gladius* zu, durchdrang schwarzes Fell und eisenharte Sehnen. Der Mantikor brüllte auf und riss seinen Vorderlauf zurück, überrascht wohl ebenso vom Schmerz wie von der plötzlichen Gegenwehr. Einen Augenblick schien das Tier verwirrt, und Lucius, der in unendlich vielen mühevollen und auch schmerzhaften Lektionen gelernt hatte, jede noch so geringe Schwäche des Gegners zu erkennen und auszunutzen, stach ein zweites Mal zu, diesmal nach dem mächtigen Haupt der Bestie – und traf direkt in ihr Auge.

Das Ungeheuer spie Gift und Galle, als es zurückfuhr und sich von der Mauer abstieß. Die Nacht verschlang es, und einen Augenblick lang hoffte Lucius, es vertrieben zu haben, zusammen mit ihrem blutrünstigen Artgenossen. Doch nur einen Lidschlag später durchlief eine mächtige Erschütterung den Turm, als würde eine Ramme eingesetzt – und unmittelbar neben dem Loch, das bereits in der Wand klaffte, brach ein weiterer Gesteinsblock heraus und erweiterte die Öffnung schlagartig um das Doppelte!

In der Dunkelheit dahinter erblickte Lucius mörderische Fänge und glühende Augenpaare, und schon im nächsten

Moment unternahm eine der Bestien einen weiteren Vorstoß. Diesmal griff sie nicht nur mit einer Klaue oder mit den Kiefern an, sondern versuchte, sich in ihrer Raserei ganz durch die entstandene Öffnung zu zwängen.

Sibylla schrie heiser auf, Lucius stieß eine Verwünschung aus und wollte zurückweichen – doch er war zu langsam. Die Pranke des Mantikors erwischte ihn am Bein und brachte ihm eine blutige Fleischwunde bei. Mit einem Aufschrei brach Lucius auf dem verletzten Bein ein und ging zu Boden – schon war die Bestie über ihm. Lucius blickte in die lodernden Augen des Untiers, in dessen scheußlichen, zähnestarrenden Schlund, der wohl sein Ende bedeutet hätte – wäre in diesem Moment nicht Urud zur Stelle gewesen.

Der *magus*, der sich wieder halbwegs erholt zu haben schien, wirkte seine Kräfte und stieß den Mantikor zurück. Einen endlos scheinenden Augenblick lang rangen Mensch und *monstrum* um die Oberhand. Lucius tastete nach dem Schwert, das sich seinem Griff entwunden hatte, doch er konnte es nirgendwo finden. Er erwog, der Bestie mit bloßen Händen an die Gurgel zu gehen – als Urud das Duell gewann und den Mantikor durch die Öffnung nach draußen schleuderte, seinen kreischenden Artgenossen entgegen.

»Raus hier!«, rief der Parther, der bereits wieder wankte.

Lucius verlor keine Zeit.

Trotz der Wunde in seinem Bein, die wie Feuer brannte, rappelte er sich auf, griff nach seinem Schwert, das er jetzt endlich in all dem Blut entdeckte, und humpelte zu Sibylla. Ihre Miene war gerötet und von Entsetzen gezeichnet, jeder Hochmut und jede Zuversicht war daraus gewichen. Er half ihr, aufzustehen, und, sich gegenseitig stützend, schleppten sie sich nach draußen, während Urud ihnen den Rücken frei hielt.

Auf der Treppe stießen sie auf die letzten Soldaten der Turmbesatzung, die dem Feind das Feld überlassen und die

Plattform geräumt hatten. Die meisten waren verwundet, Grauen zeichnete ihre Gesichter.

Gemeinsam flüchteten sie sich in die in den Fels getriebenen Gewölbe, die sich unterhalb der Zitadelle befanden und die vier Türme miteinander verbanden. Eigentlich waren sie einst angelegt worden, um Vorräte an Wasser und Proviant aufzunehmen; doch wenn selbst feste Mauern nicht mehr vor Angreifern zu schützen vermochten, waren jene Katakomben wohl der einzige Ort, der jetzt noch Sicherheit versprach.

Dort kamen sie zusammen, die letzten Überlebenden der Zitadelle und der klägliche Rest von dem, was von der kaiserlichen Expedition übrig geblieben war …

Elend.

Blutend.

Geschlagen.

Im von wenigen Öllichtern beleuchteten Halbdunkel konnte Lucius kaum zählen, wie viele sie noch waren – zehn, vielleicht zwölf. Er war Sibylla dankbar dafür, dass sie sich um sein verletztes Bein kümmerte, dass sie die Wunde notdürftig säuberte und mit einem Streifen verband, den sie aus ihrer Kleidung riss – doch spielte es keine Rolle mehr.

Sie waren zum Untergang verurteilt.

So wie Furius, Bagayas und all die anderen …

An eine organisierte Gegenwehr war nicht mehr zu denken. Die wenigen parthischen Krieger, die körperlich noch dazu in der Lage gewesen wären, ließen sich zu Boden sinken und starrten apathisch ins Leere. Urud kümmerte sich um sie, so gut er es vermochte, verteilte einige Büschel getrockneter Kräuter und empfahl den Kriegern, sie langsam zu kauen – mehr konnte er nicht für sie tun. Und auch das war wohl nicht mehr von Bedeutung.

»Jedenfalls wissen wir jetzt«, meinte der *magus*, während er sich erschöpft neben Lucius und Sibylla an der Wand herabsinken ließ, »was der wahre Grund für den Angriff der Mantikore gewesen ist – oder vielmehr *wer.*« Er wandte das Haupt und sah zuerst Sibylla an und dann Lucius. »Ich habe geahnt, dass sie nicht nur auf Rache aus sind.«

»Ihr meint … die Bestien sind meinetwegen gekommen?«, fragte Sibylla leise, fast flüsternd.

»Es ist der Geist der Königin, der sie lenkt«, war Urud überzeugt. »Und sie will deinen Körper, um in diese Welt zurückzukehren, vergiss das nicht«, fügte er hinzu. Dann erhob er sich wieder und ging zu den Verwundeten.

»Es tut mir leid«, sagte Lucius leise.

»Was meinst du?«, fragte Sibylla.

»Es war mein Auftrag, dich zu beschützen … dich sicher ans Ziel der Reise zu bringen und wieder zurück. Und ich fürchte, ich habe versagt.«

»Du hast getan, was du konntest.« Sie schnaubte. »Wenn schon, dann war es meine Neugier, die uns hierhergeführt hat, und meine Leichtgläubigkeit … du hast mich warnen wollen, aber ich habe mich dir absichtlich verschlossen.«

»Vielleicht«, meinte Lucius mit einem Lächeln, das er sich mühsam abrang, »sollten wir uns darauf verständigen, dass wir beide Fehler gemacht haben.«

Sie widersprach nicht, und eine Weile lang starrten sie wie die parthischen Soldaten reglos in das Halbdunkel, lauschten dem Stöhnen der Verwundeten und dem Kreischen der Mantikore, das hin und wieder von draußen hereindrang.

Es war lauter als zuvor.

Vermutlich waren die Bestien bereits im Innenhof …

»Hast du so etwas schon einmal erlebt?«, fragte Sibylla nach einer Weile.

Er sah sie von der Seite an. »Du meinst die Gefahr?«

»Ich meine die Verzweiflung.«

Lucius sah zu Boden.

Er hatte Verzweiflung in vielerlei Form gesehen, die Erinnerungen daran fluteten wie von selbst in sein Bewusstsein, sogar an diesem Ort … Ein verurteilter Verbrecher, der vor hungrigen Löwen zu entkommen suchte und im Laufen seine Eingeweide verlor, zur Belustigung der grölenden Zuschauer … Ein thrakischer Gladiator, der im Sand der Arena verzweifelt nach seiner linken Hand wühlte, die sein Gegner ihm abgeschlagen hatte … Schließlich ein Numide, der sein Leben verwirkt hatte und auf Verlangen der Menge enthauptet werden sollte, doch das Schwert seines Gegners war dafür zu stumpf …

»Ich denke schon«, sagte er leise.

»Wie hast du es überstanden?«, wollte sie wissen. »Was hast du getan? Zu den Göttern gefleht?«

»Ich habe weitergemacht«, erwiderte er, »immer weiter.«

Sie nickte, beinahe so, als hätte sie diese Antwort erwartet. »Dann werde ich auch weitermachen«, erklärte sie.

Wieder sah er sie fragend an. »Was soll das heißen?«

»Dass ich nicht vorhabe, hier zu sitzen und darauf zu warten, bis wir entweder elend verhungert sind oder die Mantikore einen Weg zu uns gegraben haben, was sie ohne Zweifel tun werden.«

Lucius schürzte die Lippen, aber er widersprach nicht. »Und?«, fragte er nur.

»Ich werde die Zitadelle verlassen«, erklärte sie.

»Um was zu tun? Zu fliehen?«

»Einen Versuch ist es wert, oder nicht?«

»Du würdest nicht weit kommen«, war Lucius überzeugt. »Inzwischen herrscht dort draußen finstere Nacht, und die Dunkelheit ist das Element dieser Biester. Sie werden dich aufspüren, und dann …« Er verstummte und sah sie prüfend an. »Es geht dir nicht um Flucht, oder?«

Sie kniff die Lippen zusammen und sah ihn an. Tränen glänzten dabei in ihren Augen. »Du hast Urud vorhin gehört«, sagte sie dann. »Semiramis' Bestien sind meinetwegen hier, um mich zu holen. Schon viel zu viele sind im Kampf gegen sie gestorben, ich will nicht, dass es noch mehr werden. Für mich macht es keinen Unterschied, ob ich hierbleibe oder nicht, aber für diese Männer bedeutet es womöglich den Unterschied zwischen Leben und Tod – und auch für dich.«

»Das kannst du nicht wissen«, konterte er.

»Zugegeben – aber es besteht die Möglichkeit, dass die Mantikore von der Zitadelle ablassen, sobald ich mich nicht mehr darin befinde.«

»Und wenn du ihnen in die Klauen fällst?«

»Das wird nicht geschehen«, sagte sie ebenso kalt wie entschlossen. Den Ausdruck, den er dabei in ihren Augen sah, hatte er früher oft gesehen – in den Augen jener Gladiatoren, die vor dem Kampf in der Arena den traditionellen Gruß entboten hatten.

Morituri te salutant.

Die dem Sterben geweiht sind, grüßen dich …

Lucius erschauderte bis ins Mark. »Nein«, widersprach er.

»Glaubst du, ich werde es nicht tun?« Sie schüttelte den Kopf. »Ich weiß nicht allzu viel von dem, was in dem Tempel passiert ist, aber als ich auf jenem Steinblock lag, da war es, als würde eine unsichtbare Hand in mein Innerstes greifen und mir alles nehmen, was ich habe und was ich bin. Es war entsetzlich, Lucius«, flüsterte sie, und erneut spiegelte sich der flackernde Schein der Öllichter in ihren feuchten Augen. »Ich werde nicht zulassen, dass es noch einmal geschieht – oder dass irgendein fremder Wille Besitz von mir ergreift.«

»Das glaube ich dir, und ich bewundere dich für deinen Mut«, versicherte er. »Aber was du tun willst, ist nicht so leicht, wie du es dir vorstellst. Du bist kein Gladiator, der weiß, wo …« Er verstummte.

»Was hast du?«

»Nichts«, log er, erschrocken über den Gedanken, den er in diesem Moment gehabt hatte – und den sie in seiner Miene zu lesen schien.

»Denken wir dasselbe?«, fragte sie.

»Sicher nicht.«

»Dann will ich es offen aussprechen und dich bitten, mich zu begleiten. Gelingt es uns, den Bestien zu entkommen, will ich mich nicht beschweren. Doch sollten wir ihnen in die Falle gehen, so möchte ich, dass deine Klinge mich ereilt.«

»Nein«, erklärte er kategorisch. Schon der Gedanke entsetzte ihn.

»Warum nicht? In der Arena hast du viele Male getötet, du weißt, wie es schnell geht ... sollten wir den Mantikoren in die Klauen fallen, dann musst du es tun, das ist der letzte Dienst, den ich von dir erbitte ... treuer Pertinax.«

Es war das erste Mal, dass sie seinen Gladiatornamen nannte, ohne dass es abwertend klang oder sie sich darüber lustig machte. Aber Lucius wünschte sich, sie hätte es nicht gesagt ...

»Bitte nicht«, flüsterte er. »Verlange das nicht von mir.«

»Es ist die einzige Möglichkeit«, beharrte sie. »So oder so – Urud und Bagayas' Leute werden gerettet sein. Wir können also nur gewinnen«, fügte sie hinzu und lächelte.

Noch immer betroffen, starrte Lucius sie an.

Und auch wenn sich alles in ihm dagegen wehrte und er sich lieber selbst auf der Stelle in sein Schwert gestürzt hätte, als das zu tun, was sie von ihm verlangte, wusste er doch, dass sie recht hatte.

Es war die einzige Möglichkeit.

Oder alle würden sterben.

XIX

Die Nacht war dunkel und mondlos, als hätte Taranis selbst sie mit dichten Wolken verhüllt.

In aller Stille, und ohne Aufsehen zu erregen, hatten Lucius und Sibylla ihre Abreise vorbereitet. Die Sache gefiel Lucius noch immer nicht, wie sollte sie auch? Aber er sah ein, dass Sibyllas Plan zumindest die Möglichkeit barg, dass einige der Parther, die zusammen mit ihnen gekämpft und geblutet hatten, mit dem Leben davonkommen würden. Was Sibylla und ihn selbst betraf, machte es wohl keinen Unterschied, ob sie blieben oder gingen, die Parzen hatten so oder so ein düsteres Schicksal für sie gewirkt. Aber er stimmte ihr zu, dass es besser war, zu handeln, als untätig herumzusitzen und auf das Ende zu warten, und einmal mehr bewunderte er sie für ihren Mut und ihre Entschlossenheit, zumal nach allem, was ihr widerfahren war.

An Einzelheiten erinnerte sie sich nicht, und vermutlich war das auch besser so. Doch offenbar war sie im Inneren jener Flammen tatsächlich einem jahrhundertealten Geist begegnet, der ins Leben zurückkehren wollte und dazu ihres Körpers bedurfte ... Ein eisiger Schauder durchlief Lucius noch immer, wenn er an den Mantikor dachte, der sich seiner Körperkraft hatte bemächtigen wollen – was Sibylla durchlebt hatte, musste noch tausendmal schlimmer gewesen sein.

Nur Urud hatten sie in ihr Vorhaben eingeweiht.

Zuerst hatte er heftig widersprochen, genau wie Lucius es getan hatte, doch dann war auch ihm klar geworden, dass es die einzig richtige Entscheidung war, wenn auch eine schmerzhafte. Aber der Parther hatte ebenso wie Lucius und Sibylla längst nicht mehr das Gefühl, dass die Entscheidungen in ihren Händen lagen. Ein anderes, sehr viel größeres Schicksal schien nun über ihr Dasein zu bestimmen …

Indem er kräftig daran zerrte, prüfte Lucius den Knoten, mit dem er das Seil um den Deckenbalken geschlungen hatte. Da die äußeren Zugänge der Türme zum Schutz vor den Mantikoren allesamt verbarrikadiert worden waren, waren sie in den zweiten Stock des Nordturmes gestiegen, wo in der Wand noch immer das Loch klaffte, das die Bestien hineingerissen hatten. Von hier aus konnte man ungehindert ins Freie gelangen, die schmale Treppe verwehrte den Bestien den Zugang nach unten.

»Und ihr seid sicher, dass ihr dies tun wollt?« Urud, der es sich nicht hatte nehmen lassen, die beiden bis hierher zu begleiten, sah sie fragend an.

»Nein«, gab Sibylla offen zu. »Aber ich bin sicher, dass ich keine andere Wahl habe.«

»Leb wohl, *magus*«, sagte Lucius und reichte dem Parther zum Abschied den Arm, den dieser ergriff.

»Ein schöner Zauberer«, meinte Urud mit müdem Lächeln. »Meine Kräfte sind nahezu erschöpft, die heilenden Kräuter aufgebraucht. Ich bin niemandem mehr eine Hilfe.«

»Das solltest du nicht sagen.« Lucius schüttelte den Kopf. »Seit Bagayas' Tod sind die Männer mutlos und verzweifelt. Jemand, der darin Erfahrung hat, wird sie anführen müssen – ein Dorfvorsteher zum Beispiel.«

Urud sah ihn an, dann nickte er. »Mögen die Götter dich schützen, Gallier.«

»Welche, Parther? Die meinen oder die deinen?«

»Welche auch immer es sein werden, sie mögen dir Kraft

geben für das, was …« Er verstummte und schien nach den passenden Worten zu suchen, wobei er Sibylla mit einem Seitenblick streifte. »… was du tun musst.«

Lucius nickte nur und wartete, bis auch Sibylla sich von ihrem parthischen Weggefährten verabschiedet hatte. Dann vergewisserte er sich mit einem Blick in die Tiefe, dass dort nichts auf sie lauerte, warf zuerst den Speer und dann das andere Ende des Seils hinaus und schwang sich daran hinunter. Das letzte Stück nahm er im Sprung. Beinahe lautlos kam er auf, griff nach dem Speer, der unweit entfernt im Boden steckte, und taxierte die Umgebung.

Infolge der Dunkelheit konnte er die umliegenden Büsche und Felsen nur schemenhaft erkennen, doch eine Fackel zu entzünden, wäre selbstmörderisch gewesen. Er zog am Seil und bedeutete Sibylla, nachzukommen. Nur Augenblicke später stand sie neben ihm, in einen Reisemantel gekleidet wie er selbst, die Kapuze oben. Ihr Gesicht war rabenschwarz, genau wie das von Lucius, mit Ruß geschwärzt, damit sie in der Dunkelheit nicht gleich auszumachen waren.

Mit einem Nicken bedeutete sie ihm, dass alles in Ordnung sei, und sie huschten davon. Lucius hatte lange überlegt, auf welchem Weg sie es versuchen sollten, und hatte sich schließlich für die nördliche Route entschieden. Das bedeutete zwar, dass sie zunächst steil bergauf gehen mussten, doch hatten sie die Ringmauer erst hinter sich gelassen, gab es genügend Felsen und Buschwerk, hinter dem sie sich verbergen konnten. Und womöglich – so jedenfalls war Lucius' Hoffnung – war die Aufmerksamkeit ihrer unheimlichen Bewacher mehr auf die Talseite und die dort verlaufende Straße gerichtet als auf die dem Berg zugewandte Seite der Festung.

Es bestürzte ihn selbst, dass er in den Mantikoren längst nicht mehr nur bloße Tiere oder blutrünstige Ungeheuer sah, dazu war ihr Vorgehen zu planmäßig und überlegt. Entweder waren die Bestien aus grauer Vorzeit viel mehr, als sie zu sein schienen, oder es war tatsächlich der ruhelose Geist der Semiramis, der sie lenkte und danach trachtete, Sibylla in seinen Besitz zu bringen, um ins Leben zurückzukehren und wie einst mit Hilfe fanatischer Anhänger die Welt zu erobern …

Ihr erstes Ziel war ein mit Bastmatten eingedeckter Unterstand. Dort verharrten sie für einen Moment, während sie sich argwöhnisch nach allen Seiten umblickten. Dann huschten sie weiter, im Laufschritt und in gebückter Haltung. Die Mauer kam in Sicht, jetzt war es nicht mehr weit.

Das Tor, das unter einem schmalen Bogen in die Mauer eingelassen war, war verschlossen. Lucius würde einen Moment brauchen, um den eisenbeschlagenen Holzbalken, der als Riegel diente, in die Höhe zu stemmen. Aber hatte er es erst geschafft, bestanden gute Aussichten, dass sie in die Nacht hinaus entkamen …

Im Laufen sah er sich nach Sibylla um, die ihm dicht auf den Fersen war. Atemlos hielten sie weiter auf die Mauer zu, eilten dem rettenden Tor entgegen … doch im Laufen nahm Lucius etwas wahr … Sein Instinkt warnte ihn, noch bevor er das Rauschen vernahm und er den bedrohlichen Schatten gewahrte …

»Schneller!«, zischte er.

Von Furcht getrieben, beschleunigten sie ihre Schritte und rannten, so schnell sie konnten, flüchteten sich unter den Torbogen, wobei Lucius im letzten Moment noch einen dunklen Schemen auf der Mauerkrone zu erkennen glaubte.

Er gab Sibylla den Speer, die ihn beidhändig umklammerte, während sie wachsam in die Nacht hinausstarrte. Lucius selbst ging daran, den Riegel aus den eisernen Gabeln zu stemmen. Er biss die Zähne zusammen, seine erschöpften Muskeln und Sehnen schmerzten, doch es gelang ihm. Mit hohlem Poltern schlug das Ding zu Boden, der Weg war frei!

Lucius packte den eisernen Ring und zog den Torflügel etwas auf, dann ließ er sich den Speer wieder geben, und sie schlüpften beide hinaus. Ihre Herzen schlugen schneller, beide schöpften sie in diesem Augenblick ein wenig Hoffnung – bis sie den stinkenden Pesthauch rochen.

Im spärlichen Licht nahm Lucius eine Bewegung wahr und blieb abrupt stehen. Sibylla an seiner Seite verharrte ebenfalls – und stieß ein heiseres Ächzen aus.

Da war nicht nur ein Schatten.

Nicht nur ein einzelner Mantikor.

Sondern ein halbes Dutzend.

Nacheinander schälten sich ihre bedrohlichen Umrisse aus der Dunkelheit, sah man ihre Augen in heißem Blutdurst leuchten. Sie standen nebeneinander, Flügel an Flügel, zu einem Halbkreis formiert, sodass es kein Entkommen gab.

Lucius wusste nicht, ob ihre Flucht entdeckt worden war oder ob Semiramis' dunkler Geist Sibyllas Plan vorausgeahnt hatte, aber es war auch nicht mehr von Bedeutung.

Sie saßen in der Falle.

XX

Sie waren umzingelt.

Vor ihnen die Bestien, hinter ihnen die Mauer.

Vielleicht hätte es ihnen noch gelingen können, durch das halb offene Tor zurück in die Ummauerung zu fliehen, aber was dann? Zur Zitadelle hätten sie es vermutlich nicht mehr geschafft, und wenn, dann auch nur, um dort zu sterben.

In jener Nacht am Tiberufer war Lucius Murmillo zum ersten Mal einem leibhaftigen Mantikor gegenübergestanden und hatte ihm ins glühende Auge geblickt – jetzt waren es gleich sechs von ihnen. Schweigend standen die Kreaturen und taxierten sie, fletschten die Reißzähne, während ihre keulenförmigen, stachelbewehrten Schwänze unruhig hin und her wischten. Ihre Flügel waren gefaltet, jedoch nur zur Hälfte, sodass sie sich jeden Augenblick wieder in die Luft schwingen und nichts und niemand ihnen entkommen konnte.

Der Anblick der archaischen Bestien mit ihren gehörnten Häuptern war an sich schon entsetzlich; der Gedanke, dass es darüber hinaus noch einen Willen gab, der diese Kreaturen lenkte, dass sie auf eine Art, die weder Lucius noch Sibylla wirklich verstanden, in den Diensten einer uralten, grausamen Halbgottheit standen, war dazu angetan, einen Menschen um den Verstand zu bringen.

»Tut mir leid«, raunte Lucius Sibylla halblaut zu.

»Mir nicht«, erwiderte sie – und trat vor.

»Was tust du?«

Sibylla antwortete nicht. Mit kleinen Schritten, die vorsichtig, aber nicht ängstlich wirkten, ging sie den Bestien entgegen, die sie aus ihren unheimlichen Augen taxierten.

»Verdammt, Sibylla, was …?«

Lucius hatte den Speer schon halb erhoben. Ihn so auf Sibylla zu schleudern, dass er zwischen den Schulterblättern in ihren ungeschützten Rücken eindrang und ihr Herz durchbohrte, wäre in diesem Moment möglich gewesen …

Doch Lucius zögerte.

Aufrecht und ohne erkennbare Furcht war Sibylla in das Halbrund getreten, nun blieb sie stehen, nur noch eine Armlänge von einem der Mantikore entfernt. Ihr Innerstes musste in diesem Moment von Grauen erfüllt sein, der stinkende Atem der Kreatur umgab sie wie zuvor die purpurnen Flammen. Dennoch stand sie aufrecht und sah dem Schrecken ins grässliche Antlitz.

Lucius sagte sich, dass er den Speer jetzt werfen musste, solange die Bestien noch nicht damit rechneten. Er hatte freie Wurfbahn und würde sein Ziel nicht verfehlen … und es würde schnell gehen. Doch da war auch noch eine andere Stimme in ihm. Eine Stimme, die ihn davon abhielt, es zu tun …

Sibylla stand unbewegt.

Eine kleine Ewigkeit lang schienen die Mantikore auf sie zu starren. Dann senkte der, der ihr am nächsten war, das Haupt, und für einen Moment hatte es den Anschein, als wollte sein scheußliches Maul zuschnappen.

Lucius hob den Speer.

Seine Handflächen schwitzten am Holz des Schafts.

Ein Teil von ihm wollte es tun, wollte das Versprechen einlösen, das er ihr gegeben hatte, aber ein anderer Teil konnte es nicht. Wie oft hatte er in der Arena über einem besiegten Gegner gestanden, blutend und schwer atmend, wie oft hatte er auf das Verlangen der Menge hin getötet …

Aber nicht dieses Mal!

Die Bestie schnaubte. Dampf drang aus ihren Nüstern und hüllte Sibylla ein, die sich keinen Fingerbreit bewegte. Dann begann der Mantikor, an ihr zu schnuppern, so wie ein Hund an seinem Herrn schnuppert.

Jeden Augenblick würde er sie mit den Klauen ergreifen und in die Lüfte zerren, dann würde es zu spät sein, um noch etwas zu unternehmen. Dann würde genau das geschehen, was zu verhindern Sibylla Lucius unter Tränen gebeten hatte. Er musste handeln, jetzt gleich, oder es würde zu spät sein …

Der Arm mit dem Speer pendelte zurück, um das todbringende Geschoss auf die junge Frau zu schleudern, die zu beschützen seine Mission gewesen war und für die er ungleich mehr empfand, als es einem Leibwächter zukam. Lucius' einziger Trost war, dass er nicht lange genug leben würde, um seine Bluttat zu bereuen, die wütenden Mantikore würden ihn zerfetzen, und dieses Ende hatte er in seinen Augen mehr als verdient …

Doch plötzlich geschah etwas, womit Lucius in tausend Jahren nicht gerechnet hätte.

Der Mantikor wich zurück und bäumte sich auf den Hinterbeinen auf, wobei er zugleich seine Flügel entfaltete. Einen Augenblick lang stand er so, eine übermächtige, drohende Gestalt, gegen die Sibylla klein und hilflos wirkte. Dann stieß er sich ab und stieg in den dunklen Himmel auf, und seine Artgenossen folgten ihm, ohne auch nur noch von Sibylla oder ihrem Begleiter Notiz zu nehmen. Einer nach dem anderen breitete die Schwingen aus, stieg in die Dunkelheit empor und verschmolz mit der Nacht. Das Geräusch ihres Flügelschlags verlor sich in westlicher Richtung – und nur Augenblicke später waren Sibylla und Lucius wieder allein.

Wie lange sie so standen, wusste später keiner von ihnen mehr mit Bestimmtheit zu sagen. Irgendwann ging Lucius auf, dass er den Speer noch immer erhoben hielt, reglos wie eine

Statue des Kriegsgottes Mars. Er fühlte Beschämung und ließ ihn sinken, während Sibylla sich umwandte und zu ihm zurückkehrte. Ein Ausdruck inneren Friedens lag auf ihrem rußgeschwärzten Gesicht.

»Was ... war das?«, fragte Lucius. »Was ist da gerade geschehen?«

»Du hast den Speer nicht geworfen«, kommentierte sie das Offensichtliche.

»I...ich wusste nicht, was ich tun sollte.« Er schüttelte den Kopf. »Ich wollte es tun, aber dann ...«

»Danke, dass du es nicht getan hast«, flüsterte sie.

»Aber ...«

»Du bist verwirrt, und das ist nur zu verständlich. Auch mich hat zunächst verwirrt, was ich empfand, aber ich denke, ich verstehe es jetzt.«

»Verstehst was?«, fragte Lucius einsilbig.

»Diese Kreaturen, so schrecklich und blutrünstig sie sein mögen, können Frauen nichts antun.«

»Du meinst ... weil ihre Meisterin einst eine Frau gewesen ist?«

»Auch, aber das allein ist es nicht.« Sibylla schüttelte den Kopf. »Als Semiramis die Mantikore zu ihren Dienern machte, hat sie sie dazu gebracht, alles Männliche als Bedrohung zu erkennen und zu bekämpfen.«

»Alles ... Männliche?«

»Aggression, Herrschsucht, die Gier nach Macht – wann hätte je eine Frau an der Spitze des Römischen Reiches gestanden?«, fragte Sibylla dagegen.

»Das stimmt, aber ...«, wollte Lucius einwenden – als ihm ein anderer Gedanke kam. »Haben sich die Söhne der Semiramis deshalb auch selbst entmannt?«

»Die Überlieferung sagt, dass es ihnen darum ging, Semiramis ihrer Hingabe zu versichern, wie einst ihr Geliebter Ara es tat – doch in Wahrheit hatte es wohl auch den praktischen

Grund, sich vor ihren Schoßtieren zu schützen«, bestätigte Sibylla.

»Aber … woher weißt du das alles?«

»Es ist mir klar geworden, als ich auf dem Opferstein in jenem Tempel lag, ich hatte es nur vergessen. Doch als ich den Mantikoren gegenüberstand, fiel mir alles wieder ein.«

»Und warum haben sie dich nicht mitgenommen? Wieso haben sie dich nicht zurück in den Tempel geschleppt, wie du befürchtet hattest?«

»Weil sie das nicht konnten. Semiramis' überlebender Wille mag ihnen eingeredet haben, mich zu fangen – doch ist sie nur noch ein Schatten ihrer selbst und war nicht stark genug, um den Instinkt der Tiere zu brechen.« Wieder huschte ein Lächeln über ihre Züge, und zum ersten Mal nach vielen Tagen sah Lucius wieder etwas wie Hoffnung darin. »Wir sind frei, Lucius«, versicherte sie. »Semiramis wird sich meiner nicht bemächtigen. Die Gefahr ist gebannt.«

»Meinst du?« Er wandte sich um und sah zum dunklen, von schiefergrauen Wolken verhangenen Himmel hinauf. »Die Kreaturen sind in westliche Richtung geflogen … was immer das bedeuten mag.«

EPILOGUS

Beinahe ein Jahr war vergangen, seit Lucius und Sibylla Rom verlassen hatten und von Misenum aus in See gestochen waren. Damals war es Frühjahr gewesen. Nun, da sie zurückkehrten, peitschten noch immer Winterwinde das Land, und die Bäume waren nur kahle Gerippe, die ihre dürren Glieder in den grauen Himmel reckten.

Eine beschwerliche Reise lag hinter ihnen.

Von der Zitadelle aus waren sie wieder zum Joch aufgestiegen, nur um festzustellen, dass die Tiere, die sie dort zurückgelassen hatten, allesamt abgeschlachtet worden waren. Von dem Prätorianer, den Lucius zu ihrer Bewachung abgestellt hatte, fehlte jede Spur.

Zu Fuß waren sie weitergezogen, doch wohin auch immer sie gekommen waren, das Grauen schien ihnen vorauszueilen. Wie vor langer Zeit berichteten die Menschen, denen sie begegneten, von Sichtungen seltsamer Raubvögel am Himmel, und die Hirten entlang des Tigra erzählten, dass auf den Weiden nicht nur Schafe gerissen worden seien, sondern dass man auch die Überreste von Wölfen gefunden habe. Ein Entsetzen, für das die Leute keinen Namen hatten, war von Nordosten über das Land gekommen. Nur die Überlebenden der Expedition kannten ihn.

Mantikor.

Am Tag behielten sie den Himmel im Auge, bei Nacht versagten sie sich ein wärmendes Feuer. Sie begleiteten Urud zurück in sein Dorf, wo sie fast einen ganzen Mond lang blieben und sich für die restliche Strecke stärkten, die sie noch zu bewältigen hatten. Als sie abreisten, gab der *magus* ihnen zwei

Kamele und einen Führer mit, der sie bis zum Ufer des Euphrates brachte.

Jenseits des Flusses verlor sich die Spur der Mantikore. Dem Lauf des Flusses folgend, gelang es Lucius und Sibylla, sich nach Sura durchzuschlagen, wo sie diesmal haltmachten und dank des kaiserlichen Siegels Unterstützung fanden. Von Sura aus bestiegen sie ein Schiff, das sie bis zur Flussmündung brachte. Eine Überfahrt nach Italien zu bekommen, erwies sich infolge der beginnenden Winterstürme als schwierig. Eine Zeit lang saßen sie in Seleucia Pieria fest. Über Ephesus und Patrae gelang es ihnen schließlich, nach Brundisium zu gelangen, wo sie zum ersten Mal wieder italischen Boden betraten. Es kam ihnen vor, als wären sie eine Ewigkeit weg gewesen.

Über die Via Appia traten sie die letzte Etappe ihrer Reise an, die sie zurück nach Rom bringen sollte, zwei einsame Reiter auf ihren Pferden, in abgetragene Mäntel gehüllt, erschöpft und ausgezehrt von der langen Reise, müde von dem, was sie gesehen und erlebt hatten.

Es war Abend, als sie sich von Süden her schließlich der Stadt näherten. Wind peitschte von Osten, im Westen färbte sich der Himmel bereits tiefrot.

Sie hatten oft darüber gesprochen, wie es sein würde, zurückzukehren, hatten sich den Augenblick ausgemalt, da die vertrauten Mauern und Türme am Horizont auftauchen würden. Doch nun, als es so weit war, empfanden sie vor allem eine große Leere. Was auch immer sie sagten, wie ausführlich auch immer sie berichteten und versuchen würden, zu erklären, was dort im Partherland geschehen war – man würde ihnen wohl nicht glauben.

Caligula, so nahm Lucius an, würde ihnen vielleicht noch zuhören, sie dann aber verlachen und ihnen Vorhaltungen machen, weil sie keinen *manticorus* gefangen hatten – und die Auguren und einige Senatoren würden nichts unversucht lassen, um Claudius Varros Tochter zu vernichten, und das Andenken an ihren Vater mit ihr. Lucius hatte sich nächtelang den Kopf darüber zerbrochen, wie er Sibylla dieses Schicksal ersparen könnte, eine Antwort hatte er jedoch nicht gefunden – ebenso wenig wie für sich selbst. Denn nachdem er seine ganze Einheit verloren hatte, würden seine Tage als Prätorianer fraglos gezählt sein, Cassius Chaerea würde endlich seinen Willen bekommen. Dennoch waren sowohl Lucius als auch Sibylla entschlossen, zurückzukehren und sich dem Urteil der römischen Welt zu stellen.

Dass die Straße verlassen war und sie allein darauf reisten, schrieben sie anfangs noch dem aufziehenden Sturm und der späten Tageszeit zu. Doch auch, als sie sich Rom bereits weit genähert hatten und die *porta Rauduscolana* und dahinter der Schatten des *mons Aventinus* zu erkennen war, nahm der Verkehr nicht zu. Dafür tauchten zu beiden Seiten der Straße schaurige Staffagen auf …

»Nein«, stieß Lucius hervor. »Das kann nicht sein …«

Für einen Augenblick wusste er nicht, ob er wachte oder träumte, zweifelte er gar an seinem Verstand. Doch es war kein Traum, den er durchlebte, sondern die bittere Wirklichkeit des Hier und Jetzt – und in dieser Wirklichkeit ragten zu beiden Seiten der Straße mehrere Mannslängen hohe Pfähle auf, an denen verwesende Leiber hingen. Menschliche Leiber, die jemand grässlich zugerichtet hatte.

Oder wohl vielmehr *etwas* …

Er sah zu Sibylla, die genau wie er von Entsetzen geschüttelt wurde, doch schien sie ebenso wenig überrascht zu sein wie er selbst.

»Ich … habe das schon einmal gesehen«, sagte sie leise. »In einem Traum …«

»Ich auch«, versicherte ihr Lucius.

Sie wandte das Haupt, und ihre Blicke begegneten sich in gegenseitigem Erkennen, während sie weiter durch das Spalier des Grauens auf das Stadttor zuritten, das unbewacht war und offen stand. Auf eine groteske Weise wussten sie beide, was sie auf der anderen Seite erwartete, nur dass der Anblick noch ungleich schlimmer war als in ihren Träumen.

Denn dies hier war echt.

Die von leblosen, verstümmelten Körpern übersäten Gassen ebenso wie der Gestank der Verwesung in der kalten Luft.

»Es kann nicht sein«, murmelte Lucius immer wieder, als wäre es eine Beschwörungsformel, »das ist nicht möglich ...«

Plötzlich regte sich etwas!

Eine abgerissene, in Fetzen gehüllte Gestalt torkelte aus einem der halb zerstörten Häuser, ob Mann oder Frau, war unter der löchrigen Kapuze nicht zu erkennen.

»Salve«, rief die Gestalt Sibylla zu und hob ehrerbietig die dürren Arme. *»Salve imperatrix!«*

Sibylla sandte Lucius einen ebenso entsetzten wie ratlosen Blick. Die Frage, was bei allen Göttern hier geschehen war, stand unausgesprochen zwischen ihnen, während ihr Verstand vergeblich mit der Entwicklung Schritt zu halten versuchte.

»Wie hat dein Traum geendet?«, wollte Lucius von Sibylla wissen.

Ihr Zögern währte nur einen Augenblick. »Ich weiß es nicht mehr. Und deiner?«

»Ich weiß es nicht mehr«, erwiderte er und ritt weiter.

Sie erreichten das Forum.

Vor dem in Flammen stehenden Himmel erhoben sich die Trümmer der Tempel und des kaiserlichen Palasts, kündeten von dem schrecklichen Kampf, der stattgefunden haben musste. Auch hier waren Pfähle errichtet worden, auf denen leblose Leiber aufgespießt waren. Ihre blutigen Kleider hingen noch an ihnen, sodass Lucius sie dennoch zu erkennen glaubte.

Er sah Aquila Iulianus, den ersten Konsul.

Nonius Asprenas vom Kolleg der Auguren.

Und Caius Mascius, den Ädil von Subura.

Die Identität der anderen Toten konnte er nicht mehr feststellen, doch wehten auch an ihren zerfallenden Körpern die Fetzen streifenverbrämter Kleider, was sie als Angehörige des Senatorenstandes auswies.

Der letzte Leichnam in der grausigen Aufreihung entbehrte als einziger seines Hauptes; doch seine gebeugte Gestalt, sein zerbrechlich wirkender Wuchs und das blutbesudelte purpurne Gewand legten nahe, dass dies kein anderer als Caius Caesar Augustus Germanicus war, der Imperator von Rom.

»Caligula«, flüsterte Sibylla, die es in diesem Moment ebenfalls erkannte, und drückte sich die Hand auf den Mund.

Und dann sahen sie die Statue.

Aus weißem Marmor gehauen, ragte sie inmitten der Zerstörung auf, zehn Klafter hoch, eine schlanke Frauengestalt, die sich gegen den roten Himmel abzeichnete. Ihr Gesicht war im Gegenlicht zunächst nicht zu erkennen, also lenkten sie ihre Pferde etwas um die Statue herum.

Und endlich sahen sie das Antlitz, das in riesenhafter Größe auf sie herabblickte, genauso kalt und gleichgültig, wie Lucius es in seinem Traum gesehen hatte – doch das Antlitz war ein anderes. Seine Erleichterung darüber, dass es nicht Sibylla war, deren steinernes Ebenbild ihnen von dort oben entgegensah, wich jedoch blankem Entsetzen, als ihm klar wurde, dass er auch dieses Gesicht kannte.

In einer Nacht im Palast, die unendlich lang zurückzuliegen schien, hatte es ihn mit einer Mischung aus Wohlwollen und Lüsternheit angesehen. Es gehörte keiner anderen als Agrippina, der ältesten Schwester des Kaisers, doch jede menschliche Regung war daraus gewichen, es war das Minenspiel einer unantastbaren Herrscherin.

»Ihr Götter«, stieß Lucius hervor, »wie …?«

Ein grässliches Kreischen ließ ihn verstummen, und eine schwarze, geflügelte Kreatur sank mit rauschendem Flügelschlag aus dem dunkelnden Himmel und landete geschmeidig zu den Füßen der Statue – und in diesem Moment begriffen Lucius und Sibylla, was geschehen war.

Es mochte der Einen nicht gelungen sein, ihren Tempel in menschlicher Gestalt zu verlassen, doch ihre geflügelten Diener hatten ihren Willen dennoch gen Westen getragen, zu einer Gleichgesinnten, einer Schwester im verdorbenen Geiste – jener Hohepriesterin, von der Trebata sterbend gesprochen hatte. Keine andere als die Schwester des Kaisers war es, die mit den Kultisten paktiert hatte und ihre geheime Anführerin gewesen war, nicht weniger machthungrig und grausam als Caligula selbst, jedoch mit Mächten aus alter Zeit verbündet – und ihre Pläne waren aufgegangen, hatten die Expedition, die ihr Bruder gen Osten gesandt hatte, zu ihrem Werkzeug gemacht.

Der Mantikor warf den Kopf in den Nacken und brüllte schaurig. Der Ruf wurde mehrfach beantwortet, und aus den Trümmern der Tempel und des Palastes stiegen noch weitere Bestien auf, die kreischend vor dunkelroten Wolken kreisten und das Ende eines Zeitalters verhießen.

Und den Beginn eines neuen.